金蚀可可西里

杜光辉 / 著

民主与建设出版社
·北京·

© 民主与建设出版社，2022

图书在版编目（CIP）数据

金蚀可可西里 / 杜光辉著. -- 北京：民主与建设出版社，2022.7

ISBN 978-7-5139-3959-1

Ⅰ.①金… Ⅱ.①杜… Ⅲ.①中篇小说—小说集—中国—当代 Ⅳ.①I247.5

中国版本图书馆CIP数据核字（2022）第210317号

金蚀可可西里

JIN SHI KEKEXILI

著　　者	杜光辉
责任编辑	廖晓莹
封面设计	宋双成
出版发行	民主与建设出版社有限责任公司
电　　话	（010）59417747　59419778
社　　址	北京市海淀区西三环中路10号望海楼E座7层
邮　　编	100142
印　　刷	三河市冠宏印刷装订有限公司
版　　次	2022年7月第1版
印　　次	2023年4月第1次印刷
开　　本	880mm×1300mm　1/32
印　　张	12
字　　数	330千字
书　　号	ISBN 978-7-5139-3959-1
定　　价	59.80元

注：如有印、装质量问题，请与出版社联系。

人性的光辉（序）
——我读杜光辉的近作

雷达

  杜光辉在20世纪90年代初发表了中篇小说《车帮》（《新华文摘》1990年第6期），就引起我对他的关注。他传奇性的人生经历，他对创作的刻苦专一，他为人的深思寡言，他小说的独特气质，都令我难忘。随之，又看到他的长篇《西部车帮》。后来，他的中篇《哦，我的可可西里》获得上海中长篇小说大奖，这多少是个意外的收获。世纪之交，杜光辉主要以一个生态作家的姿态出现，至今已发表中篇小说四十多部、短篇小说近四十部，被《新华文摘》《小说月报》《中篇小说选刊》《北京文学·中篇小说月报》等知名刊物转载二十多部，其质量数量都令人敬佩。但他没有大红大紫，也许与他为人低调、不事张扬有关。最近我又读到他的一系列新作，感慨良多，觉得应该给他写点什么。因为，杜光辉早就应该引起评论界的关注。

  读了杜光辉的一些作品，我认为，不论他写什么，都渗透着温暖而辛酸的关怀，闪现着朴厚的人性光辉。

  杜光辉出生于陕西，十六岁参军，有在可可西里无人区执行特殊任务的经历，这成为杜光辉日后创作的不竭源泉，也是杜光辉小说十分独特且吸引读者的原因。当年，可可西里对许多人来说还是一个陌生、神秘的名字，杜光辉就已经写了多篇可可西里的小说，形成以可可西里为题材的系列中篇小说——《哦，我的可可西里》《可可西里狼》《金蚀可可西里》《可可西里的格桑梅朵》等。在他笔下，巴颜喀拉、可可西里，遥远又神秘，人类最早进入这片无人区的情景雄浑悲壮。当然，若是仅仅为了满足读者的猎奇心，那未必是真正意义上的好作家。杜光辉的独特在于，他并不以怪异、血腥、荒蛮诱人，也不以外在动作的紧张性吸引人，他的小说非常注重精神性内涵，张扬的多是那种勇于担荷人类苦难、仁爱利他的牺牲精神，并由人推及动物。

可可西里原本属于是野生动物的世界，它们在这里繁衍生殖，以生物链的相依相克、相生相灭，过着自由自在的生活。人类的进入，打破了野生动物的平静生活，也破坏了可可西里的生态环境。所以，杜光辉在《哦，我的可可西里》中，把小说分成两大部分，前半部标题为《侵入》，后半部标题为《毁灭》。在这里，杜光辉通过王勇刚这个靠猎杀野生动物而成为青海最大的老板的角色，揭示了人类的贪婪是破坏生态环境的重要因素，人类在自身贪恋的驱使下，变得分外残忍。《可可西里狼》中，王勇刚带领基干民兵连，连续十多天在羚羊繁殖的小河边，形成包围圈，不分壮羚母羚幼羚，全部枪杀，成千上万的羚羊倒在人类的枪口下。王勇刚用变卖羚羊皮得到的美元，购买两辆劳斯莱斯豪华轿车。《可可西里的格桑梅朵》中，偷猎者杀死了还没有来得及分娩的母羚，剥去羚羊皮，使刚刚从娘胎里挣扎出来的幼羚出世见到的就是死亡的母亲。

然而，杜光辉并没有对人性绝望，他在揭示人类贪婪的同时，又给我们塑造了为保护野生动物的"人性善"。《哦，我的可可西里》中的李石柱、仁丹才旺，为了保护可可西里的野生动物，宁可献出自己的生命。桑珠的阿爸，为了救羚羊，冒着生命危险深夜往返一百多里，他自己没钱治病，却断然拒绝偷猎者对羚羊的高价收购。（《可可西里的格桑梅朵》）

杜光辉还给我们提出了生态保护需要建立新的认识论，人类要用宗教的虔诚保护生态，赞赏宗教中对生态保护的学说。佛爷会惩罚这些猎杀藏羚羊的人。"阿爸，你说过佛爷会保佑这些野生灵的，这些野生灵都是佛爷的宝贝，佛爷肯定不会让它们死掉的。我们要是不把它带回帐篷，过不了今夜就要被活活冻死，活活饿死，就是没有冻死饿死，也会被恶狼吃掉。我们就忍心这么可爱的小羚羊死掉？"（《可可西里的格桑梅朵》）

杜光辉在接受记者采访中谈道："人类面临的生存危机已经达到了刻不容缓的地步，必须用新的认知论约束人类自身的欲望，约束人类对大自然的掠夺和破坏，使人类和大自然和谐共存，现有的认知论显然无法达到这个目的。"（《杜光辉环保需要新的认知论》《环境与生活》2009年4月号）

最近读杜光辉的《洗车场》《驾驶室的太阳》《稽莎莎的天堂》《仇县长的圈套》《陈皮理气》等中短篇小说，发现他的创作又有了新的变化。这些作品中，杜光辉将关注的目光更深入地转向人的内心世界，不论小说中人物身份如何，不论作品的情节怎样，最终，我们总能在一番担心或等待之后，感受到一种良知的存在与人性的温暖。

这里不妨谈谈《洗车场》（《新华文摘》2009年第17期）。小说名为洗车场的地方，其实是小得不能再小的一个洗车间，里面只有一个老板和两个工人，他们共同上演了最普通不过却又最令人心酸的故事。老板张富贵很穷，他原是个下岗工人，把所有家当都拿来才开了洗车场；洗车工刘狗顺拖着一条伤腿来洗车，为的是供儿子上大学；另一个洗车工黄天朝是技校毕业的年轻人，学的是电脑专业，一心想攒钱，在西安城里开一家修电脑的铺面，他人很沉默，眼里射出的是带毒的光。三个男人为了各自的最低微的人生理想，挣扎在一起。小说一开始就让他们在大西北奇寒的冬天出场，个个冻得瑟瑟，手上裂着很深的口子，但为了招揽生意，三个人抢着到外面去挡车；为了把车洗好，他们洗车时连手套都不戴，以致来洗车的人们看了都觉得不忍。虽然辛苦，但他们相互之间还是充满关爱。中午，张富贵的老婆送来饭菜，他们边吃边聊，这是一天心底最暖和的时刻。然而，洗车场并非封闭的空间，各色人等在这里纷纷登场，在这一点上，《洗车场》的写法颇有点类似《茶馆》的路子，一个狭小的空间里容纳社会人生之百态。有因为嫌方向盘沾上了洗车工的血而拒不给钱的小姐，有间接导致刘狗顺成为残疾人的农村干部——他来洗车时对刘狗顺又进行了一次心理戏弄与伤害。刘狗顺只能在寒风中用沙哑的嗓子吼一段悲凉无比的秦腔……面对所有这些，他们相依为命，不屈而乐观地活着。为了挣到更多的钱，黄天朝学习了汽车美容，在洗车场外挂上"生态洗车"的牌子。生活似乎有了转机。命运就在这时把他们推向了深谷——黄天朝突患急性肝炎，他们将各自所有的钱凑在一起为这个年轻人治好了病。在这部小说中，杜光辉把三个社会最下层的人物放在一起。他们对社会不满，但从不放弃自己的努力来改变自己的人生状态，在遭受各种磨难的贫穷的同时，也享受着友谊善良的幸福。

我们在这里读到了底层的艰辛，但更有爱与坚韧、外在的冷漠与内在的热烈，作者很推崇平民世界的仁义和互爱，有时又赋予他的人物以理想主义的追求，为了普通百姓的利益不惜牺牲自己的县长职位，但又善于计谋保护自己的常务副县长（《仇县长的九圈套》）；善良仗义、仗义施善的邱老板和忠于爱情品质正派的麻盛生，后者在救人的同时，以自己对爱情的忠贞和品行的高洁，感化了爱情失败试图自杀的女搭车者，并资助他实现了买车跑运输的梦想（《驾驶室的太阳》）。在人们普遍追求物质亲近私欲的当今，邱老板、麻盛生这种精神高洁、情感淳朴，这篇小说的价值就凸显出来了。不可否认，杜光辉在观照他的人物时，也常常表现出无奈、软弱，甚至灰心。稽莎莎原本在一个普通居民小区过得不错，邻居们都很尊敬她，称她"干部姐"。（《稽莎莎的天堂》）当她为了显示自己高贵，搬到一个豪华住宅区后，却处处受气，最后又搬回原来住的地方，揭示了当今社会不自量力追求排场的虚荣，小说还揭示了贫困群体的"仇权""仇富"心态。小说中有这样的描写："民工们搬东西的时候，故意把号子喊得山响，故意弄出一些很大的声音，为他们的干部姐出气，也消除自己心理上的不平衡。"读至此让人倍觉心酸，生活在底层的民众，除了故意发出一点大声，还能如何？《陈皮理气》更是一篇耐人寻味的小说，此作曾登上去年的中国小说排行榜，被编入全国本科大学现当代文学教材。一心治病救人不求回报的民营医院院长陈皮，面对物欲横流的世界、人心的冥顽不灵，突然发现他一直认为可以理气的陈皮并不理气，自己的医术再高明也是徒劳，于是仰天长叹说:"人参有扶元培本、救治元阳之功。孙局长元阳衰竭,人参便可救治。可世道元阳衰竭,救治世道的人参何在?"小说在结尾处,作者感慨地写道:"陈皮并不理气,疏肝理气者为青皮",确实值得思索。在这部小说中,杜光辉把几个对现实不满的人物串联起来,让他们在老中医陈皮的指点下,采取不同的精神治疗措施,结果是放弃暴力报复者,心康体健,病态治愈;坚持暴力报复者,最终和腐败者同归于尽。这不能不说是杜光辉在揭示一种面对今天千孔百疮的社会,我们面临很多的愤怒和无奈,但如何处世,如何合理地解决这些问题,构建和谐社会,是很多人必须面临的问题。

杜光辉的近作暂且放下了他的生态写作,写了一个平民世界,写出了这个世界特有的伦理,写出了辛酸,也写出了温馨、正义、友爱、奋争,具有强烈的人文关怀。

原发《文艺评论》2009年

金蚀可可西里

目录

金蚀可可西里 / 1

可可西里的格桑梅朵 / 45

驾驶室的太阳 / 87

稽莎莎的天堂 / 111

内分泌紊乱 / 135

洗车场 / 162

军　医 / 184

房　车 / 235

百花村小学 / 283

车家寨的补偿款 / 328

金蚀可可西里

一

四月中旬，可可西里无人区的冰雪开始融化，向阳的地方已经能看见绿色，使人感到生命的存在。但山上和阴坡的地方，冰雪仍然没有融化，向人们展示着这里的寒冷。在一片向阳的山坳下，新搭起了一座棉帐房，帐房门口挂着一个木牌，上边用毛笔写着"玉树州可可西里开发办公室"。

天色刚刚破晓，气温还十分寒冽。王勇刚就钻出帐房，对正在给马喂草料的仁丹才旺说："才旺，以后咱们拉屎拉尿走远点，最好拉到河里让水冲走，要不到了夏天会臭死咱们。"说完，就朝不远处的河边走去。身后，有匹马吼起一阵长长的嘶鸣，在空旷的可可西里显得分外振奋。

王勇刚走到小河边，解开裤带，掏出养了一夜精神变得梆硬的东西，对着小河就激越起来。一股浊黄的激流射进清澈的河水，清新的空气里弥漫了人尿气息。

李石柱也过来了，也掏出梆硬的东西对着小河激越起来，清新的空气里弥漫了更多人尿的气息。

撒过尿，那东西变得乖软，人却禁抑不住地打个冷战，可能是尿液带走了人体的热量。王勇刚一边系裤带，一边对李石柱说："吃过饭，咱们出去巡逻一圈。我有种感觉，这一带有人，要不怎么传出可可西里能挖出金子的话，肯定有人在这里挖出了金子透露出来的。我还估计，再过一段时间暖和了，来这里的人更多！"

"就算有人在可可西里挖金子，但可可西里这么大，扔进去几千几万人就像这冰天冰地加了几块冰碴碴，咱们能找见他们？"李石柱望着漫无边际的草滩雪山又说，"咱们才三个，打都打不过他们！"

"尿，你这人没彩气。我王勇刚怕过谁，能叫我王勇刚害怕的人还没有从他娘的裤裆钻出来呢。从今以后，你看看我王勇刚是怎么在可可西里折腾的！"

回帐房的路上，两人又捡了许多干野牦牛粪，抱进帐房堆在火炉旁边。仁丹才旺已经把茶熬好了，把炒好的青稞面也拿出来了。他们就坐在狼皮褥子上，给小碗里放了点酥油，又把熬好的茶液倒在碗里，酥油很快融化了，这就是我们歌里唱的酥油茶。喝过酥油茶，他们把青稞面盛了半碗，又挖块酥油放在里面，用手把酥油和面朝一块捏合。一小会儿工夫，就捏合成一个黑色的圆球，这就是我们说的藏粑，很有营养。王勇刚一边吃着藏粑，一边接着刚才在小河边的话题对李石柱说："咱们当年在可可西里搞过测绘，尽管进入可可西里的地方很多，但青海、甘肃一带的人，要进入可可西里必须从咱们这里经过。他们要是绕道从西藏那里进去，最少要多走一个月的路程。冬季大雪封山，没有交通工具，就是进到可可西里，也是冰天雪地什么也干不成，这里一年中只有五六七八这几个月能干活。所以，我估计现在已经有人进入可可西里，还是少量的。由于对可可西里的情况不了解，他们不敢向可可西里纵深发展。吃过早饭，咱们俩去巡逻，才旺在这里看家！"

"你昨夜一夜没睡，我们出去了，你把帐房门绑死，好好睡上一觉！"王勇刚给仁丹才旺说。

昨晚上，他们担心狼群袭击他们，还要给马喂料，就轮流站岗。但仁丹才旺死活不同意，他要一个人站岗。他说他们这些长年在草原上的牧民，睡觉不睡觉都不在乎，骑在马背上打个盹就能抵挡一天。所以，昨晚都是他一个人给马喂料，警惕狼群的袭击，王勇刚和李石柱睡得很香。

"我也跟你一块去，要是遇上什么情况，多一个人就多一份力量。"仁丹才旺把冲锋枪朝怀里拉了一下。

"好吧！"王勇刚想了想，同意了。

"我把中午吃的东西带上，中午饭在外边吃。"仁丹才旺高兴地收拾茶叶、盐巴、青稞面、酥油，一边收拾一边说，"勇刚，咱们要是再养上一群羊，就有奶喝啦。你可以给上头打报告，给咱们买上几十只羊，就可以解决咱们喝奶的问题啦。不出两年，连吃肉的问题都解决啦。"

"就是上头给咱们批了羊，谁放？"

"我放！"

"你是国家干部，上级派咱们来是为了抓经济，不是为了放羊。如果是为了放羊，咱们何必跑到这里放！"

"喝奶吃肉的问题总得解决吧，要不，朵玛高小毕业后让她来给咱们放羊。"

李石柱立即抢过话，说："才旺，你还是满脑子的小牧民意识。朵玛小学毕业了还要上中学、上大学，是国家培养出的人才。少数民族地区这么缺干部，你让国家的人才来放羊，就不怕佛爷惩罚啦！"

仁丹才旺不吱声了。

仁丹才旺把马鞍备好，又把褡裢搭在马鞍上，三个人就骑上马向可可西里纵深走去。他们都穿着绿色的军大衣，大背着冲锋枪，胸前挎着望远镜。坐骑全是从骑兵部队退役的军马，高大，听话。州政府考虑到青藏高原的特点，除了少量的汽车之外，还饲养了几十匹军马，供干部下基层乘坐。他们的饲养班相当于内地政府机关的汽车班。他们一直走到中午，都没有发现什么。李石柱对王勇刚说："会不会真的没有人来？"

"我感觉有人进来，我的感觉中好像都闻到了人的气味！"王勇刚吸了几口气。

突然，他们发现前方雪草相羼的地上，有只破烂的军用大头鞋。先是仁丹才旺发现的，他一蹦从马上跳下来，捡起鞋对王勇刚说："解放军穿的那种鞋子。"

王勇刚、李石柱也翻身下马。王勇刚接过鞋，认真地查看。

"这有什么看的，咱们部队前些年在这里测绘，很有可能是咱们部队丢弃的。"李石柱还是不相信有人进入可可西里。

王勇刚又把大头鞋查看一阵，说："肯定不是咱们部队丢弃的。咱们部队的大头鞋，两年换装一次，咱们不会把鞋穿到这个程度。尤其是咱们汽车兵，到换鞋时还是好的。就是测绘部队，走的路多，也是前后掌都磨损。你看这只大头鞋，前掌上有道很深的痕迹，肯定穿鞋的人经常用脚踏铁锹磨的。再推测有人在可可西里挖到金子的传说：证明这一带确实有人挖金子。"

李石柱、仁丹才旺马上摘下大背的冲锋枪，警惕地向四周巡视。

"哈哈，不必那么紧张，有人来挖金子怕什么，这是好事情。咱们成立可可西里开发办公室，要是人们都不来挖金子，咱们搞狗屁经济。进来的人越多，我们收到的金子和钱就越多，成绩就越大。咱们在这弄点吃的，填饱肚子再朝前走！"

仁丹才旺找了块背风的洼地，用三块石头支起了锅，给锅里放了几块冰。王勇刚、李石柱找来一些干枯的草叶，又抱来一堆干野牦牛粪。仁丹才旺用火柴点着干草，把干野牦牛粪架在上边，很快就燃着了。他又用羊皮做的风箱在下边打气，几分钟工夫，干野牦牛粪就燃旺了，锅里的冰开始融化了。

"石柱，咱们要是碰上挖金子的人，一定要把腰杆挺硬，咱们是代表政府来管理的。他们肯定不会把挖到的金子交给银行。我听人说过，那些走私黄金的人给的价格高出银行收购价格的好几倍。他们也不会心甘情愿地交纳管理费、采矿费。这里山高皇帝远,敢闯可可西里的人也不是等闲之辈,都是赌命的角色。到时候,你和仁丹才旺看我的眼色行事。咱们还不能把他们赶跑,赶跑了谁挖金子。"王勇刚给李石柱和仁丹才旺说。

"勇刚,咱们是国家干部,可不能违反政策!"李石柱总是对王勇刚不放心。

"你放心,我会把握分寸的。在这地方,他们要是好说话就算啦,要是玩狠的,你要比他们更狠,他们玩黑的,你比他们还黑,这才能镇住他们。要不,谁愿意把自己口袋钱掏出来。"

锅里的水开了,他们把开水倒进炒青稞面里,调成糊糊,就吃起来。

吃过饭,他们又骑马向前巡逻了。他们把冲锋枪移到了胸前,不时地用望远镜向前方瞭望。

"勇刚,前方发现帐房!"李石柱一边张望,一边对王勇刚说。

"走,过去看看。"王勇刚也在望远镜里发现了帐房。

二十几分钟后,他们来到了几座帐房跟前,看见有二十几个人都脱去了皮袍,只穿着棉衣在草滩上挖沙子,又用筐子抬到附近的小河里。十五六个人穿着雨靴站在河水里,用箥子筛沙子。草滩被挖得坑坑洼洼,横七竖八,像害了烂疮病。

"多好的草滩,被挖成这个样子,佛爷非惩罚他们不可。"仁丹才旺又说起了佛爷。

"狗日的……"李石柱骂了一句,不知是骂谁。

他们的到来,引起了这伙人的关注,都停住了手脚,拿铁锹、扁担向他们走过来。

王勇刚像是没有看见他们一样,从马上跳下来。李石柱、仁丹才旺也从马上跳下来。王勇刚把缰绳顺手扔给仁丹才旺,拿着马鞭向那伙人走去。站在壕沟的上边用马鞭指着那伙人,严厉地问:"谁批准你们在这里挖金子的?"

一个披头散发，胡子有二三寸长的汉子从帐房里钻出来，打着酒嗝，歪斜着眼睛，轻蔑地问："伙计，你是哪个庙里的和尚，跑到老子这里管事来啦！"说话时，脚还晃了几下。而后，又褪下裤子掏出那东西撒尿，用手晃动着那东西，尿柱一上一下地浇。

"我们是玉树州人民政府可可西里开发办公室的。"王勇刚压着火气给他说。

"州人民政府，鸡巴，老子挖老子的金子，关他政府鸡巴上的事……"那汉子一边叫骂，一边用手拨拉着那东西。

"土地是国家的，矿产资源也是国家的，在国家的土地上开采国家的矿产资源，政府当然要管。我今天给你把话讲清楚，你要是再不配合我们工作，那后果……"王勇刚耐着性子给他解释。

"哈哈！"那汉子笑得上气不接下气。半响，才停住笑声，说，"兄弟，你拿大毛尿吓憨女子，咱再傻也知道毛尿再大也日不死姑娘。你知道老子是啥人？老子在甘肃杀了三条人命逃出来的。迟早都是一死，再多杀几个人也不过是掉一个脑袋的事情。你要是想喝酒了就进帐房，要是想要钱没门。命倒是有一条，看你有没有本事拿走！"那汉子从腰带上抽出匕首，在手里掂来掂去。

二十几个挖金子的人全围上来，面无表情地看着他们，但隐约能看出眼睛里透出的杀气。王勇刚走到那汉子跟前，用马鞭指着他手中的匕首说："伙计，这年头还玩这个，不怕掉份子。兄弟手上的冲锋枪，一个弹匣就是三十发子弹，三支冲锋枪是多少发子弹，兄弟这个账还能算出来吧。要是被钱眼迷住了，恐怕这个账就算不清楚了！"

那个汉子不再说话了。

王勇刚立即转过身子，厉声对那伙人说："你们都围上来想干什么，是仗势你们人多？我只要一声命令，不出二十秒钟，我这两个弟兄的冲锋枪全部把你们打死！退回去，退离这里一百公尺以外。"

李石柱、仁丹才旺掉转枪口，对准他们。

那伙人一步一步向后退去。

"啊——"那汉子举着匕首，从王勇刚背后扑过来。

王勇刚一个侧身，拽住他的一只胳膊，顺势一个小背动作，将他摔倒在地上，匕首摔出去老远。

王勇刚踏在他的背上，说："伙计，你刚才不是讲过杀了好几个人，老子见阎王爷都好多次了，这条命早就是多余的。想在老子跟前玩横的，真是撅着屁股打飞机——有眼无珠，要不要再玩两把！"王勇刚走到匕首跟前，用脚尖挑起匕首踢到他面前。而后，头都不回地朝帐房走去，边走边对那汉子说："给老子倒酒！"

王勇刚坐在狗皮褥子上，那汉子半跪半蹲地给王勇刚倒酒，又给李石柱倒了一碗，说："大哥，兄弟服啦，以后在兄弟这地盘上，大哥说一兄弟不敢说二！"

王勇刚没有端酒碗，对在帐房门口警戒的仁丹才旺说："才旺，你也进来喝酒！"

"王主任，才旺要担任警戒！"李石柱说。

"没事，他们的把头都在这里，还怕那些小喽啰不成！"

那汉子一听，立即钻出帐房，对着那伙朝帐房张望的人喊："狗日的都听着，谁要敢朝这里走一步，老子宰了你！"

"王主任大哥，喝了兄弟这碗酒。"

那汉子又把酒碗捧给王勇刚，王勇刚接过一口气喝干，用巴掌抹了嘴巴，说："我们是国家干部，不玩你们那一套。但我这人讲义气，对朋友都是网开一面。不过，我也是端公家饭碗的，也要让我给公家能交代过去。"王勇刚瞪着汉子说，口气软中带硬。

"是，是！"汉子连连点头。

"那咱们现在先办公事，我问你，你回答，石柱担任记录，你叫什么名字？"

"孟八。"

"家庭住址？"

"甘肃省古浪县大堡村。"

"您手下有几个人？"

"三十六人。"

"现在政府有了规定，以后挖出的金子不能私自处理，必须交给国家银行收购。另外，每年要向政府交纳采矿费和管理费。"

汉子翻了几下眼皮，没有回答。

"这是我们找你的关键，要不是为这，政府把我们从结古镇派到这里，是吃饱了撑的。你要是不愿意，就离开这里。"

汉子犹豫了半晌，还是答应了。

"兄弟，咱们把丑话说到前头，你老老实实把挖的金子卖给银行，再老老实实交采矿费、管理费，我们也给你提供方便。你要是给兄弟过不去，到时候甭怪我马王爷三只眼，翻脸不认人。明天，你就把挖的金子送到我们那里，我们先替银行收购。再过几天，银行会派人在这建立一个分理处，专门收购金子和办理存款取款业务。"王勇刚说完就站起来，头都不回走出帐房。

第二天中午，孟八果然提着一口袋金子给可可西里开发办公室送来了。

被银行培训过的李石柱、仁丹才旺，用天平称过金子，又分析了成色，替银行付了款收购了这包金子，从付款中扣除了采矿费、管理费。

十多天后，银行在这里设立了可可西里分理处，收购金子的业务就移交给分理处了。由于人员增加，州政府特地给他们拨了六十只羊、二十头牦牛，还批准他们招一个牧工，一个炊事员，费用由州政府支出。喝奶问题解决了，以后逢年过节，还能宰只肥羊吃手抓羊肉。

王勇刚、李石柱、仁丹才旺又清理了几伙挖金子的人，收缴了采矿费和管理费，银行收购的金子也大大增加了。

　　到了五月份，大批挖金人涌来了。他们以家族、乡村、集镇为单位，选一个把头，或者是把头出钱招聘民工，每天都有好几拨进入可可西里。王勇刚他们在帐房跟前架了座十几米高的瞭望台，只要发现进入可可西里的人出现，就骑马奔过去，截住他们，登记他们的人数、身份证号，没有身份证的发给他们临时身份证，弄清他们的人数、器械情况，给他们交代清楚政府的规定，才放他们进去。王勇刚给他们交代政策时，李石柱、仁丹才旺都要补充说，不允许捕杀野生动物，要是发现了谁捕杀野生动物，挖的金子全部没收，还要赶出可可西里。他们虽然这么说但没有政策条文，完全是他们自己编造出来的。平心而论，那个时候，人们还没有环保意识，就是李石柱和仁丹才旺也只是出于对野生动物的关爱，政府不可能为保护野生动物专门下发文件。在中国，真正把生态环境提到政府议事日程也是到了二十世纪的最后十年。

　　三个月过去了，大部分进入可可西里采金的把头都把金子交给银行收购。王勇刚也知道他们可能私藏一些金子，偷偷运出去卖给走私分子，但也没有办法阻止这种现象。

　　月底，王勇刚、李石柱、仁丹才旺还有银行分理处的三个工作人员聚在帐房里，讨论总结一个月的工作。州委指示，银行这三名工作人员除了受本系统的直接领导外，还要接受可可西里开发办公室的领导，说白一点就是接受王勇刚的领导。

　　仁丹才旺给每个人的茶缸里倒满奶茶，就坐到一边吸鼻烟去了，遇到这种场合他一般都不发言。

　　"王主任，有个叫尕二旦的把头，三个月没交一两金子，是不是把金子都弄到外边去了？"银行的一个工作人员说。

　　"石柱，你查一下尕二旦的资料。"王勇刚把脸转向李石柱。

　　李石柱在一堆资料中翻了一阵，找到登记本，翻了几页，说："找到了，尕二旦，青海湟源县无业人员，手下有一百多名民工，还有一台推土机，估计月生产能力在一百两左右。王主任，我上个月还叫人带信给他，让他赶快来交纳采矿费、管理费，把金子交给银行，他根本没有理睬我们。看样子，又是个刺头。"

"老子就不信邪，非碰碰这个刺头。李石柱、才旺，咱们明天找他狗日的，非把他的威风打下去不可。不然，他敢不把金子交给银行，别的把头也敢不把金子交给银行，咱们的工作就白干啦！"

在帐房外的草地上，支了一张椅子，尕二旦坐在上边。几个保镖站在他两侧，每个人都挎着腰刀，手里提着马鞭，监督着一百多名民工干活。一个十五六岁的瘦小伙子担着一担沙子，艰难地朝河边挣扎，步子踉踉跄跄，不知是缺氧还是体力不支。一个保镖提着马鞭奔过去，对着小伙子抽了一下，吼骂："走快点，再这样磨洋工老子不让你收工！"

一个五十多岁的老汉跑过来，对保镖一边作揖一边说好话："老总，这孩子有病，已经三天没吃饭啦，不能再干了，会丢掉性命的！"

"他妈的，尕二爷一天付给你们一块钱的工资，管你们吃你们住，凭什么不干活？"保镖吼骂着抽了老汉一马鞭。

一百多个汉子偷偷看尕二旦和保镖，又赶忙低下头拼命干活，他们害怕马鞭降临在自己身上。

小伙子身子一软，栽倒在沙土地上，没有一丝声息。

"日他妈，竟敢当着尕二爷的面偷懒，不想活啦！"那个保镖又冲过去，对着昏死的小伙子狠命抽打。

王勇刚、李石柱、仁丹才旺刚刚赶到这里，仁丹才旺一个箭步冲了去，拔出腰刀一挥，将保镖手中的马鞭斩成两截。

"狗日的，反啦！"那个保镖嗖地抽出腰刀，对着仁丹才旺劈了下来。

"嗒嗒嗒……"王勇刚对着保镖的胳膊打了一个点射。

"哎呀！"保镖惊叫一声，捂着流血的胳膊，蹲在地上。

"把狗日的给我绑啦!"王勇刚用冲锋枪指着坐在椅子上的尕二旦和几个保镖,给李石柱和仁丹才旺下了命令。

仁丹才旺从马鞍上抽下一根皮绳,绑那只被打断的胳膊时,疼得他像杀猪般地叫唤。

"王主任,他的胳膊断啦。"李石柱小声说。

"我没有打死他,算他的运气,绑!我就要卸了他一条胳膊,看他以后还打人不!"

李石柱和仁丹才旺用力把他绑了。

尕二旦坐在椅子上,纹丝不动,只是冷笑地看着王勇刚。那几个保镖攥着腰刀,一步一步地向王勇刚逼过来。

王勇刚身后,李石柱和仁丹才旺的冲锋枪也对着他们。

王勇刚把冲锋枪朝背上一背,大步向尕二旦走去。突然,他停住脚步,转身对那老汉说:"快看看那个尕娃子咋样啦!"

几个保镖逼到王勇刚跟前,却不知道该怎么办。

"尕二爷,他没气啦!"老汉用手在小伙子鼻子跟前试了一阵,哭起来。

王勇刚跑过去,抱起小伙子,也用手在他鼻子上试了一下,果然没有一丝气息。他放下小伙子的尸体,一步一步地向尕二旦走去。

几个保镖一步一步后退。

"如果我没有说错,你就是尕二旦!"这句话是一个字一个字地从王勇刚嘴里蹦出来的。

尕二旦还是没有说话,阴笑地看着王勇刚。

"你驴失的心黑呀,他还是个尕娃子,你就把他活活打死!"王勇刚又朝他跟前逼了一步。

"哈哈……你才看见老子打死一个人,老子哪年不打死几个人。怕死就别来老子这挣钱吃,我又没有请他们来,是他们求爷爷告奶奶要来哩。谁让他们穷哩，穷命能值几个钱……"尕二旦还是稳稳地坐在凳子上，根本没把王勇刚放在眼里。他跟政府的人打交道多了，政府讲政策，没有政策他们不敢怎样。

"尕二旦，打死人要偿命！"王勇刚冷冷地看着尕二旦。

"偿命，你叫我偿命我就偿命，你算什么玩意？"尕二旦隔着裤子抓住裤裆里的那东西晃了几下。

王勇刚猛地走到那个保镖跟前，用力朝前一推，把他推到尕二旦脚下，顺手取下冲锋枪，对着那个保镖的脑袋就是一个点射，将脑袋打得稀烂，红白之物溅了尕二旦一身。王勇刚又抬起枪口，还在冒烟的枪口又对准了尕二旦的脑袋。

尕二旦双膝一软，从椅子上哧溜下来，跪在死了的保镖面前。

"尕二旦，你再说一遍我算什么玩意！"

"不敢，不敢……"尕二旦一个劲地作揖。

"像你这号人，老子毙上十个八个都不犯错误。要是老子把你们的材料报上去，你都够枪毙一百次的条件啦。非法雇用劳工、拘禁老百姓、草菅人命、走私黄金、抗交税费，你说哪一条不是罪状！老子不毙你是怕脏了老子的枪口。今天饶你一条活命，明天该怎么办，你心里最清楚。给你明天一天的时间，要不，你要是能活到后天太阳落山，我王勇刚给你当骑马石！"说完，给李石柱、仁丹才旺挥了下手，"走，回去！"转身就走。走了四五步，又转身对尕二旦说："刚才被你们打死的尕娃子，你负责处理他的后事。还有，我要是再发现你和你的手下打民工，老子饶不了你！"

走出去好几十米，尕二旦和他的保镖还愣在那里。

王勇刚对李石柱和仁丹才旺说："你们俩写个证明材料，说是歹徒行凶打死民工，我为了保护其他民工的生命安危，不得不开枪将歹徒击毙。而后，返回去找那个老汉，让他在上边摁个指印。万一他们捅到上头，咱们有个说法，不管咋说是一条人命哩！"

第二天，尕二旦带着两个保镖，护着一口袋金子交给银行，收到银行的钱也装了几袋。又老老实实地到王勇刚那里交了采矿费、管理费，还给王勇刚送来一箱西凤酒。

王勇刚让仁丹才旺宰了一只肥羊，让炊事员炖了一锅手抓羊肉，几个人就坐在帐房里吃肉喝酒。

二

七月下旬的一个早晨，王勇刚、李石柱、仁丹才旺还有银行的工作人员正在吃早饭，一个青海民工跑进来，气急败坏地报告："王主任，今天孟八和尕二旦要开场子！"开场子是可可西里挖金人的黑话，就是打仗的意思。

进入可可西里挖金子的人越来越多了。但是，可可西里不是处处都有金子，有的地方金子多，有的地方金子少，有的地方根本没有金子。能不能挖到金子，能挖多少金子，全凭各自的运气。而且可可西里的金矿还有一个显著的特点，就是发现了金子特别多的地方，挖金人把这块地方叫富金。富金是沿着一条带子延伸的，叫金脉。有的挖金帮挖上一两个月挖不出一两金子，挖不出金子就猴急愤恨。挖出金子的就吃肉喝酒，扔骰子赌钱。一个兰州来的大师傅在这里开了一家小酒馆，能炒几个菜热几两酒，不收人民币只收金子。挖到金子的人就到这里海喝豪赌，挖不到金子的人只能在门外咽自己的口水。于是，大的为争金脉开场子，小的为赌金子动刀子。几乎天天都有白刀子进红刀子出的事情，连喂的狗都因吃死人肉吃多了，眼睛都变得通红，见了醉倒在草滩上的人都以为是死人，发生了几起群狗把醉了的活人撕吃的事件。王勇刚也知道那里的治安太乱，需要整治，但办公室只有三个人，挖矿费都收不过来，对一般的杀人劫货、赌博酗酒，只有一只眼睁一只眼闭了，发生大规模的械斗才去处理。

太阳刚刚冒出东方的山巅，天地间还有一层氤氲的雾霭，这雾霭在一丝一丝地变淡。草尖上还有露珠，在晨光的映照下，闪烁着无数的亮点，亮点也在一点一点地减少。在这条金脉上，露珠早就被数百双脚践踏了。孟八和尕二旦率领着各自的人马，列成了阵式。中间空出了一块十几亩大的场子，场子上摆放了二三十具死尸和伤者。有的脖子被铁锹铲断，只剩下一层皮和身子保持着联系；有的肚子、心窝被捅出了血窟窿，朝外流着血和肠子；还有一只孤零零的胳膊摆在草地上，不知是哪位伤者遗忘的。有了人肉美肴，近水楼台先得月的狗们，钻进场子撕吃还有余温的人肉。

场子两边，孟八和尕二旦脱光了膀子，手里提着大片刀，像从血缸里出来一样，浑身上下都是血浆和汗珠，不知是别人的还是自己的。到了这个紧急关头，他们必须身先士卒，带头冲锋陷阵，否则，就镇不住这帮民工，就会有比他们更勇敢更能杀人的人取代他们的地位。在他们身后，几百名手攥着铁锹、大刀、标枪、扁担的汉子也满身是血和肉沫子，都仇视着对方。共同的利益使他们忘记了过去内部的不和，团结一致，同仇敌忾了。他们已经进入仇恨和殊死搏斗的世界，只有战胜对方，杀死对方，才能保住自己的金脉，才有酒喝有肉吃，老婆孩子才不会饿肚子，家里才能盖起一砖到顶的大房子。

"杀啊——"尕二旦和孟八又举起了大片刀，向对方阵中冲去，他们身后的采金工也跟着冲上去。瞬间工夫，寂静的草滩上又爆起喧闹，人们的喊杀声、器械的碰磕声、人被砍中的惨叫声，交织成一片。在场子的外围，无数不是孟八、尕二旦的人们在围观，他们甚至比正在厮杀的人更有激情，冲着场子里刀光剑影血肉飞溅拼命地叫喊："杀呀！狗日的，杀呀！狗日的……"不知他们在支持谁，其实，他们谁也不支持，任何一方的胜负都与他们没有关系，他们只是为了看热闹。厮杀得越激烈死的人越多越热闹。这里的日日夜夜，除了挖沙子、抬沙子、筛沙子，再没有其他任何活动，开场子是挖金子以外唯一的活动。

嗒嗒嗒……一梭子冲锋枪子弹射向天空，王勇刚、李石柱、仁丹才旺，策马冲进来，马匹撞倒了几个围观的人。

嗒嗒嗒……王勇刚对着天空又打出一串子弹。

格斗厮杀停止了，手持武器的人们木呆呆地竖在那里，一个杀得失去理智的汉子端着一把铁锹，朝着另一个汉子冲去。

嗒嗒嗒……王勇刚一个点射，子弹穿过他的大腿，他立即倒在血泊里。

"谁敢再动手，老子立即枪毙！"王勇刚端起冲锋枪，又喊，"都给我退回去！"

孟八和尕二旦的人向场子外退去，又成了两大阵营，孟八和尕二旦站在各自阵营的前边。

"你俩个驴失的，过来！"王勇刚收起冲锋枪，用马鞭指着他们。

他们一步一步向场中间的王勇刚走去，手里还提到大片刀子。

"把刀扔啦！"王勇刚又对他们吼了一声。

他们犹豫了一下，丢下沾满血污的大片刀。

"驴失的，王八蛋……"王勇刚抡起马鞭，狠狠地抽了起来。

两个赤裸的上体上又增加了几条马鞭抽打的血痕。

"狗日的，是金子值钱还是人命值钱！"王勇刚收起马鞭子，吼问。

他们看着王勇刚，没有回答。

"狗日的，说！"王勇刚更严厉吼了一句。

"人命值钱。"他俩小声叽咕了一句。

"大声说，让你们兄弟都听见！"

"人命值钱。"他们的声音大了许多。

"狗日的还知道人命值钱。你们看看，死了伤了多少人，就是为那狗日的金子。他们都是有爹有娘有老婆有孩子的人，他们死了一家人怎么过活？"

"我们有规矩，为开场子战死的兄弟，我们大伙儿养活他一家老少。"

他俩壮着胆子说。

"混账话……说，你们为什么开场子，孟八先说！"

孟八一下子来了精神，声音也高了许多，看着尕二旦说："王主任，不是我孟八不讲义气。我们在那边挖到了金脉，就顺着金脉挖过来。他狗日的不让我们挖，还打伤我手下的兄弟，是他们坏了规矩。"

"尕二旦，轮到你说啦。"

"王主任，我是最讲义气最讲规矩的人。他孟八在他们地盘上挖，就是挖出金元宝我尕二旦也不眼红。他把他的地盘上的金子挖完了，就让他手下的人跑到我们地盘上挖。我们不让挖，就和我们开场子。开就开，谁也不是小姨子养的……"

"你们说，这金脉从哪到哪？"王勇刚有了调解的办法。

他俩把金脉的走向范围说了一遍。

"我让李石柱、仁丹才旺，用马把你俩送到金脉的两头，听我的枪响，都朝中间跑，碰上面停下来，谁跑的就归谁挖！"王勇刚说完，不管他俩同意不同意，扭头对李石柱和仁丹才旺说，"你们一人驮一个送到两头，听见我的枪响再让他们跑！"

孟八和尕二旦就朝李石柱、仁丹才旺跑去。李石柱、仁丹才旺伸出胳膊一人拽住一个，把他们拽上马背，而后策马向南北两个方向跑去。

王勇刚用望远镜看着他俩都站在起跑线上，摆出拼命一搏的架势。

王勇刚举起冲锋枪对着空中打了一发子弹。

尕二旦和孟八拼命奔跑起来，哪里是在跑步，是跑金子哩，谁跑得快谁就挖的金子多。

刚才还在厮杀的人们又跑到金脉两侧，还是两大阵营，拼着命地喊："孟八爷，加油！""尕二爷，加油！"

孟八和尕二旦开始还是跑，跑过半里路，严重的缺氧加上刚才厮杀劳累过度，身子摇摇欲坠，脸色发青，嘴角直冒白沫，拼命地喘气，气仍然不够呼吸,就改为走,一步一步向前挣扎。他们又栽倒在地上,一步一步向前爬。他们手下的人跑到他们跟前,围着他俩吼喊:"尕二爷,加油……""孟八爷,加油……"

王勇刚骑在马上,只能看见两团艰难移动的人群。

孟八和尕二旦每爬一步,就要停下好大工夫,再挣扎向前爬出一步……

当两堆人马相距一丈多远时,尕二旦和孟八再也爬不动了,两臂伸得很开,像是要拥抱这条金脉似的僵直过去。

"都退出去!"王勇刚喝退人群,骑着马走到孟八和尕二旦中间,说,"你们都看清了,我现在让李石柱、仁丹才旺打桩。以后你们挖金子,谁也不能超过桩界,谁超过了我收拾谁!"

李石柱、仁丹才旺接过民工递来的木桩,走到尕二旦和孟八跟前,就要打桩时,尕二旦和孟八又抓住木桩,用力把木桩向前推出了一寸多,他们用最后的力气多占了一寸金脉。

王勇刚脸上泛出同情无奈的苦笑。

"来了一只鸡,来了一只鸡!"一个三十多岁的甘肃女人来了,轰动了在可可西里采金的汉子。准确地说是四个提大片刀的保镖护送着一个妓女来了。这个人老珠黄,颜色早褪的徐娘半老可能在都市、小镇上找不到生意了,到可可西里开辟市场。她的四个保镖在一片空地上支好了一项白色帐房,她就带着保镖去拜见孟八和尕二旦。孟八和尕二旦正在帐房里吃手抓羊肉喝烧酒,自从上次开场子被王勇刚调解后,他们就开始称兄道弟不分你我了。

"孟八爷、尕二爷,有个女人要见你们。"小喽啰进来通报。

"女人……"两个人一惊,放下手抓羊肉,不相信地问。

"真是个女人,她要见当家的把头。"

小喽啰又补充了一句。

"哈哈，王母娘娘见咱熬得难受，派观音菩萨下凡慰劳咱了！"孟八急忙对小喽啰说，"让她进来。"

一个穿着红缎子棉袄红缎子裤子的女人走进来。立即，充满酒味、羊肉膻味、烟末子味和男人常年不洗澡的体臭味的帐房里，有了女人的香水味。女人迈着碎步，扭着屁股一摆一摆地走到他俩跟前，道了个万福，浪声浪气地说："两位当家的，小女子翠花，丈夫早年去世，为了养家糊口，不得已走上这条道路。今个到两位大哥门前讨口饭吃，还望两位大哥高抬贵手，赏小妹子一碗饭吃。至于两位大哥，小妹子愿意为两位大哥铺床叠被……"说完，一双狐眼直朝他俩身上勾。

"好说，好说，翠花妹子吃饭没有？"

"初到贵地，还没有吃饭。"

"咱这地方没有啥好的，羊肉、烧酒管饱。"孟八抓起一块羊大腿给她递过去。

她抱着羊大腿就啃起来，像是饿了好几天。

"从西宁坐了七八天汽车，又在马上颠了五六天，才颠到这里，一路上没有好好吃过一顿饭。不好意思，一会儿吃饱了才能叫大哥玩得痛快。"

"你带了几个人过来？"孟八问。

"四个，都是能踢能打的好手，我承诺一个月给他们三两金子的工钱。"

"四个够个尿，这帮挖金汉子野着哩。大半年里都没有闻到女人味了，小心他们一齐上×死你！"尕二旦野里野气地说。

"不瞒两位大哥说，翠花没有金刚钻，就不揽瓷器活。敢到这里来，就有点小手段。只要两位大哥关照手下人，不要占了便宜不给金子，剩下的妹子都能对付！"翠花放下啃剩下的羊大腿，把手在褥子上一擦，就要解上衣扣子，问，"两位大哥，哪位大哥先来？妹子让你们一辈子都忘不了翠花！"

"就在这？"尕二旦惊诧地问。

"她们这卖×婆娘，哪在乎什么地方，到大街上都敢脱裤子！"孟八说。

"这位大哥说得难听死啦，人家还不是为了一口饭吃，谁愿意干这千人戳的事情。"翠花又对孟八抛了个媚眼。

"孟八，你先来，完了我再来！"尕二旦不好意思地钻出帐房。

"大哥，妹子这次服侍了大哥，大哥以后可要关照妹子的生意啦，管好你手下的兄弟……"翠花加快了解纽扣的动作。

"那还用妹子说，到时候大哥再给你派几个保镖……"孟八没有说完就扑上去。

翠花的帐篷外边，上百个淘金汉子排成一个纵队。后边的人干脆坐在草地上，一边抽着工字牌的卷烟，一边不耐烦地咒骂前边的人太慢。翠花的保镖还有尕二旦、孟八派来的保镖在维持秩序，遇到插队的就用皮鞭狠抽，赶到后边重新排队。一个脸上留有刀疤的保镖还不停地宣布规矩："一人一次，不许再来二次，发现了打死勿论！"在帐房门口，支了个小木凳子，上边放着一个天平，翠花不要人民币，要金子，一次一两。只有孟八和尕二旦免费，在帐房里待多长时间都行。下来就是帮着维持秩序的保镖，十天可以来一次，不收金子。其他的进去最多五分钟，不管弄到啥程度，到了时间，保镖会冲进去把你光着屁股拽出来。为了节省时间，还没有轮到进帐房的汉子早早就把金子搁在天平上，早早褪下衣服，只披着个老羊皮袄，冻得簌簌发抖地在帐篷门口来回跑步，看见里面的人出来，就急不可待冲进去。

帐房里生了三四堆牛粪火，很温暖。翠花脱得一丝不挂，像个大白薯，仰面朝天地躺在狼皮褥子上。屁股下面垫着一块布垫子，一个汉子从肚皮上滚下去，又一个汉子爬上来。她的头边放了一个碗，上来一个汉子，她就给碗里放一颗黄豆，一颗黄豆代表一两黄金，她担心帮她收金子的保镖贪污她的金子。她根本不让这帮挖金汉子来真的，他们失急慌忙地爬上来，她就施展手指和大腿的功夫，让他们认为真的进了该进的地方，她也哼哼叽叽地装，一鼓一鼓地动。隔上半个小时，保镖就从里面拿出一块精湿的垫子，到河边去洗，而后又放到牛粪跟前烤。就这样，几十块布垫轮流用还换不过来。

第三天头上，出了事情。一个汉子到了时间不出来，被保镖拽着头发从帐房里拉出来。那汉子穿好衣服，对着保镖搁下了一句话："她狗日的等着！"

二十几分钟后，汉子带着四五十个人来了，都带着家伙。冲到帐房跟前二话不说围着保镖就打。保镖们也不示弱，操起家伙对打，终是寡不敌众，节节败退。汉子提起淘金汉子给那婆娘交的金子，说："这是那婆娘日弄咱的金子！"顺手交给旁边的一个同伙。而后，冲进帐房提着翠花的头发拖出来，摔在草地上，一丝不挂的翠花像个大白冬瓜。

尕二旦带着人赶来了，翠花看见尕二旦哭着扑过去说："大哥，快救救妹子！"

尕二旦脱下自己的皮袄甩给翠花，走到那汉子跟前，平和地问："七斤，咱顶天立地的男人和一个女人开场子，不怕人家笑话！"

三年前，尕二旦在恰卜恰和一个藏民拼刀子，是七斤砍掉了对方一条胳膊救下了尕二旦。所以，他一般情况下都让七斤三分。

"尕二爷，我七斤也是一条汉子，犯不着和婊子开场子。只是这婊子捉弄咱那么多挖金子的人，也捉弄了兄弟。咱们搞一次要给她一两黄金，这价到北京城里比搞大学生都高。只要她好好服侍咱兄弟也行，你猜她咋弄哩，根本就没有让咱弟兄们搞进去，把东西都弄到她大腿上，这婊子日弄咱哩！"

"七斤，你咋知道？我前个×了她一火，咋就没觉出来！"

"你是你，兄弟们是兄弟们。她为了在这做生意，巴结你和孟八爷，不敢捉弄你俩。"

"翠花妹子,我这位兄弟说的可是真的?"尕二旦问翠花。

翠花只是哭,不回答。

"翠花妹子,这就是你的不对啦,你以为这些兄弟挖金子容易?这可可西里挖金场上,哪一天不死几个挖金子的汉子。这金子里面有他们的血和命哩,你咋能日弄他们。他们要是老婆在这里,能这样吗?你要是还想在这里做生意,收了人家的钱就让人家玩痛快,不要偷奸耍滑。要不想做生意,就趁早拆了帐房走人。我和孟八兄弟还会送你一程,就是这话,你思谋着办!"

翠花没有走,但收敛了许多,挖金汉子在她帐房里待的时间长了,再也没有发生过闹的事情。两个月后,翠花离开时,人瘦成了一把骨头,挣的金子把两匹马的腰都压弯了。

三

王勇刚结识了广东老板哈利生,由哈利生出钱到广州潇洒了一个星期,美酒、美宴、美女应有尽有,用王勇刚的话说:过了几天皇帝过的日子。

"哈老板,我在广州也住了一个多星期啦,该回去啦。"王勇刚觉得自己在这里多住一天,哈老板就得多花一笔钱。

"怎么,住的玩的不开心?"哈老板一惊,盯着王勇刚。

"不是,不是,我迟早还得回去,青海还有一摊子事情哩,我想回去干点事情,老这么混下去也不行,一辈子也混不出什么名堂。"王勇刚想起哈老板的豪华富贵,想起自己的贫困境地,心里一阵茫然。

"对,男子汉大丈夫就应该干番事业,不知王主任对以后有什么打算?"

"不瞒哈老板说,这几天我一直都在思考这个问题。我没有做过生意,也没想出做什么，老虎吃天，无处下爪。你在生意场上干的时间长啦，给我出个主意。"王勇刚从烟盒里抽出一支烟，递给哈老板，又用火柴替哈老板点着。

哈老板吸了一口烟，说："王主任，你说咱们朋友间说真话好还是说应付话好？"

"当然说真话，我这个人没有多大文化，但从来不说假话。哈老板把我当朋友看，就应该对我说真心话。"

"好！王主任信得过我哈利生，我就把心里话说给王主任听。"哈老板思考了一阵，说，"王主任，现在这社会，给公家干永远干不出大名堂。你拼上命为公家干，公家能给你什么？最多封你个官职。千里做官，为了吃穿，不管当多大的官都是为了钱，可你当公家的这个官能弄到钱吗？当然，现在当官捞钱的太多了。但公家的钱也不是好捞的，总有一天公家要清理门户，那些捞公家钱的人就是贪污腐败，不是杀头就是坐牢。王主任，依你的人品肯定不会去做腐败贪污杀头坐牢的事情，我们做朋友的也不希望你做这些。但是，当官不捞钱又有什么意思，还不如不当。就拿你这次来广州享受的总统套间、黄金宴席、绝色美人，清官就享受不上，享受了就犯事，我们享受就是天经地义……"哈老板说到这，又停顿下来，喝茶抽烟。

"哈老板，你说我该怎么办呢？"王勇刚觉得哈老板说得太有道理了，要不是这次来广州结识了哈老板，大开了眼界，这辈子还不是蒙着眼睛瞎胡混。

"但是，要发财弄钱又离不开公家。这个世界上，所有的钱都有人管，都不好挣，只有公家钱好挣，公家的钱是谁的，是国家的，是人民的，国家人民是个笼统的概念，是人人都有一点，人人都不管。只有打着公家的招牌去合法地挣公家的钱，这种方法才能发大财。"

"哈老板，你甭跟我说太理论的东西，你说说我这次回去该怎么办，咱谈实际的。"王勇刚急不可耐了。

"理论是实践的指南，没有正确的理论就没有正确的实践。王主任只有把自己人生的目标确定了，才好考虑如何操作。我不知道王主任想不想发大财，我说这个发大财不是一般意义上的几百万、几千万，像我这样的小财主，而是几个亿几十个亿的大财主。"

"我这次来广州真是大开眼界。我回去就是要不贪污不犯法不损害国家利益的前提下去挣钱……"

"好！王主任把人生目标确定了，具体操作就有办法。王主任这次回去，第一件事情就是以政府的名义创办个公司，要记住一点，不要政府投入一分钱，你担任法人代表。政府不投入钱，他们以后就不能在经济上找你的事情。我给你投资。公司是政府的，公司的经营方向就是可可西里，围绕可可西里做大文章，可以设置开采矿业、皮毛、国际贸易、药材等项目。再一件就是公司成立的同时，在政府部门办理矿产开采许可证。我上次到可可西里去看了，那种无序的、混乱的、滥采滥挖的局面维持不了太长时间。政府迟早要出面整顿，限制开采。到那时候，有开采证的会留下来继续开采，没有开采证会被赶出可可西里。当地政府目前还没有意识到这一点，你会很容易办到开采证。等政府意识过来了，他们就办不到开采证，很有可能整个可可西里就你一家有开采证，你就可以独霸可可西里。你的公司要和政府签个协议，用承包的方式交管理费，就是每年固定交多少钱。你公司刚成立，政府估计不到你的能量，数额肯定定得很低。签订协议时，也定下每年给银行交金子的数额，完成数额之后，由公司自行处理，规定上交金子的数量也不会高。公司成立后，我给你投入大量机械设备，使产量大大提高。你交了规定的金子之后，有更多的金子通过其他渠道出售，获得巨额利润，又符合政府规定。再一个就是你用政府的名义组建一支武装力量，前几天你谈的设想很好，可可西里太偏远，什么法律道德秩序都管不上它，只有暴力，谁厉害谁就是爷，谁就可以独霸可可西里。现在政府没有钱组建这支武装力量，政府绝不会把武装力量交给其他人管理。你的公司是政府的公司，又是你的公司出钱组建这支武装力量，政府肯定会把这支武装力量交给你管理。这样，你就可以名正言顺地镇压危害你利益的对手。"

四

可可西里的冰雪刚刚出现融化的迹象，严格地说只是向阳坡的积雪开始融化，山上的冰雪和背阳处的积雪还没有变化。如果仔细观察就会发现，河面上的冰由冷青色变成了浮白色，人这时再从冰上过，弄不好会掉到河里。毕竟到了四月份，内地早已是百花盛开的艳阳天了。在这里发了财的金把头和民工在家里窝了一冬，用采金子的钱喝了一冬的烧酒，吃了一冬的羊肉，睡了一冬的女人，打了一冬的麻将，也养了一冬的元气，早早就跑到可可西里，开始了新的一年的发财梦。

王勇刚收到了哈老板先期汇来的二十万元人民币的资金，购买了帐房、炊具，预付了一台挖掘机的订金，又用分期付款的方式买了一台东风卡车，招聘了几十个民工，也浩浩荡荡地开进可可西里。由于基干民兵连还没有组建，李石柱和仁丹才旺还暂时在可可西里开发办公室工作，等基干民兵连成立了，再将这里的工作交给别人。王勇刚独自带着自己的民工，在远离原来帐房的地方，找了一块背风向阳的窝子，扎下帐房。为了显示自己是代表政府的公司，王勇刚特地做了一块木牌，上边写着青海省玉树州金达有限公司，挂在帐房旁边。王勇刚把三十几个民工分成三个班，每个班指定一个班长，一个班又分两个组，每个组四个人。一个人挖金沙，一个人运金沙，两个人筛沙子。以组为单位独立核算，挖的金子多收入就多，挖的金子少收入就少。等大型采金机械设备到来之后，根据机械设备运转情况重新分工，坚决做到多劳多得，不劳不得。他还规定了许多纪律：早上按时起床，晚上按时睡觉，雨天不能出工时不能大赌，打麻将一次不能超过两元钱。不许打架，负主要责任的打架者罚一两金子，负次要责任者罚半两金子。打不还手者奖一两金子，骂不还口者奖半两金子。所以，金达有限公司的民工就显示与其他民工显著不同。出发之前，王勇刚按照在广州和哈老板策划的方案，和州政府签订了承包合同。一年给银行交纳五公斤金子，超额部分自行处理。王勇刚粗粗估算一下，就是不来大型机械设备，凭人工一年也可以采到二十五公斤。除了给银行交纳的，其余的全部卖给哈老板，价格比银行收购价格高一倍。要是有了大型机械设备，可以采到一百公斤，用不了几年，自己就可以大发了。他还思谋，可可西里只有他一家是国家批准的合法公司，只有他的公司有开采证，别的金把头都没有，自己要用政府的名义把他们收编了，他们采的金子就得全部交给自己。自己再分别交给银行卖给哈老板，从中又可以大捞一把。

一大早，他把公司当天的工作给副总经理交代了，骑上才买的枣红马找尕二旦和孟八去了，他去年骑的那匹黄骠马按规定不能带走。在青藏高原没有坐骑等于没有双腿，他特地通过军分区后勤部的关系买了这匹退役的战马。

晨阳刚刚冒出东山，山巅上有了一溜火红，有了半圆、全圆。可可西里的冰山雪原、河流水泊、荒野草滩就涂了金灿。有鸟在阳光中飞翔，有鼠钻出洞穴。空气也好，虽然还有冷凉的寒意，但清新爽冽，使在帐房里闷了一夜的王勇刚，感到吸进肺叶不是空气，而是充满鲜活生机的精神剂。他大口呼吸着空气，浑身上下都充盈无限活力。于是，他又想起了在广州的神仙生活、想起了阿凤阿花阿红阿芳这些小姐，想起了和她们在一起快活得要眩晕过去的刺激。自己照这样发展下去，用不了几年就可以天天享受上这种快活。用哈老板的话说：有了大把的人民币，还愁买不来快活。只要你有足够的钱，那些傲慢不可一世的女明星、女歌星都照样……只怕你的钱不够，掏不出让人家脱裤子那笔数字。想到得意之处，竟情不自禁地吼唱起来：

好一似百把剑来把心剜。
恨只恨西地里黄龙造反，
打来了连环表要主江山。
万岁爷把圣旨传下金殿，
郭元帅拔壮丁我家门前。
我婶娘要害我灭门霸产，
与宋成暗地里设下套圈，
我叔父身无疾假装有患，
朱青登替叔父应名当先。
中途间遇宋成将我哄骗，
无盘费一路上受尽艰难。
到边庭与黄龙连番交战，
……

王勇刚唱到这里，又改成白话问道："呔！这一妇人，你言道你是赵景裳，赵景裳左手有一颗朱砂大鹰，我问你手上有也无有？"

王勇刚在马上自唱自听地走着，时间也在不知不觉间流去了，也就没有了单个行路的寂寞。猛然间，他看见前边小河边有团血乎乎的东西，在还没有融化的雪地上分外刺眼。他两腿把马肚子一夹，战马向那团血肉奔去。

这是一只被剥了皮的藏羚羊，偷猎者把藏羚羊皮拿走了，把羊肉留在这里。很明显，打死藏羚羊的人不是挖金子的民工，挖金子的民工也打藏羚羊，他们打藏羚羊的目的是吃肉，都是把藏羚羊皮扔掉把肉拿走。这个偷猎者是为了羚羊皮，听人说羚羊皮很贵，一张能卖好多钱哩。他心里又翻腾出愤怒与不平，自从他代表政府创建了金达有限公司以后，他的潜意识里就把可可西里看成自己的领地，别人危害这里的一只野兽、一寸土地、一棵小草，他都认为是对自己权益的侵害。他在这只没有了皮毛的藏羚羊旁边站了很长时间，有几只闻到血腥味的鹰隼在他头顶盘旋，随时都要俯冲下来，他畏葸了。自从办了金达有限公司以后，他就不再是可可西里开发办公室的主任了，冲锋枪是配发给开发办公室的，他就将枪交给了武装部。只有等到基干民兵连组建后，他以民兵连指导员的身份才可以携带枪支。没有枪支，就少了胆量，就抽出临时借用仁丹才旺的腰刀，防止鹰隼向自己袭击，拉着马离开了那团血肉。他刚离开二十来公尺，那几只鹰隼就俯冲下去，几分钟工夫，那只藏羚羊就成了一堆白骨。

"驴失的，别犯在老子手上，要是犯在老子手上，非崩了你不可！"他狠狠咒骂一句，又腾身上马，但兴致完全被破坏了，也就不再放声吼唱，想起心事。当务之急是成立基干民兵连，有了武装力量，谁敢不听自己的指挥？要奋斗成可可西里的霸主，必须有一支绝对服从自己指挥的武装力量。只要哈老板的资金到位，基干民兵连马上就可以组建。军分区向上头申请枪支的报告已经批准了，关键是购买马匹和帐房、汽车的费用。但是，哈老板这笔资金迟迟不肯到位。他知道，广东人做生意很精，不会把钱朝没有把握赚钱的地方投的。他估计哈老板收购了他几批金子之后，才会给他拨这笔款的，心里又泛起对哈老板的愤怨和不满。

十一点钟，他才晃到孟八和尕二旦的地盘上。孟八和尕二旦的民工干得正欢，他按照青藏高原的规矩，老远就下了马，牵着马缓缓而行，还亲热地给正在干活的民工打招呼。一位好事的民工丢下铁锹，跑着去给孟八和尕二旦报信去了。

"王主任，恭喜升官发财！"尕二旦和孟八从帐房里钻出来，双手抱拳向王勇刚问候。他们俩又喝高了，脸被酒精染得通红，尕二旦站在那里都摇摇晃晃。

"二位老板，恭喜发财，吉祥如意！"王勇刚把缰绳交给尕二旦的手下，也双手抱拳给他们还礼。

"再开一瓶酒，捞条羊腿端上来。"他们携手钻进帐房，围坐在狼皮褥子上，孟八对手下人吩咐。

"你们两个还是生死之交，找到这一个就找到那一个啦，不拆伴。"王勇刚奇怪这两个金把头关系咋这么铁。

"不瞒王主任说：我们两个拜了把子，有难同帮、有福同享。哼，不是吹，在可可西里谁要是惹了我们兄弟俩，绝对没有他的好果子吃。"尕二旦接过手下人递上的酒碗，用皮袄把碗擦了，把酒瓶子颠倒过来就往碗里倒，一口气倒了大半碗，双手捧给王勇刚，说："王主任，干啦！"

王勇刚接过酒碗，说："我肯定把这碗酒喝完，只是颠了一上午把肚子颠空了，空肚子喝酒，下去就醉，我先吃点东西垫垫肚子。"

"先少喝一点，哪有见面不先喝酒的道理。"尕二旦不依。

王勇刚就大大地喝了一口，问，"咋样？"

"好！够意思，吃手抓，把肚子填饱再喝。"孟八挑了一块肥肉递给王勇刚。

"王主任，听说你前一向去广州啦？"尕二旦问。

"朋友请客去了一趟。"

"我也刚从广州回来。"

"你也去啦？"王勇刚惊诧地停住了咀嚼。

"不瞒王主任说：这几年我年年去，就为广州城里的女人鲜靓水色。我一去就住一个月，把一年的饥荒都补过来。日他先人，人家那地方的女人才叫女人，身上都冒香气，男人闻见那味道就想……我头天找的那个女娃才十九岁，说好的一夜八百块，狗日的一夜我×了她七回，把她×得吱哩哇啦乱叫唤，差点瘫到床上，一直到第二天上午才起来。我给了她一千块，她临走还问我晚上还要她不要。我说今晚再换个女人，你过上三四天再来。她还抄走了我房间的电话号码，才过了两天就打来电话，说大哥我想你啦，你是真正的猛男。"尕二旦借着酒劲，竟把床上的细节都讲出来。

"二旦，你以为人家那女娃看上你啦，人家看上你口袋里的票子啦。"

孟八不服气地揶揄他。

"对头,老子口袋里有的是票子,咱在这可可西里一年赚几十万,再贵的女人咱都×得起。这次去广州,我还没多带,只带了十万块钱,花了一个月,连一半还没有花完。哎——王主任,你这次去广州,你那朋友没有请你×女人?我听说南方人请客,请吃请喝请洗澡请唱歌,最后还请×女人。"

王勇刚鄙夷地看着尕二旦,他不愿和他们谈这个话题,觉得很淫秽、很猥琐、很掉身份。就是在广州,哈老板安排他和那些绝色佳人干那事,但两人见面都不谈那事。有档次的男人对那事光干不说;像尕二旦这类上不了档次的土财主,才会满世界宣传自己搞女人的事情。但尕二旦这些话确实勾起了他对那段生活的回忆,又回忆阿凤那些女子、回忆她们赤身裸体的媚美、回忆她们的淫荡,心里不服气地说:你一夜搞了七次就吹死牛皮啦,老子一夜把那个阿凤搞了十一次,第二天十一点起床时还搞了一次。你搞的是什么档次的女人,一个初中生都能把你这个文盲大老粗骗了。老子搞的是选美小姐,是在几百万女人中一级一级选出来的。但是,他嘴上却说:"二旦喝多啦,我去广州和朋友谈生意上的事情,哪能干那些乱七八糟的事情。"

"王主任,你才不懂哩,人家南方人精着哩,越是谈生意上的事情,越要请你×女人,把女人一×什么条件都答应人家啦。你这朋友不够意思,怕花钱,就像喝酒缺了最好的一道菜。今年冬天你跟我去,你别带一分钱,全由我包啦。一个月时间全广州的女人你挑着×,再贵我都给你掏。"

"二旦,你对我这么大方,还不是看我是个主任,管你们这些金把头。要是我王勇刚不当这个主任啦,你还肯花那么多钱请我到广州去?"

"我尕二旦为朋友两肋插刀,你要是信不过我尕二旦,我这次交金子,先给你十万块钱。到了冬天,你一个人去也行,叫我陪你去也行……"尕二旦生气了,将酒碗蹾在狼皮褥子上,酒液都洒出来好多。

"二旦、孟八,我今天来就是为了给你们通知两件事情。一件是我不再当开发办公室主任啦,政府成立了一个金达有限公司,任命我担任总经理,这个公司是替政府赚钱的。再一个是政府下了文件，对在可可西里开采金矿的单位、个人，进行全面整顿，只有拿到开采许可证才能挖金子，拿不到许可证一律赶出可可西里。从今以后，你们不要再叫我主任啦。"

"不叫你主任叫什么？"孟八还没有反应过来。

"随便叫什么都行。"

"好！王主任，不、不，王老板。那个吊主任有屁当头，一个月才挣几百块钱，不够到广州搞一次女人。不管你给公家赚钱还是给自己挣钱，咱们都是好兄弟，往后咱们三家联手干，谁敢欺负咱哥仨，咱们合起来给他干。只要咱们三个联手，以后的可可西里就是咱们的！哈哈……喝酒庆祝。"尕二旦高兴地又往碗里倒酒。

"二旦，王老板的话你还没有听完。他还说政府下了命令，要把没有采矿证的赶出可可西里，咱们去哪里办采矿证，这才是大事情哩。"孟八没有端酒碗，忧忧地说。

"哈哈，孟八兄弟，你一向都足智多谋，咋在这事情上犯糊涂啦。狗屁，那是政府拿大毛尿吓憨姑娘，不知道尿大×不死姑娘。可可西里这么大，没边没沿，政府能管过来？就凭开发办公室那几个人几条枪能把咱咋样？豆大的女人也能装进天大的尿，甭怕，政府咬不了咱的尿。喝酒！"尕二旦端起酒杯喝了一口。

"二旦，我今天是来给你们谈公事，咱就公事公办。我先给你们看几份文件，执行不执行是你们的事情，以后政府找你们的麻烦，甭说我王勇刚没有给你们传达到。"王勇刚从军大衣口袋里取出几份文件，一份是工商部门给金达有限公司的营业执照副本和州政府对创建金达有限公司的批复，一份是州政府对全面整顿可可西里采矿秩序的通告，还有一份是政府批给金达有限公司的采矿许可证，说："你们看看，这上边都盖着政府的大印。我们别光站在自己的立场上看问题，也站在政府的立场上想想，人常说是理不是理，就怕来回比。全中国的土地、矿藏都是国家的，你敢说可可西里是你孟八的、是你尕二旦的、是我王勇刚的？在国家的土地上挖金子就得遵守国家的章法。你尕二旦甭认为国家拿你没有办法，共产党把蒋介石、马步芳的几百万军队都打垮了，还收拾不了你尕二旦小毛毛兵？只是你尕二旦小土鼠一个，不值得政府来收拾你。你们再看看这份文件，州委已经批准组建可可西里基干民兵连，一百多号人、一百多匹战马、一百多支冲锋枪，还有汽车、摩托车。我任指导员、李石柱任连长、仁丹才旺任副连长。成立基干民兵连干啥呢，我不说你们也明白，就是专门打击和政府对着干的金把头……"王勇刚又掏出州党委、军分区，成立可可西里基干民兵连的批复，甩给尕二旦。

尕二旦没有接，一脸不屑的神气。

孟八捡起那份批复，很认真地看了，沉思一会儿，说："王老板，你说我和二旦该咋办哩？"

"这事情还用我说：你们长着脑袋不会自己思考？"

"我们都是粗人，要是能思考出来还问你？"孟八给王勇刚赔着笑脸。

尕二旦嘴角一撇，做出不屑的样子。

"既然你们要我说：我就实话给你们说。摆在你们面前有两条路，一条是拿不到采矿证卷起铺盖回老家，看着人家在这里发财。另一条是归顺到我的公司，成为我的子公司，使用我的采矿证，我的基干民兵连保护你们的利益。你们只管安心采矿，其他事情全部由我的公司处理。"

"就这些？"尕二旦不相信地问。

"就这些！"王勇刚肯定地回答。

"你真那么好，让我们白白使用你的采矿证，你的民兵连还保护我们……"尕二旦的话里充满揶揄。

"二旦，广州的女人是不是让你白×，人家那些女人也要吃饭、穿衣、住房、化妆，你白×了人家靠什么过日子？我这一百多号人马的民兵连，也要吃要喝要开工资，总不能让他们白保护你吧？你咋净想光占便宜不吃亏的事！"王勇刚的声音强硬起来，他根本没有把这两个手下败将看在眼里。

"我就说王老板的心肠咋这么好，原来是想收编我们，你给我们当老板，让我们给你打工。呸，想得美！"尕二旦扔下酒碗，冲着王勇刚吼叫起来。

"二旦，不要乱叫喊。王老板是老朋友了，不会害咱们的。"孟八止住尕二旦，又对王勇刚说，"王老板，二旦是粗人，脾气不好，你别与他计较，都是自家兄弟。你刚才说得太粗，能不能说得详细些，让我和二旦听明白。"

"我怎么会和他计较，话说过来，我就是和他计较了又能把他怎么着，我也是金把头一个，只不过是政府任命的金把头罢啦。怕只怕要是政府和他计较起来，恐怕他就甭想在这里挣到广州X女人的钱啦。要我说清楚点，我就给你们说清楚。你们采的金子全部交给我们公司，我按银行收购价付款，在这一点你们没有吃一点亏。你们也可以直接把金子交给银行，但必须是用我公司的名义交，每月给我上交百分之三的管理费。我也给你们说实话，咱们是老朋友，我的公司成立后第一个找的就是你们。除你们之外，全部得上交百分之五的管理费。就是你们，如果在十天之内答应，可以只交百分之三，要是超过十天，就是答应也得交百分之五。"

"屁，百分之一都没有，不相信你能把老子的尿咬了。滚，以后少到老子的地盘上来，老子不想看到你。"尕二旦指着帐房门口，吼叫起来。

王勇刚冷笑一声，站起来，大步向帐房外走去。孟八跟在他后边，一连声地说："王老板，你甭生气，二旦喝多啦……"

王勇刚走到帐房门口，又转过身子，对醉倒在狼皮褥子上的尕二旦说："尕二旦，你看着我这个小毛尿能不能X死你这个大女子！"

五

连续十多天，王勇刚每天都去找那些金把头，没有一个把他这个昔日的政府领导放在眼里，自然没有一个愿意归顺他的公司，气得他在帐房里睡了整整一天。这时候，他才意识到，自己原来在可可西里称王称霸，是代表着国家是政府。他们惧怕国家，惧怕政府，才给自己恭恭敬敬，唯唯诺诺。自己现在失去了这些，变成和他们一样的金把头，他们自然没有必要再对自己恭恭敬敬、唯唯诺诺了。连续的失败，就是自己只用嘴鼓吹自己是政府的公司，是基干民兵连的指导员，自己仍然代表国家代表政府。但自己的公司也是和他们一样的帐房，一样和他们雇民工，和他们一样挖金沙筛金子，唯一的差别就是帐房外挂的那块写着金达有限公司的小木牌。木牌谁不会做，字谁不会写。你还鼓吹基干民兵连，连个人毛都见不着，拉出来让人家见识见识呀！王勇刚意识到自己不能光拿嘴说，必须拿出真家伙让他们见识见识。他又想到哈老板的资金，退役的军马联系好了，退役的骑兵都报过名了，政审过了。军分区把弹药、马刀都准备好了，就差资金。只要资金一到位，不出一个月，基干民兵连就会出现在可可西里。

早上，民工们吃过早饭，王勇刚对副总经理说："派一个会开车的，去温泉给广州发个电报。我这几天心烦，想出去走走，晚上回来得晚。"把头天拟好的电报稿、地址，交给副总经理，就骑上枣红马，还带了一匹备好鞍子的空马。他认为，总经理必须抓大事情，思考公司的发展方向，具体运作应该交给副手去干，他不想把自己变成和尕二旦、孟八样的金把头。事情进展得不顺利，心里就烦，又想起了雷指导员，雷指导员当年是为救他牺牲的。青海省政府在可可西里为雷指导员立了一块石碑。骑马要走大半天的路程，他想趁这几天忙里偷闲的工夫，去看看雷指导员。十多天前就让副总经理准备了火纸、供香和一瓶五粮液。

草滩上的积雪融化了，土地很湿润，小草冒出了鲜嫩芽尖，不知名的野花也开了。马蹄踏在松软的草滩上，没有一点声响，有几朵小花被踏进泥沙里。王勇刚心事重重，不想唱不想吼，连公司以后的事情都懒得想，只想看雷指导员。雷指导员要是活着，一定能干到玉树州委书记的位置上。这个月该给雷指导员家属邮钱了，自己再难，也不能难雷指导员的家属。自己公司赚到钱了，头一件事就是给雷指导员家属盖一栋当地最豪华的楼房，每月给雷指导员家属开一份最高的工资，不能让雷指导员家属为生活操心。

过了正午，王勇刚才走到雷指导员的纪念碑跟前。这里也成了挖金子的地方，四周挖满了坑洼，有的坑洼里渗出了积水。一群民工卖力气地挖金砂，担金砂，还有一群民工在冰冷的河水里筛金砂。王勇刚在这里转了几个圈，也没有找到雷指导员的石碑，他的记忆中雷指导员的石碑就在这里。

"喂，老乡，这里原来有块石碑，现在到什么地方去了？"王勇刚问正在挖沙的民工。

"这里原来是有块石碑，刚好压在金脉上。我们老板叫搬到帐房跟前，人坐在上边挺平整的。"民工见他穿着军大衣，像是政府的人，也就认真地回答。

"日你先人，那是雷指导员的纪念碑。雷指导员是功臣，你们敢把雷指导员的纪念碑当凳子坐……"王勇刚本来就憋了一肚子火，这下全爆发出来了。

"你骂我管啥用，我是给人家扛活的，人家叫干啥就干啥。这事，你找俺老板说去。"民工不再搭理他了，又挖起沙子。

"你老板叫啥？"

"姓焦！"

"他这阵在哪里？"

"就在帐房外晒太阳。"

王勇刚腾身上马向帐房冲去，二三百公尺的距离，一分钟就冲到了。

果然在帐房门口不远的地方看见铺在地上的石碑,上边放着几十个没洗的脏碗,还有几只掉了瓷的盆子,像是盛饭用的。王勇刚连马都没下,用马鞭指着在帐房门口晒太阳的像是金把头模样的人吼:"把你们姓焦的把头叫出来。"

那人慢慢睁开眼睛,瞅视了王勇刚一眼,说:"你是哪条道上的混子,敢骑在马上给老子说话,怕是不想活了。"

"叫你们姓焦的把头出来,老子没工夫给你磨闲牙。"

"老子姓焦,叫焦刀客。你有屁就放,放完就滚,老子还要打瞌睡哩。"

"这石碑是政府给雷指导员立的,雷指导员是功臣,你驴失的敢把雷指导员石碑放倒。"王勇刚还是骑在马上,居高临下用马鞭指着焦刀客。

"老子是挖金子的,鸡巴政府、鸡巴指导员跟老子有尿关系。它碍了老子挖金子的砂梁,老子就要把它放倒。老子骑驴压着你的脊梁杆子咧,又没有×到你老娘,你犯哪门子疯?"

"老子今天叫你把它立起来。"

"让老子听话的杂种在他娘肚子里还没有生出来哩,就凭你这个野种。"

王勇刚翻身下马,拔出腰刀,向焦刀客逼去。

"哈哈,跟老子玩刀,你配跟老子玩刀吗?老子是大名鼎鼎的焦刀客,和你这号人玩刀都掉老子的份子。"

焦刀客一个弹跳,原地腾起二尺来高,落地时手里已经攥着一把明闪闪的大刀片,在正午的阳光下反射着刺眼的白光。

一百多个挖金子的民工都围上来,没有一个人敢说话,站在四周观看。

"啊——"王勇刚大吼一声,挥着刀扑过去,对着焦力客的肩膀斜劈下去。焦刀容似乎没有动作,只是把身子一挪,王勇刚的腰刀就劈了个空,焦刀客顺手一削,大片刀在王勇刚肩背上削去一片衣服,顺便捎带了一片皮肉。王勇刚急忙收回腰刀，稳住身子，又狂叫一声挥着腰刀向焦刀客的脑袋上劈去。本来，他第一刀是不想要焦刀客的命，只想在他身上留个记号，教训他一下就行了。没料到自己没占到便宜，反而让对方占了大便宜，恼羞成怒上来，就不顾后果了。

"狗日的，给老子来绝的啦。"焦刀客不慌不忙地一个腾跳，王勇刚的腰刀又落了空。焦刀客落地的同时，大片刀顺便一带，又带走了王勇刚另一只肩膀的一片衣服和皮肉。

王勇刚这才意识到自己遇到了行家，也就不再贸然进攻了，攥着腰刀瞪着两眼围着焦刀客转圈。焦刀客站在圆圈中心，随着王勇刚的转动而转动身子。只跟王勇刚过了两招，就知道他是没有玩过刀的生手，心里也坦然了许多，像猫捉老鼠那样把王勇刚戏弄一番，最后结束他的生命。但是，他绝对没有想到，就在他和王勇刚玩猫捉老鼠的工夫，为王勇刚争取到了生的希望，也为自己的以后埋下了死亡的祸种。

"兄弟，不服气？出招呀，就凭兄弟这两下子，也敢挎刀骑马在我的地盘上横行霸道。"焦刀客耍了个刀花，把大片刀藏在身后，肆无忌惮地取笑王勇刚。

"啊——"王勇刚终于被激怒了，又大吼一声，举着腰刀冲过去。一个斜劈又被焦刀客躲过，焦刀客又是顺手一带，又带走他大腿上的一片衣服和肉。他的刀法准确极了，只伤皮肉，不伤筋骨。王勇刚一个跟跄，单腿跪在地上，肩上腿上流出的血洇湿了好大一片沙地。但是，只几十秒工夫，他又挣扎着站起来，又挣扎着喊："驴失的，我跟你没完，就是死了做鬼也饶不了你。"又举腰刀，摇摇晃晃地向焦刀客冲去。

这次，焦刀客就没有动，只是把身子一斜躲过他的腰刀。大片刀顺手一带，又带走了王勇刚另一条大腿上的一片衣服和一片皮肉。王勇刚身子一歪，倒在沙地上，嘴里还是不停声地骂。

焦刀客走过去，一脚踏在他的胸脯上，用大片刀指着他的鼻子说："兄弟,老子叫你死个明白,我焦刀客手里已经有了六条人命,早晚是挨枪子的人,多杀一个赚一个。你也不要怪老子手黑,是你非要惹老子生气。你先走一步,老子说不定哪天也去见你啦,老子也是活一天是一天的人……"焦刀客说完,双手举起大片刀,朝下砍去。

王勇刚眼睛一闭,一股悲壮涌出,绝望地等待瞬间的死亡。

兀然,焦刀客下砍的大片刀被斜刺伸过来的铁锹挡住,一个五十多岁的老汉对他喊:"刀下留人!"

"老肖头,你敢挡我的刀!"焦刀客愤怒地瞪着老汉。

"焦老板,有话给你说。我是为你好呀!"

"有话快说,我还要结束这驴失的性命哩。"

"这不是说话的地方,咱们到帐房里去说。"肖老头说完,不管焦刀客什么反应,就朝帐房走去。

焦刀客看王勇刚四肢受伤,爬行都十分困难,也就放心地尾随着肖老头走进帐房。

"焦老板,老不死的挡了你的刀,实该万死。我也是为你好,自古以来忠言逆耳,忠臣无下场……"

"不要啰唆了,你有啥话快说?"

"焦老板,你知道这个人是谁?"

"我咋能知道他是谁?"

"他是可可西里开发办公室的王主任,现在的玉树州的书记都是他的拜把哥们。"

"这与我有什么关系,老子劈了他,看他到阴间当主任去。"焦刀客提着刀又要朝外走。

"焦老板你就不懂啦,你把共产党的办公室主任杀了,他那个当书记的拜把哥们能不兴师动众地找人?你又是当着这几百个人的面把他杀了,还能不透出一点风声?你现在好不容易才找到这个挣大钱的事情,平平安安地干上两三年，挣上千八百万，到哪个大地方买套房子，也能跑到国外，一辈子吃喝不完。何必为这点小气坏了你一辈子的大事……"

"有道理，有道理，刚才我一生气，把大事情都忘啦，你说这个驴失的该咋处理呢？"

"咱不动他的马和马上的东西，把他和马交给我，我把他带到远离咱这搭的地方，丢到别的把头的地盘上再搞死他。他的拜把哥们一定不会认为是咱们干的，你也就平安无事啦。"

"行，好办法，事成之后，我奖你一两金子。"

"金子咱不敢想，只要能为焦老板做点事情，让焦老板高兴，我心里就满足啦。"

肖老汉把王勇刚扶到马背上，牵着马离开了焦刀客的地盘。走出一两里路后，找了个废弃的沙坑，把王勇刚抱下马背，放在平坦的沙地上。取出怀里的酒壶，一点一点地倒在伤口上，洗去上面的沙子，消了毒。又用火烧了一片羊皮袄，把烧的灰烬捂在伤口上，止住血。过了好半响，王勇刚醒过来，看着肖老汉迷惑地问："你是谁，我不是被那个金把头杀了吗？"

"王主任，我把你从焦刀客刀下救出来啦。"肖老汉见王勇刚苏醒过来，十分高兴。

"你是谁，为什么要救我？"

"王主任，你忘了，去年你在尕二旦手下救了我们……我刚才给你洗了伤口，没伤着筋骨，回去休息几个月就好啦。我送你回去，咱们赶忙离开这里，万一焦刀客转过神来了，很容易追上来。"肖老汉又把他扶上马背，向王勇刚的地盘走去。

几天以后，王勇刚经过一个专门为挖金汉子治病的藏医治疗，精神好多了。闻讯赶来的李石柱、仁丹才旺也守在他身边，见他彻底没有了危险，就寻思着要去找那个焦刀客报仇。王勇刚坚决不同意，说："他本来就是个杀了几条人命的家伙，他把你们杀了，大不了还是个死罪。你们把他杀了，就犯了国法，不枪毙也得坐牢，不值得。"

"照你这么说，这仇我们不报啦？"李石柱气愤地说。

"勇刚，别说是石柱，就是我也忍不下这口气。咱们就是不要他的命，也要在他大腿上钻几个窟窿，叫他一辈子站不直身子。"仁丹才旺也要去找焦刀客报仇。

"你们都不要说啦，报仇的事我自有安排，不是不报时候不到，到了时候，我叫他用十倍的代价来偿还！"

"王主任，你们千万不敢去冒险。据我所知，焦刀客还有一支手枪，七八个和他一块在甘肃犯下命案的人都有枪，你们这几个人几支枪不是他们的对手。"肖老汉赞同王勇刚按兵不动的办法。

六

王勇刚筹建已久的基干民兵连浩浩荡荡地开进了可可西里，就驻扎在金达有限公司旁边。一百多人分住的十多顶帐房梯形摆开，一百多匹战马的马圈占了很大的地方，还有汽车、摩托车。王勇刚以指导员的身份佩带了武器。这次，他不但有支冲锋枪，还和李石柱、仁丹才旺一样配发了五四式手枪。民兵们除了每人一支冲锋枪之外，还有一把马刀，比骑兵部队的装备都优良。按照预定方案，民兵连成立之后的最初一段日子是巡逻。所谓的巡逻，就是向金把头炫耀武力，迫使他们接受王勇刚的收编。

早晨七点，可可西里的晨气还有些冰冽，夜气在草尖上凝下了一个一个露珠，太阳还没有露脸，东天还没有出现朝霞。但天色已经大亮，视线极好，能看见草滩上有只鸟儿蹿起，洒下一串清脆的鸣叫。有风，不大，甚至还有些温暖，在可可西里风不大的天气就是好天气。司号员站在帐房门口鼓着腮帮子吹响了起床号，一阵洪亮激扬撕破了早晨的静谧。可可西里有了亘古以来第一声军号的嘶鸣，显得雄壮激越。随着号声，民兵们疾射出帐房，提着马笼头跑到马圈，找到属于自己的战马，套上笼头牵出马圈，又拿起摆放整齐的鞍子，安放在马背上。不到十分钟，一百多匹战马排成几排横队，整整齐齐地站在王勇刚、李石柱、仁丹才旺对面。值星排长骑着马向队列喊出"立正"的口令，所有的马匹都抬起脑袋、挺出前胛，马背上的民兵们都挺胸收腹地坐在马背上，两眼平视前方。

"向右看齐！"值星排长又下达口令，民兵们整齐一致地向右摆头。战马在民兵们的操纵下，碎碎地移动着脚步，几条队伍横是一条线，竖是一条线，纹丝不乱。

"向前看！"战士们一齐摆头，又平行视向前方。

"稍息。"所有的战马低下高昂的头。

"立正！"随着值星排长的口令，战马战士又恢复了立正的动作。

值星排长掉转马头，朝王勇刚跟前走了几步，嗖地抽出马刀，平举在脸前行了军礼，大声向王勇刚吼喊："报告指导员，基干民兵连集合完毕，共有骑兵一百二十名、战马一百二十匹、摩托车六辆、汽车三辆，请您指示！"

"稍息！"王勇刚回了礼，值星排长下达了"稍息"的口令后，退回队伍。

王勇刚策马走到队列正前方，底气十足地喊了一声"同志们"。随着他的声音，战士、战马又整齐划一地恢复了立正姿势。他向队列还了举手礼，大声吼："稍息！"他对这支队伍满意极了，所有的战士全是玉树州近两年复员的骑兵，大部分是正副班长，服役期都在三年以上，不少人立过功受过奖。战马也是近期统一从骑兵部队抽调的马匹，具有很好的战斗素质，从刚才的集合就可以看出这些。战士们的服装也是统一从军分区调拨的，是部队的服装配置，就是没有帽徽、领章。如果有了帽徽领章，绝对是一支战斗力极强的中国人民解放军的骑兵战斗序列。王勇刚做了简单的训话，部队就开始早操训练了。早操训练的课目是马上劈刺，以班为单位，随着各班长的口令,战士们在马上做着左下劈、右下劈、正前刺等战斗动作。口令声、喊杀声交织一片,龙腾虎跃。王勇刚看着士气高涨的部队,又一次对自己的事业充满信心。

上午十点多钟,太阳正好。在一个有两百多人的采金点,一百多匹战马、一百多名战士,又一次列队整齐。在战马方阵的旁边,停放了六辆三轮摩托车,车上架着轻机枪。所有的民工都停止了挖砂,怯懦畏葸地看着这支突兀而来的部队。金把头一溜小跑地从帐房里钻出来,跑到王勇刚马前,仰望着马上的王勇刚,极殷勤极巴结地说:"王主任,到帐房喝点奶茶,外边怪冷的。"

"我们还有任务,政府决定对可可西里的采矿秩序进行强制性的整顿。我前一向给你谈的事情考虑得怎么样啦?"王勇刚骑在马上,用马鞭指着金把头说。

"不用考虑,不用考虑,本人坚决服从政府,本人坚决服从政府。"金把头望着这个阵式,脊梁杆子上都冒出了冷汗,生怕答应得慢了被赶出可可西里。

"好吧,从现在起你们就是金达有限公司下属子公司了。你明天到金达公司办个手续,签订一份合同,我们给你个公司编号,你就属于合法采矿了。"

王勇刚和基干民兵连巡逻了十几天,所到之处,金把头第二天就主动到金达有限公司办理归顺手续。王勇刚一下子收编了三十几个金把头。剩下十几个像孟八、尕二旦这些势力大的金把头,不说同意,也不说不同意,想观望几天看能不能拖过去。

可可西里的采矿秩序迅速好转了,那些归依王勇刚的金把头成了金达有限公司的子公司,都按照王勇刚的要求,填实了废弃的沙坑,清理了堵塞的河道。王勇刚给州委发了电报,让州畜牧局购买一批草种,运到后补种在上边。

傍晚，王勇刚和基干民兵连的战士们开过晚饭，自由活动过后，开始政治学习。基干民兵连的一切活动和部队的作战连队一样严格。王勇刚觉得带兵没啥诀窍，就是想办法不要让兵闲着，都是二十来岁的小伙子，精力旺盛，要是让他们闲下，能不滋事生非？让他们有事情做、训练、唱歌、做游戏、政治学习、巡逻、战斗，除了睡觉，拉屎拉尿都没有时间，哪有精力和工夫闹事？这阵，班长以上的领导干部都集中在公司办公室暨连部的帐房里，由王勇刚布置第二天的战斗任务。他旁边，有两个公安干警，从甘肃来的公安不服高原反应，歪倒在床上像是昏迷过去。干警介绍了敌方的情况，现已查明，流窜到可可西里的焦刀客，是个多次作案、残杀人命、负案在逃分子，公安部多次发出通缉令。甘肃公安厅派的同志已经来了，希望青海的警方配合，由于可可西里的地理特殊，州党委同意调用基干民兵连参加抓捕工作。

王勇刚命令民兵连今晚出动，把所有的金把头都请来，尤其是那些还没有归顺金达有限公司的金把头，就是用枪押也要把他们押来。他预料，明天和焦刀客肯定是一场势力悬殊的血腥厮杀，正好用来杀鸡给猴看。

黎明时分，可可西里无人区还是一片沉寂。远处的可可西里山在熹微的晨曦中显示出灰白的轮廓。挖金的汉子还在熟睡。偶尔有汉子从帐房里跑出，在不远的地方浇上一阵黄尿，又急慌慌地跑进帐房睡觉去了。基干民兵连的一百多匹战马驮着一百多名荷枪实弹的战士，完成了对这个采金点的包围，包围圈一点点缩小，帐房里还没有发觉。他们经过一夜的行军，夜气打湿了战马的皮毛，打湿了战士的征衣，乌黑的枪管上都凝结着水汽。几十个金把头骑着马，被安排在安全地带，这是容易观看的位置。

还是一片沉谧，包围圈还在缩小。富有战斗经验的战士和战马没有发出一丝声息，有个钻出帐房撒尿的挖金汉子，撒过尿又钻回帐房，都没有发现正在逼近的战马和战士。包围圈完成了，排长们向王勇刚打出手势，王勇刚按照头天晚上研究好的战斗方案，向他们发出进入战斗的指示。

又一个挖金汉子钻出帐房，从皮袍里掏出那东西就撒，刚撒了一半，就被两个从背后蹿上来的民兵搂住脖子，拖到王勇刚面前，两把马刀架在他脖子上。

"说！焦刀客住在哪个帐房？"王勇刚跳下马，严厉地问。

"在那间帐房！"汉子不知是冻的还是吓的，浑身簌簌发抖。

"他手下那帮带枪的狗腿子住在哪间帐房？"

"和他住一间帐房，他们不允许我们到他们帐房去，他们都有枪。"

王勇刚又腾身上马，右手一挥，一个排的战士向焦刀客住的帐房包抄过去，形成扇形围在帐房门口。三十多支枪对着门口，王勇刚摘下冲锋枪，把子弹推进枪膛。

"焦老板，来了一大群抢咱金子的。"那个汉子按民兵的要求，对着帐房喊叫起来。

"焦老板，快出来呀。他们抢走了咱们的家伙，把二磴子打死啦。"汉子又喊了一句。

"狗日的，活得不耐烦了，到我焦刀客的地盘上找事来咧！……起来……跟我出去宰了这帮驴失的。"帐房里有了骚动。

别的帐房有人跑出，刚冒出脑袋，看见横枪立马的民兵，就立即缩回去了。民兵们对着帐房大声吼喊："谁也不准出来，谁出来打死谁！"

"狗日的，跑到老子地盘上撒歪来咧……"焦刀客骂骂咧咧冲出帐房，蒙蒙昏昏中看见四周的骑兵战士，抬手就开了一枪。王勇刚没等他开第二条，就打开出一梭子子弹。随之，几十支冲锋枪同时开火，如一阵暴风骤雨刮过，焦刀客和手下的七八个人被子弹打得稀烂，清冽的寒气中弥漫了腥滋滋、热乎乎的血腥味。

观战的金把头吓得脸色苍白，浑身发抖。那些还没有归顺金达有限公司的金把头，额颅上都冒出豆大的汗珠。

战斗结束，部队集合。留下一个班的民兵打扫战场和收编民工，王勇刚带着部队返回驻地。王勇刚骑着马,在李石柱、仁丹才旺和警卫员的簇拥下,经过那帮金把头时,都没有看他们一眼。孟八和尕二旦还有那些没有归顺金达有限公司的金把头,从人群中跑出来,巴结地对王勇刚说:"王主任,我们不是不听政府的,我们只是考虑考虑。现在考虑通了,我们坚决拥护政府,拥护王主任。"

尕二旦还拽住王勇刚的马缰绳,指天指地地喊:"王主任,我尕二旦以后要是不听政府,不听王主任的教导,驴失我妈!"咒完,双手把屁股一拍,一蹦老高,以显示发誓的诚意和庄重。

"我正在执行任务,有事情明天到公司找我。"王勇刚冷冷地给他们撂下一句话,带着部队走了。

所有没有归顺的金把头第二天全到了金达有限公司。王勇刚完成了统一可可西里的最初目标。哈老板的资金到位了,王勇刚偿还了组建基干民兵连的借款和债务。他觉得,自己开始步入人生最为辉煌的阶段。

发于《天涯》2002年第4期

可可西里的格桑梅朵

一

　　可可西里冬日的黄昏极为壮观美丽。到了这个时辰，太阳就悬在西边山头上，很大，像一个巨大的圆盆；很红，像正在燃烧的羊粪蛋，当然要比羊粪蛋大几千万倍。夕阳的光辉就是从很大很红正在燃烧的羊粪蛋里散发出来的，金灿淹没了可可西里。淡淡的暮霭就是从夕阳中蔓生出来，和金灿混掺在一块，视线清晰而朦胧。不远不近的山像被推远了，山上萌生了淡淡的岚气，草滩的尽头也涌动着淡淡的雾气，用肉眼看不清楚，用心才能感觉到那种雾气。这个季节的可可西里完全是冰雪世界，只有很少的没有被冰雪覆盖的崖石、草滩，顽强地裸露着自己本来的颜色。这时的可可西里，甚至整个青藏高原都显得深邃、神秘、广袤、浑厚、博大。

　　每天这个时候，七八岁的小姑娘桑珠都会从生着羊粪火的帐篷里钻出来，穿着羊羔皮做的皮袄，迎着发疯的西北风，朝草滩的远方跑去，迎接就要放牧归来的旺丹阿爸。猛然从帐篷里跑出来，投向寒冷到极点的西北风里，桑珠连着打了四五阵冷战。每打过一次冷战，身上从帐篷里带出来的温暖就损失一些，四五阵冷战打过，身上的温暖就损耗完了，羊羔皮做的袍子似乎抵御不了西北风的肆虐，整个身子就像没有穿袍子一样冰冷。桑珠习惯这样的寒冷了,甚至比这更寒冷的暴风雪,连壮实的牦牛和公羊都会被冻死的日子,她都经过了好几次,怎么会畏怯这个平常的冬季黄昏的寒冷?

她从帐篷跑出来时,一只黑色的獒卧在帐篷门口,她看了獒一眼,喊了一声:"雪狮,雪狮,跟我去接阿爸!"那只名叫雪狮的獒嗖地从地上跃起来,很洪亮地吼叫一声,对着她扑上来,两只前腿搭在她的肩膀上,血红的舌头对着她的小脸舔了一下。

"好啦,不要再疯了,咱们快去接阿爸回来!"桑珠在雪狮的脸上轻轻拍了几下,雪狮才收回搭在小主人肩上的前腿,转身向草滩的深处窜去。

满目都是雪色,难得看到一片没有被雪掩盖的草地,上边的草也干枯了。阿爸放牧的羊只就在这难得没有被雪掩盖的草地上啃吃干枯的冬草,还有那些野生灵也要啃吃这些没有被雪掩盖的枯草。生灵们到了这个季节,日子过得要多艰难有多艰难。黄昏时分的雪还很刺眼,桑珠连着揉了几次眼睛,眼泪才不朝出流了。她望着跑远的雪狮,大声喊了一句:"雪狮,等等我!"

跑得很远的獒停下身子,突然转过头,朝着小主人奔跑过来。它跑到桑珠跟前,又像刚才那样把两只前腿搭在她肩上,又用血红的舌头在她脸上舔了一下。小主人又像刚才那样亲亲地斥责它一声,它很得意地看着小主人,收回搭在小主人肩上的前腿,扭动了一阵腰肢,摇动了一阵尾巴,很欢实,很骚情。随之,就跑在离小主人不远不近的前边,不快不慢地奔跑。

雪原上,缓慢地移动着一群和雪样颜色的羊只,在羊只的后边,移动着一个黑色的人影,还有一只黑色的牧羊狗,也是一只獒。

桑珠对着雪色样的羊只,对着黑色的人影,对着同样黑色的獒,声音很洪亮地喊叫了一声:"阿爸——"在桑珠喊叫阿爸的同时,她身边那只黑色的獒也仰起硕大的脑袋,对着前方的羊只、人影、同类,也吼叫起来。獒的吼叫在黄昏的西北风中显得很雄浑,很嘹亮,传得很远。

几乎在同一时间,对面的獒也对着他们吼叫起来,声音同样很雄浑洪亮，两只獒的吼叫在空寂的雪原上显得很喧哗。随之，桑珠听见对面传来阿爸的声音："桑珠——"同时，她还看到对面的獒奔跑过来，对面的羊群奔跑过来，对面的阿爸奔跑过来。她也加快了奔跑的速度。最先相遇的是獒，它们先是头对着头地碰了一下，又用鼻子挨了一下鼻子，这是它们相互拥抱握手的礼节，接着就撕咬起来，在雪地上滚动，黑色的狗毛上沾满了白色的雪。随之，它们又一齐停止撕咬，分头向主人扑去，那只叫雪狮的獒就朝着阿爸跑去。跟随阿爸放了一天羊的雪虎朝着桑珠跑来，它跑到桑珠跟前，扑到她身上，把两只前腿搭在她肩膀上，用舌头在她的脸上舔。"雪虎，不要舔我了，痒死我啦！"桑珠嘻嘻地笑着抱了一下雪虎，又推开它，急急地朝着阿爸跑过去。接着又是羊群涌过来，羊只们把桑珠围在中间咩咩地叫着，挨着她身边的羊还用头上的硬角顶她的大腿和屁股。她不得不放慢脚步，摸摸这头羊的脑袋，再摸摸那头羊的脑袋，还亲亲地说："行啦，行啦，我还要接阿爸哩！"硬是从羊只的包围中挤出来，跑到阿爸跟前。

"阿爸——"桑珠跑到阿爸跟前，很甜很甜地叫。

"桑珠，这么冷的天气，你还要跑出来，在帐篷里多暖和！"阿爸把桑珠搂在怀里，用身子替桑珠挡了一些西北风。

"桑珠想阿爸了，就出来接阿爸！"桑珠把身子缩在阿爸的怀里，身上暖和了许多。

两只獒和一群羊把桑珠和阿爸围在中间，獒看着主人蹦跳，很激动很欢乐；羊们望着桑珠和阿爸，咩咩地叫，很文静很矜持。

桑珠和阿爸赶着这群羊只，朝着家的帐篷走去。两只獒也做了分工，雪虎在羊群的左边，雪狮在羊群的右边，一左一右地保护着羊群，履行着它们的天职。

突然，两只獒一齐狂叫起来，都朝着羊群的右前方扑去。

"出了什么事情？"阿爸惊奇了，对着獒吼了一声，"不能咬人！"拉着桑珠的手朝着獒吼叫的方向跑去。

雪虎和雪狮围着一只羚羊尸体吼叫,确切地说是被剥去了皮的羚羊尸体,羚羊的头也被割去了。桑珠和阿爸蹲下身子,看着没有皮毛没有脑袋的羚羊尸体。阿爸还在羚羊尸体上抚摸了一下,而后又抬头望着可可西里外边的方向,眼睛里透着仇恨,也透着无奈,狠狠地咒骂了一句:"佛爷饶不过这些恶狼!"

桑珠也在羚羊的尸体上抚摸了一下,尸体还没有完全冻硬,有种软软的感觉,对阿爸说:"它是被刚刚杀死的!"

"是被刚刚杀死的,最多在喝碗奶茶的工夫前杀死的!"阿爸从可可西里外边的方向收回目光,又把尸体抚摸了一下。

桑珠觉得阿爸抚摸羚羊尸体的手在颤抖。

"佛爷是不会饶过他们的!"桑珠也咒骂了一句。她听阿爸说过,阿爸小的时候,可可西里的羚羊、黄羊、野牦牛、野马、野驴、野羊,还有恶狼、豹子、哈熊,多得成群结队,放牧的人们都不伤害这些野生灵。在他们的意识中,这些野生灵都是佛爷的宝贝,伤害它们就会得罪佛爷,佛爷要是降罪下来,祖祖辈辈都会遭难。因此,人们除了宰杀他们放牧的牦牛和羊只之外,根本不知道这些野生灵还可以宰杀。到了这几十年,从可可西里外边来了很多不敬佛爷的人,他们开着汽车,拿着快枪,专门猎杀羚羊、黄羊、野马、野牦牛,一次都装好多汽车羊皮、牛皮,运到外边挣钱。吃草的野生灵越来越少了,一年都见不上几只,靠吃这些野生灵的恶狼也少了,就是在冬季都很难见到它们。就连天空飞的鹰也没有几只了,没有鹰的天空总让人觉得少了件很重要的东西。没有了野生灵,可可西里就空了,除了在这里放牧的人和羊只,再加上几只獒,张眼望去,除了远处的山,近处的草滩、小河,一点活的生灵都看不到。

桑珠还在抚摸羚羊的尸体,心里头很难受,心痛,比自家的羊只被恶狼咬死还难受,还心痛。她见过活着的羚羊,羚羊的大小跟自家放牧的羊只差不多,但比自家的羊只英俊得多,漂亮得多。相比之下,自家放牧的羊只太肥胖，太笨重。羚羊的身体和四肢很修长，皮肤是那种枯草样的颜色，毛不长但很柔软，脑袋不大但很俊美，给人一种很有灵气的感觉。那天中午，她听见雪狮的吠叫声，从帐篷里走出来，看见七八只羚羊在离帐篷不远的地方吃草。羚羊们听见狗的吠叫声，都抬起脑袋，竖起耳朵警惕地朝这边睇视。她对雪狮吼了一句："雪狮，不要叫，不要打扰羚羊吃草！"雪狮就不再吠叫了。她也不朝前走了，担心离羚羊近了把它们吓跑。她站在帐篷的门口，专注地看羚羊们吃草。和阿爸放的羊只相比，羚羊们的胆子太小了。没有人警惕恶狼对它们的侵害，也没有獒警惕恶狼对它们的侵害，它们全靠自己警惕自己的安全。所以，它们伏下头吃上几口草，就要抬起脑袋朝四周眺望，摆着随时都要逃跑的架势。桑珠望着极度警惕又惊恐万状的羚羊，心里就有了疼痛，多可怜的羚羊，连吃草都不得安宁。要是没有狼来吃它们，没有人来杀它们，让它们无忧无虑地吃草，该是多好呀！

　　突然，桑珠看到离他们七八步远的地方，卧着一只好像刚刚生出来的小羚羊。小羚羊挣扎着站起来，还没有站稳又倒下去，又挣扎着要站起来。雪狮和雪虎也看见了这只小羚羊，对着它吼叫起来，还摆出要扑上去咬它的架势。桑珠赶忙对它们吼："不许咬它！"急忙站起身子，朝小羚羊跑过去。

　　桑珠把小羚羊抱在怀里，小羚羊在她怀里哆嗦着，睁着圆圆的黑眼睛看她，眼睛里充满了哀求和悲怆。她抚摸着小羚羊还有点潮湿的皮毛，小羚羊颤抖得更厉害了，发出几乎听不见的呻吟。她觉得小羚羊的身子那么的轻，骨头都是软的。

　　阿爸见桑珠把小羚羊抱在怀里了，朝着女儿走过去。

　　"阿爸，这只小羚羊还活着！"

　　"可怜的孩子，它刚刚从阿妈的肚子里生出来，阿妈就被人杀死啦。它一生出来就没有了阿妈，没有阿妈的孩子很难活下来！"阿爸走到桑珠跟前，在小羚羊头上抚摸，动作很轻，生怕把它摸痛了。

　　"阿爸，这个被人杀死的羚羊可能就是它的阿妈？"桑珠把脸贴在小羚羊的脑袋上，感到小羚羊的皮毛上还有温暖的气息。

"它阿妈肯定就是这只被坏人杀死的母羚羊，刚生下来的小羊是不会离开阿妈的！"阿爸看着小羚羊，又看了一眼母羚羊的尸体，叹了口气，又在小羚羊脑袋上抚摸。

桑珠看到阿爸的眼睛里盈满了泪水，就是没有滚出来。

"阿爸，我们把它带回家吧？"桑珠揭开胸前的袍子，把小羚羊放在贴近自己胸膛的地方。

"羚羊的家就在这里，整个可可西里，整个青藏高原就是它们的家。这些贪心的不孝敬佛爷的坏家伙们，跑到羚羊的家里杀死它们，连刚刚生下孩子的阿妈都不放过，佛爷肯定要惩罚他们的！桑珠，咱们放的羊羔要是死了阿妈都养不活，羚羊是野生灵，更养不活。"

小羚羊从桑珠的怀里伸出脑袋，阿爸走到桑珠跟前，又在小羚羊的脑袋上抚摸，还轻轻摇了下头。

"阿爸，你说过佛爷会保佑野生灵，野生灵都是佛爷的宝贝，佛爷不会让他们死掉。我们要是不把它带回帐篷，过不了今夜就要被冻死饿死，就是没有冻死饿死，也会被恶狼吃掉。我们就忍心这么可爱的小羚羊死掉？"桑珠又把脸贴在小羚羊的脑袋上，小羚羊很柔很软的皮毛使她脸上有了柔柔的、暖暖的感觉，这感觉又使她对小羚羊产生了浓浓的亲情。

"那就把它带回去吧，能不能把它养活长大，就看佛爷的旨意啦！"

"阿爸真好，阿爸是高原上最善良的人，佛爷保佑阿爸长命百岁。"

"你把它放下来，让它再看看可怜的阿妈。它阿妈刚把它生下来，就叫这些比恶狼都凶残的人杀死啦！"

桑珠把小羚羊放下来，小羚羊的蹄子刚落到地面上，就挣扎着朝母羚羊的尸体跑去。它先用脑袋把母羚羊的前腿拱了一下，鼻子在前腿中间闻了一阵，就转到母羚羊的后腿跟前，嘴巴很快就找到母羚羊的乳房，噙住乳房吮吸起来。它吸了一阵，没有吸出一口奶，就松开乳房，抬起头悲哀地叫了一阵,又低下头噙住乳房,比刚才更用力地吮吸起来,一边吮吸一边用脑袋拱着干瘪的乳房——

桑珠看着拼命咂吸母羚羊乳房的小羚羊,看着它一次一次无望地松开乳房,又一次一次满怀希望地噙上乳房,忍不住哭泣起来。她用袖子擦了眼泪,俯下身子抱起小羚羊,把它塞进自己的怀里,心痛地说:"宝贝,你阿妈被坏人杀死了,它再也没有奶水让你吃啦。姐姐给你喂羊奶吃,姐姐一定想办法让你吃得饱饱的,长得壮壮的。以后你再生下一大群小羚羊,让咱们可可西里全是羚羊,那时候该是多好呀!"

"咱们快回去吧,小羚羊肯定很饿了,我们早点回到帐篷就能想办法给它喂吃的,这么小的羊在这么冷的季节里,要是再饿了肚子,活不了多长时间。"

桑珠又把袍子整理了,把小羚羊的全部身子都用袍子遮住了,只让它的小脑袋露在外边。小羚羊得到桑珠袍子里的温暖,不再颤抖了,很温顺地窝在桑珠的怀里。

"阿爸,你看小宝贝多听话,它在我怀里一点都不捣蛋!"桑珠低头看着小羚羊,高兴地给阿爸直嚷嚷。

"它一定很饿了,饿得没有力气动了。咱们快点回到帐篷给它喂吃的,它只要吃下东西就能活下去。咱们要是把它救活了,佛爷肯定会保佑咱们吉祥如意!"阿爸说完,对着两条獒吼了一句,"快点回家!"随之,又用鞭子对着后边的几只羊象征性地抽了几下。两只獒又跑到羊群的两边,一左一右地保护着羊群;那只头羊很响亮地叫了几声,回家的脚步加快了许多。

突然,阿爸猛地咳嗽起来,剧烈的咳嗽使他不得不蹲下身子,还连着朝地上吐了几口东西。夜色已经降临了,桑珠看不清楚阿爸吐的什么东西,赶忙跑到阿爸身边,用拳头轻轻在阿爸背上敲着,很担忧地问:"阿爸,你怎么啦?"

阿爸又咳了一阵,喘着气对桑珠说:"阿爸没事,刚才看小羚羊,心里着急，冷风一吹，就咳起来啦！"

桑珠觉得阿爸说得也对，谁看到小羚羊和它阿妈的悲惨都会心痛。

二

桑珠没有像往常那样帮着阿爸把羊只圈好，也没有像往常那样跑进帐篷给雪狮雪虎把吃的东西端出来。她抱着小羚羊跑进帐篷，对阿妈喊叫："阿妈，快给小宝贝把热好的奶子拿过来，小宝贝都快饿死啦！"

阿妈没有听明白桑珠说的什么，在那里愣愣地看着桑珠。

"阿妈，快给小宝贝把热好的奶子端过来，小宝贝快饿死啦！"桑珠又给阿妈说了一遍，抱着小羚羊朝阿妈走去，把怀里的小羚羊让阿妈看。

"天哪，你从哪里捉来这么小的羚羊，它阿妈要是找不到自己的孩子，会很伤心的。你快把小羚羊给它阿妈送回去，这么小的羚羊咱们根本养不活，佛爷不喜欢遭害生灵的人！"阿妈也像阿爸一样，在小羚羊脑袋上抚摸。

"阿妈，坏人把小宝贝的阿妈杀死了，还把小宝贝阿妈的皮剥去了，把脑袋割走了。咱们要是不把小宝贝救回来，它肯定活不过今天夜里。"

这时，阿爸把羊群圈好了，也回到帐篷，接着桑珠的话把小羚羊的可怜身世诉说了一遍。

"天哪，这些该遭雷劈的狠心人，他们的心怎么那么狠毒，让这么小的羚羊就死去了阿妈，死去阿妈的小羊是没办法养活的！"阿妈嘴上这么说人却在帐篷里忙碌起来。她给男人和女儿烧的是奶茶，奶茶里放着盐巴，她知道小羊是不能喝奶茶的，对男人和女儿说："你们先喝着奶茶，把身子暖和过来，我给小羊找羊奶。"

这里，一年四季都是冰天雪地。羊只到了产奶的季节，阿妈就把奶子储存在羊皮口袋里,放在帐篷外边冻起来,到了羊只不产奶的时候再拿回帐篷。她端着一个小铝锅,急急慌慌跑到帐篷外边,蹲在盛奶子的羊皮口袋前,解开绑在羊皮口袋上的牦牛绳,露出比雪还要洁白的冰奶。她拿起口袋旁边的斧头,在冰奶上砍,砍下的冰渣子装满了铝锅,急急慌慌地把铝锅端回帐篷,架在烧羊粪的火炉上。

"阿妈,快点把火烧大,小宝贝都饿得不行了,说不定会把小宝贝饿死的!"桑珠回到帐篷,还没有把小羚羊放下来。

"桑珠不要急,阿妈很快就会把火烧旺的,用不了多长时间就会让小宝贝吃上温乎的羊奶。"阿妈跑到帐篷外边取回羊皮做的风箱,把尖尖的铁嘴插进火炉下边的炉洞里,给火炉里打气。阿妈扇动一下羊皮风箱,风箱里就发出一声"呼——"炉口冒出一股很旺的火焰,火焰是蓝黄色的,一下一下地扑向锅底,锅里堆得满满的奶冰一点一点下降。一家三口的六只眼睛都盯着盛奶子的铝锅,盯着铝锅下边的炉火,盯着阿妈手里不停扇动的羊皮风箱。

"给羊儿喂的奶不要烧开,烧得温乎就行啦。"阿爸把手伸进铝锅里试了下温度。

"我知道,哪年给死了阿妈的羊羔喂奶不是我的事情,我还能不知道把奶烧到啥时候好?"阿妈继续扇动羊皮风箱,得意地给男人说。她说的是实话,每年到了产羔的季节,总有一些产过羔的母羊,因为身体虚弱抵挡不住寒冷的侵袭,生下羊羔就死去了。她要把失去阿妈的羊羔抱回帐篷,烧奶子喂它们。有些羊羔在她的喂养下,活到了暖和的夏季,回到羊群里去了。有的羊羔也吃了她喂的奶,仍然没有活到暖和的季节,她就会看着死去的羊羔,流下眼泪。她还从来没有喂过刚刚生下来一天就死去阿妈的小羊羔,更没有喂养过死去阿妈的小羚羊,能不能把这只小羚羊养活,实在没有把握。

铝锅里的奶冰渣子全部融化了,阿妈手里的羊皮风箱还在一下一下地扇动,炉口的火焰还在一下一下地扑向锅底,铝锅里全是浓白色的奶汁,奶汁上有了淡淡的水汽，水汽也是乳白的颜色。阿妈对阿爸说："烧得差不多了吧，喂小羊的奶不能烧得太热，跟刚从母羊乳房里挤出来的温度一样就好啦。"

阿爸又一次把手指伸进锅里，试了一下温度，说："不热不凉，刚好，可以喂啦！"

阿妈站起身子，对阿爸和桑珠说："我去找过去给羊羔喂奶的瓶子，给咱们的小宝贝喂。"阿妈搬起一包盛青稞的牦牛毛编的口袋，在口袋背后找到一个玻璃奶瓶，拿到眼前一看，奶嘴却坏了，失望地对桑珠和阿爸说："奶嘴坏了，离母羊下羔还有一段日子，我还没有买喂羔子的奶瓶，怎么办哩？"

"我现在就到民贸公司的销售点去买，你们先想办法给它喂着，要是一点都不吃，顶不到明天早上就会饿死！"阿爸说着就要钻出帐篷，去发动摩托车。

"这么远的路，这么冷的天，天又黑下来啦。你一个人出去，出意外连个报信的人都没有。再说你的身子——"阿妈用身子挡在帐篷门口，不让阿爸出去。

"没有奶瓶，小羚羊就没有办法吃奶，这么小的羔子，要是今夜吃不上奶，活不到明天早上就会饿死的。我们要是让小羚羊死在咱家的帐篷里，佛爷会惩罚我们的。"

"这么冷的夜，你的身子——"阿妈还用身子挡在帐篷门口。她的担心很有道理，从这里到民贸公司的销售点有四五十里，来回一百里。摩托车跑的根本不是路，是比较平坦的草滩，满是高粱、坑洼、冰坎、雪窝、断沟，不小心就会车翻人伤。前几年野生动物保护站的高档越野车都在这条道上翻了，伤了两个人死了一个人。

"我们在这里过了几十年了，对方圆几百里熟悉得像自己的手掌一样，不会出什么事情。要是我们把小羚羊救活了，佛爷会保佑我们的羊群兴旺，保佑我们的草滩茂盛——"

"你带上一只獒，家里留下一只看护羊圈就行。"站在帐篷门口的阿妈让开了一条路。

"行，我带上雪狮，让雪虎在家看护羊圈。"

阿爸走出帐篷，用布擦去摩托车上的积雪，就一下一下地踏脚踏器，没多大工夫就把车发动起来，对雪狮喊了一声："雪狮，跟我走！"

雪狮一跃就跳上摩托车的后架。

阿妈站在帐篷门口，不放心地对阿爸说："你要小心，天太黑了，又这么冷，千万不要出一点事情！"

桑珠抱着小羚羊，也走到阿爸跟前，也不放心地说："阿爸，要是路上出什么事情了，就让雪狮跑回来报信，我带着雪虎过去找你。"

"阿爸不会出事情的，阿爸最孝敬佛爷，佛爷肯定会保佑阿爸给小宝贝买回奶嘴的。桑珠好好带小羚羊，先想办法让它吃点东西，也不要让它受冷，等我买回奶嘴了，让它每天都把肚子吃得鼓鼓的。"阿爸突然又咳嗽起来，咳得很剧烈，连着咳了十几声都没有停下，剧烈的咳嗽使得阿爸不得不蹲下身子。

阿妈和桑珠跟着蹲下身子，轻轻地给他捶背。阿妈一边捶背一边给男人说："你的身子还有病，这么冷的天跑那么远的路——"

"我的身子我清楚，会不会出事情我还能不知道。你跟桑珠在帐篷里好好救活这个小宝贝，佛爷会保佑我们一家逢凶化吉，遇事逢祥。"

阿爸驾驶着摩托车，摩托车的后架上驮着雪狮，朝着漆黑的夜里驶去了。

阿妈和桑珠站在帐篷门口，一眨眼工夫就看不见摩托车的影子了，摩托车发出的轰响在寂静的可可西里显得很刺耳，越来越小，没多大工夫就听不见了。

"阿妈，阿爸是不是有病？"

"咳——"阿妈叹了口气，没有说话。

阿妈找来一只小勺，桑珠抱着小羚羊，阿妈用小勺盛上一点羊奶，还用嘴唇试了温度，很小心地送到小羚羊嘴边。小羚羊看着勺子里的羊奶，不肯张嘴吃。阿妈坚持把勺子朝它嘴边送，勺子刚一挨上它的嘴唇，它就摇晃脑袋，把勺子里的羊奶碰洒了，全洒到桑珠身上。

"它不吃怎么办？"阿妈拿着空空的勺子，没有一点办法。

"我们再想办法，我们要是想不出办法让它吃羊奶，等阿爸把奶瓶买回来它就饿死啦！"桑珠从阿妈手里接过勺子，在铝锅里盛了羊奶，送到小羚羊嘴边，说，"小宝贝，吃点羊奶，你吃了羊奶就能活下去，就能长成大羊。你要是不吃羊奶，就活不下去了。我们一家人都盼望你能活下去，等佛爷把杀死你阿妈的坏人惩罚了，咱们可可西里就没有坏人了，我们就把你放回去，你就能生下很多很多的小宝贝，咱们可可西里就会有很多很多的羚羊宝贝。"

小羚羊一点都听不懂她的话，还是不肯张嘴。桑珠又像阿妈那样把勺子送到它嘴边，勺子刚一挨上它的嘴唇，它就摇晃脑袋，又一次把勺子里的羊奶碰洒了。

"它就是不肯吃，怎么办？"桑珠拿着勺子，也没有一点办法。

"这些生灵本来就不是人能养活的，人是养活不了这些野生灵的。"阿妈看着桑珠怀里的小羚羊，失去了让它吃奶的信心。

桑珠用一只手抱着小羚羊，一只手去擦洒在袍子上的羊奶，手指上就沾了羊奶，沾上羊奶的手指刚挨近小羚羊的嘴边，小羚羊猛地一伸脑袋，就噙住了桑珠的手指，用力地吮吸起来。桑珠高兴地对阿妈说："阿妈，你看小宝贝把我的手指当成它阿妈的奶奶啦，我有办法让它吃奶啦！"

桑珠把手指从小羚羊嘴里抽出来，在奶锅里蘸了一下，赶忙塞进小羚羊的嘴里，小羚羊立即用力地吮吸起来。小羚羊吮吸了几下，桑珠又把手指抽出来，又在奶锅里蘸了一下，又塞进小羚羊的嘴里——

小羚羊到底吃奶了，但吃得太慢了，桑珠的手指上能蘸多少羊奶啊？桑珠看着小羚羊贪恋地吮吸着自己的手指，对阿妈说："这样喂下去，喂到天亮它都吃不饱肚子。"

阿妈看着小羚羊一下一下地吮吸桑珠的手指，也琢磨给小羚羊喂奶的办法。突然，脑子一阵灵醒，想出了让小羚羊吃奶的办法，对桑珠说："佛爷给我说了个办法，佛爷说的办法肯定可以！"她走到火炉跟前，端起盛羊奶的铝锅，拿起勺子对桑珠说："你把手指塞进小宝贝的嘴里不要抽出来，我把羊奶朝你的手指慢慢倒，让羊奶顺着你的手指流到小宝贝的嘴里——"

"阿妈就是聪明，一下子就想出这么好的办法！"桑珠把手指送进小羚羊的嘴里，阿妈用勺子盛起铝锅里的羊奶，缓慢地朝桑珠的手指上倒，羊奶顺着桑珠的手指朝着小羚羊的嘴里流去，小羚羊吮吸得更加起劲了，一下紧着一下，它已经饿极了。

桑珠细细的手指伸进小羚羊的嘴里，它的舌头贴在手指的下边，用舌头的顶压、喉咙的咂吸，把桑珠手指上的羊奶全吸进嘴里。桑珠看到小羚羊的嘴里全是乳白的羊奶，小羚羊眼睛里全是满足的神气，伸进小羚羊嘴里的那个手指，被小羚羊吮吸得痒痒的，酥酥的，又极其的舒服，高兴地对阿妈喊："阿妈，小宝贝把我的指头吸得痒死啦！"

阿妈看着小羚羊一会儿工夫就吃下去不少羊奶，也高兴地对桑珠说："这些野生灵只要肯吃我们喂的东西，就能把它们养活，佛爷说的这个办法就是好。"

小羚羊吃饱了肚子，桑珠把它放在毛毡上，它摇晃了几下竟站起来，在桑珠和阿妈跟前走了几步，还高兴地蹦了一下，身子刚刚蹦起来就摔倒了，又挣扎起来在毡上蹒跚地走着。桑珠怕它再摔倒，又要把它抱起来，阿妈挡住她："要让它自己走，不要老抱着它。它自己能走能跑了，身子骨就强壮，就容易养活。我们老不让它走动，它的身子骨就软弱，就经不起三灾两难。"

桑珠觉得阿妈说得很有道理，也就不再抱小羚羊了，仍然很专注地看着它，生怕它跑到火炉跟前。今天晚上，阿妈把羊粪火炉烧得很旺，炉筒里都发出呼呼的声响，炉子里掉下来羊粪，有的还是火红的颜色，要是小羚羊踏在上边，或者钻到火炉下边，肯定会烧伤的。所以，小羚羊一跑到火炉跟前，桑珠就大声地喊叫它："小宝贝，你可不能朝那个地方去，会把你烧伤的。"

小羚羊听不懂她的话，照样朝火炉跟前走去，她赶忙走过去把它抱到一边。小羚羊的好奇心很强，桑珠越是不让它朝火炉跟前去，它越想朝火炉跟前去。桑珠刚把它抱到一边，它转身又朝火炉跟前走，桑珠只得把它抱到一边，对阿妈说："你看这小宝贝，越不让它朝火炉跟前来，它越要来，万一把它烧着了就不得了！"

"它觉得火炉跟前暖和，连咱们都知道朝火炉跟前坐。这些野生灵聪明着哩，它们要是不聪明，就不能祖祖辈辈在冰天雪地的可可西里活下来。多少年代，人在可可西里都活不下去，它们却能活下去，它们能不聪明？"阿妈说完就不再说话了，仍然面对着帐篷门口，眺望着帐篷外边的漆黑世界，显得很焦虑很忧愁。

桑珠见阿妈心情沉闷，也就不再说什么，背对着火炉坐在毡上，用身子挡住小羚羊不能朝火炉跟前来。终于，她憋不住了，劝慰阿妈："阿爸会平安回来的，阿爸是最孝敬佛爷的人，佛爷肯定会保佑阿爸平安无事！"

阿妈没有回答桑珠的说话，还是面对帐篷的门口，遥望着帐篷外边的漆黑，又跪在毡上，双手合掌在胸前，小声地祷告："佛爷，我家桑珠的阿爸是最孝敬你老人家的人，他今天黑夜是为了给你的宝贝买奶瓶才出去的，你一定要保佑我家桑珠的阿爸平安回来，保佑桑珠他阿爸百病不生，身子比公牦牛都强壮，保佑他长命百岁！"

桑珠听着阿妈的祷告，也想着在冰天雪地里挣扎的阿爸，也为阿爸的安危担忧，也学着阿妈的样子，跪在毡子上，面对帐篷外边的天地，双手合掌在胸前,轻声念叨:"佛爷,你老人家一定要保佑桑珠的阿爸,桑珠的阿爸是天下最好的阿爸,是心肠最善良的阿爸,你老人家保佑了桑珠的阿爸,桑珠一辈子都给你老人家磕头——"

小羚羊跑了一阵,觉得累了,就走到桑珠跟前,卧倒在桑珠的皮袍上。桑珠把它抱起来,让它钻进自己的怀里,它竟蜷缩在桑珠的怀里睡着了,神态是那样的安详。也难怪,它生下来还不到一个昼夜的时间里,吃的第一口奶是桑珠用指头给它喂的,睡的第一张床铺是桑珠的怀抱,它一定认为在桑珠的怀抱里睡觉是天经地义的事情。

桑珠看着小羚羊闭上了眼睛,禁不住在它脑袋上抚摸起来,觉得它的绒毛是那样柔,那样软,那样暖和,指头和手掌抚摸在上边,心里有种非常熨帖、非常安逸、非常快活的感觉。她想把它养大了,放回草滩上,让公羚羊和它成亲,再生下几只小羚羊。等小羚羊长大了,再生下更多的小羚羊,等到自己长成和阿妈一样大的岁数,自家帐篷周围就会有很多很多小羚羊的子孙,它们吃饱了喝足了,围着自己蹦跳,撒欢——

"桑珠,你快点睡觉吧,都到后半夜啦。我到羊圈查看一下,万一有恶狼把羊只咬死就倒霉啦。今年要是运气好了,产羔的日子不来暴风雪,咱的羊只下的羔子都能活下来,到明年入冬咱们卖出去一群羊,就能给你阿爸看病啦!"

桑珠又想起这几天,阿爸连着咳了好多次,每次都咳得那么剧烈,那么痛苦,就很担忧地问阿妈:"阿妈,阿爸是不是有很厉害的病?"

阿妈站起了身子,刚要朝帐篷外边走去,听见桑珠的话就停下脚步,转过身子看着桑珠,想要说些什么却什么都没说,又是长长叹了口气,说:"你快睡吧,你还小,给你说了也不管用!"说完就走出帐篷,帐篷外边喧起雪虎迎接她的吠叫声。

桑珠不知什么时候睡着了,她醒来的时候,看见阿爸也睡在她旁边,帐篷外边的天色已经很亮了。她知道阿爸昨晚很晚才回到帐篷,又看到小羚羊还在自己怀里睡得正香，就悄悄爬起来朝帐篷外边走去。卧在帐篷门口的雪狮看见她走出帐篷，立即猞叫着朝她跑过来，欢实地扭动腰肢摇摆尾巴。她走到羊圈跟前，看到羊圈是空的，肯定是阿妈见阿爸太劳累了，自己把羊只赶出去放了。桑珠从羊圈出来，准备回帐篷的时候，看到阿爸站在帐篷门口看她，目光很慈祥很亲切。桑珠跑到阿爸跟前，问："阿爸，你昨晚很晚才回来，我和阿妈等你，担心你出事情，我不知道什么时候就睡着啦！"

阿爸抚摸着桑珠的脑袋，笑着说："阿爸给你说过了，阿爸是最孝敬佛爷的人，佛爷肯定不会让阿爸出事情的。"说完，又看她怀抱里的小羚羊，问："小宝贝怎么样啦？"

"它一夜都睡在我怀里，睡得可香啦！"桑珠把小羚羊抱出来让阿爸看。

小羚羊挣扎着要下地跑动，桑珠不放它下地，还对她说："小宝贝，地上全是冰雪，很冷的，会把你冻坏的。"

小羚羊还是挣扎着要下地跑动，它挣扎的时候身子不停地扭动，四条腿乱蹬。桑珠怕它挣扎到地上，又不敢太用力抱它，它毕竟才出生一天，身子骨太嫩了。阿爸抚摸着小羚羊，对桑珠说："它要下来跑，你就让它跑一会儿。这些野生灵天生就是在地上跑的，它们越跑越壮实，不让它们跑了反而会生病。你在这里看着它跑上一会儿，我把奶子热上，一会儿给它喂羊奶吃。"

桑珠把小羚羊抱回帐篷的时候，阿爸已经把羊奶热好了，灌进他头天夜里买回来的奶瓶里，对桑珠说："我刚用指头试了，不热不凉，正好喂它。"

桑珠从阿爸手里接过奶瓶，塑料奶瓶果然热乎乎的，桑珠把奶瓶送到小羚羊嘴边，小羚羊却不去嘬奶瓶嘴子，而是朝她的指头伸过来，嘴唇还一翻一翻地挑她的手指。

阿爸觉得奇怪，问桑珠："这个小宝贝怪了，不去嘬奶嘴，想嘬你的手指头？"

桑珠就把头天夜里用手指给小羚羊喂奶的情况给阿爸说了，把阿爸逗得直乐，一边笑一边对桑珠说："我的小桑珠就是聪明，能想出这么高明的办法喂小宝贝，长大了肯定能当科学家。"

"我不当科学家，长大了到保护站工作，专门救活那些受伤害的小羚羊，让它们生很多很多的小羚羊，咱们可可西里全是羚羊——"去年，小桑珠跟着阿爸到公家的野生动物保护站去过，那里盖的有房子，还专门用铁丝网圈出很大一片草滩，专门救护那些受了伤的野生灵。

"好，我听你的，保护站是佛爷最喜欢的工作，等你长大了我一定送你到那里工作。"

"等我长大了，咱家的小宝贝也长大了，我带着小宝贝一块到保护站去。"

"行，阿爸肯定让你带着小宝贝一块到保护站去。这些小宝贝是佛爷喂养的，也是政府下命令保护的，谁也不能杀害它们，只能送到保护站去。"

小羚羊还用嘴唇在桑珠的手指上舔，就是不肯噙奶嘴。桑珠着急地对它说："小宝贝，你怎么这么笨呀，我们昨晚是怕你饿死，没办法了才想出这个办法。你试试用奶嘴吃奶，很省力气的。"

阿爸对桑珠说："我把它的眼睛捂上，你把奶嘴子送到它嘴边，看它吃不吃？"他用双手捂住小羚羊的眼睛。阿爸的手掌很大，一下就把小羚羊的脑袋捂得严严实实，只露着嘴巴在外边。桑珠把奶嘴送到小羚羊的嘴跟前，小羚羊一下就噙住奶嘴吮吸起来。奶瓶的功能比手指的功能好多了，小羚羊嘴里盛满了羊奶，有几滴羊奶还从嘴角流出来。桑珠看着小羚羊吃奶的速度快了很多，高兴地对阿爸说："阿爸就是聪明，一下子就想出这么好的办法！"

三

桑珠还是和往常一样,到了黄昏就要去迎接阿爸归来,过去都是一个人去,最多带上雪狮,现在还要带上小羚羊。刚刚走出帐篷的时候,她就让小羚羊跟着她跑。小羚羊只要从帐篷里跑出来,就欢实得很厉害,不停地蹦跳。它蹦跳的姿势很好看,两只前腿朝高处一蹦,前腿还没有落下来的时候,后腿又蹦起来。它蹦跳上一阵,又用头朝桑珠的腿上顶,做出和桑珠亲昵的动作。雪狮的面部一直紧皱着,恶狠狠地看着小羚羊,它嫉妒主人对小羚羊的亲热,趁桑珠没注意的时候,对着小羚羊吼叫起来,还做出扑咬的动作。

"雪狮,你找死呀!"桑珠一下子就看穿了雪狮的企图,知道要不把它对小羚羊仇恨的火焰压下去,以后它们会经常欺负小羚羊,就对着雪狮吼,"雪狮,过来!"

雪狮看了一眼桑珠,觉得小主人的脸色不好看,想逃跑,又不敢逃跑,站在那里不敢朝小主人走近,也不敢跑远。

"雪狮,过来!"小主人又发出更严厉的命令。

雪狮看着小主人,摇动着尾巴,慢慢朝小主人走过去。

"谁让你欺负小宝贝的,它生下来不到一天阿妈就被坏人杀死了,它是没有阿妈的孩子,你还欺负它。今天我要是不用皮鞭抽你,你以后还会欺负它!"桑珠训斥过后,举起小皮鞭对着雪狮的屁股抽了一下。雪狮蹦了一下,赶忙卧在小主人脚前。桑珠又举起皮鞭,对着它的屁股抽了一下,它又蹦了一下,又卧在小主人脚前。

"你以后还敢不敢再欺负小宝贝了?"桑珠用鞭子指着雪狮问。

雪狮站起身子,对着小主人扭腰肢摇尾巴。

"好呀,以后改正了还是好人。来,抱抱!"桑珠伸开两只胳膊,雪狮见小主人的态度亲切了,胆子又大起来,忽地扑到桑珠身上,把两只前腿搭在她的肩膀上,舌头顺势在小主人脸上舔了一下。桑珠抱着雪狮的脑袋,拍着它的脸说:"这才是好宝贝,你和雪虎以后要好好保护小宝贝,它多可怜呀!"

雪狮从小主人身上爬下来,跑到小羚羊跟前,用舌头在它眼睛上舔了一下。小羚羊胆怯地朝后边退,桑珠对它说:"小宝贝,不要怕,雪狮给你表示亲热的。"

桑珠带着雪狮,带着小羚羊,走过半里多路的时候,就抱起小羚羊说:"小宝贝,你跑了那么远的路,够累啦,我抱着你走!"

可可西里冬日的黄昏,遍地都是冰雪的草滩上,行进着一个藏族小姑娘。小姑娘前边奔跑着一只黑色的獒,小姑娘怀里抱着一只幼小的羚羊。

夜幕降临的时候,羊群又赶进了羊圈,羊圈的外边卧着那只名叫雪虎的獒。一家人连那只小羚羊又回到帐篷,给小羚羊喂过羊奶,一家人就开始喝奶茶吃手抓,说着今后的生计。帐篷外边,卧着那只名叫雪狮的獒。

"快到产羔的日子啦!"女人看着男人,像是给他说又像是给自己说。

"快到产羔的季节啦!"男人看着女人,像是回答她又像是说给自己听。

桑珠没有听阿爸阿妈的说话,她啃着羊排骨,看小羚羊在毛毡上撒欢。她觉得阿爸阿妈说的都是废话,母羊的肚子都那么大了,离产羔的日子还会有多远?

"母羊产羔的时候,千万不要来暴风雪。要是佛爷保佑我们的母羊平安地产羔,咱们明年就能卖出一群肥羊,就有钱给你治病啦!"女人说的是牧民最担心的事情,放羊的时候再勤劳再认真,还要看母羊产羔那几天的气候。暴风雪没有来,天气暖和了,母羊产下羊羔就有吃有喝,奶水就充足,小羊羔就饿不死。暴风雪来了,母羊产下羊羔就没吃没喝,就没有奶水,小羊羔没有奶吃再加上天气寒冷,会成群的死亡。辛辛苦苦放牧一年,就指望产羔这几天的收入,要是羊羔大批死亡,不但挣不来收入,连一家人第二年的生活都成问题。

"能不能让我们收获一季羊羔,全凭佛爷的旨意了!"阿爸喝足了奶茶,吃饱了手抓,从怀里掏出鼻烟壶,从壶里朝大拇指甲盖上倒了一点鼻烟粉末,用另一只手的拇指摁住一个鼻孔,把鼻烟送到另一个鼻孔跟前用力一吸,指甲盖上的鼻烟粉末全吸进鼻孔里,连着打了几个很响亮的喷嚏,鼻涕眼泪全被呛出来。随之又剧烈地咳嗽起来,咳得人趴在毛毡上气都喘不过来。

桑珠和阿妈赶忙跑到阿爸跟前,一齐用拳头捶打他的脊背,过了好几分钟,他的咳嗽才停下来。阿妈抱怨地说:"你自己身上有病,这东西就不能少吸点,你要是有个长短,我们娘俩以后的日子怎么办?"

"我身子壮实得跟野牦牛一样,自己都没觉得有什么不好的地方。"阿爸用袖子擦了鼻涕眼泪,还跟女人嘻嘻笑了一下。

"母羊很快就要产羔了,咱们要尽快把草料预备好,万一到了产羔的日子大雪封山,羊们就有吃的,就不会冻死羊只。"女人给男人碗里倒了奶茶,又唠叨起来。

"咱家今年准备了不少干草,足够羊吃上半个月。"男人没有喝女人盛给他的奶茶,把手伸到火炉跟前烤着取暖,烤了一阵,转过头问桑珠,"小宝贝今天怎样?"

桑珠把小羚羊放在自己的怀里,小羚羊已经把桑珠的怀抱当作它的窝了,只要吃饱羊奶,在毛毡上撒过欢,累了就要桑珠把它放进怀里。这阵,它蜷缩着身子,闭着眼睛睡得正香。桑珠抚摸着小羚羊的脑袋,高兴又得意地回答阿爸:"它今天吃了四次奶,还吃了两次干草。看样子我们把它养活了,佛爷真的保佑咱家的小宝贝啦!"

"咱们要好好养活它,它太可怜了,生下来不到一天阿妈就叫坏人杀死啦——"阿爸看着小羚羊又说道起来。

阿妈也看了一眼小羚羊,想了好大工夫才说:"咱们把它养到开春,把它真正救过来了,就给保护站送去,那里是政府专门收养野生灵办的,政府年年都给那里拨款。咱家养它什么用处都没有,养大了不能杀了吃肉,还不能卖出去,杀野生灵和卖野生灵都是犯法的。"

"不,我把它养大了,再让它到草滩上找公羚羊配羔子,生下几只小羚羊。就这样大羊生小羊,小羊长成大羊再生小羊,等我长大了就赶着一群羚羊到草滩上放。"桑珠把小羚羊朝胸脯上贴紧了一些,像是害怕阿妈真的把小羚羊送到保护站去。

"你放一群羚羊有什么用处,政府的法令不准杀羚羊吃肉,也不允许卖羚羊。咱们辛辛苦苦放的羊,不能杀肉吃又不能卖给别人——"

"我放的羚羊就是不能杀肉吃,也舍不得卖给别人杀肉吃。我就要让它们生很多很多的小羚羊,让咱们可可西里的草滩上全是羚羊。我放羊的时候给羚羊们唱歌,羚羊们围着我跳舞。到那个时候,天是很蓝很蓝的颜色,地是很绿很绿的草滩,河里是很清很清的流水,山上是很白很白的冰雪,我们和羚羊还有野牦牛、野马、野驴、黄羊、野羊,一块跳舞唱歌,就像阿爸小的时候的可可西里!"

阿妈还想再说些什么,阿爸接着桑珠的话对阿妈说:"桑珠还小,她说的这些也不是坏事,佛爷就是喜欢爱护野生灵的人,爱护野生灵的人都是善良的人,桑珠要当善良的人是没有违背佛爷的旨意。再说,我们小的时候跟着阿爸放羊,那时候的草滩是多么的茂盛,供那么多的羊和野生灵们都吃不过来;那时候的天气是多么的风调雨顺,该冷的时候就冷,该暖和的时候就暖和,大雪封山的日子也就那么几天,多少预备一些干草就顶过去了,从来没有听说过饿死牛羊的事情。现在的可可西里成了什么样子,到处都是挖金子的人,把好好的草滩挖得像害了冻疮,草滩没有了,连咱们放的牛羊都没有吃的,佛爷的那些野生灵更是没有吃的了,到了大雪封山的日子就得饿死。还有那些比恶狼都歹毒的坏人,开着跑得最快的汽车,拿着射得最远的钢枪，猎杀本来就剩得不多的野生灵。可可西里被这些贪心歹毒的人遭害成这个样子了，要是再这样遭害下去，我们家到哪里放牧牛羊哩？"

女人不再说话了，也在回忆小时候生活的可可西里。在她家的帐篷附近，经常有羚羊、黄羊、野羊、野马、野牦牛，这些野生灵安详地吃草、嬉闹，经常有野生灵跑到她家的羊圈里，和羊只睡在一块，第二天早上阿爸起来放羊的时候，它们才离开羊圈。那时候的牧民都遵照佛爷的旨意，不肯伤害野生灵一根皮毛，就是到了大雪封山的日子，给自家牛羊喂干草的时候，对跑到牛羊圈里的野生灵都是一视同仁，甚至还要多喂它们一些，生怕它们离开羊圈后找不到吃的。还有一些帐篷，专门把干草撒到草滩上，让那些寻食的野生灵吃，帮它们度过大雪封山的日子。到了这些年，那些不孝敬佛爷的外地人那么贪心，那么狠毒，挖了最好的草滩，杀了最善良的野生灵，把美丽的可可西里糟蹋成了这个样子——

阿妈不再说桑珠了，阿爸也不再说阿妈了，桑珠从阿妈的脸色上看出，阿妈的不高兴没有了，就没话找话地给阿爸阿妈说："小宝贝到咱家有好多日子了，咱们给小宝贝起个最好听的名字，以后我们一叫它，它就会跑过来！"

阿妈看了桑珠一眼，没有说话，又叹了口气。

阿爸高兴地对桑珠说："应该给我们家的小宝贝起个全青藏高原最漂亮的名字，咱们都要像天上的雄鹰一样张开梦想的翅膀，才能给它起上最好的名字！"

一家人都不说话了，都在想给小羚羊起个什么样的名字。桑珠还能看出，连对小羚羊不怎么有感情的阿妈都皱着眉头在琢磨。果然，阿妈说话了："叫它玛吉阿米，好听不好听？"玛吉阿米在藏语里的意思是没有出嫁的美丽姑娘。

"不好听，我们的小宝贝才出生没多长日子，它还是个吃奶的孩子，它要是长到一岁多了，叫这个名字还差不多。"桑珠把小羚羊从怀里抱出来，让它在毛毡上玩。它跑到阿妈跟前,用舌头舔下她的手指,又跑到阿爸跟前,又用舌头舔下他的手指,像是给阿妈阿爸表示感谢。桑珠看到,小羚羊舔阿妈的时候,阿妈还抚摸了它的脑袋。

"叫它扎西德勒怎么样?它到了咱家,会给咱家带来吉祥如意!"阿爸想了一会儿,说出给小羚羊起的名字。扎西德勒在藏语里的意思是吉祥如意。

"阿爸起的这个名字不错,但是这名字是给男孩子用的,咱们家的小宝贝是姑娘,给她起个小姑娘的名字才好!"桑珠不赞同阿爸起的这个名字。

阿爸觉得桑珠说得有道理,扎西德勒这类名字本来就是给男孩子们用的,自己怎么想到给小羚羊用哩。

"把咱家的小宝贝叫格桑梅朵?"桑珠说,格桑梅朵在藏语里的意思是美丽的小姑娘。

"咱们的桑珠给小羚羊起的名字最好,以后咱们就把小羚羊叫格桑梅朵啦!"阿爸高兴地又从怀里掏出鼻烟壶,看见女人用眼睛瞪自己,赶忙笑着说,"我把鼻烟拿出来看看,没打算抽,我把你的话当佛爷的话听哩,回家就不抽这东西啦!"

"不是我不让你抽鼻烟,是你的身体实在不能再抽这些东西啦。等把你的病治好了,你想怎么抽就怎么抽,我不会挡你的!"女人从男人身上收回目光,看着小羚羊说,"咱家的桑珠给小羚羊起的这个名字真不错,以后咱们都把它叫格桑梅朵啦!"

桑珠高兴地抱起小羚羊,用自己的鼻子跟小羚羊的鼻子挨了一下,说:"小宝贝,你以后就叫格桑梅朵啦,我们以后叫你格桑梅朵的时候,你可要跑过来呀!"

大雪封山的日子到底来了。

暴风雪是在半夜到来的,刚开始的时候,西北风突然疯狂起来,带着咆哮的声音,在可可西里的山脉、草滩、河流、沙漠上扫荡。紧跟着就有了硬硬的雪渣子，一个雪渣子挨着一个雪渣子，像是天上把整个青藏高原的雪全部倾倒在可可西里了。很快，帐篷上边堆积了很厚的积雪，帐篷矮下好多。最先被暴风雪惊醒的是阿妈，她倾听了一下帐篷外的声音，脸上就涌现出绝望、痛苦、无奈，眼泪就涌流出来。她太清楚这么猛烈的暴风雪，给他们家带来的灾难是多么巨大，彻底毁灭了她明年入冬前给男人治病的打算。男人咳嗽得那么厉害，绝对不是一般的小病，再不抓紧时间治疗会耽误事情的。她还知道，母羊就要在这几天产羔了，在暴风雪的日子产的羊羔很难活下来。羊羔养活不了，母羊再被冻死一些，明年的日子都很难过下去。

　　几乎在同一时间，阿爸也被暴风雪惊醒了。他一骨碌从毛毡上爬起来，很认真地倾听了一阵暴风雪的声音，随之就麻利地穿上袍子，对女人说："我到羊圈照顾羊只，说不定这个时候就有母羊产羔了。也照看它们不要乱跑，它们要是跑出羊圈，就会被冻死的。你把压在帐篷上的积雪弄掉，不要让积雪把帐篷压塌了。"

　　男人的布置很有道理，羊只们受不了暴风雪的袭击，极度的寒冷使它们极度的恐惧，就会冲破羊圈的栏杆，在暴风雪中逃窜，最终被冻死在暴风雪中。母羊在逃窜的过程中会流产、早产，羊羔就不会成活。这个时候，要是有主人站在羊群中间，招呼着羊群，羊只的恐惧会大大地下降，羊只在羊圈被冻死的概率比在逃窜中被冻死的概率小多了。在这么大的暴风雪中，要不停地清除压在帐篷上边的积雪，有时候清除的速度还没有堆积的速度快，清除不及时就会把帐篷压塌。帐篷在暴风雪中的作用太大了，可以说帐篷在暴风雪中就是人的生命、牲畜的生命，就是活的希望。有了帐篷，和暴风雪中搏斗的人，在身体极度疲惫的时候，可以围着火炉取暖，可以喝上奶茶，可以吃上手抓；被暴风雪折腾得快要倒毙的羊只，可以被主人抱到帐篷里暖和快要冻僵的身子，再喝上主人热好的羊奶，生命的火花就不会熄灭。要是帐篷在这个时候倒塌了，人就会被冻死，牲畜也会被冻死。等到暴风雪过后，这里的一切趋向平静，外边的世界怎么都不会知道这里曾经发生过如此悲壮凄惨的事情。

帐篷里，桑珠搂着格桑梅朵在睡觉，美丽的小姑娘旁边卧着美丽的小羚羊，都睡得那么甜蜜。睡梦中的桑珠还伸手摸了一下格桑梅朵，咯咯地笑了一声——

阿妈像只疯狂的母狮子，一下子就冲出帐篷，用铁锹把帐篷上的积雪朝下边铲。她一边铲，一边不停嘴地咒骂："该死的暴风雪，你真的要遭害我们一家人。你早不来晚不来，偏偏要在母羊下羔的日子来——"

"帐篷怎么样？"暴风雪的那边传来男人不放心的声音。

"你不要管我，我不会让可恶的暴风雪压塌咱的帐篷，你照看好羊群，我就不信这可恶的暴风雪能毁掉咱家的好日子！"女人吼叫着，从帐篷这边冲到帐篷那边，哪里的积雪刚刚把帐篷压得下塌了，她就扑过去用铁锹铲去上边的积雪。刚把这里的积雪铲除了，那边的积雪又堆起来，她又扑过去。天地间没有一星一点可以发出亮光的东西，除了帐篷里晃晃悠悠的马灯，从牦牛绳编织的帐篷缝隙里透出一点晕光，根本看不见帐篷上边到底哪里压的积雪最厚。她跑回帐篷，找到那个能装五节电池的手电筒。她在几天前就给电筒里装上了新电池，绑上了牦牛毛编的绳子，准备在这个时候使用。她把手电筒挂在脖子上，朝帐篷上照一下，看到积雪最厚的地方，就熄灭电筒，跑过去铲除积雪。再用电筒照一下，再找到积雪最厚的地方，再熄灭电筒，再跑过去——

男人站在羊圈中间，不停地呼喊着"麻麻"的声音，四百多只羊儿听见他的声音，暴风雪刚刚到来时的恐惧减少了许多，围在他的四周。他要的就是这样，羊只们只要不跑散，这样紧紧地挤在一块会互相取暖，抵御暴风雪带来的寒冷。

两只獒警惕地在羊圈周围巡逻，有的羊只被突兀而来的暴风雪吓得晕头转向，朝羊圈外边乱闯，它们就会冲过去对它们吼叫，乱闯的羊只被吓得跑回圈里。

暴风雪把桑珠也惊醒了,她先是从毛毡上爬起来,揉了下眼睛,只愣了不到一分钟的工夫,就明白暴风雪袭来了,一下揭开被子,穿上皮袄就朝帐篷外边跑。格桑梅朵睡觉更警觉,桑珠刚坐起身子的时候,它就醒来了,桑珠朝帐篷外边跑的时候,它也跟着朝帐篷外边跑,桑珠赶忙挡住它:"格桑梅朵,你不能跑到帐篷外边,会把你冻死的。"桑珠在青稞口袋上找着手电筒,跑出帐篷的时候,把帐篷的帘子放下来,防止格桑梅朵跑到帐篷外边。

"阿妈,我也来啦!"在手电筒的光柱里,桑珠看到阿妈拼命地铲除帐篷顶上的积雪。

"你跑出来干什么,快回帐篷,会把你冻坏的!"阿妈一边忙活一边对桑珠吼。

桑珠没有搭理阿妈,踏着快到膝盖的积雪朝着羊圈跑去。羊圈里的积雪有一尺多深,大羊的肚子都挨在积雪上头,身体瘦小的羊只多半个身子都陷在积雪里,根本没有办法活动。阿爸还是站在羊群中间,不停地喊着"麻麻",稳定羊只惊恐的情绪。

"阿爸——"桑珠挣扎到羊圈跟前,羊圈里的积雪太厚了,她每迈动一下脚步都十分困难。

"你跑出来干什么,快回帐篷,会把你冻坏的!"阿爸用同样的口气让她回帐篷去。

就在这个时候,一只母羊产羔了。母羊的屁股挨着积雪,羊羔的脑袋刚从母羊的肚子里钻出来,就挨着了积雪。桑珠知道要是羊羔生在雪地上,很快就会被冻死。她还听阿爸阿妈说过,一群母羊产羔几乎是在同一时间,有一只母羊产羔了,别的母羊很快也要产羔,时间不会差距几个昼夜。

"桑珠,你在这里招呼羊群,我把这只母羊抱到帐篷。"阿爸说着就抱起正在产羔的母羊,朝帐篷去了。他把母羊抱回帐篷,放到挨近火炉的地方,用最快的速度把毛毡上的被子卷起来放到青稞袋上,尽量多腾出地方让产羔的母羊进来,在温暖的帐篷里产的羊羔一般不会死亡。可是,帐篷里能进来几只母羊呢？羊圈里有四百多只母羊。现在的母羊都采用了科学配种，最少下的都是双胎，还有的母羊下三胎四胎。这群母羊能产出一千多只羊羔，这些羊羔得多少帐篷才能盛下？

他返回羊圈的时候，桑珠用手电筒照着几只也开始产羔的母羊喊："阿爸，又有母羊要产羔啦！"

他连气都没喘一下，赶忙抱起一只正在产羔的母羊，又朝帐篷跑去。他跑到帐篷放下母羊，再跑回羊圈的时候，又有更多的母羊开始产羔了。

"阿爸，这样不行，帐篷里盛不了几只羊，要想办法不让母羊把羔产在冻雪上。你前天还给阿妈说'羊羔只要不产在冻雪上，就不会马上冻死'。"桑珠朝着阿爸跑过来，想给阿爸说出自己的打算。

"我也不想让羔产在冻雪上，可到哪里去找没有冻雪的地方让它们产羔？"阿爸说着又要去抱正在产羔的母羊。这个时候，又有好几只母羊产了羔子，羔子在积雪上挣扎了几下，就陷进冻雪里，用不了多大工夫就会被冻死的。桑珠从冻雪里抱出一只羊羔，放到自己的怀里，又从冻雪里抱出一只羊羔，又放进自己怀里，怀里放进两只羊羔以后，再也放不进羊羔了，给阿爸说："咱家在入冬的时候，宰杀了二十多只牦牛，牛皮还在帐篷外边，咱们把牛皮铺到羊圈里，让母羊站在牛皮上，母羊就不会把羔产到雪里啦。牛皮要是不够，再把帐篷里的毛毡、毯子、被子都铺到羊圈里——"

"这是个好办法，我现在就去把牛皮搬过来。毛毡和被子就不要朝羊圈里拿了，把毛毡和被子拿到羊圈里，人睡觉怎么办？"

"阿爸，毛毡被子才值多少钱，羊要值多少钱？只要我们把羊群保住了，还愁换不回来毛毡被子。再说，人没有被子没有毛毡，还有皮袄，还能把火炉生得旺旺的烤火。羊只在雪地里只能受冻，它们一点办法都没有，人冻不死，羊能冻死！"

阿爸觉得桑珠说得很有道理，就说："我把牛皮先搬过来，你去把帐篷里的毛毡和被子抱过来！"

桑珠和阿爸把牛皮、毛毡、被子铺在羊圈的积雪上，阿爸又把羊只们一只一只地抱到上边。羊只们离开了深陷的冻雪，卧在带着牛毛的皮子上，感觉暖和了许多，对暴风雪和寒冷的恐惧也随之减轻了。又有一些母羊刚卧到牛皮和毛毡被子上，就产了羔子。阿爸看羊圈里的躁动好多了，羊群不可能冲出羊圈了，就对桑珠说："桑珠，你快回帐篷歇着，会把你累坏的！"

"我不累，我帮着你一块照顾产羊羔的母羊。我听阿妈说，今年的羔子要是都活下来，就能换来很多很多的钱给你治病。"桑珠看到一只调皮的母羊从牛皮上跑下去，陷在积雪里不能动弹了，就跑过去抱住它要送到牛皮上边，母羊太重了，最少有七八十斤，她鼓足全身力气都没有把它抱到牛皮上。阿爸赶忙跑过来，抱起母羊轻轻一下就把它放到牛皮上。

桑珠说："阿爸的力气真大，连野牦牛都没有阿爸的力气大！"

"桑珠长大了也会有很大的力气。"

"阿妈说了，我们女娃子就是长大了，也没有男人的力气大，草原上的恶狼都怕力气大的男人！"

阿爸听桑珠这么一说：又想起拼命保护帐篷的女人，对桑珠说："我这里不忙了，你快去照看阿妈，她从暴风雪刮来到现在都没有停下，会把骨头都累散架的！"

天有了一丝亮光，东边方向的天空上，最先浮出一抹还分辨不出是什么颜色的亮光，和往常的黎明相比，这亮光扩洇得太艰难了，似乎根本就没有扩洇，但人的视线却有了明显的变化，看跟前的东西不需要再打手电筒了。阿妈干脆把手电筒放到雪地上，看到帐篷顶上的积雪厚了，就跑过去用铁锹铲去。她劳累了大半夜，动作明显地迟缓了，已经淹没膝盖的积雪使她行走更加艰难。就在这个时候，雪也小多了，但西北风还是那样猛烈，气温还是那样的寒冷。青藏高原放牧的藏民都知道，只要暴风雪刮起来，没有七八天不会停下来，就是雪停了气温也不会上升。对于羊只来说，越朝后的日子越可怕。暴风雪刚袭来的时候，尽管羊只在一个冬季都没有吃饱肚子，但身上毕竟还有一点油膘，这点油膘抵抗几天还是没有问题的。盖过膝盖的积雪彻底掩盖了所有的草滩，羊只在很多天都啃不上一口枯草，只有靠主人喂养干草。主人储备的干草多了，它们的性命就能多坚持一些日子，主人储备的干草少了，它们也就面临死亡了。储备干草对于主人来说确实是件碰运气的事情。暴风雪不是年年都有，有时候几年都不来一次，有时候一年来好几次。干草要掏钱买，把干草买来了没有遇上暴风雪，这笔不小的开支就白花了。不买干草吧，又怕暴风雪来了牛羊没有吃的，会饿死的，连一只都活不下来。就是买了干草，放牧的藏民还是不希望暴风雪到来，干草储备得再多，也挡不住冻死冻伤好多生灵。但是，不管怎么说雪小了就缓解了帐篷的压力，阿妈把铁锹插在雪地里，顾不上喘气，就朝帐篷里跑去。

帐篷里挤了二十多只母羊，还有四五十只羊羔，毛毯、被子被桑珠抱到羊圈去了，地上全是刚生过羔子的胎胞、羊水、血污，连下脚的地方都没有。她走到火炉跟前，见火炉里的羊粪快熄灭了。这么冷的天气，帐篷里要是没有生火，跟外边的温度不会有太大的差别，就对跟着进来的桑珠说："快端些羊粪过来，把炉子的火生旺！"

桑珠急忙跑出帐篷，用盆子端来羊粪。她知道阿妈生火很有一套，炉子里只要有几个羊粪是红的，她就能很快让炉火烧旺。阿妈先给火炉里薄薄地撒了一些羊粪，桑珠赶忙找到羊皮风箱，给火炉里打气。这层羊粪燃旺了，阿妈才给火炉里加满羊粪，对桑珠说："再扇几下就可以了，很快就会旺起来。"她说着就把铁桶架在火炉上，对桑珠说："我们把储存的羊奶烧上，给产过羔子的母羊喝，也给没有奶吃的羔子喝。母羊都开始下羔子了，我们就不愁没有奶子吃啦！"阿妈刚说完这些，猛然想起小羚羊，急忙对桑珠说："格桑梅朵跑到哪里去啦？"

桑珠这才想起小羚羊，眼光在帐篷里睃视，满帐篷都是母羊和它们的羔子，母羊护着羔子，羔子围着母羊，十分亲热。只有格桑梅朵独独地畏缩在帐篷的角落，怯怯地望着母羊和羔子，模样十分自卑可怜。

"格桑梅朵，我们的小宝贝，你怎么跑到那里去啦？"桑珠跑过去抱起小羚羊，把脸蛋贴在小羚羊的脑袋上，轻轻地摩擦着。

"格桑梅朵也够可怜了，这么小就没有了阿妈。那些天杀的坏人，总有一天会遭报应的，佛爷饶不了杀死格桑梅朵阿妈的那些恶狼。"阿妈走过来，摸了一下小羚羊的脑袋，给桑珠说，"你快给它喂点热奶，它一定很饿啦！"

阿妈把堆放在帐篷外边的羊奶口袋搬到帐篷，先烧热了一铁桶羊奶，让在帐篷里产羔子的母羊喝了，就把它们连羔子都赶回羊圈里。又从羊圈里赶过来一些母羊和羔子，让羔子在帐篷里把身子暖干了，给母羊喂过热奶，又把它们赶回羊圈。就这样，让下过羔子的母羊都能轮着喝上一次热奶。

连续好多日子里，阿爸和阿妈都没有睡过觉。阿爸日夜都守在羊圈里，给母羊们喂干草，抱出陷进积雪里的羊羔，还要腾出时间清除羊圈里的积雪，只有把羊圈里的积雪清除完了，人才能回到帐篷痛痛快快喝碗奶茶。阿妈就守在帐篷里，给火炉里加羊粪，烧奶子，给母羊和羊羔们喂奶，把吃过奶的羊只赶回羊圈，把没有吃过奶的羊只赶到帐篷。桑珠拿着奶瓶，给没有奶吃的羊羔喂奶。母羊都是很自私的家伙，它们的奶子只给自己的孩子吃，那些没有奶吃的孩子刚刚挨近它们，它们就用头把这些可怜的孩子顶到一边，保护它们自己孩子的利益。桑珠就给这些可怜的孩子们喂奶，喂得时间长了，胳膊都酸痛了，手都麻木了，连站的力气都没有了，她就在心里给自己鼓劲，这时候多给一个羊羔喂奶，就能多救活一只羊儿，到了秋天的季节，把这些羊只卖了，就能让阿爸到玉树州的大医院治病了。阿爸阿妈都不肯给她说阿爸到底得了什么病，但她从阿妈的话语和神气中感觉到，阿爸得的不是一般的病，肯定是很严重的病，要治好阿爸的病得花很多很多的钱。要不，阿妈不会那么拼命攒钱。

羊羔还是一只一只地死去了。本来，就是佛爷极为关照的没有暴风雪的季节，羊羔也不会一只不死，何况是连续十多天的暴风雪。阿爸每从羊圈里扔出一只死羔，阿妈就要颤抖一下，呆呆地看着死羔，脸色阴沉得可怕，好像谁用刀子在她身上割了一块肉。阿妈早就算计好了，要是这季羊羔都能活下来，到了入冬的时候就能让男人到大医院治病。要是羊羔成活的不多，男人就没有办法到医院治病。

暴风雪终于过去了，阿爸阿妈连续十多天都没有合过一下眼睛，累得实在受不了的时候，就靠在青稞口袋上歇息一小会，又忙着照顾羊群去了。阿妈把帐篷里的污秽清除了，毛毡和被子都铺到羊圈去了，她只好把羊皮铺在地上，一家人坐在羊皮上歇息。

"还好，没有死太多的羊只，跟平常年月差不了多少。"阿爸喝着阿妈熬好的奶茶，高兴地说。他说的是实话，就是在没有暴风雪的季节接羔，要是稍微偷下懒，都要死不少羔子。这么厉害的暴风雪，接的羔子大部分都活下来了，绝对是不幸中的万幸。

阿妈没有说话，她知道男人说的是实话，这么大的暴风雪中接羔，还没有听说过谁家的羔子能活下来这么多。但是，她还是哭丧着脸，连热喷喷的奶茶都没心思喝，还在为男人看病的钱发愁。尽管羊羔没有像预计中死的那么多，一家人的生计绰绰有余，但要给男人看病就会缺很多钱。可可西里有很多挣钱的门路，捕猎野生灵、挖沙子筛金子，都比放羊挣得钱多。那是佛爷最痛恨的事情，也是政府明令禁止的事情。咱们是厚道人家，佛爷和政府不让干的事情绝对不能干。钱是什么东西，有吃的有喝的有穿的有用的以后，钱就什么用处都没有了，只能放在青稞口袋里攒着。可到了紧要时候没有钱，真能把人难死。男人的病就是没有钱，人家医院才不肯给治。

桑珠抱着格桑梅朵，把脸蛋贴在它的脑袋上摩擦，眼睛却看着阿爸阿妈，观察他们的脸色。她知道在这次暴风雪中，家里损失了很多羊只，阿妈打算到了入冬的时候，卖掉一群羊给阿爸治病的计划落空了，阿妈在为阿爸的病发愁哩。她不知道阿爸病得厉害不厉害，看病需要多少钱。她毕竟才是七八岁的小毛俚（藏语，小姑娘）。

"阿妈,格桑梅朵饿了,我要给它喂奶啦!"桑珠看着阿妈试探着说。

"你就知道格桑梅朵,我们养它有什么用处,杀不敢杀,卖不敢卖,还得当神爷一样供奉着。有养活它的工夫,我们还能多养活几只羊羔,多收入些钱给你阿爸治病!"阿妈本来就憋了满肚子的忧愁,还有说不出的愤怨,借着桑珠的话发泄出来。

"你怎么这样说桑珠呢,她才七八岁,就跟着大人拼命了十多天,就是很多大人都顶不下来,她一个小毛俚竟然顶下来啦!"阿爸从怀里取出鼻烟壶,没顾上朝鼻孔里吸就接过女人的话。

阿妈长叹口气,从羊皮上爬起来找到奶瓶,给奶瓶里灌奶,对男人说:"我也知道桑珠是好孩子,谁家帐篷的孩子都不会在暴风雪中拼命十几天不睡觉。我是为你的病心急,心里一急就什么都顾不上了。"阿妈把奶嘴送到自己嘴里,咂了一下奶,觉得不热不冷了,把奶瓶交给桑珠,让桑珠给格桑梅朵喂。

四

可可西里的夏天非常美丽,除了背阳和低洼的地方,平坦地方的积雪消融了,就是雪山底下的积雪也消融了很多,露出山的本来颜色;积雪消融了,草滩就露出来了,草儿冒出了一寸多高,绿莹莹的,给人一种朝气蓬勃的力量;花儿也开了,很碎很小的花朵呈现无数种颜色,草滩就像玉树毛毯厂织出来的最鲜艳的毛毯;雪山上、草滩上的积雪消融了,小河、小溪、大大小小的湖泊里的水上涨了,水是那样的清澈,可以看到河底的石头和沙颗子,它们在流动的时候发出细微的声响。到了夏季,佛爷就不让老天爷刮暴风雪了,甚至连猛烈一点的风都不让刮了,可可西里的生灵们都在享受佛爷恩赐的幸福,天气暖和了,人们在放牧的时候可以垫着皮袄倒在向阳的草地上，让暖暖的太阳照在身上，可俚（藏语，小伙子）们的指头不受冻了，就吹起了笛子，不会吹笛子的就吼唱起歌子；到了这个季节，不论是放羊的毛俚还是守在帐篷里的毛俚，都把注意力集中在耳朵上，捕捉可俚们的歌唱和笛声，也随着歌声和笛声唱起来，歌儿比银铃都要响亮和动听；于是，笛声迎着歌声走去，歌声迎着笛声走去，粗犷的吼唱迎着嘹亮的歌唱走去，嘹亮的歌唱迎着粗犷的吼唱走去；要是放羊的可俚和放羊的毛俚相遇，两个羊群就混成了一个羊群，这个羊群的公羊去找那个羊群的母羊，这个羊群的母羊去找那个羊群的公羊，就有公羊压到了母羊的脊背上，都得意到了极点，这个季节打下的羔子到了冬季就可以生产了；在向阳的草地上，蓝天做被大地做毡，两个皮袄拥裹到一块，不管高矮相差多大，嘴和嘴却吮吸到了一块，毛俚和可俚也都得意到了极点，再用不了多长时间，在可可西里的草滩上就多出一顶崭新的帐篷，还是民贸公司卖的那种棉帐篷，年青一代的牧民已经看不上用牦牛毛编织的帐篷了。还有生活在这里的黄羊、羚羊、野牦牛、野马、野羊，有了茂密的青草，有了清凉的河水，用不了花费太大的力气就能把肚子吃饱，滋养得满身肥膘，身体强健了又有了闲工夫，就要把身体里的精力宣泄出去，雄的就去找雌的，母的去找公的，野生灵们就这样一代一代地繁衍下去。这些快乐到极点的幸福，在寒冬的季节享受不到。

夏季的日子，桑珠可以跟着阿爸到远离帐篷的草滩上放牧了。她跟阿爸放牧的时候，格桑梅朵都要跟着她。桑珠算了一下，格桑梅朵是汉人的阳历十一月出生的，到了现在的八月，已经九个月了，九个月的羊只相当于人中的大姑娘了。格桑梅朵出落得漂亮极了，长得跟成年的大羊一样大小，但身材比家羊细长，四肢比家羊修长，尤其是那身皮毛，鲜亮得发光，混在羊群中也能一眼就能看出来。它继承了羚羊先天的优势，奔跑得飞快，吃草的速度也快，用不了多大工夫就把肚子吃饱了，剩下的时间就去挑衅别的羊只。由于它在羊群里受到特殊照顾，连管理羊群的雪虎都不敢对它吠叫，看到别的羊欺负它，就会跑过去咬它们，惯得格桑梅朵十分霸道，它用脑袋把这个羊顶个跟头，把那个羊挑翻了身子。被它欺负的羊刚把脑袋对准它，它一纵身就跳出去好远，得意地望着对方。更多的时候，它都要守在桑珠跟前，桑珠走路的时候，它趁桑珠不注意就用脑袋对着她的后腿肚子撞一下，把桑珠撞个趔趄，有时还能撞个跟头，而后转身就逃，在离桑珠不远不近的地方蹦跳撒欢，庆祝自己对主人偷袭的成功。桑珠就苦笑着骂它："你真是个没有良心的小坏人，专门欺负我，是不是看我善良好欺负？下次再欺负我了，我就用鞭子抽你的屁股！"格桑梅朵不但欺负桑珠，连雪虎和雪狮都敢欺负。它也是趁它们不注意的时候，悄悄地走近它们，然后挺起脑袋对它们撞过去，撞得它们大叫一声，又不敢还击它，它们因为还击它都受过小主人的皮鞭抽打。在整个可可西里，在整个青藏高原，都没有它不敢欺负的，都没有它不敢冲撞的。它每次欺负别的生灵的时候，阿爸就看着它对桑珠说："桑珠，你把格桑梅朵惯坏了，你看它害怕谁，谁都敢欺负！"

桑珠就咯咯地笑，说："它生下来不到一天阿妈就被坏人杀死了，多可怜。我们要是再让它受气，它就更可怜啦！"

到了半下午的时候，羊只们吃饱了，也累了，都卧在向阳的草滩上，闭上眼睛睡觉了。獒们吃过主人喂的手抓，也卧在向阳的草滩上，闭上眼睛睡觉了。桑珠和阿爸在背风的坑洼里生了一堆火，用随身带的小铝锅热了奶茶，吃了手抓，肚子也饱了，也裹着袍子躺在向阳的草地上，闭着眼睛睡觉了。到了夏季，野生灵们有了好吃的好喝的，长了肥膘就跑不快，凶恶的狼们也有了充足的吃食，不会再遭害人们放牧的牛羊了。它们不到饥饿危及到生命的时候不会向牛羊袭击，它们知道保护牛羊的人们、獒们，都不好对付，有时候把自己的生命搭上，都不一定能吃上他们的牛羊。在这个季节，放羊的人、护羊的獒，连吃得膘肥体壮的牛羊，都会放松对恶狼的警惕，睡在草滩上享受可可西里夏天的温暖。隔不上多大一会儿，阿爸就要猛烈地咳嗽，比冬里咳嗽得更厉害了，咳得气都喘不过来。桑珠赶忙跑过去，用拳头在阿爸的背上轻轻地捶，很忧愁地给阿爸说："阿爸，你什么时候到州上的大医院治病哩？"

"等你阿妈把钱攒够了，阿爸就会去治病的。"阿爸咳过以后还要喘好长时间，然后才能回答桑珠的问话。

"阿妈什么时候能把给你看病的钱攒够哩？"桑珠还是忧愁地问。

"本来再过几个月卖了羊只就能把钱攒够了，可在产羔的时候遇上了暴风雪，死了很多羔子，看病的钱就不够了。要是今年产羔的日子没有暴风雪，明年就能攒够给阿爸看病的钱啦。"

桑珠不再说话了，看着没有一点杂色的蓝天，看着蓝天上飘浮的比雪都要洁白的云彩，又看了一望无边的草滩，看了流过草滩的小河，看了吃得肥壮的羊只。阿爸说羊只在这个季节吃得好了，就能把膘长起来，入冬的时候就能卖上好价钱，母羊在产羔的日子就能抵抗暴风雪的寒冷。她把能看到的东西都看了，再没有说一句话，只是长长叹了口气，神气酷像她的阿妈，只是更殷勤地抚摸格桑梅朵的脑袋。

雪虎睡觉的时候总是把一只耳朵贴着地面，好几里以外的响动都逃不过它的耳朵。猛然，它一个纵跳跃起来，对着可可西里外边的方向吼叫起来，一声比一声凶狠。雪虎的吼叫惊醒了阿爸，也惊醒了桑珠，连最懒惰的羊只都站起来，张望着可可西里外边的方向。桑珠顺着雪虎吼叫的方向看去，果然有两个黑点朝着这边移动，就对阿爸说："好像有两个人朝咱们这里走来。"

阿爸也朝着雪虎吼叫的方向眺望，也看到两个人影朝着这边走来，对桑珠说："是有两个人朝咱们这里走来！"

"会不会是杀害格桑梅朵阿妈的坏人？"桑珠说着就攥住腰上绑的小刀。

"不知道，到咱们这地方来的人，除了保护站的人是好人以外，别的都不是好人，好人跑到这里干什么，除了捕杀野生灵就是挖金子，都是佛爷不让干的事情！"阿爸说完就对雪虎吼了一句，"雪虎，把他们盯紧，他们要是敢给咱们的羊群下手，就把他们的胳膊咬断！"

雪虎得了主人的命令，停止了吼叫，这是它发动攻击的前兆。它在咬人的时候，都是把前腿伏在地上，把屁股高高撅起来，做出扑咬的架势。

"阿罗，巧得木！"两个人老远就给阿爸和桑珠打招呼。

"巧得木！"阿爸也很有礼貌地给他们打招呼。

按照藏民的习俗，对远道而来的客人要迎接到帐篷，宰杀最肥最嫩的羊只，熬最浓最稠的奶茶，献上最香最烈的青稞酒，客人酒足饭饱以后，再把最挨近火炉的地方让给他们睡。到了这些年，到可可西里捕杀野生灵的、挖草滩淘金子的人太多了，他们毁坏了佛爷的圣地，在这里放牧的藏民太恨他们了，就把祖祖辈辈接待客人的习俗中断了。

"老乡，能不能卖给我们一只肥羊？"高个子的男人给阿爸说。

"现在还不到卖羊的季节，等到入冬羊只长到最肥的时候，才能宰杀羊只。这个时候宰杀羊只，就像你们汉人的庄稼没有长熟就收割一样。"

桑珠看到他们都背着枪，她从画报上看到是那种很先进的枪，能一口气打出去很多子弹。她还听保护站的叔叔们说，那些捕杀野生灵的坏人拿的都是最好的枪，比解放军的枪都好。就连着给阿爸使眼色，生怕阿爸吃了这两个拿枪人的亏。

"老乡，我们两天都没有吃东西了，今天又走了这么远的路，饿得实在走不动了，我们出两只羊的价钱买你一只羊——"

"我给你们说过了，我们放羊的人不会在这个季节把羊只让别人宰杀的，这是违背佛爷旨意的。连我们自己都是吃过去的冻羊肉，舍不得宰杀羊只。你们不要打算在这里买到羊只杀肉吃，真正的放羊人不会在这个季节把羊只卖给你们宰杀的！"阿爸看出来他们就是来可可西里捕杀野生灵的，说不定格桑梅朵的阿妈就是他们杀死的。把羊只卖给他们，让他们吃饱肚子，继续祸害可可西里，想都别想！

高个子男人嘿嘿笑了一下，轻蔑地看了阿爸一眼，说："今天我们非要买你一只羊不可，我们不能饿死在这里。你要是不卖，我们就开枪打死一只羊，看你卖不卖？"

"哈哈！"阿爸笑了，对那两个人说，"你要是敢开枪打死我的羊只，恐怕你们连一里路都走不出去，就会死掉性命！"

高个子见阿爸还是不答应卖给他们羊只，就要从肩上取下冲锋枪，手刚挨到枪上，就看见一道黑色的闪电从地面上腾起，雪虎咆哮一声就扑上去，一下就把他扑倒在地上，硕大的嘴巴咬在他的喉咙上，只要再用力，就会把他的喉咙咬断。那个矮个子见同伙被雪虎咬住了脖子，就要取枪打雪虎，肩上的枪还没有摘下来，阿爸的腰刀就横在他脖子上，吓得他急忙跪倒在地上，连连磕头求饶。桑珠怎么都没有想到，平时连高声话都不会说的阿爸变得这么英勇。

阿爸摘下他的枪，又走到高个子跟前，也摘下他的枪，才对雪虎下了命令："雪虎，饶了他们！"

雪虎这才松开咬的人的脖子。桑珠看到那人的脖子上有了一道狗牙印，有的地方还流出血。

高个子从地上爬起来，脸色吓得煞白，赶忙跪倒在阿爸面前，说好听的话，又说："老藏大哥，我们真的两天都没有吃东西了，也迷了路不知道该朝哪里走。要是不吃点东西，会饿死在这里的！"

"谁让你们到这里来的，这里所有的生灵都是佛爷的，你们捕杀佛爷的生灵，佛爷还能不惩罚你们？"阿爸用腰刀指着他们说。

"老藏大哥，你给我们吃些东西，再给我们指出回家的方向，我们再也不敢来这里遭害佛爷的生灵啦！"两个人又给阿爸说好听话。

阿爸收了腰刀，说："见死不救也是佛爷不高兴的事情，我就救一次你们，一会儿跟我到帐篷把手抓吃饱，把奶茶喝足，就赶快离开可可西里，不要让佛爷再看见你们在这里遭害他的生灵。佛爷要是再看见你们来到这里，肯定会狠狠地惩罚你们的。起来吧，跟我们一块回帐篷去！"

他们连着给阿爸做了几个揖才爬起来。突然，小个子发现跟在桑珠旁边的格桑梅朵，眼睛一亮，忙拉了一下高个子的胳膊，指了一下格桑梅朵。高个子看见格桑梅朵，眼睛也豁然发亮，赶忙走到阿爸跟前，问："这只羚羊是你们喂养的？"

雪虎见他朝主人跟前走去，又咆哮一声，扑到他跟前用身子挡在主人面前。他赶忙朝后边退了几步，很巴结地对阿爸说："你把我们的枪都缴了，我们不会再危害你们了，快把你们的狗管好，不要让它咬了我们。"

阿爸就对雪虎吼了一声："雪虎，饶了他们！"

雪虎才停止咆哮，退到主人身边，还警惕地盯着他们。

"它叫格桑梅朵，出生不到一天阿妈就被你们这些坏人杀死了，是我们把它救活的！"桑珠抚摸着羚羊的脑袋，不高兴地给他们说。

"格桑梅朵，美丽的姑娘，多么漂亮的名字呀！"高个子又朝羚羊跟前走去，还要用手去摸羚羊的脑袋。羚羊赶忙躲到桑珠的身后。雪虎见他要逼近格桑梅朵，又是一阵咆哮摆出扑咬他们的架势，他又赶忙停止脚步，满脸堆笑地给阿爸说："把这只羚羊卖给我们吧，我们给你很多很多的钱。你开个价，我们不会还价！"

"佛爷和政府都有规定，这些野生灵是不能买卖的，也不能宰杀，你买它干什么，难道要把它养到老死了送到天葬台上？"阿爸冷冷地顶了他们一句，对桑珠说，"回家，回到帐篷给他们弄点吃的，让他们趁早滚出可可西里，我看见这些人就生气，就想杀了他们！"

桑珠对头羊喊了一声"回家"，头羊从草地上站起身子，领着羊群朝帐篷的方向走去。于是，蓝天白云下绿色地毯似的草滩上，缓缓移动着一群雪白，雪白里喧起羊只欢乐的高唱。

高个子想靠近阿爸，又怕雪虎扑咬自己，就尽量走近阿爸，看着阿爸的脸色说："老藏大哥，我们把它买回去肯定不会把它养到老死，再送到天葬台上。我想你们也不会把它养到老死，再把它送到天葬台上吧。要是这样，你图啥哩？就像你辛辛苦苦放的这群羊，不是为了换钱，不是为了吃肉喝奶，你这么辛苦图什么?"

"我什么也不图,就图它是佛爷的生灵,我养活它们就是孝敬佛爷!"阿爸还是冷冷地回答他。

"我给你五千块钱,你把它卖给我,这个价钱顶你卖二十只肥羊的价钱啦!"高个子伸出一个手掌,在阿爸面前晃了一下。

阿爸冷冷笑了。

小个子又赶忙凑过去,也是很巴结地说:"我们给你六千块钱,怎么样?你看我们多么大方,一加就是一千元,过去来买你羊只的人,有这么大方的没有?"

阿爸还是冷冷地笑了一下,没有回答。

阿妈早早就把手抓煮熟了,把奶茶熬好了,把羊圈里打扫了,连给獒喂的骨头和肉汤都弄好了,就站在帐篷门口,踮着脚尖朝男人和女儿归来的方向觑望。终于,她眼里现出一群雪白,她知道那是羊群;又看到一只跑动的黑影,知道那是看护羊群的獒;再看男人和女儿的时候,发现多出了两个大人的身影,心里就有了狐疑,在这方圆几百里没有人烟的地方,怎么会多出两个大人?

看护帐篷的雪狮老远看到归来的羊群、主人,还有同类,激动得蹦跳着起来,看着女主人的脸色,等待让它跑过去迎接的命令。

"雪狮,快去迎接他们回来!"女主人的话音还没有落下,这只獒就箭样地向着归来的主人和羊群射去。

不大工夫,一群羊两只獒一个毛俚三个男人一齐到了帐篷门口。羊群在头羊的带领下回到羊圈,舔吃过女主人撒在光牛皮板子上的盐巴,卧在干干的地面上歇息身子。两只獒没有像往常见面时亲热地厮咬,再一齐去吃主人准备好的肉食。它们警惕地看着两个陌生人,从主人的脸色上判断出他们是不受主人欢迎的人,就顾不上吃东西,警惕地盯着他们做出随时准备进攻的样子。两个人看到又多出了一个獒,脸上的恐惧又增加了许多。

阿妈看着这两个陌生的人，又看着自己的男人，最后把目光停在女儿身上。

桑珠对阿妈说："他们是来捕杀佛爷的野生灵，阿爸把他们的枪收啦！"

阿爸走过来对女人说："他们两天没有吃饭了，也迷了路。你给他们弄点吃的喝的，让他们赶快离开可可西里。不管怎么说，咱们不能见死不救！"

阿妈把他们迎进帐篷，从锅里捞出手抓，又给碗里倒上奶茶，却没有给他们端上来，冷冷地说："我的帐篷不欢迎遭害佛爷生灵的坏人，你们要是我们放牧人的朋友，别说吃手抓喝奶茶，就是吃我们的肉喝我们的血，我们都舍得。你们跑到这里，遭害我们的生灵，还要我们招待你们，你们说我们能招待你们？"

"我们不会白吃你们的东西，我们付给你很多很多的钱！"大个子说着就从口袋里掏出几张百元票子，放在毛毡上。

阿妈不客气地收起票子，说："听说可可西里外边的人，吃了别人的饭都要掏钱的，你们是我们最不喜欢的坏人，说什么也不能白吃我们的饭！"

"是的，你们的羊肉和奶茶来得也不容易，我们应该付钱给你们，要是不够，我再给加一些。"高个子又从口袋里掏出两张百元票子，递给阿妈。

阿妈还是不客气地接在手里，迅速地塞进袍子里。心里想，暴风雪冻死了一些羊只，给男人治病的钱不够了，要是想办法再从别的地方弄来钱，到了入冬的时候把羊只买了，就能给男人把病治好了。

高个子见女主人是个贪财的人，脸上就有了得意，给小个子使了个眼色，试探着给她说："大嫂，我们刚才看到你家养了一只羚羊？"

"我家是养的羚羊，它阿妈生下它的时候被坏人杀死了，它生下不到一天就没有了阿妈，是我女儿把它救活的！"

"你们把它卖给我们，我们付给你们很多很多的钱，给你们七千块钱，这个价格不低了吧？"高个子伸出一个巴掌，又伸出另一只手的两个指头。

阿妈摇了下头，没有吭声。

"八千，怎样，顶你们卖十六只肥羊的价钱啦！"

阿妈还是摇了下头，没有吭声。

"一万，你们卖上二十只肥羊，才能得到这么多的钱！"

阿妈还是摇头，还是没有吭声。

高个子把价钱提到一万五千元了，阿妈说话了："你们把我家的格桑梅朵买去了，这么远的路怎么带回去？"

"这个不需要大嫂操心，只要把它卖给我们，咱们一手交钱一手交货，你接了我们的钱它就是我们的货了。我们不需要把它带回家，我们只要把它的皮剥下来，把它的头割下来带走就行了，把它的肉白送给你们吃——"他从背包里取出两沓子钱，很有气势地拍在毛毡上。

桑珠和阿爸的脑子里立即浮现出格桑梅朵的阿妈躺在冰冷的雪地上，它的皮毛被剥去了，脑袋被割去了，鲜血染红了周围很大一片白雪。

阿妈的脑子里也浮现出桑珠和男人给她诉说的格桑梅朵阿妈的悲惨——

她猛地抓起毛毡上的两沓子钱，对着高个子男人砸过去，整沓子的钱砸在他脑袋上，飞散得满帐篷都是，还像发疯的母狮子样对着他们吼："你们给我滚，滚出我的帐篷，我的手抓奶茶不是喂恶狼吃的！"

两只守在帐篷门口的獒听见女主人发怒了，立即咆哮着冲进来，又摆出扑咬他们的架势。他们慌乱地捡起散落在帐篷里的钱，掂起背包逃出了帐篷。

桑珠看着他们逃去的背影，咯咯地笑起来。

阿爸看着他们逃去的背影，不出声地笑了，从怀里掏出鼻烟壶，刚要把鼻烟朝指甲盖上倒，又见女人在看自己，赶忙嘿嘿一笑说："我只是掏出来闻闻，我听你的话不抽鼻烟啦！"

女人没好气地说："你的身子你都不知道爱惜，这鼻烟又不是手抓奶茶，不吃不喝会饿死！"

男人又是一阵嘿嘿地干笑，就把鼻烟壶塞进怀里。

"他们被我们赶走了,要是再有同伙,他们再带着枪来抢格桑梅朵怎么办?我们的獒再厉害,也厉害不过枪里射出来的子弹!"女人看着男人和女儿,刚才的愤怒没有了,脸上堆满忧愁。

"我在回帐篷的路上就想好了,他们这些人的心肠比恶狼都歹毒,肯定不会放过格桑梅朵。我们不如把格桑梅朵送到保护站去,保护站有解放军守着,他们有天大的胆子也不敢到保护站杀格桑梅朵,不知道咱的宝贝桑珠舍得不舍得?"

桑珠蹲在毛毡上,搂着格桑梅朵的脖子,眼泪一滴一滴地滚落在它的脑袋上。

月亮出来了,今天的月亮真好,把可可西里照得跟白天一样,连远处的山都能朦朦胧胧看到;近处的草滩、石头、小河更是清晰,连一只很小的野生灵从羊圈旁边跑过都看得清清楚楚;一条小道从帐篷旁边向外边延伸,稍不注意就看不出这是一条可以通往保护站的小道。阿爸把摩托车发动了,他坐在摩托车上,格桑梅朵蹲在座位的前边,后架上绑着两支冲锋枪。冲锋枪上卧着雪虎,它要跟随男主人一块到保护站,路上要是遇到危险的事情,十几个人都不是它的对手。

桑珠跑到摩托车跟前,从口袋里掏出一块糖,哭着塞到格桑梅朵嘴里。

阿妈站在帐篷门口,一遍一遍地揉着眼睛。

阿爸驾驶着摩托车,带着格桑梅朵走远了,消失在月光朦胧的原野里。

桑珠看着摩托车走远了,站得双腿酸痛了,才揉着还在流泪的眼睛,朝帐篷走去。阿妈迎着她走过来,把她搂在怀里,像是给她说又像是给自己说:"到哪里去弄够给你阿爸看病的钱哩?"

发于《鸭绿江》2008年第2期

驾驶室的太阳

一

西宁货站有七八股道，每股道上都有站台，站台上有仓库。货物从火车上朝下卸，汽车装卸下的货物。高声喇叭里唱着流行歌曲，性急的司机摁动着喇叭，过往的卡车荡起尘土，车站的人都是灰头土脸。

四十多岁的邱老板，看着新招来的司机麻盛生，要个子有个子，要身板有身板，浑身都透溢着灵性。二十五六岁正是能干活的年龄，连续开上一天车都不成问题，把麻盛生的肩膀拍了一下说：尕娃子好好干，我挣下钱了也不会亏待你。麻盛生说，老板放心，咱旁啥本事没有，吃苦的本事还是有的。

麻盛生把提包朝行李箱里一丢，就揭起引擎盖子，擦发动机。发动机上全是油污，对站在旁边的邱老板说，发动机太脏了。邱老板说，过去是我一个人开，没工夫。麻盛生再没有说话，把脑袋伸进引擎盖里面，擦发动机上的脏污。他拿到A照四个月了，才找到这份工作。对象李雪梅不想让他开车到处奔波，想让他在家乡镇上找个工作，天天和她厮守在一块。但在镇上干一个月才挣五六百块钱，出来开车就挣得多。邱老板给他的试用期是三个月，一个月一千八百元，转正后一个月两千五百元。他挣下钱了，就把钱攒起来，以后也置辆大卡车，自己当老板挣钱，有了钱就能给雪梅买衣服，让她过上好日子！

邱老板也没有闲着，在和货主唠叨生意上的事情。货主给邱老板说，从装好车算起，四十八个小时之内必须赶到玉树。邱老板问，按时赶到咋说？不按时赶到咋说？货主说，按时赶到增加百分之五的运费，不按时赶到扣除百分之五的运费。邱老板说，空口无凭，咱先立个字据？货主从公文包里取出两张白纸，草草地写了几句话，两个人就在上边签了字，各自拿一张。

邱老板问，你押车不押车？货主问，押车咋说不押车咋说？邱老板说，你怀疑我把你的货咋啦？你在这条线上打听一下，我邱国庆给谁拉的货少过一斤一两？货主问，那你问我押车不押车干啥？邱老板说，你要押车，我就在驾驶室里给你留个位子，你不押车我就不给你留位子？货主问，你不给我留位子干啥？邱老板说，不给你留位子就多拉一个人，多拉一个人就多挣点钱。货主说我把你的车雇下了，你还要拉别人挣钱？邱老板说，你雇我的车把货拉到玉树，只要我把你的货拉到玉树，你就没啥说的。道上有道上的规矩，货主不能干涉驾驶室里坐几个人。

货主把邱老板的肩膀拍了一下，从口袋里取出香烟要敬邱老板。邱老板说，禁止烟火，抽烟罚款，还把警告牌指了一下。货主看了警告牌，把烟盒放进口袋说，咱就按道上的规矩来，给我留一个睡觉的地方。

邱老板说，我能再拉两个人了。货主说，最好拉上两个年轻漂亮的女人，咱们路上也不寂寞。邱老板说，你别想歪了，开车讲究吉利，在车上说女人不吉利，出了事情你可别找我赔货！货主说，咱们只是嘴上说说，哪能来真的。你要是按时把货拉到玉树，找小姐的钱我包了。邱老板说，这可是你说的，要不要签个协议？货主说，屁大一点钱签啥协议，邱老板说，这话是恶心我。货主又走到麻盛生跟前，在他屁股上拍了一下说，你好好开车，到了玉树给你找小姐。麻盛生的脸有了潮红，一句话都不敢说，一个快要崩出来的屁溜到屁股眼跟前，又被他夹回去了。

一个年轻女娃朝这边走来，货主老远看见女娃，就对邱老板说，有个尕女娃过来了，是不是想搭你的便车了？邱老板朝女娃走来的方向瞅视了一阵，说还是个漂亮女娃。麻盛生也朝那个女娃看了一眼，什么话都没说，又低下头擦发动机。

　　女娃一直走到邱老板和货主跟前，问，你们这车朝玉树去吗？邱老板和货主就看女娃，有一米六几的个子，穿着很薄的羊绒裤，披着羊绒大衣，尽管这样，仍然显示出窈窕的身材。她头上戴着毛线帽子，头发和刘海从帽子里流出来，像瀑布样泻到肩膀。脸蛋被寒冷冻得通红，喝了葡萄酒样，眉毛经过描画，细长微弯，眼睛不大不小，眼睫毛很长，眼睛珠子很亮，亮得像月亮下的一潭秋水。

　　货主朝着女娃子走了两步，问，你要到玉树？女娃说，我要到玉树，能不能搭你们的便车？货主赶忙说，可以，你一个漂亮女娃，我们三个大男人，你不怕路上欺负你？女娃说，有的人好欺负，有的人不好欺负！货主说，你好欺负还是不好欺负？女娃说，你看哩！货主再没有说话，就瞥邱老板，说，这车不是我的，你给他说。

　　女娃朝邱老板跟前走了一步，说，搭车的规矩我懂，你开个价，合适了就搭，不合适另找别的车。

　　邱老板朝四周睃视了一遍，货场上有几十辆车，自从朝西藏的铁路开通以后，格尔木、拉萨的货就不用汽车拉了，这些车不是朝果洛去就是朝玉树去。要是开价太高，人家肯定会找别的车。有的司机骚，见到漂亮女娃不要钱都让人家搭，图的就是驾驶室里有个太阳。就说，我也不给你乱开价，三百块钱，你觉得合适就去拿行李，不合适就另找车搭。女娃说，三百就三百，我的行李就在货场外边，一会儿车出去顺便就拉上了。

　　货主赶忙问，你有多少行李，我的货可是装得满满的了。女娃说，我就一个拉杆箱不超过二十斤，货主又说，我不是那个意思，我是怕你带的货太多，捎带少量的货也没关系。女娃笑了一下，就不再说话，站在一边看朝车上装货，看了一阵又走到引擎跟前，看麻盛生擦车。

麻盛生感觉女娃在看他，抬头看了她一眼，立即被她惊人的美丽震撼了，脸上又有了潮热，赶忙低下头继续擦车。就在他抬头那一瞬间，女娃也看到他的脸庞，也被他的英俊威武震惊。路上有这么英俊的小司机陪着，也是一种享受，心里就有了滋润。

麻盛生听到裤兜里响起萨克斯的鸣奏，急忙停下擦车，取出手机，是李雪梅发来的信息。他昨天下午离开镇子的时候，两个人约好了不通电话发信息。李雪梅的信息说，你现在在哪里？他回信息说，我在西宁货站，正在装车，马上就要朝玉树赶路。没过三四分钟，李雪梅的信息又来了，说，外边的世界很精彩，路边的野花不要采！他回信息说，驾驶室里世界小，没有野花让我采。你是漂亮玫瑰花，路边野花算什么？李雪梅又回了信息，我的玫瑰谁也不能采，等你回来随便采！

邱老板见麻盛生玩了好大工夫手机，耽搁了擦车，就说，你在忙活什么？麻盛生说，没忙活什么，发个信息给家里报个平安！

二

麻盛生抓住方向盘，心里有些紧张，但倒车、掉头、挂挡、起步等动作还做得比较顺畅，没有出现大毛病。邱老板坐在他旁边，观察他的驾驶，技术不是很老到，但小伙子的脑子很好用，处理路边情况还比较到位，照这样开下去，行驶几十公里就熟练了。果然，汽车开上青藏公路以后，麻盛生就觉得熟练了，车速也提高了很多，对路面的处理也得心应手了。邱老板又看了一阵，见麻盛生的驾驶技术完全不会出问题了，就说，我睡觉了，你开慢点，注意安全！狗日的，昨天黑了你嫂子听说我要出远门，狠着劲地折腾我。货主接着说，现代科学发明了伟哥，专门让男人享受的药。邱老板说，你用过伟哥？货主看了女娃一眼说，咋没用过，没用过能给你谈感受？就像上中学时老师让写读后感，没看过原著咋能写出读后感？他们说这话的时候，一瞥一瞥地看女娃的脸色，女娃脸色板得很平，什么表情都没有。

邱老板自嘲地说，尕女子，我们这些开车的，成年囚在驾驶室里，啥受活事情都没有，就是说几句骚话给嘴上过个生日，你也不要见怪。

女娃说，你们说你们的，想咋说就咋说，我不会见怪。

邱老板和货主睡觉了，女娃就坐在麻盛生旁边，看他驾驶车辆。

麻盛生的感觉好极了，他从小就想当司机，驾驶大卡车在青藏高原上奔驰，让车轮碾过巴颜喀拉山的积雪，滚过唐古拉山的冻冰，蹚过昆仑山的冰河，挣回一把一把的票子。这阵，他觉得公路是那么宽阔，路面是那么平坦，行人是那么友善，路边的白杨树是那么挺拔，吸进鼻孔的空气是那么清爽。他超越了一辆一辆拖拉机，会过一辆一辆汽车，觉得汽车在他的驾驶下温顺乖巧，他让快就快，让慢就慢，让朝左边走就朝左边走，让朝右边开就朝右边开，得心应手，真是心想到什么地方就开到什么地方，得意到了极处，竟放开嗓子吼唱起来：

　　尕妹妹的羊在山坡哩，
　　情哥哥的羊皮筏子在黄河里哩
　　……

刚唱了一句，女娃就用一个指头竖在嘴上，小声说，老板都在睡觉，你给自己找罪受呀！

麻盛生赶忙刹住吼唱，但心里的受活还是憋不住，又见女娃对自己这么好，就有了和女娃说话的欲望，一边驾驶车辆一边问，你叫啥名字？女娃就说，我叫吉洁。麻盛生说，好名字，一听就知道是大地方来的。女娃问他，你叫什么名字。他说，我叫麻盛生。女娃笑了下说，麻生生，这名字是什么意思呀。他说，是麻盛生，姓麻的麻，盛大节日的盛，生活的生。女娃说，我就说怎么能叫生生哩？他问，生生有什么不好？女娃说，我们兰州人把净干二杆子事情的人叫生生。麻盛生说，我可不是生生。女娃说，我看你也不像生生。

汽车开到湟源峡了，一边是笔陡的峭壁，另一边是潺潺的小溪。峭壁上长满低矮的灌木，还有不成材料的树木，这个季节没有一点绿色，全是细细的枯枝。小溪的水很清，欢快地流淌，发出隐约可听的声音，也被汽车的轰鸣淹没。小溪两边是冻冰，颜色青白，感觉冻得不是很结实。麻盛生谨慎地驾驶着汽车，心里的得意还是掩盖不住，想吼唱又怕影响老板睡觉，就吹起口哨，吹的是刀郎唱的《战友》。曲调悲壮高昂，一直吹到爬日月山，才停下口哨。

吉洁从来没有听过这么动听的口哨，简直是笛子的独奏，又像萨克斯的吹鸣，还像风琴的弹奏，就全神贯注地听他吹口哨，看吹口哨的司机，年轻、英俊、威武，充满阳刚之气。他的口哨把她引到了新疆的雪山，引进了帕米尔高原，使她看到了陡峭的冰大阪、晶莹的冰峰、辽阔的草原、茂密的葡萄架，甚至闻到了烤羊肉的喷香、马奶子的酸甜、烤馕的麦香。她忘记了自己的烦恼，产生了和这个年轻司机说话的欲望，就问，你家住在哪里？麻盛生说，我家在离西宁一百多里的小镇上。她又问，你很喜欢开汽车，他说，我的理想就是开汽车，这是我拿到A照后第一次给人家开车。她又问，你给人家开车，一个月多少工钱？他说，试用期三个月，一个月一千八，转正后两千五。她说，不算高。他说，也不算低了，俺们这地方能拿到两千块钱的工资都是很了不起的人物，就是给公家干活的研究生，一个月才能拿上两千多块钱！她说，你拿这么一点工资，永远发展不起来！他说，怎么发展不起来？老板管吃管住，我什么费用都不出，这些钱全部存起来，四年后就可以买辆卡车。我用自己的卡车搞运输，挣的钱更多。我用挣的钱再买车，再雇人给我开车，等我长到四十岁的时候，就有了自己的运输公司。她说，你也不可能把钱全部存起来，你们把货运到了地方，要喝酒找小姐，花费大着哩！他哈哈一笑说，我不会把钱花到那上头，我有对象哩。

吉洁再没有说话，过了好长时间又问，你的女朋友一定很幸福啦！

他说，当男人的就要让自己的女人过上好日子，让自己的女人过不上好日子，就是最没出息的男人。她又问，你的女朋友一定很漂亮。他说，没有你们大地方的人洋气，也没有你漂亮，可我就觉得和她亲，和她在一块心里踏实，觉得和她能安安稳稳过一辈子。

吉洁说，你有没有她的照片？他说，我临出门的时候，她专门把自己的照片过塑了，让我带在身上，想她了就拿出来看。吉洁说，能不能让我看看？他说，当然能呀，看看又不少个啥。说着就降慢车速，从贴身的衬衣口袋里掏出李雪梅的照片。

吉洁就一张一张地看，一共四张照片。第一张是上半截身子的头像，能清楚地看到李雪梅的五官。她看了一分多钟，觉得长相只能算中等，说不上漂亮但绝不丑陋，很耐看。第二张是夏天拍的全身照片，个子不高不低，身材中等略有肥胖，和都市女孩讲究的骨质美人有很大差别。第三张是她坐在石头上，打了把遮阳伞，做出妩媚状。第四张是她侧身躺在草滩上，显示着身体的曲线，充满美感。

吉洁要把照片还给麻盛生，麻盛生说，你把照片摆在挡风玻璃跟前，我开车时用眼睛的余光就可以看到她。吉洁把照片一排溜摆在麻盛生和自己中间的挡风玻璃前，麻盛生开车也能看李雪梅的照片了。

天气真好，没有风还有太阳，路面没有一点积雪。在青藏高原的冬季，要是遇到没有风还有太阳的天气，就是十分难得的好天气。太阳悬在驾驶室的顶上，有阳光照进驾驶室，照在他们身上，也照在李雪梅的照片上，驾驶室里就充满温暖。麻盛生觉得温暖不是太阳带来的，是李雪梅的照片发出的，使自己身里身外都暖和，觉得她正在给自己打毛衣。昨天上午，她偎在自己怀里说，你以后常年在高原上跑，高原上的风野，冰雪也厉害，穿的不暖和不行。我给你买上两斤纯毛线，打件厚厚的毛衣。他想着心爱的尕女子在为自己打毛衣，心里又荡漾出幸福的波纹，又禁不住吹起了口哨，吹的是《冰山上的雪莲》。

吉洁知道年轻司机的口哨是吹给挡风玻璃前的这个女娃听的，和自己没有一点关系，心里就有了淡淡的嫉意，一股稀稀的醋气从胸腔里流出，禁不住问他，你很爱她？麻盛生点了下头说，她也很爱我。

麻盛生的手机又一阵萨克斯的鸣奏，他把手机交给吉洁说，你替我看发的啥信息。吉洁看了信息给他说，她问你现在干什么？麻盛生脸上又有了笑容，看了一眼挡风玻璃跟前的照片说，是她发给我的。你帮我回个信息，说我正在开车。过了四五分钟，手机又有了响动。吉洁没等麻盛生交代，就替他看了信息的内容，她问你现在到了什么地方？你给她说我们过了日月山，再有一个小时就到恰卜恰了。过了五六分钟，李雪梅又发来信息，我正在给你打毛衣，给你打一件很厚很厚的毛衣。你一定要平安回来，穿上我给你打的毛衣！吉洁把信息的内容给他念了，他高兴地说，你给她说我这次挣到钱了，给她买条最好的丝绸围巾，就是我们到西宁看中的那种围巾！又过了七八分钟，她的信息又来了，你开车怎么能发信息呀？吉洁把信息内容给他念了，他说我不能发信息，别人就不能替我发信息了，真是瓜（傻）女子！而后又对吉洁说，你给她说我正在开车，是别人替我发的信息！李雪梅又发来信息，你好好开车，我不打扰你了，等你平安回来！

三

车到恰卜恰的时候才十一点多钟，麻盛生看了油表，油箱里还有一半油。邱老板和货主还在睡觉，比赛似的打呼噜。麻盛生觉得还不到吃晌午饭的时候，又怕吉洁饿了，问，你饿了没有？吉洁说，我早上吃过饭了，现在一点也不饿。麻盛生又问，你不需要到厕所去？吉洁脸红了一下，说，现在还不需要。麻盛生说,我们就继续赶路了,老板没说在这里停车,咱就不能停,打工的要听老板的。

快到兴海县的时候,邱老板醒了,揉着眼睛从卧铺上爬起来,看了一下手表说,狗日的一觉睡到十二点半了,开到前边找个地方吃饭。说着就下了卧铺,坐在吉洁旁边的位置上,展展地伸了个懒腰,长长地吁了口气,驾驶室里增加了一些酸臭的气味。他把前边的道路看了,给麻盛生说,快到兴海县了,咱们在兴海县加油吃饭。又说,小伙子开得不错,就是我亲自开,这时候也只能到这里。猛然看见挡风玻璃前边的照片,脸色霍然一变,问这是谁的照片?麻盛生说,是我对象的照片。他说,谁让你把女娃的照片放在挡风玻璃跟前?麻盛生没有吭气,吉洁赶忙把照片收起来,交给麻盛生。麻盛生接过照片,装进贴身的衬衣口袋里,还是没敢说话。邱老板还是不依不饶地说,以后开车不能乱看东西,一心不能二用,你看照片的时候必然分神,出了事故咋办——

麻盛生等邱老板训斥完了,才说,我以后开车再不看照片了。

邱老板说,你的蒸馍在你的篮里放着,谁也偷不走,早吃晚吃都是你的!

邱老板坐了一会儿,就走到卧铺跟前,推了货主几下说,你狗日的是猪,上车就睡觉,呼噜打得比发动机都响。货主坐起身子,连着打了几个哈欠,嘟嘟囔囔说,昨晚我几乎一夜没睡,那个小姐才十八岁,咱都是快五十岁的人啦——

吉洁看了他一眼,啥话都没说。麻盛生听不下去了,挡住他的话说,霍老板,人家尕女子还在车上哩?货主哈哈一笑说,小伙子你瓜着哩,现在的尕女子啥不知道?她上车前咱就说得很清楚,咱在路上寂寞了,就是靠说女人快活。她答应让咱们说女人了,咱才答应让她搭咱的车!麻盛生看了他一眼,又看了邱老板一眼,再没有说啥。他能说啥哩,人家是老板,老板都没说啥,自己能说啥。

货主从卧铺上爬下来，对麻盛生说停车。麻盛生没有停车，看了邱老板一眼。邱老板看了货主一眼，问，你要干什么？货主说尿尿，邱老板说，憋着，再有十分钟就到兴海县了，到了兴海县咱们加油吃饭捎带屙屎尿尿。货主说，我憋不住了，这几年不知道咋了，只要想尿就憋不住，一天尿十几次。邱老板说，你狗日的肾亏，那事情弄多了。咱们说好的我要在四十八小时内把货运到玉树，你随便停车耽误了工夫，我不能按时运到算谁的？货主说，我尿泡尿能耽误多大工夫。老板说，你尿泡尿确实耽误不了多大工夫，但要停车就要减速，刹车，等你尿尿。你尿完尿后又要起步，加速，这前后要耽误多大工夫？你刚才还说了，一天要尿十多次，还让我跑车不？货主说，你把车停下，我尿泡尿给你延长二十分钟，可以吧！邱老板哈哈一笑说，我让你尿到裤裆里，看你以后还贪女人不！

货主下了车，就站在车门跟前尿，一点都不避车上的尕女子。麻盛生看不过眼了，把车朝前开了十几公尺。邱老板看麻盛生把汽车起步了，说，开出去两百公尺再停下，让狗日的跑一阵。麻盛生就加大油门，挂挡加速。货主刚刚尿完，正在抖着滴答不完的那东西，见汽车开走了，顾不上那东西的淋漓，急忙把它塞进裤裆，提着裤子追汽车，一边招手一边喊叫，狗日的给我停下——

汽车在兴海县停下，麻盛生把车开到加油站。邱老板从钱包里取出四百块钱交给麻盛生，说加四百块钱的油，要发票。麻盛生跳下汽车，打开油箱的盖子，让工作人员加油。而后又把钱交给人家。等人家开过发票，再爬上汽车，把发票交给邱老板。邱老板看了发票，对麻盛生说开到饭店吃饭。

几个人围着桌子坐好，邱老板看着货主问，这一路的饭钱咋算哩？货主说，你说咋算哩，我给了你运费，总不能连你们的饭钱都管了？邱老板说，你就不懂规矩，货主要是不押车，我们吃饭肯定要自己掏钱，货主要是押车，一路的住宿吃饭肯定由货主包。货主说，世上还有这规矩，邱老板说，你在道上做了多少年生意？霍老板说，二十多年了。邱老板说，你是装不懂,今天你要是不管饭钱,我就把这车货卸到这里,打道回府。货主说,你是吃屎的把屙屎的缠住了,不过咱说清楚,一个人的饭钱不能超过二十块钱,这个尕女子的饭钱不该我掏。

吉洁看了他一眼说,不就是两天的饭钱,我全管了。你们随便点,想吃啥就点啥,不要考虑花多少钱!货主不相信地问,你真的把这两天的饭钱全管了?吉洁说,真的!货主说,我还要喝壮阳酒哩?吉洁说,茅台都可以。货主说,那我就来半斤装的茅台?邱老板嘿嘿一笑,指着货主说,人家给你个麦秸你当拐棍拄哩,不知道丢人深浅。你都知道自己的钱金贵,人家的钱都是天上掉下来了。就是尕女子要管咱们的饭钱,咱们也不能滥花人家的钱。今天的单由麻盛生点,不能上酒,这是交通法规定的。货主说,我不是司机,邱老板说,不是司机也不能喝酒,喝多了在驾驶室耍酒疯咋办?

麻盛生拿过菜谱,拣最便宜的点了四个,又对服务员说来六个馒头,米饭让各人要。吉洁看着麻盛生点菜,心里涌出对他的感激。他点过菜就要过菜谱,说,咋能只上这几个菜,再上几个好菜。我们能坐到一个驾驶室里,也是千年修行的缘分。钱是啥东西,生不带来死不带走,哪有人的情分重要。说完又点了个红烧鲤鱼、清炖老母鸡、烤羊肉串、爆炒酸辣肚片。她把菜谱交给服务员,又说再来一瓶半斤装的茅台。麻盛生说,这些菜的价格都很高,茅台酒的价格更高!吉洁说,我刚才说了,人活的是情分不是钱,咱们遇到一块,在一块高兴了,分手以后也有个念头,想起来都是高兴的事情。要是在钱上头斤斤计较,伤了和气想起来就生气,不值得。

邱老板接着吉洁的话说,你点的东西太多了,吃不完也是浪费。把清炖老母鸡退了,炖老母鸡用的时间太长,咱还要赶路哩。茅台酒也不要上了,酒后不能开车是法律规定,咱不能违犯法律。

吉洁还没有说话,货主抢着话头说,小伙子一会儿开车,他就不要喝酒了,咱们三个喝。邱老板看了他一眼,强硬地说,我一会儿换盛生开车,也不能喝酒!货主说,你不喝,我们三个喝!麻盛生接着说,我不喝酒。货主说，你们不喝我和尕女子喝。吉洁淡淡一笑说，我也不喝酒，你一个人喝。最后还是上了一瓶半斤装的茅台，货主掂着酒瓶子问邱老板，你还是喝点，这么好的酒不喝白不喝。邱老板说，开车不能喝酒，你就一个人喝。货主就把酒朝自己的杯子里倒，一边倒一边说，不是我不让你们喝，是你们不喝！

菜上来了，邱老板给麻盛生和吉洁说，咱们抓紧时间吃饭，路上不能耽误工夫。赶路的人讲究不怕慢就怕站，咱们吃顿饭的工夫，车都开出去上百公里了。货主一口一口地喝酒，还不高兴地嘟囔，这么好的酒不叫人慢慢品，像驴喝水样喝，哪能品出酒的滋味？

邱老板不搭理他，大口吃饭吃菜，又问吉洁，你一个人朝玉树赶，去办啥事情？吉洁迟疑了一会儿说，没有啥事情。邱老板说，没有啥事情何必跑到玉树受罪哩？吉洁叹了口气，低下头再没有说话。麻盛生见吉洁的脸色变了，急忙对邱老板说人家大地方的人，讲究这个季节到高原上旅游。再说人家到玉树有什么事情，是人家的隐私。邱老板说，女子不想给我说，我就不打听了。咱快点吃饭，吃过饭就赶路！

麻盛生连着吃了几口菜，抓起一个馒头说，我吃好了。邱老板也连着吃几口菜，也抓起一个馒头，也说，我吃好了。吉洁本来就不想吃饭，胡乱吃了几口菜，咬了半个馒头，说，我也吃好了。服务员拿过菜单，走到吉洁跟前，说，一共六百七十三块钱，老板说，收你们六百七十块钱就行了。吉洁从钱包里取出七百块钱，说，零钱算你的小费。邱老板和麻盛生等吉洁结过账，就站起来朝汽车走去。货主急忙对他们喊，我还没有吃饭哩，刚把酒喝了一半，急啥子？邱老板一边走一边说，你在这里喝酒，我们开车，咱们井水不犯河水。货主又喊叫起来，你把我扔到这里，我怎么到玉树去？邱老板再没有搭理他。麻盛生转过身子说，你赶快上车呀！货主就对服务员喊，快给我打包！邱老板大声说，除了馒头，少把那些东西朝我车上带。驾驶室是开车的地方，不是喂猪的地方。

四

　　他们走到驾驶室跟前,邱老板径直朝驾驶员位置的车门走去,麻盛生急忙朝他跟前走了几步,说,老板你休息,我开。邱老板说,你开了一上午,该休息一会儿了。麻盛生说,我一点都不累,我就是喜欢开车,只要开上车就不觉得累。邱老板说,也是,人做喜欢做的事情就不觉得累。说着就离开那边车门,朝着另一边的车门走去。吉洁上车的时候,连了蹬了几下都没有上去,这种装载二十吨的大卡车,驾驶室离地面很高。麻盛生就走过去,抓住她的一只脚朝上一送,她就踏上了梯子。

　　吉洁挨着驾驶员的位置,邱老板坐在靠近另一边车门的位置。货主把卧铺收起来,一个人坐在后排,刚从口袋里取出酒瓶。邱老板头都没回地吼,少在我驾驶里喝酒,你要喝酒就下去喝!货主嘟囔着说,我又不是驾驶员,凭啥不让我喝酒?邱老板说,啥也不凭,就是不让你喝酒!货主就不敢再说了,把酒瓶子塞进口袋,啃开馒头。

　　汽车开始爬山了,这是驿照玛雪山,公路上还有积雪,要是稍不注意,还会打滑。邱老板给麻盛生交代,会车的时候提前看好路面,找个没有积雪的地方让对方先过,千万不要抢道!麻盛生说,老板放心,咱宁愿慢一点也不能出事情!

　　山路很陡,汽车发动机的轰鸣加剧,最陡的地方减到了一挡,汽车像牛样地朝山顶挣扎。车速很慢,这么慢的车速就发生不了事故,麻盛生和邱老板就有了放松。邱老板对麻盛生说,我刚才睡觉的时候,听你唱了一句就不唱。麻盛生说,我忘记你在睡觉,刚吼了一句吉小姐就提醒我,我就不唱了。邱老板说,现在咱们都没睡觉,你想唱就唱,路上就不寂寞了。麻盛生问,你们想听啥哩?邱老板说,我们不知道你会唱啥。麻盛生说,我啥都会唱,你随便点。邱老板说,你这牛皮吹得大了,你让我随便点,我就点秦腔,你会不会唱秦腔?

麻盛生说,我就给咱唱段《打銮驾》。说完,干咳一声清了嗓子,猛地一仰脖子就吼唱起来:

> 骂一声狗奸妃太得张狂!
> 你兄长扣皇粮该把命丧。
> 谁使你借銮驾辱骂忠良!
> 叫王朝和马汉听爷细讲,
> 打銮驾莫损坏花容粉妆,
> 先打她杏黄旗霞光万丈,
> 再打她珍珠伞耀日增光。
> ……

麻盛生的吼唱粗犷狼苍、中气十足,充满阳刚,仿佛不是从人的喉咙里发出的,而是从青藏高原的雪山、峡谷、草滩、大河里迸发出来。从驾驶室里透溢出去,在青藏高原上回荡。邱老板眯着眼睛品赏秦腔的艺术魅力,仿佛醉过去一样。吉洁也被麻盛生的吼唱震撼了,她从吼唱中感受到男性的阳刚和粗犷,感受到震天撼地的力量,也闭着眼睛,用整个心灵品味吼唱给她带来的受活。麻盛生的吼唱刚一停下,邱老板就睁开眼睛,说,人还是要年轻哩。我像你这个年龄的时候,能连着吼唱半天不歇一口气!

坐在后排的货主也叹了口气说,兄弟说对咧,我二十多岁的时候到草原上,夜里钻毛俪(姑娘)的帐房,一夜搞六次。那时候年轻,身上有用不完的力气,就是政策不让搞。现在有钱了,政府也不管了,咱又搞不动了!

邱老板扭过头,看了他一眼说,从你嘴里说出的话就叫人恶心。人家好好地听尕娃子唱秦腔,你就钻出来败人的胃口!货主说,我咋败你胃口了,你刚才还说人要年轻哩。邱老板说,我说的不是那意思,你上辈子是叫驴托生的,就知道在那上头下功夫!人家尕女子就坐在跟前,说这些话都不知道丢人深浅!货主过了一会儿又说,你正经,到了玉树就甭找小姐,你不找小姐,我还节省一笔开支哩!

汽车快到山顶的时候,吉洁给邱老板说,能不能让车在山顶停一会儿,最多停十分钟,我付耽误工夫的钱!邱老板说山顶风大,很冷的。吉洁说,我就想在山顶看看周围的风光,哪怕几分钟都行,我付费给你们。邱老板说,女子你想看风景了,咱就在山顶停车,想看多长时间都行。你以后再不要说付费的事情,今天晌午你请我们吃饭都花了七百块钱,俺心里还过意不去哩。你到了玉树就不要给我们车钱了,我们再收你的钱就不地道了。吉洁说,我请你们吃饭是我的心意,搭你们的车就应该付钱,这是两码事情!

汽车到了山顶,麻盛生踏下刹车,又拉紧手刹制动,从驾驶室里跳下去,跑到另一边车门跟前,拉开车门。先是邱老板跳下车,吉洁的身子也跟着伸出车外。麻盛生和邱老板一人搭她一只手,轻轻一托就把她扶下车。

她迎着风站在山顶上,风吹着她的头发,头发朝着身后飘起。青藏高原的风很硬,刮到脸上像刀子在皮肉上割剐。刚刚西斜的太阳很灿烂,照在她身上,像给她涂了一层釉彩,周身焕发出青春的光彩。她看着四周的群山,山都变得低矮了。阳光照着山上,山顶的雪白得晃眼。她看到黄河像条狭窄的银带,在群山间的峡谷中钻来幽去,泛着亮光。公路像条更窄的带子,在山上山下缭绕。自己的眼界从来没有像现在这样开阔,目光从来没有像现在这样远大,对大自然的感受从来没有像今天这样透彻。她突然觉得,面对浩瀚无际的青藏高原,面对耸立了亿万年的雪山,人的一生是多么短暂。要是不好好把握这短暂的人生,是多么荒唐的事情。她就这么久久地站着,久久地思索着,不知道过了多长时间。麻盛生怕她冻出病来,想劝她回到驾驶室里,刚朝她跟前挪动了脚步,就被邱老板拉住,小声说,让她再待一会儿,尕女子有心事哩!

货主从驾驶室里伸出脑袋,大声喊,快开车呀,咱们说好了四十八个小时把货送到。要是不能按时送到，我要罚你们的款哩！货主的吼叫惊醒了吉洁，对着邱老板和麻盛生歉意地笑了一下，又对货主说，对不起，耽误你们的时间了！

五

　　汽车翻过雪山，又开了两个多小时就到了花石峡，这是一个不小的镇子，公路养路段和政府的基层部门都设在这里。邱老板看了一下油表说，咱们到了清水河再加油，不在这里停了。汽车开过花石峡，又开始翻越另一座雪山，两个小时后到了玛多县城。

　　吉洁问邱老板，大叔，为什么把这个县城叫玛多？邱老板说，玛多是藏语，翻译成汉语就是大河的上游。这里是黄河的最上游，一会儿出了县城要过一个桥，这是黄河上的第一座桥梁，桥上刻有"黄河第一桥"的字。咱们到了桥边停下来，你好好看看这里的风光，在内地很难看到这样好的风景。

　　麻盛生在黄河第一桥边停下车，吉洁、邱老板跳下驾驶室，站在黄河边上，观看四周的风光。货主趁这个工夫取出茅台酒，美美地喝了一大口，偷偷朝外边瞅视了，见他们只顾看风景，又美美喝了一大口，才盖上盖子。把瓶子在耳边摇了一下，自言自语说，剩得不多了，留下晚上喝！

　　邱老板指着黄河上游的方向给吉洁说，从这里朝上游走四十公里，就到了扎陵湖和鄂陵湖，黄河就是从那里流出来的。我五年前到那里去过，景色比这里好一万倍。那里很少有人，也很少有人放羊，只有野牛野羊，还有很多说不上名字的生灵。湖水很蓝，像用颜色染了一样。我朝回返的时候感冒了，昏倒在草滩上，有个藏民发现我，用牦牛把我驮到玛多县医院才保住性命。后来我才知道在草滩上昏了三天三夜，幸好是夏天，狼的肚子不饿，没有被它们吃掉。从那以后，我才知道世上啥都不金贵，就人的命金贵！

吉洁面朝扎陵湖的方向,听着邱老板的话,琢磨得很多很深。

麻盛生说,这一路的景色真好,下次要是再给玉树拉货,我把对象也带上,也让她看看这一路的风光。邱老板看了他一眼,啥话都没说。麻盛生又试探着说,我要是带对象了,也给你交搭车费,她在路上花费多少我掏多少。邱老板又看了他一眼,搁下一句话,你以为我钻了钱眼!

再上路的时候,邱老板驾驶汽车,他对麻盛生和吉洁说,你们一路都没有休息,到床上睡一会儿,今天晚上要赶夜路。又对货主说,你坐到前边,把卧铺让给他俩睡。货主想说啥,但啥话都没说,就朝前边走去。

车子起步后,邱老板问货主,你狗日的刚才喝酒了?货主一愣,说哪个王八蛋喝酒了,我要是喝酒叫驴把我先人日个遍!邱老板说,有些人宁愿把他的先人叫驴日,也不愿承担屁大的事情!

麻盛生躺在上层的卧铺,从口袋里掏出李雪梅的照片,一张一张地看,看了很大工夫,突然对邱老板说,老板咱说定了,下次再到西宁装货的时候,让我对象也搭咱们的车看看这一路的风景。俺对象看到这些风景,会高兴死的!邱老板说,你现在就给她打电话,让她早早在西宁候着。

麻盛生取出手机,给李雪梅发出一串信息,我们过了玛多县城,看了黄河第一桥,还听老板讲了扎陵湖。这一路的风景太美了。我给老板说了,下次带你一块出来,你好好看看青藏高原的风光!

四五分钟后,收到李雪梅回的信息,盛生哥,你真好!你们下次到西宁装货的时候,早早通知我,我在西宁等你们。你们老板真好,我也给他织件毛衣,人家对咱们好,咱们也要对人家好!麻盛生就对邱老板说,老板,俺对象说了,她也给你织件毛衣。邱老板说,你对象是好人,你们头一胎就能生个八斤重的尕娃子!

吉洁没有睡着,她感觉到了高原反应,脑袋晕晕乎乎,浑身发软,但思维还很清晰,听着手机不停地发出萨克斯的鸣奏,知道年轻司机和女朋友在交流爱情。自己的手机从离开兰州以后,就没有一次振铃,好像自己在这个世界上没有一个亲人和朋友，完全被人们抛弃了，鼻子不由得一阵酸涩，眼睛里有了泪水，有几滴滚出来，朝着耳朵流去，有种蜿蜒的痒痒。她把身子朝里面侧了一下，擦去眼泪，但发黵的鼻子有了粗重的呼吸。

麻盛生放下手机，把头从卧铺上低下来问，吉小姐你怎么了？吉洁赶忙擦了擦眼睛说，没怎么呀，有点高原反应。麻盛生说，头一次上高原就是这样，不要多活动，挺过几个小时就好了。一直没有说话的货主突然说，你在兰州待得好好的，跑到高原干啥哩？邱老板接过他的话说，一个娃一个尻渠渠，一个人一个脾气，人家愿意在这个季节旅游，骑驴又没有压你的脊梁杆子痛，有你说的啥话？货主不高兴地说，我给人家尕女子说话哩，又没有招惹你，你咋老跟我过不去！邱老板说，我看你不是好人，我就是跟坏人过不去！货主说，世界上就没有好人，哪个不是为自己？你是好人，到了玉树别让我给你找小姐，别让我请你喝酒？邱老板说，找不找小姐跟是不是好人是两码事，你想省下这笔开支，没门。

傍晚的时候，汽车翻越巴颜喀拉山，麻盛生和吉洁都睡着了。夜里十点多钟，汽车就到了清水河。这是一个很小的镇子，有一个道班、一个兵站、一个加油站、一个食宿站、一个乡政府、一个民贸公司。邱老板直接把车开到加油站，停好车后对驾驶室里的人喊，都下车屙屎尿尿，吃饭喝水。

邱老板和货主下车后，麻盛生也跳下车，又搀扶着吉洁跳下车，问，吉小姐现在感觉咋样？吉洁跺了几下脚，活动了一下身体，说，现在好多了。邱老板说，刚才是上山，海拔很高，现在把山下完了，海拔就降下来了。

吉洁朝着四周眺望，镇子外边是很厚很浓的漆黑，无边无际，好像整个青藏高原都坠在漆海里了。风很大，禁不住打了个冷战，把脖子朝羽绒服里缩了一下。麻盛生从厕所出来，问，吉小姐你冷？吉洁又跺了几下脚，说，还行！麻盛生说，你不去厕所，一会儿吃过饭还要赶路？吉洁朝厕所看了一眼，里面没有电灯，黑漆漆一团，心里就有了胆怯，又不好说什么。麻盛生朝厕所里看了一下，他刚才进厕所的时候，就差点踏到茅坑里面，对吉洁说，你等一会儿。说着就爬上驾驶室，跳下来的时候拿着一个五节电池的电筒。他朝空中照了一下，一道雪亮的光柱划破漆黑的夜空，射得很高。

吉洁从厕所出来的时候，要把电筒还给麻盛生，麻盛生说，你拿着用，一会儿要到食宿站吃饭，好多地方没有电灯。

食宿站离这里二三十公尺，邱老板就没有开车，带头朝食宿站走去。点菜的时候，吉洁又说，这顿饭还是由我埋单，大家想吃什么就点什么。货主赶忙问饭店老板，有什么好吃的？老板说，这里是个小地方，过路司机一般都要赶到玉树吃饭，从玉树出来的司机也都吃过饭了，平时也没有啥准备，就是有手抓羊肉、五香牦牛肉、凉拌牦牛肚子。货主又问，有没有青菜？老板说，这里哪来的青菜，从西宁把青菜运到这里比牛羊肉都贵，哪有从西宁跑到这里吃青菜的人？

货主就有了丧气，说，你就看着上吧，又问，吉洁，还上不上酒？吉洁说，你想喝就上，想喝什么酒就上什么酒。邱老板看了他一眼问，中午的酒喝完了？货主说，早就喝完了，那一点酒哪能招住喝！邱老板说，我说了不能在驾驶室喝酒，你啥时候把酒喝完了？在路上的时候，你还拿你先人赌咒哩！货主嘿嘿笑了一下，没有回答，过了一会儿又问店老板，你这有啥好酒？店老板说，也没有啥好酒，就是西宁大曲。货主问，没有茅台五粮液，剑南春也行？店老板说，在我这里吃饭的人，有几个能喝得起茅台五粮液。我进过一瓶剑南春，放了三年都没有卖出去，上个月才请镇长喝掉了。货主听最好的酒才是西宁大曲，就不再说喝酒的事情了。

邱老板见货主不说话了，才对店老板说来一斤手抓、一斤五香牦牛肉、半斤凉拌牦牛肚子，用高压锅下一斤面条。店老板用铅笔在小学生的作业本上写了，问，还要别的东西不？邱老板说，你还有啥东西？店老板笑着说，也就这几样东西，你再要别的东西还真没有。

这几样东西上来后，吉洁吃了几口就放下筷子。邱老板看了她一眼，说，尕女子再吃一点，高原上这么冷，消耗大着哩，吃不好招架不住。吉洁说，没有胃口，一点都不想吃。麻盛生看了她一眼，对店老板说，一会儿面条煮熟了，给这位小姐的面里多放点醋，醋开胃哩。货主啥话都没说，只是低着头吃肉，过了好大工夫才看了吉洁一眼，对邱老板说，现在都十一点多了，咱们今黑就在这里住下，明天再赶路。邱老板看着他，满眼都是狐疑，说，从这里到玉树就剩下三个多小时的路了，后半夜三点就可以赶到，住在这里算啥哩？邱老板说，到了玉树也得住宿，玉树的酒店比这里贵多了，住在这里可以好好休息，还节省住宿费。邱老板看着他，啥话都没说。货主对店老板招了下手说，一会儿开三个单间，我和这位小姐各住一个单间，邱老板和尕小伙子住一间。

邱老板朝四周看了，镇上的灯光全熄灭了，就剩下食宿店的这盏电灯。他又看了吉洁一眼，吉洁用筷子拨拉着面条，还是不肯朝嘴里塞。电灯的晕光照在她脸上，五官朦胧，更觉得青春美丽楚楚动人。他又看货主，货主也在看吉洁，看得很入神，连嘴里的牛肉都顾不上嚼。就对店老板说，今晚上开一间大通铺就行了，不要开那么多房间。货主立即把嘴里的牛肉咽下去，说，我让你们在这里休息，住宿费肯定由我掏，怎么能开大通铺，我再抠也不在这上边省钱？再说，人家一个尕女子，和咱们三个大男人睡一个房间，算啥事情？

邱老板说，你让人家尕女子一个人住一间房子，出事情算谁的？你是黄鼠狼给鸡拜年，没安好心肠！货主嘟囔着说，你把好心当驴肝肺了，邱老板说，本来就是驴肝肺！

大通铺好长时间没住人了，店老板打开空调，又生着牛粪炉子，半个小时后才有了暖和的气息。邱老板指着通铺说，尕女子睡最边，盛生挨着尕女子睡，我挨着盛生睡，霍老板睡在最那边。说完，从怀里抽出一尺多长的藏刀，猛地朝床板上一扎，狠狠地说，谁要是睡下不老实，这把刀子可饶不了你！货主看着在电灯下闪着寒光的藏刀，说，你这是弄啥哩，咱都是快五十岁的人啦，睡觉还能不老实！

天快亮的时候，吉洁突然觉得肚子剧烈疼痛起来，开始以为是肚子受凉，就用手捂着肚子，疼痛丝毫没有减轻，反而更加剧烈。她克制着不发出声音，生怕影响他们休息。但疼痛使她不停地翻着身子，最后竟然克制不住地呻吟起来。麻盛生最先被惊醒，急忙爬起身子问，吉小姐你怎么了？吉洁艰难地说，肚子痛得厉害！

　　邱老板也被惊醒，爬起来跑到门口，拉亮电灯，看到吉洁脸上全是虚汗，就对麻盛生说，我去发动车，你照顾她穿上大衣，到兵站找军医看看。又在货主头上拍了一下，说，狗日的快起来，一会儿就要赶路了。货主不情愿地爬起身子，看了一眼还在挣扎的吉洁说，真是没事找事，你又不收她的搭车钱了，管那么多事情干啥！

　　邱老板再没有搭理他，对麻盛生说，你背尕女子，我发动车。他狗日的不走就不管他，咱到了玉树把货处理了就返回去。货主赶忙穿上大衣，小跑着追上麻盛生，跟着他们钻进驾驶室。

　　兵站的军医给吉洁做了检查，说，基本诊断是阑尾炎。我只能开些止痛消炎的药，需赶到玉树动手术。

　　大卡车从兵站出来，朝着玉树开去。邱老板驾驶着方向盘，把车速开到最大。从这里朝玉树走，一路全是下坡。在熹微的晨光里，公路两边的草滩、山壁、河流、冰雪，刷刷地朝车后闪去。一个多小时后，就看到了奔腾的通天河在峡谷深处咆哮着，翻腾着令人恐惧的浪花和漩涡。邱老板谨慎地驾驶着车辆，还不停地问吉洁，觉得咋样，再坚持一个小时就到玉树了。麻盛生抱着吉洁，也不停嘴地说，吉小姐再坚持一会儿，马上就到玉树了，到了玉树就能动手术。

　　天色大亮的时候，麻盛生的手机发出了振铃声，他知道是李雪梅发的信息，但他抱着吉洁，无法给她回信息，就由着它的性子响。吉洁停住呻吟，挣扎着说，你女朋友发信息了。麻盛生说，这阵哪顾上给她回信息！吉洁说，你把手机给我，我给她回。你在外边闯荡，人家为你操心哩，你不回信息她会以为你出了啥事情！麻盛生把手机交给吉洁，吉洁看了信息，对他说，她问你现在可好？给你的毛衣打了一多半了，昨晚一夜没睡，连夜打毛衣，等你回来就能穿上新毛衣了，给你把毛衣打完，就给你们邱老板打！

麻盛生说，你给她回信息，我们再有一个小时就到玉树了，什么时候回西宁还不知道。我到了玉树一定给你买件丝绸围巾，拣最红的那种颜色，像把太阳围到了脖子上。过了四五分钟，李雪梅又发来信息，吉洁就念给麻盛生听，你不要只顾给我买东西，该吃就吃该喝就喝，把身体养好最重要。麻盛生给吉洁说，你给她回信息，你现在就去睡觉，把身体养好。等咱们办了事情，我还指望你给咱生个八斤重的尕娃子哩！

李雪梅不停地发来信息，吉洁不停地替麻盛生回信息，竟然不觉得肚子疼痛了。车停下的时候，他们才发现已经到了玉树州人民医院。吉洁把手机还给麻盛生，从口袋里掏出一张银行卡交给他，说这里面有四十万块钱，一会儿交住院费的时候可以刷卡，也可以到工商银行取钱，随之把密码告诉了麻盛生。

麻盛生搀着吉洁走进急诊室，邱老板和货主跟在后边。医生给吉洁检查完身体，麻盛生跑来跑去办完住院手续，又把吉洁送进病房，才长长舒了口气。麻盛生走出病房的时候，货主小跑着跟上他，说尕女子卡里的四十万块钱，也有我一份！麻盛生一愣，问，你说什么？货主又说了一遍，尕女子给你的四十万块钱，也有我一份，咱们要三一三余一地分！麻盛生说，那是人家的钱，咱凭什么分？货主嘿嘿笑了一下说，她把卡交给你了，把密码告诉给你了，等于把钱送给你了。你把钱取了，公安法院都不会说你犯法。不犯法能挣钱的事情，谁不愿意干哩！麻盛生苦笑了一下，啥话都没说。邱老板一把抓住货主的领口，骂了一句，你狗日的良心坏啦！又狠狠一推，推出去一丈多远。

麻盛生转身朝病房走去，走到吉洁跟前，把银行卡交给她，说，把这东西保存好，以后轻易不要把密码告诉别人，现在的人很难分清谁是好人谁是坏人!

吉洁又把银行卡塞到麻盛生手里,说,我一会儿就要动手术了,不知道还要交什么费用。这个世上有坏人,但我相信你不是坏人!

邱老板走过来对吉洁说,尕女子你这么信得过我的伙计,我们真的要好好感谢你!说完又对麻盛生说,人家尕女子孤身在外,又病得这么厉害,你就留在这里照顾人家。车上的事情你就不用管了,我一个人先忙着。尕女子啥时候出院了,给我打个电话,我来接你们。我不扣你的工资,等再回西宁装货的时候,把你对象也带上看看高原的风光。

六

两个月后,麻盛生开上了自己的二十吨东风牌大卡车。这是吉洁借给他的钱买的,坚决不要他一分钱的利息。他开着自己的车第一趟跑玉树的时候,车上坐着新媳妇李雪梅,还有准备到玉树投资办酒店的吉洁。

吉洁给麻盛生和李雪梅说,她那次孤身到玉树,是因为她在兰州的公司出了事情,男朋友把公司的款全卷跑了,只剩下银行卡里的那点钱了。她和他谈了整整三年,根本没有想到,她出现危机的时候,他竟然不顾她的安危,做出这么卑鄙的事情。她觉得这个世界漆黑一团,连最爱的人都这么对待自己,别人还能怎样?她怀着绝望的心情,跑到青藏高原——

麻盛生驾驶着汽车,他前边是邱老板的车,这笔生意是邱老板联系的,邱老板就拉上他一块运这批货。货主还是那个老板,装货的时候吉洁问邱老板,怎么还拉他的货?邱老板哈哈一笑说,我们这些开车的,哪里有生意就朝哪里跑,谁有货就给谁拉,管东家是谁哩。世上有好人也有坏人,总不能因为有坏人就不做生意?

吉洁搂着李雪梅的脖子说,你跟着来啦,盛生就不用让我替他给你发信息了！李雪梅不好意思地看自己男人，这才反应过来，司机开车的时候是不能发信息的，就红着脸说，真感谢你了！吉洁说，我还要感谢你哩，要不是你对盛生的真情，盛生对你的真情，我还真以为这个世界上就没有真情，说不定我已经不在人世啦！

麻盛生吹起了口哨，吹的是20世纪80年代的歌曲——《我们的生活充满阳光》。

发于《鸭绿江》2009年第7期上半月刊

稽莎莎的天堂

一

早上七点钟,太阳就灿烂了海岛城市。稽莎莎还睡在床上,眼睛都懒得睁开。枕头旁边的手机响,是马曼丽打来的,问她起床没有。她说,没有,不想起来,浑身没劲,你有啥事情就说,我还要睡觉哩。

马曼丽说,上午到圣彼得堡喝咖啡,九点钟见,不见不散。

稽莎莎慵声倦气地说,行,不见不散。收线后还是不肯起床,这个时辰赖在床上真是一种享受。突然,小区里喧起一阵女人吼喊孩子的聒噪,嗓门很粗,感觉是男人在吼,还吼了很长时间。稽莎莎烦得翻了个身子,把脊背对着窗户,女人坚韧不拔地吼叫还是顽强地钻进耳道。好几分钟后,女人的吼叫才停下。又爆起两个男人的吵架,像两个战鼓在擂,感觉他们已经发生了身体接触。周末的懒觉睡不下去了,又不想起床还是赖在床上,过了好长时间心绪才平静下来。楼上又响起刀在案板上剁的响,急促嘹亮,像是剁饺子馅。本来,谁家也不会一大早就剁饺子馅,但这个小区住的人都不按正常的生活规律过日子,自己怎么方便怎么过,根本不考虑别人的感受。睡眠被彻底破坏了,还慵倦,还想赖在床上,期待瞌睡再一次到来,就闭上眼睛努力使自己睡着。不知谁家养的狗又狂吠起来,其声洪亮,充满阳刚,带有逼人的杀气。随之，又响起一只狗的响应，这只狗的吠声尖细，但丝毫不失嘹亮。两只狗像电视上的男女声两重唱，遥相呼应，声声入耳，迫使她不能继续在床上赖下去了。

　　情绪被破坏了，只好起床，刷牙洗脸后就开始准备早餐。早餐很简单，一杯牛奶放在微波炉里热了，再热一块面包，煎上一个鸡蛋，连做带吃十五分钟完成。吃过早餐，看了下手表，八点过一刻，就到化妆镜前收拾让别人看的脸，谁的脸不是让别人看？镜子里的脸确实不年轻了，女人到了四十岁，又没有阳光雨露滋润，怎么能年轻？所以对镜子里的脸就不怎么满意，想起哪个王八蛋作家小说里的话，女人照镜子一日不如一日。用在修补脸色上的时间越来越多，几乎把所有的化妆品都用上了，那张脸还是像帝国主义一样，不可阻挡地朝着没落衰败。

　　半个小时后，尽管还对经过千抹万描的脸耿耿于怀，但又不得不走出房子，带着无可奈何花落去而产生的那种淡淡的沮丧、淡淡的失落、淡淡的郁闷、淡淡的忧愁，走出房子。楼道口，不知道谁堆了几包垃圾，几只半尺长的老鼠在饕餮，其中有只怀孕的老鼠，肚子鼓得好大。盛垃圾的塑料袋被老鼠咬破，残汤剩菜鸡骨头洒得满地都是，散发着难闻的气味。老鼠见她过来，似乎并不惊恐，慢慢地逃到一边，躲在四五米远的墙角，用贼亮的小眼看她。她忍着恶心，经过那堆垃圾的时候，有意识地屏住呼吸，最大限度地离远一点。

　　小区的院子就是停车场，每个月收一百五十块钱的停车费，但没有固定车位，谁想停在哪就停在哪。稽莎莎是辆捷达牌轿车，前后左右都停了车，一辆大卡车死死地堵在捷达车的前边。稽莎莎围着轿车转了一圈，就是把全世界最高超的驾驶员请来，也把车开不出去，就对着四周的楼房喊，谁的车把我的车挡住了？刚才还吵吵闹闹的小区，这阵却异常安静，她喊了十多分钟，还是没有一个人回答。周末正是睡懒觉的时候，谁愿意听她的喊叫？突然，六楼窗口里伸出一个男人的脑袋，大声吼，你叫什么叫，你不睡觉别人还要睡觉哩。随之，五楼窗口伸出一个女人脑袋，也大声指责她，我的孩子还在睡觉，你声音小一点可以不？不知道哪个窗户里传出一个年轻男人的声音，发情啦，一大早就叫春，要叫就到种马场去，在这里叫也不管用！稽莎莎就委屈地喊，我的车被他们围住了，我有急事要开车。立即有男人对她吼，谁的车挡你的路找谁去，在小区里大声喊叫，惊扰大家都睡不成，要不找物业公司，让他们解决！

稽莎莎气得满脸通红，眼睛里都有了泪水，就是没有让流出来。自己怎么和这种档次的人住在一块，连起码的生活常识都不懂。她的车是下午六点钟就停在这里了，后来停的车应该给先停的车留出通道，不能只顾自己停车方便，不管别人怎么办。随之又和自己是单身女人联系起来，要是有男人在自己身边，朝车跟前一站，谁敢辱骂自己？她又跑到另一栋楼下的物业公司，门锁着里面没有人，门上贴着作息时间通告，周六周日休息，周一至周五按国家规定的工作时间上班。

她气愤地叹了口气，无奈地转过身子。刚好有个保安经过，就无意识地说，物业公司今天不上班？保安指着通告说，上边写得很清楚，周六周日不上班。

她说，应该有个值班的，业主有事情也好处理。

保安说，国家规定节假日上班要发三倍的工资，咱们的物业管理费收得低，很多人还不交，公司开不起节假日的工资。

她不说话了，她和好多人聊天的时候说到物业管理费，相比之下这个小区的物业管理费是最低的。交那么低的物业管理费，还想享受周末的服务，哪有那么好的事情！

保安见她还不离开，就问，你有什么事情，周末还找物业公司？她说，我的车停在院子里，后来的车把我的车堵死了，我现在急着要开车。保安说，要是这事情，我也没办法帮你，谁也不知道那些车是哪栋楼哪个住户的。她就说，你们物业公司应该在院子里画出停车线，不能随便乱停。保安说，就是把线画出来了，他们不按规定停还是没办法。就是现在没有画线，停车时要把公共通道留出来，这是起码的常识，他们不遵守也没办法。他们这次堵你的车，你把他的车号记住，下次也堵他的车，一报还一报。

她苦笑了一下，又不能说什么，人家是为自己好，才给自己出这个主意。

一直到了九点十分，挡在她的车前边的大卡车的司机才光着膀子，鼓着黑黢黢的肚子，从另一栋楼里走出来。他开车门的时候，稽莎莎跑过去，说，你停车也不看看，把我的车都挡住了，我喊叫了半晌你都不出来，耽误了我一个多小时。

司机说，我的车也经常被你们的车挡，也经常耽误时间。她说，我就没有挡过你的车，司机说，挡没挡过我也记不清了，反正我的车经常被别的车挡，从来没有找人家吵过架。她说，我什么时候找你吵架了？司机说，你现在正在找我吵架。她说，看看你那样子，配得上和我吵架。司机说，你找个能配上你的人吵呀，何必找我配你，我还不想配你哩，像你这样的老女人，五块钱再打五五折，到人民天桥一抓一大把，不要钱我都不配你！司机不是善茬，恶心人的话像琼州海峡的浪一样，一波一波朝岸上涌。

你流氓，不要脸的流氓！稽莎莎从早上起床到现在的憋气一下子爆发起来，冲着司机发泄起来。你怎么知道我是流氓，我流你身上什么氓了？

她和司机正吵着，一个三十来岁的女人从楼里跑出来，对着那个男人吼，你不赶快出车，和人家吵什么架？司机说，我没找她吵架，我刚走到车跟前，她就跑过来找我吵，说我挡了她的路，还骂我是流氓！女人跑到她跟前，说，他是我男人，你骂他是流氓，他把你怎么了？他要是真在你身上耍流氓，我收拾他。他要是没有在你身上耍流氓，你也给他个说法。大家都在一个院里过日子，不能让他背着不清白的名声，让我戴一顶说不清楚的绿帽子。

四边楼里的人听见院子里吵架，都从窗户里伸出脑袋观战。楼层低的干脆跑出房子，围在他们四周看热闹，一会儿工夫就围了四五十个人。有人唯恐不乱地喊加油，有人指指点点说说道道，也有人走到他们中间劝说。又折腾了二十多分钟，司机的老婆才说，看你那张驴脸，还好意思说我老公给你耍流氓，不信你到海秀路站一晚上，看有没有男人问价钱？

有几个老住户出来了，对司机和他老婆说，你们挡了人家的车，本来就不对，还和人家吵架。你们知道人家是干啥的，人家是公家的干部，当着办公室主任哩！

看热闹的人听他们这一说，又都指责司机不对。司机才怏怏地钻进驾驶室，开着车离去。司机老婆像离开主人的狗一样，夹着尾巴溜回屋子。

二

圣彼得堡咖啡厅并不在俄罗斯的涅瓦河畔，在这座城市最繁华的国贸大道。进门就是彼得大帝骑着骏马，手持宝剑的雕塑，很威武，很阳刚，浑身上下充满霸气。楼梯的两侧，全是裸体的俄罗斯女人，身材都高挑，乳房都丰满，腰部都纤细，五官都端正。过往的男人女人都要看上几眼，男人目光里流露的是欣赏，女人目光里流露的是嫉妒。还有裸体的俄罗斯男人，身体高大伟岸，胸肌发达，腹肌性感，裸露的生命之根自然下垂，虽然没有勃起的迹象，但让人感觉一旦坚挺起来，肯定所向披靡，无坚不摧。过往的男人女人同样要看上几眼，男人目光里流露的是嫉妒，女人目光里流露的是欣赏。

咖啡厅的墙壁上，悬挂着欧洲的名画，尽管是摹本，但临摹技术相当高超，就是摆到商店也价格不菲。走进大厅要经过一道小桥，小桥旁边有座假山，造型秀丽逼真。山上有个亭子，亭子里的人都活灵活现。山上曲曲弯弯流下一道瀑布，从小桥下流过，给人清新凉爽的感觉。小桥的另一边支着一座钢琴，一个穿着白色衣裙的少女在弹琴，琴声叮咚，悦耳动听。这个咖啡厅是这个城市最高档的约会场所，价格的高贵使一般人望而止步，只有收入不菲、讲究情调的上流社会的人才到这里消费。

十点多钟是咖啡厅最清静的时候，大厅稀稀疏疏地坐着几个人。无论男人女人都穿着世界级的名牌，摆出高贵优雅的派头，声音很低地说着话。她一走进咖啡厅，胸臆中就腾升出高贵的情愫，行动上就有了高贵的举止，走路放轻脚步，挺胸抬头，目光正视前方，一只手自然地抚在挎包上，另一只手自然摆动。她觉得，只要走进这个场所，就是憋了满肚子的气也会克制着不能发作。马曼丽已经到了，坐在靠窗户的一个桌子旁给她招手。她给马曼丽摆了下手，尽量使动作优雅高贵。

服务生见她走过来，快步走到她跟前，替她把椅子朝后边拉了一下，待她坐好后又恭立在旁边。马曼丽小声问，怎么迟到了一个小时，我以为出了什么事情？

她小声说，别提了，吵了一架！

马曼丽说，什么事情值得一大早就吵架？

她把吵架的事情讲述了一遍。

马曼丽说，莎莎不是我说你，你怎么还在那个小区住？这个城市里除了过去的家属院，再没有比那再低档的住宅区了。你们小区都住的什么人，进城的农民工、下岗工人、退休的一般干部、刚毕业的大学生、社会闲杂人员，在那个环境里不想吵架都不行，人人都不讲道理，也不懂得道理，你讲道理就活不下去。大家都憋了一肚子气，只有经常吵架才能发泄出来，要不非憋出癌症不可。像这个咖啡厅，坐的都是上流社会的人，都讲究自己的品位和修养，注意在公众场所保持形象，想吵架都没人和你吵。你以后要是交上了男朋友，人家问你住在什么地方，怎么好意思说住那个小区！就像我们今天聊天，人家知道我们在圣彼得堡喝咖啡，就知道我们的档次。我们要是在马路边喝老爸茶，人家会以为我们是什么档次的人？

马曼丽把她开导了一阵，把酒水单推到她面前，又对服务生招了下手，说，你喝什么自己点。稽莎莎就翻酒水单，只要是咖啡类，没有低于一百元以下的。茶水相对便宜，但最便宜的龙眼红枣茶也是八十块钱一壶。她翻了好大工夫，还没有下决心点，又不好意思给马曼丽说这里的东西太贵，琢磨了半天才说，来一壶龙眼红枣茶咋样？

马曼丽说，莎莎你是恶心我哩，咱们两个女的喝那么大一壶龙眼红枣茶，不胀死咱们？这里有最低消费，一人最低消费不能低于一百块钱。她说完就对服务生说，给她来杯哥伦比亚咖啡，我来杯英国皇室咖啡。稽莎莎就看酒水单，哥伦比亚咖啡一杯一百九十八元，英国皇室咖啡一百八十九元，两杯咖啡加起来差不多四百块钱，就转了个弯说，这里的消费真是一般人想都不敢想的！

马曼丽说，这里的档次就是通过价格体现出来的，要是人人都能进的老爸茶坊，就没有这里的品位了。在这里消费有这里消费的价值，在这里认识的朋友和在老爸茶坊认识的朋友，就有天地之别。我和现在的男朋友就是在这里认识的，我要是天天泡老爸茶坊，认识的只能是下岗工人和进城农民。

挎包里的手机一阵蜂音，稽莎莎取出手机，回答对方说，我在圣彼得堡咖啡厅。其实，她完全可以说我在外边，没必要说那么具体，但她觉得说出圣彼得堡的时候，胸中就有一股自豪和得意。马曼丽见她收了线，说，你现在给对方说在圣彼得堡咖啡厅，感觉就不一样吧。

稽莎莎点了下头。

马曼丽又说，我上个星期搬家了。稽莎莎问搬到什么地方了，马曼丽说，我在帝都花苑买了一套一百六十四平方米的房子。稽莎莎惊讶地问，帝都花苑？马曼丽说，是帝都花苑。稽莎莎说，那可是全海南岛最贵的房子，两万多块钱一平方米。马曼丽说，两万一千九十八块，一分钱的折都不打。连装修费算下来，花了四百五十多万。

稽莎莎看了她一眼，不再说话了。四百五十多万对于她来说，是个不敢想象的天文数字。

马曼丽又说，莎莎，吃过中午饭，到我的新家看看，体验一下上流社会住宅区的感觉。我们过去老是说世外桃源，什么是世外桃源，帝都花苑就是世外桃源。走进帝都花苑，立即感觉到一派鸟语花香，空气清爽，精神舒适，自觉做了神仙。我从搬到帝都花苑以后，再和朋友们交往，感觉就是不一样。别人听说我住在帝都花苑，给我说话的口气都发生变化，就像我们给中国香港的李嘉诚、美国的比尔·盖茨说话一样。在那个小区居住的人，素质就是高，行为都高贵讲究，待人接物都彬彬有礼。就连人家养的狗，都高贵漂亮，清洁卫生，不乱吼乱叫，和这些人住在一块本身就是一种享受。莎莎，你又没有负担，攒那么多钱干什么，干脆在帝都花苑买套房子，哪怕买套小点的房子，也不能再在现在的小区住下去了。

稽莎莎说，曼丽你是饱人不知饥人的可怜，帝都花苑一平方米两万多元，哪是我们这些人住的？攒的那点钱连装修费都不够！稽莎莎知道马曼丽被一个香港老板包养了，那个香港老板有良心，和马曼丽交往了三四年都没有抛弃她，不像现在的很多男人，有了新欢就抛弃旧人。人家马曼丽有大老板包养，自己却连个男朋友都找不着，没有额外收入，靠自己一个月两千多块钱，一年的工资才能买一平方米房子，住帝都花苑只能是梦中实现的事情。

马曼丽又问莎莎，你存了多少钱？可以在帝都花苑按揭一套房子。稽莎莎说，有三十多万，还是离婚时分给我的财产。稽莎莎是十年前离婚的，一个女儿给了男方，男方有个中型公司，在公司里给她拨了二十五万，她这些年省吃俭用使银行存折上数字不断增长。马曼丽说，三十多万交首付款够了，你一个人也不需要太大的房子，四五十平方米就可以了。你要是住到帝都花苑，就能结识住在那里的男人，那里的男人可是男人中的精品，事业有成，到时候会帮你换成大房子！

稽莎莎说，我不指望那些狗屁男人，毛老人家都说自力更生丰衣足食，我自己能养活自己。就算在帝都花苑买房子，按揭也是能付得起的。

马曼丽知道她说的不是心里话，就说，莎莎你这是何必哩，女人天生就是靠男人过日子的。你长得又不差,就是心情不愉快,加上长期得不到男人的阳光雨露,脸色显得干枯。你住进了帝都花苑,再结识一个威猛有钱的男人,用进口化妆品一打扮,隔三岔五地疯狂一夜,能一下子年轻二十岁!

稽莎莎不好意思地笑了一下,说,咱们就在这里吃套餐,吃过饭就去帝都花苑看房子。马曼丽说,着急也不在这一会儿工夫,人一辈子啥都可以将就,就吃饭睡觉不能将就。中午咱们到俄罗斯餐厅,那里的西餐最正宗,说完对旁边的服务生招了下手,说埋单,从挎包里取出钱包。稽莎莎也急忙取出钱包,说,我来。马曼丽说,你歇着吧,就你那点工资,要是一会儿在俄罗斯餐厅的消费也埋单了,这个月你就别吃饭了。

稽莎莎苦笑了一下,说,也是,就那点工资,要不是你请,哪敢到这些地方来?

三

下午的时候,稽莎莎开车回到小区。小区门口的保安给她放行的时候,物业公司的经理也站在那里,跑到她车子跟前,还给她哈了下腰,恭敬地说,大姐,上午让你受委屈了。我已经狠狠批评了那些人,胡乱停车怎么行?你是老住户了,又是国家干部,不跟那些人一般见识。那些人都是进城的农民,腿上的泥巴还没有洗干净,和他们生气降低你的身份。

经理很会说话,稽莎莎从他的话里感觉出自己在这个小区还是很有地位的,是这个小区不多的国家干部之一,也是这个小区最早开上轿车的住户,从来不欠物业公司的管理费、水电费,自己开车进门出门,保安都给敬礼。有几次她没开车出门,经过小区门口的时候,发现保安并不是给谁都敬礼,对那些卡车根本不敬礼,就是对轿车也是选择性地敬礼。能让保安敬礼的车主,无疑是小区的高等住户,是小区的头面人物。

她把车开进院子，早上和自己吵架的卡车司机刚停好车从驾驶室跳下来，看见她的车进来，走到她跟前很不自然地说，大姐，我不知道你是国家干部，早上冒犯了你。上午物业公司的人找我谈话，我才知道你是国家干部。你大人不计小人过，以后需要我们做啥事情，就打个招呼。卡车司机正说着，老婆也从房子里跑出来，手里拿着两个木瓜，跑到稽莎莎跟前，脸上的笑能流出蜂蜜，说，大姐你是国家干部，不要计较俺这些农民。他这个人成天在外边跑，性子野，把你得罪了，俺两口子都给你赔不是。这木瓜是俺家自己种的，没有上化肥，也没有用农药，味道不一样。你拿去尝尝，要是觉得好吃，俺以后回家再给你带。

稽莎莎胸中残留的气愤一下子被洗涤了，反而觉得不好意思，说，都在一个院子住着，发生矛盾是很正常的事情。早上的时候，我的脾气也不好，以后咱们互相帮助。木瓜你们留着自己吃，你们在城里生活，啥都得掏钱买，也不容易！司机老婆等她从车里钻出来，硬把木瓜塞到她手里，看着她走进楼里，才慢慢离去。她能感觉到人家看她背影的目光都流溢出尊敬。

稽莎莎的车再没有被别的车堵塞了。有好几次，她早上上班，开车的时候看见那辆大卡车停在很远的角落。小区里的进城农民，遇到她都恭敬地打招呼，不论年龄大的小的都称她为大姐。好几次她下午开车回来，司机老婆不是抱个西瓜，就是提一兜红薯，要不就是一袋西红柿，硬要送给她，都说是自家种的，没用农药、没用化肥、没有污染，绝对生态。

稽莎莎所在的档案馆搬家，馆长叫稽莎莎负责这件事情，雇一辆大卡车，再雇十个民工，关键是要认真，每搬运一件都要做好记录，档案这东西连一张纸都不敢丢。稽莎莎马上想到小区里的大卡车司机，晚上回到小区没有马上进楼，站在院子里朝司机住的房子张望。司机老婆看见她，立即从房子里跑出来，老远就叫，大姐你回来啦！

稽莎莎问，你老公回来没有？

女人就朝着房子喊，阿灿，大姐找你！

司机穿着大裤衩跑出来，也是老远就问，大姐找我啥事情？

稽莎莎说，我们档案馆要搬家，需要一辆卡车、十个民工，工钱都好商量，不知道你做不做这事情？

司机立即说，能能能，我们就是揽到活了才有饭吃，揽不到活就没有饭吃，不知道大姐需要多长时间？稽莎莎说，最少得一个月，一个档案馆几十间房子的档案，不是一天两天能拉完的。而且装档案的时候要登记，卸档案的时候也要登记，花费的时间长。

司机说，没问题，你们要我怎么做就怎么做。

稽莎莎说，还需要十个民工，手脚要干净，干活要认真，丢一件档案都是坐牢的罪过。

司机说，这个更没有问题，我现在就给俺村的人打电话，叫来十个年轻小伙子，人品绝对没问题。

稽莎莎说，你的卡车一天多少钱，人工一天多少钱，我回去好给领导汇报。

司机说，大姐你看着给，给你干活就不能讲钱。

稽莎莎说，不是给我干活，是给公家干活，是公家给你工钱，你该要多少就要多少，说啥也不能让公家占了私人的便宜。你们进城做事，挣点钱多难。

司机问，你们包不包油钱？

稽莎莎说，我们啥都不管，我们一辈子就雇这一次车，哪个省的档案馆也不会经常搬家。

司机说，车连司机和油钱一天按八百块钱算，民工一个一天按一百块钱算，如果你们解决住宿可以按八十块钱算。

稽莎莎觉得要价不高，对司机说，我明天上班给领导汇报一下，领导同意后就给你打电话，你就通知你们村子的民工赶过来。

连续四十多天，稽莎莎指挥着大卡车和民工搬运档案。晚上回到小区，早回来的司机和民工就聚在院子里，给她贡献出满脸的谄媚，大姐长大姐短地献殷勤。还有的拿出从家里带的土产，死活要送给她。她又从他们那里感受到自己的高贵和尊严。

档案搬完了，稽莎莎在工单上签过字，又让馆长签过字，把他们领到财务室，看着他们领过工钱，又把他们送到大门口。司机和民工对她千恩万谢之后，才欢天喜地地走了。

晚上她回到小区，司机和民工又聚在院子里，司机拿着一沓子钱，走到她跟前小声说，大姐这是你的收入。

她惊诧地看着那沓子钱，说，我有什么收入？

司机说，你给我们揽的这个活，我们得给你回扣，这是规矩。他们一人给你五百，我给你五千，加起来是一万，司机说着就把钱朝她手里塞。

稽莎莎急忙把手缩回来，说，这钱是你们挣的，我怎么能拿你们的钱？

司机说，要是没有你，我们哪能挣到这些钱？

其实，她也听说过现在做啥事情都有回扣，回扣的多少要看对方获得利益的多少，有的人把工钱算得很高，让国家多出钱，把钱付给对方后，对方再还给管事的人。尽管这样，稽莎莎还是不好意思拿这笔钱，但司机和民工死活要她拿这笔钱，推来推去只好拿了一半。

这些民工没有再回农村，就在这个小区租了房子，在城里找工作应付生活。稽莎莎成了这帮民工心目中的女皇，小区的人见这些五大三粗的汉子都对稽莎莎恭敬，见到她也就格外客气。

以后，档案馆有了需要雇用卡车和民工的事情，她就让司机和这些民工去干。这些人在她那里得到了好处，对她更是恭敬万分。

四

又过了四个月，稽莎莎在帝都花苑买的房子装修好了。她把这边小区的房子租给了别人，还是租用这个卡车司机的车，还是雇用那十个人，把家朝帝都花苑搬。

　　把家具朝楼下搬的时候，司机和进城的农民就问她，干部大姐你在这住得好好的搬家干什么？我们住在一个小区，有事情也好照应。这些进城农民又把她叫干部大姐了，在他们心目中，干部是最有权势的人了。

　　她给他们解释，那边的环境要好一些，朋友也住在那里。说话的时候看他们难受的样子，又说，我经常回来，我的房子租出去了，要回来收房租。

　　司机老婆说，干部大姐，你回来前给我们打个电话，我把饭做好咱们一块吃。就是连平时没有来往的住户也出来看她搬家，也和她打招呼，她感觉出他们对她还是高看的。在这个小区，像她这样身份的人还是不多的。

　　她开着自己的捷达，大卡车跟在捷达的后边，民工们坐在大卡车上，浩浩荡荡地开到帝都花苑。卡车在帝都花苑一停下，民工们还没有从车上跳下来，就喧哗起来，哇——世上还有这么好的地方，恐怕中央委员都住不上这房子！又有一个民工说，比城里的公园都漂亮，干部大姐以后天天都住在公园里了。他们又围着稽莎莎问，干部大姐，你在这里买的房子多少钱一平方米？稽莎莎说，两万一千多一平方米。民工们睁大眼睛说，老天爷，两万多一平方米，我们一年挣的钱不够买半平方米，把我们村卖了恐怕买不了一套房子。还有的民工敬佩地说，干部大姐，你真厉害，能买起这么贵的房子。于是，他们再看稽莎莎的眼神中更增加了敬佩的成分。

　　稽莎莎兴奋到了极点，刚搬到帝都花苑，人还没有住下来，高档住宅区的效益就显示出来了。她很大度地对他们说，你们先不忙搬家，把这里好好看看，以后想进来看就不行，这里实行入内登记制度，一般人是进不来的。

　　民工们真的不忙搬家了，在花苑里转来转去地观看。没过三分钟，一辆摩托车开过来，在他们身边停下，一个穿保安服的人从摩托车上下来，问，你们是干什么的？尽管态度温和，但他们还是感觉出人家的警惕和对他们的怀疑。民工们都不说话了，也不知道该怎么说。

稽莎莎走过来，说，他们是给我搬家的。人家看了她一眼，又看了停在楼边的捷达一眼，问，你住哪套房子。稽莎莎说了自己的房子牌号，人家哦了一声，声音还拖得很长，随后又对她说，搬完后让他们马上离开小区，这里不许闲杂人员进入。

保安离开以后，稽莎莎很长时间没有说话。她从保安的话中听出，人家对开捷达车的自己并没有多么尊敬，甚至还怀疑自己不是这里的住户。于是，朝楼边的停车场瞅了一眼，停在这里的大都是奔驰、宝马、奥迪，还有几辆法拉利、劳斯莱斯，根本没有捷达这类档次的车。

大卡车司机又问稽莎莎，停在这里的车都是很贵的？

稽莎莎心里就有了失落，情绪也有了低沉，不想回答他的问话。又觉得不回答不礼貌，人家问这话没有恶意，就说肯定很贵，都是世界上的名牌轿车，哪一辆都是一百多万，有的还值一千多万。

她的话又引起他们一阵惊叹，一千多万一辆，恐怕把钱堆得跟车一样高都买不来。

稽莎莎给他们说，人家买车根本不带现金，都带支票，到银行转个账就行了。卡车司机自觉聪明地说，一千万恐怕能装半卡车，咱们这些人点钱都得多半天。一个民工接着说，多半天都点不过来，咱们这些人没有经过点钱训练，点着点着就点错了。

他们把家具朝房子搬的时候，进门就又说起来，干部大姐你这房子太小了，比你在咱们小区的房子差远了，这么小的房子住着多憋气？

稽莎莎没有回答，心里却说两万一千多块钱一平方米，要不是按揭，我还买不起这房子哩。

他们见稽莎莎不再说话，也就不再说什么了，忙活着把家具按稽莎莎的要求摆。

民工们走后，稽莎莎把小物件摆放好，连晚饭都没吃就睡觉了，一直睡到第二天九点多钟起床。刚刚洗漱完毕，就听见门铃响，从猫眼朝外看了，是小区的保安。就打开门，保安站在门口给她敬礼，说，这是你的停车证，上边有你的停车位置。如果你需要，我现在可以带你去看一下具体位置。

小区给她划分的停车位置在最偏僻、最不容易倒车的地方，要是有辆车挡在外边，自己的车就没有办法开出来。她想到自己原来被卡车堵着出不来的教训，就对保安说，能不能把我的停车位置调整一下，这位置太偏僻了，出入不方便。

保安说，不好调整，只能这样了，停车位很紧张，就这也是想了很多办法挤出来的。

稽莎莎叹了口气，又把停车的位置看了一遍，问，停车费多少？

保安说，一个月三百块。

稽莎莎心里嘘了口气，一个月的停车费就三百块钱，简直是敲诈！但是，她什么话都没说，能住进这个小区，就不能为这点钱和保安论长短，要是叫人知道了会笑话自己的。

保安似乎看出了她的心思，接着说，你的停车费最便宜，因为这个位置最偏僻，出入也不方便，所以只收三百块钱的停车费。位置好的要收六百块钱，好多车主都想朝便宜的位置调换哩。

稽莎莎在心里算了一下账，停车费三百，物业管理费每平方米八块，四十五平方米就是三百六十块，还不算水电费就得支出六百六十块，自己原来那套房子的房租才收六百块，还不够交物业管理费和水电费。

十点多钟的时候，马曼丽来了，先在房子里转了一圈，转完后说，莎莎你也真是的，换了房子不换家具，新房子配旧家具，要多难看有多难看。依我的意见，把这些家具全扔了，再买新家具。

稽莎莎苦笑着说，你说得容易，买家具不要钱？我从哪里弄买家具的钱？就是付的首期购房款，我还借了一万多块钱哩！

马曼丽说，也是，到帝都花苑买房子，也难为你了。人住在这里，拼的就是钱，你住多大的房子，装修的档次，开的什么车，雇的什么保姆，办的什么公司，当的什么官，连养的二奶和狗都不能落在别人的后边。要不就会被人瞧不起，尽管人家嘴里不说啥，但看你的眼神都不一样！说完又说，莎莎也不着急，等以后有钱了先把家具换了。我估算了一下，把这些家具全换成高档的也就是十万块钱。再等以后有钱了，把房子也换了，起码换个两百五十平方米的，要跃层式。再养一只名贵狗，最好是阿富汗犬，像欧洲女人那样高贵，牵出去也让人敬佩。要是傍上了这里的男人，这些计划就可以提前实现。

稽莎莎什么都没说，心里却琢磨，你以为我是世界选美小姐，这么大岁数了哪个有钱的老板会养自己？

马曼丽在房子里转够了，也没有在沙发上坐下来，说，不管怎么说你也是乔迁之喜，我也没有东西送你，就请你吃个午饭，算是对你的祝贺，你说在什么地方吃？

稽莎莎说，你喜欢在什么地方就在什么地方，我听你的。

马曼丽说，俄罗斯餐厅怎么样，档次又高，环境又好。

稽莎莎说，俄罗斯就俄罗斯。

马曼丽说，咱们现在就走，到了那里先喝茶聊天，到了中午再吃饭。

她们走到停车场，马曼丽问，稽莎莎你的车停在什么地方？

稽莎莎就指了下自己的车。

马曼丽说，他们怎么给你安排这个位置，这个位置好长时间都没有安排出去，谁都不肯要这个位置。

稽莎莎说，咱是新来的呀，不愿意又有什么办法？人家还说了，好的停车位置收费就高，有的位置一个月要收六百块钱哩。

马曼丽说，他们说得没错，这里的一切都是论质付费。我那个停车位置也不怎么样，一个月都收四百五十块钱。她们说着就走到稽莎莎的捷达跟前，稽莎莎掏出车钥匙，摁了电子开关，随着一声细响，车灯闪了一下，表示车门已经打开。稽莎莎就要朝进钻的时候，马曼丽挡住她，说，你就不要开车了,这种车在你原来的小区不显得低档,到了帝都花苑就不行了。你看这个停车场,有几辆这种档次的车。

稽莎莎疾快地朝停车场瞥了一下,真的没有一辆这种档次的车。

马曼丽说,以后把这车换了,最不行也得换个宝马、奥迪,开出来也不丢人。

稽莎莎又苦笑了,心想,我这是搬进帝都花苑的第一天,你就让我换家具换房子换车,这几样换下来没有五六百万能行?我去哪儿弄五六百万,就是搞腐败也没条件,凭自己一个办公室副主任,人家送红包想都不会想自己。自己唯一能搞的腐败就是给公家买东西,花了三百块钱开上三百五十块的发票,还不敢多开,要是让领导发现了,办公室副主任都当不成了。指望几个月多开五十块钱的发票换房子换车换家具,就像让自己去竞选世界小姐一样不切实际。

五

下午三点多钟,南中国海岛的太阳还是十分暴烈,但帝都花苑到处都是树木花草,树木遮罩了太阳的暴烈,也过滤了太阳的酷热,使小区到处都是树荫和凉爽。小区最中央是运动区,有游泳场,一个可供比赛用的标准池、一个练习池、一个儿童池,还有一个温水池。池水碧绿,一派洁净,有人在池里戏水。在游泳池的旁边,是栋三层高的运动楼,楼里有健身房、体操馆、羽毛球馆、乒乓球馆。在运动楼的旁边是网球场,四周竖立着很高的铁丝网。稽莎莎午睡起来,站在窗户前看了一阵这些风景,就有了到里面看看的欲望,也有到游泳池玩上一阵的念头。她看到在比赛池里游泳的几个人的姿势都不标准,显然没有经过专业训练。她上中学的时候曾经被市游泳队看中,训练了三年,就是不出成绩被淘汰了,但无论如何也比一般人的游泳姿势标准。就从床头柜里找出游泳衣，简单收拾了一下，走出楼门。

她经过网球场的时候，里面没有人打网球，谁也不会在这个时候出来打网球。经过运动楼的时候，她想先进去看看里面的设施，刚走到健身馆门口，站在门口的保安很礼貌地伸出一只胳膊，也很礼貌地说，您的票？

她停住脚步，才知道业主要在这里锻炼也得交费，就装成毫不在意的样子朝楼口的售票处走去。售票处有一个很注目的标牌，上边写着各项运动的价格，进入游泳池的价格是三十元人民币。她朝标牌上看了一眼，心里琢磨游一次泳就要收三十块钱，一个月要是游上十次泳，就得三百块钱，自己那点工资连收的房租加起来供房都紧张，哪来的闲钱游泳，心里就有了沉闷。

回到家里又无事可做，就坐在电视机跟前，拿着遥控器不停地翻着频道，也不知道哪个频道的节目好看。

傍晚，太阳坠落到西边的海面上，消失了白日的酷热，光线极为温柔。有海风吹来，海面上有一波一波雪色的浪花，还有一波一波的海浪朝岸上扑吻。不远不近的海面上，有几艘归家的渔船，很缓很缓地在海面上移动。海风带来了凉爽，抚摸着人的肤肌，使人的肉体和精神都感到展脱和清爽。

稽莎莎走出房子，在小区里散步。前边有一座小桥，桥下有条小河，河水很清澈，能看到河里有鱼在游戏。小径和小河的两边全是树木，她叫不出树木的名字，但觉得这些树木的造型很好，估计是名贵树种，一般的闲花野草绝对不会被栽到这么高档的花苑。在小径的旁边有亭子，亭子里坐着四五个年轻女人，一个比一个漂亮，都牵着很漂亮的狗狗，狗狗卧在她们脚前。

稽莎莎走到她们跟前的时候，才看清她们不是一般意义的漂亮，无论身材、脸蛋、气质、谈吐都很超群。她想起马曼丽说的帝都花苑的男人养的二奶，都是参加过世界小姐的选美比赛，随便哪一个都是某个城市的魁首。本来，她散步的路线要经过她们身边，但她觉得自己走到她们面前，充其量给人家当个衬托，快到亭子跟前的时候就转了个弯，朝另一边走去。她的身后还是传来她们的声音，这个女的是才来的；看样子是个单身；我中午在楼上看了，她开的是捷达车；你看她穿的那身衣服，从上到下都是假牌子；她的停车位置就在那个角落，谁都不要的位置；那个位置便宜呗，一个月节省三百多块钱哩；她住的房子才四十五平方米，在那栋楼的拐角，现在还有好几套没有卖出去；天哪，四十五平方米，怎么能住，人进了房子到处磕碰，我住的房子两百多平方米都觉得还小，四十五平方米相当于我的一个卧室；她也不知道是怎么想的，连装修花上一百多万，不如在别的小区买套大房子，住起来也方便；冒充富人呗，谁都知道住帝都花苑的都有巨富；巨富能冒充吗，富人的气派是用钱堆积起来的，没有钱做铺垫，只能是虚张声势——

稽莎莎看到迎面走来一个男人，离亭子还有五六十米，眼睛就直直地盯着那几个女孩子，连余光都不肯分给她一点，好像根本没有看到她一样。

稽莎莎觉得心里像锯齿在一下一下地拉，脸上燃出一团团的火焰，胸腔中蔓延着剧烈的羞耻，再没有散步的心思了，想匆匆回家，又怕这样急急走开更让她们笑话，装成根本没有听见她们的说话，故意慢慢地朝回走去。把房门关上的时候，眼泪就控制不住地流出来，跑到沙发跟前，痛哭起来。

晚上，马曼丽打来电话，说她想过来聊天，不知道方便不方便。

稽莎莎的情绪已经好转了，说，我一个人住在这里，有什么不方便，你啥时候想来就啥时候来。

马曼丽说，万一有个小白脸在你房子里，说不定正在做刺激的事情，我要是贸然去了，你会恨死我。

稽莎莎说，我都多大岁数了，哪有那份雅兴。

马曼丽说，三十如狼，四十如虎，五十还要鼓一鼓，当代人的营养好了，七十岁还有欲望哩！

马曼丽进门以后，稽莎莎把傍晚散步的事情给她说了。

马曼丽说，这几个女人真的参加过世界小姐的选美比赛，有的还闯过了好几关。那些老板包养她们，年薪都是上百万，房子都是两百平方米以上，开的都是宝马、奥迪。你不要计较她们，谁让人家有挣大钱的本钱哩。咱们要是拿到了世界选美大赛的冠军，年薪都得上千万。

稽莎莎不再说话了，但住进帝都花苑的自傲感却消失得无影无踪，取而代之的还是住进这里的屈辱。

马曼丽见她情绪不好，又说，她们也没有什么了不起，不就是被人包养的东西，一旦人家不要了，恐怕连咱们还不如。

稽莎莎没有说话，她知道这些选美小姐，不可能没有人包养，像优绩股样抢着包养。听说有些老板为包养这些小姐，明争暗斗使尽了手段。要是有老板玩腻了，只要说转让她们，马上就有人拿着大笔的转让费排队走后门。

马曼丽说，人家也帮老板赚了不少钱。

稽莎莎惊奇地问，她们能帮老板赚钱？

马曼丽说当然能帮老板赚钱，老板包养她们不仅仅是为了玩，要是仅仅是为了玩，一千块钱到五星级大酒店的咖啡厅随便找一个，长相不一定比她们差，何必花一百多万养她们？老板包养了她们，和人谈生意的时候就带上她们，生意就好做，这也是品牌。你听谁说过哪个大老板把黄脸婆带上谈生意的，带的都是美女！要是一个大单签下来，几千万几个亿，包养她们的用处大着哩！

马曼丽这么一说，稽莎莎心里的屈辱、不平就消泯了。人家凭着自己的脸蛋、身材、气质，帮老板赚了那么多钱，牛逼一点也是应该的。自己没有人家年轻，没有人家漂亮，就没有让大老板包养的本钱，就不要眼红人家。心里想通了，话就多起来，对马曼丽说，你晚上要是没事情，咱们一块到西海岸公园散步去。

马曼丽说，今天不行，我一会儿就要回去。我们约定好了，今天是他在我这里住的日子。

稽莎莎说，那你快点回去，不要人家都到了你还在我这里。

马曼丽说，他不会来这么早，一般都到了十一点以后。

稽莎莎又说，你也得回去准备一下，洗洗澡化化妆。

马曼丽说,那能花多长时间,我在这里再陪陪你。过了一会儿,马曼丽说,莎莎你也该买条狗养,一个人过日子多孤独,有条狗做伴感情也有个寄托。

稽莎莎说,我连自己都养不起,哪有钱养狗,月月都得付银行的贷款,剩下的刚够吃饭,连件衣服都不敢添。

马曼丽说,你说得也对,要是养狗就得养名贵狗,超过她们养的狗。但名贵狗一条都得好多万,最好的狗比一辆奔驰车都值钱,咱们也养不起。

六

稽莎莎吃过早餐,到停车场把自己的捷达倒出来,准备朝外开的时候,有辆奔驰600朝外倒车,竟然对着她的捷达倒过来。她急忙摁响喇叭,企图制止司机倒车。司机好像没有听见她的喇叭,也好像没有看见车后还有一辆捷达,继续朝她的捷达跟前倒,撞上捷达后还没有停车,竟把捷达推着朝后边倒。稽莎莎钻出汽车,冲到司机跟前大声喊,你没看到我的车,我不停地打喇叭,你还朝后倒,把我的车都撞坏了!

司机从车里钻出来,走到她的捷达跟前,把撞破的漆皮瞥了一眼,用脚在上边轻轻踢了一下,说这是车吗?是玩具!

稽莎莎气得一句话都说不出来。

司机从车里取出皮包,在皮包里拿出一沓子钱,拍在捷达的引擎盖上,说,拿去,这些钱可以把你的车全部喷一遍漆!

稽莎莎气得眼泪都差点流出来,说,你这是欺负人!

司机说,我怎么欺负你了,我倒车撞了你的车,负责给你赔偿还不行?你要是不服气,我把车停在这里,你用你的车朝我车上撞,撞成啥样子我都不放个屁!

保安跑过来,她像见到救星一样,跑到保安跟前诉说自己的冤屈。奔驰车司机根本就不看保安一眼,钻进车里做出准备开车的样子。保安听完她的诉说,从捷达的引擎盖上拿起那笔钱塞到她手里,说,人家王总把你的车撞了,一下子就赔你这么多钱,你还有啥不满足的,要是我睡觉都能笑起来。这点漆,花不了两百块钱就补好了,剩下的就是净赚的,多能划来。要是我,巴不得天天有人撞我的车,天天都有这么多的收入!

保安又跑到奔驰车司机跟前,给人家鞠了几下躬,说,王总别生气,快上班去吧。

奔驰车司机哈哈一笑,说,她值得让我生气?

稽莎莎看着奔驰车毫无声息地滑出了车场,眼泪一串一串地涌出来。

七

下班以后,稽莎莎开车回到原来住的那个小区。她给租房子的客人说好了,今天是收房租的日子。她的捷达刚开进院子,卡车司机在窗户里看到了,对老婆说干部姐回来啦。两口子放下手上的活,朝着捷达跑过来。住在这个院子的民工,也看到了稽莎莎的捷达,也从房子里跑出来,把稽莎莎围在中间,抢着叫,干部姐,你回来啦!稽莎莎也高兴地问候他们,最近可好?他们又七嘴八舌地回答,还行,咱们这些人能在城里扒拉一碗饭吃,饿不死就行,也不指望发财。发财是你们城里人的事情,咱这些农民要是能开上小轿车,就是祖宗烧了高香,老天爷保佑我们发财了。

卡车司机的老婆挤到她跟前,问,干部姐你吃饭没有?

稽莎莎说,刚下班,还没有吃。

卡车司机老婆说,你要是不嫌我们这些人肮脏,就在我家把饭吃了,省得回家再做饭。这么热的天,做饭真是受罪!

稽莎莎不好意思地说,怎么能在你们这里吃饭,我一个人好对付,随便在街上买点吃的就行了。

司机老婆说，外边的东西吃不得，就是大酒店的东西也没有咱自己做的干净。我在大酒店的餐厅干过几个月，菜都不好好洗，随便用水冲一下就行了，根本就没有洗干净，还贵得不行！卡车司机也给稽莎莎说，你就在我们这里把饭吃了，你一个月都不回来一次，回来一次就好好聚聚，大家都想着你哩！

稽莎莎见大家都这么说了，也就不再推辞了，感觉心里有种亲情在滋生、蔓延，盈满全身，精神和肉体都觉得安逸。

卡车司机见稽莎莎不再推辞了，对老婆说，你快回去再准备几个菜，让干部姐好好吃一顿。又从裤兜里取出一张百元大票，塞到一个民工手里说，你骑车到超市买只文昌鸡。又有一个民工对稽莎莎说，干部姐，你就不要上去了，我们上去叫他把房租送下来。这么热的天，爬一次楼出一身汗，说完就朝楼里跑去。卡车司机又对另几个民工说，你们跟着他一块上去，他们要是给干部姐下来送钱就算了，不下来就收拾他们。

稽莎莎急忙对着他们的背影喊，千万不要打架。

卡车司机笑着对她说，打不起来，我们这么多人，他敢和我们打！

卡车司机老婆把炖好的文昌鸡盛了满满一大碗，端到稽莎莎跟前，说，咱也没有啥好东西，这碗鸡肉你吃了，电视都说鸡肉很补人！

稽莎莎看着满满一大碗鸡肉，知道人家把大半只鸡的肉都给自己了，就给司机老婆说，你把肉分出来，大家都吃些。

司机老婆说，我们这些人又没病没难的，身体壮实得跟牛一样，吃了也是浪费。你们当干部的用脑子，用脑子最伤身体了，要好好补养一下。干部姐，你没时间炖鸡，我以后炖鸡了给你打电话，你过来吃就行了，你有车过来很方便！

碗里的鸡肉鸡汤冒着热气，稽莎莎觉得眼睛有了模糊，不知道是鸡肉的热气扑的还是泪水蒙的，停了好大工夫才说，等这边房子的合同期满了，我还要搬回来住。

在帝都花苑住了半年以后，稽莎莎发现在这个高档花苑，自己的职务是最低的，房子是最小的，车是最低档的，服装是最差的，可能连存款都是最少的，停车位置是最偏僻的，在单身女人中的年龄是最大的，长相是最不行的，用的香水是最低劣的，男人走过去的回头率是最低的，没有一样比得过人家。生活在这样的环境中，就是人家不说自己，自己都觉得低人一等。何况这里本来就是一个拼金钱、拼享受的地方，自己没有拼的基础硬要和人家拼，受伤的只能是自己。

稽莎莎搬到帝都花苑以后，她们再聊天的时候就不到圣彼得堡了。马曼丽都跑到稽莎莎那套四十五平方米的房子，她在稽莎莎那里放了一筒台湾的高山云雾茶，聊着喝着自有一种感觉。

这天，稽莎莎把茶泡好，给马曼丽的杯子里倒了，说，曼丽我准备搬回原来的房子住。

马曼丽一愣，问，你在这里住得好好的，为什么要搬走？

稽莎莎说你看这地方是我这种人住的吗？硬要住在这里，是自己给自己找罪受。

马曼丽琢磨了一会儿说，也是，以你的收入和综合条件确实不适合住在这里。你搬走以后，这套房子怎么办？

稽莎莎说，转让了，就是亏点钱也转让。我算计了，有了转让这套房子的钱，后半辈子过得绰绰有余，何必月月付贷款住在这里受罪？

稽莎莎把搬家选在周末的上午，还是那辆大卡车，还是那帮民工。马曼丽也跑来帮忙，把稽莎莎在这里受的委屈给民工们说了，民工们搬东西的时候，故意把号子喊得山响，故意弄出很大的声音，为他们的干部姐出气，也消除自己心理上的不平衡。

发于《飞天》2009年第1期

内分泌紊乱

一

司机把越野车停到保阳镇的一个家庭旅馆门前，问坐在旁边的甘路长，这家旅馆咋样？甘路长把旅馆的门面看了，说我们下去看看，就和司机钻出汽车，走进旅馆。

老板娘是个三十多岁的女人，穿得还周正，正在网上热聊，没有发现他们进来。司机走到她跟前，在桌上轻轻敲了一下，老板娘立即惊醒，满脸通红地问，老板住宿？甘路长点了下头，问多少钱一天？老板娘看着他的脸，惊诧了一下回答，不开空调三十块钱一天，开空调四十块钱一天。司机问房间干净不？老板娘说你进去看看就知道了，绝对不比五星级酒店差。甘路长问能不能上网？老板娘说有网线，你带电脑没？甘路长说带了。老板娘说带了就能上。甘路长说我住一个星期，要不开空调的。

甘路长填了住宿登记证，交了押金。老板娘走在前边，把房门打开。司机问网线在哪里？老板娘从桌子旁拉出一根线。甘路长从箱子里取出电脑，司机熟练地把网线插上，在电脑上忙活了一阵，给甘路长说我给你申请了个QQ号，我把你的号码告诉嫂子，你以后就在QQ上和嫂子说话，节省电话费。

甘路长见司机对电脑这么熟悉，认为现在的年轻人都是这样，就没有在意，对老板娘说，你忙吧，谢谢你啦！老板娘没有离开，问，你也喜欢上网？甘路长点了下头。老板娘接着说，喜欢上网好，心里烦恼了就上网，在上边啥话都敢说，反正谁也不认识谁——

老板娘离开以后，司机对他说，甘镇长，你洗下脸，把胡子刮刮。你这满脸胡子，走到街上会把娃们都吓哭！甘路长把胡子摸了一下，感到硬硬的毛刺扎着手掌，苦笑着说，这胡子把我害死了，半天不刮都长！

司机说，咱们刚才登记住宿的时候，老板娘看你的神气不对。甘路长说，我没觉得有什么不对。司机说，我看她惊了一下，说不定就是为你的胡子吃惊。要是放到古时候，你装刀客肯定比真刀客都像。

甘路长哈哈笑了，走到镜子跟前照了，里面的那张人脸除了额头、眼圈、鼻洼没长胡子，其他部位全是胡子，密密麻麻，硬硬扎扎，像把猪鬃栽到脸上。他照镜子的时候，又觉得脸上发痒，就用手搓，几下就搓出一条垢甲。司机笑着说，你出门的时候嫂子再三交代，不要在脸上搓泥。你现在都当书记了，还在脸上搓，多不雅观。嫂子还交代了，要你抽空到医院看看到底是咋回事情。

甘路长又搓了几下，又搓出一条垢甲，说刚好这几天没多少事情，抽空到医院看看，到底是啥问题。

司机又说，甘镇长你在这里，我要赶回去了，说不定领导要用车哩。甘路长说，我请你吃个饭，你把我送到这里，不吃饭咋说得过去？司机掏出手机看了时间说，现在才四点，吃哪门子饭？总不能坐在饭馆等两个小时吃晚饭？甘路长琢磨了一下，从箱子里取出一条云烟，塞到司机怀里说，饭不吃就算了，把烟拿上。司机把烟放到箱子里，说，我把烟拿走了，你抽啥？甘路长又把烟朝他怀里塞，说，叫你拿上就拿上，我好赖是个书记，还愁没烟抽？司机笑了一下说，你不要给我说大话，你在咱那当镇长的时候，一旦把烟送给别人，自己烟瘾上来了蹭别人的烟抽。甘路长笑了一下，再没有说啥。司机又说，我拿上一盒，够我路上抽得了。

甘路长看着司机把车开走了，又看着这个陌生的镇子。如果不出意外，自己起码要在这里干上一任，能干到啥程度，前途咋样，很难预料。但不管怎么说，把自己从镇长调到这里当书记，尽管级别都是正科，但书记是一把手，镇长是二把手，书记比镇长要高半个级别。

这个时候，酷热还没有退去，镇街上的行人很少。店铺的老板都在打瞌睡，还有的铺面支着麻将桌，相邻的老板就聚在一块打麻将。有几只猪在街道上散步，吟着哼哼进行曲，黑蹄甲在柏油路上发出细微的声响。学校传来学生朗读课文的声音，抑扬顿挫像歌唱。镇上最好的住房不过是三四层的小楼，行人的衣着也很普通，能看出这里不富足。他看了十多分钟，才转身朝旅馆走去。

老板娘还在上网，听见脚步声，抬头看他，还笑了一下说，大哥需要什么就给我说。他思考了一下说，我想朝下边的村子走走，在哪里坐车？老板娘说朝东边走一百多米，有个十字路口，朝下边村子的拖拉机都停在那里，两块钱坐一次，人上满就开，方便得很！

甘路长回到房间，洗了脸，掏出手机看了时间，还不到四点半，剩下的时间啥都做不成了，又想起老婆的交代，该到医院问问脸上为什么冒油。

镇上有家卫生院，分内科、外科、中医科，还有一间诊室门口挂着"计划生育"的牌子。甘路长走进内科诊室，一个四十多岁的男医生正在抠鼻子，把抠出来的东西在白大褂里面的裤子上蹭了，看着他问，看病？甘路长心里说我不看病跑来干啥，这里也不是旅游景点，但还是点了下头。医生指着旁边的凳子说坐，他就老老实实坐下，把刚才挂号拿的病历送到医生面前。医生把病历推到他面前说，你把姓名、年龄、工作单位填了，如果你是文盲，我免费替你写。甘路长在姓名一栏里写上甘簿畅，在单位一栏里填农民。

医生看了病历，又把他看了一眼说，听说新调来一个书记，也姓甘。甘路长说，世界上姓甘的人多了，都能当书记？医生说也是，书记可不是谁想当都能当的，看你也不像当书记的料，长得像李逵，要说你是黑社会我倒相信。又问，你有啥病？甘路长说，我要是知道自己有啥病，跑来找你干什么？医生又改口问，你觉得哪里不舒服？甘路长说，我脸上冒油，还发痒——

医生用压舌板在他胡子上拨了一阵，问其他部位有什么症状？甘路长问哪些部位？医生说，比如饮食、睡眠情况等。甘路长说，饮食还可以，不管稠的稀的，吃下去都没有囤积，分两条路线都能出来。医生就笑，一边笑一边用压舌板在后背上搔痒痒。甘路长看着他笑，笑他把压舌板当搔痒痒的老头乐用。他用压舌板在后背上搔过痒痒，随后不知要塞到谁的喉咙眼里。

医生说，你很幽默，肯定说过相声。我当了二十年医生，还没有遇到像你这么幽默的人，睡眠咋样？

甘路长说，不咋样，该睡的时候睡不着，还特别兴奋，兴奋得恨不得去打篮球。该兴奋的时候不兴奋，就是打着篮球都丢盹。该琢磨的事情转身就忘，不该琢磨的事情像沼气池里的臭水泡一样朝出冒，挡都挡不住。

医生说，你这是内分泌紊乱兼神经官能症。

甘路长说，领导职务有兼的，书记兼人大常委会主任，怎么病也有兼的？

医生说，你这是少见多怪，领导可以兼，别的事情也可以兼，能兼的事情多了。

甘路长问，啥是内分泌紊乱？

医生说，我给你用专业术语解释，你又听不懂。我干脆给你打个比方。内分泌紊乱就像我们卫生所开大会，只有一个麦克风，书记要讲，所长也要讲，医生要讲，护士也要讲，病人要讲，炊事员也要讲，保安要讲，仓库保管员也要讲，跑进卫生所的狗呀猪呀牛呀驴呀都要讲，不就乱套了，这个乱套就叫内分泌紊乱！

甘路长认真地点了下头说，我明白了，内分泌紊乱就是大家都跑到台子上，抢一个麦克风讲话，把会场弄得乱套了。

甘路长又问，神经官能症是啥病，是不是神经出了问题？

医生又琢磨了好大一阵子，也没有琢磨出通俗易懂的比喻，说，我想像刚才那样给你解释，想了这么大工夫都没想出来，说专业语言你又听不懂。神经官能症是神经病的总称，你该兴奋的时候不兴奋，该睡眠的时候不睡眠，是神经出了问题。甘路长问，这样长期下去，会不会发展成为神经病？医生说，你现在已经是神经病了，只是患病的轻重程度不同而已。甘路长问，会不会发展成街道上光着屁股乱跑的疯子？医生说，目前还不会，你属于神经衰弱，疯子属于另一种神经病。甘路长说，你也真是的，神经衰弱就说神经衰弱，偏偏说是啥神经官能症，把我吓了一大跳，内分泌紊乱和神经官能症好不好治？

医生说，你这是很一般的病，我只看疑难杂症，像这种常见病都是年轻大夫看。他今天到县上去了，算你运气好摊上我给你看病了。我看这病就像博士生算一加一那么简单，说着又用压舌板在后背上戳了几下。

甘路长觉得他有点狂，故意问，啥是疑难杂症？医生说，一般医生看不好的病就是疑难杂症。甘路长说，癌症看不好，你专看癌症？医生哈哈一笑说，你这么幽默的人怎么能得神经官能症，真是不可思议！我要是能看好癌症，能轮上你小子给我当病人？我早让联合国秘书长接走了，天天请我吃海鲜喝茅台洗桑拿泡小姐，全世界的总统都给我献殷勤。我给你开几样药，花钱不多疗效好。

二

甘路长回到旅馆，老板娘还在网聊，聊得满脸通红，像喝了半斤西凤。他走到楼梯跟前的时候，她才发现他回来了，站起身子问，大哥回来了。他说，回来了，这个镇上哪家饭馆干净？老板娘说，就在我给你说的十字路口，有家叫枫原春的饭馆，镇领导请人吃饭都到那里。

甘路长回到房间，打开电脑，上了QQ，见老婆还没有上来。就给老婆留言，我已经平安到了保阳镇，刚才到医院看了病，医生说我是内分泌紊乱兼神经官能症，开了维生素B_1和谷维素。你一个人在家带孩子，辛苦了。咱再熬上几年，等我提到副处进了常委，就能调动你的工作了，咱一家就不用分离了。他给老婆留过言，又想起医生说的话，觉得好笑，就调出自己的资料，把网名改成内分泌紊乱。刚准备离开，屏幕右下角的喇叭闪动了，知道有人要加他，就点了那个喇叭。立即出现一个问候，朋友，你好！我是神经官能症，能不能和你交个朋友？他惊奇了，医生刚说我是内分泌紊乱兼神经官能症，神经官能症就来加我了？真是网络世界无奇不有，就调出对方的资料。资料上显示：性别，男；年龄，25岁；职业，保密；文化程度，保密；特长，具有超人的预测和策划能力，可以帮助正派人士通过特殊途径达到目的。

一个戴眼镜的男人钻进他的好友框里，随之就发来问候，内分泌紊乱，你好！他回答，你也好，神经官能症！

对方又发来文字，你有需要我帮助的事情，尽管张嘴，我免费为你服务！

他笑了一下，当今还有免费服务的人？就打出一串文字，你能提供哪方面的服务，为什么要免费，你什么时候在网上？

对方回答，我可以给你提供智力支持，为你的决策提供参考方案。为你提供智力支持的同时，我的智力也能得到提高，双方都是受益者，所以不需要你付费。一般情况下，我不工作的时候都在网上，如果我没在网上，你可以给我留言，我会尽快回答！

他打出文字，我调到一个不富足的镇上当书记，今天刚到。准备到管辖的村子走一遍，掌握第一手情况，此举如何？

对方回答，此举不算新鲜，古时候都有微服私访。你遇到具体问题的时候，告诉我，我会帮你！

甘路长找到枫原春饭馆，规模一点都不大，就是有两间包厢，大堂有四张桌子。甘路长走进去的时候，两张桌子有客，两张桌子空着，在靠窗户的桌子旁坐下。

一个四十岁左右的汉子走进来，老板急忙跑过去，哈着身子问候，邝副镇长亲自来，一定有什么要交代。汉子说，到你这能有啥交代的，叫你去起草中央文件，你能成？马上给整一桌，按三百块钱的规模整，酒另外算。老板又哈着腰问，啥时候来人？汉子说，一个小时后来人。汉子朝出走的时候，老板跟在屁股后头，赔着小心问，邝副镇长，镇上都给我打了那么多白条子，咱是小本生意，赊不起那么多的账，今天买酒的钱都没有了！

汉子说，你给我说这些管屁用，镇上有一把手二把手三把手，我这个四把手充其量是个跑腿的。我要是有权力给你批钱，早就给你批了！说完，又朝他跟前走了一步，压低声音说，我给你透个信息，马上要调来个书记，是空降的——

老板说，邝副镇长你忽悠我，人家是不是空降与我有啥关系。汉子指着他的鼻子说，我说你不看书不学习，你还不服气。人家从上边空降下来，证明人家有来头，能在上边弄来钱。镇上有钱了还能不还你的钱？等他上任了，你找他要钱！

甘路长给老板招了下手，老板立即狗样地跑过去。甘路长问，刚才那人是镇上的领导？老板说，是副镇长。甘路长又问，他欠你的钱？老板说，不是他欠的，是镇政府欠的。甘路长见老板胆怯，说，你找个没人的地方，咱们好好说，看我能不能帮你把钱要回来。

老板把他领到包厢，说，你的好心我领了，你千万不要蹚这浑水。这钱都欠了两年多了，我找了他们几十回，没有一个人答应给，还照样来吃喝，吃喝完了说一声记账就走人，留了一大堆白条子。甘路长说，你把白条子给我看看。

一个铁夹子夹了七八十张白条子，老板指着白条子给甘路长说，加起来二十二万！

甘路长说，他们不给你还，你可以到法院起诉他们呀！

老板苦笑，说，兄弟还年轻，法律是啥，是管咱老百姓的东西，到时候咱没有把人家告倒，人家却把咱整倒了。

甘路长把老板拉到身边，很神秘地说，我给你说件事情，你千万不要给任何人说，我能帮你把钱要回来，还让他们不敢整你。

……

甘路长回到旅馆，老板娘正在吃饭，说，我上网错过了做饭时间，到饭馆要了份快餐。甘路长问，你喜欢上网？老板娘说，没事情做不上网干什么？甘路长又问，上网干什么？老板娘说，聊天。你要是晚上睡不着了，就上网聊天，很刺激的。甘路长笑了笑，上楼去了。

甘路长连澡都没洗就打开电脑，神经官能症果然在网上，见他上来立即打招呼，你好，朋友！他也立即回答，你也好，兄弟！

神经官能症问，下午了解到什么情况？

内分泌紊乱说，镇政府欠一家饭馆二十二万饭钱不还，我帮老板写了起诉书，让老板到法院起诉镇政府。

神经官能症说，很好，你上任伊始就接到法院传票，正好用来当撒手锏！

内分泌紊乱说，法院肯定判镇政府败诉，镇政府败诉后怎么办？

神经官能症说，你趁机在这方面做文章，从根本上铲除他们乱吃乱喝的坏毛病！

三

一大早，镇上就喧闹起来。四乡的农民早早把蔬菜送到镇上，和菜贩子讨价还价声一阵一阵高涨。养猪专业户把猪娃拉到镇上，买猪的农民倒提猪娃的后腿，检查猪娃的健康情况，猪娃就发出嚎叫，在黎明的空气中飞行。饭馆也开张了，伙计站在门口高着喉咙喊叫。小四轮拖拉机在街上开过去，发出突突的声响，驾驶拖拉机的汉子牛气十足，像是开着联合国秘书长的专机。

甘路长走在镇街上，感受着农村小镇的气氛，祥和，很热闹，很亲切，充满生气。他走到头天晚上吃饭的那家饭馆，老板看见他过来，赶忙跑过来，更是谦恭地说，快进去吃早餐！说完就对服务员喊，来份红豆稀饭两个肉包子一份咸菜。

老板压低声音说，我今天就到法院，九点半有趟班车。

甘路长问，我今天想到下边转转，哪个村子最远我去哪个村子。

老板说，刘羊村最远，就是路不好走，拖拉机颠得厉害！

吃过饭，老板把甘路长领到一辆小四轮拖拉机跟前，车厢上有篷子，两边是座位，为了防止把乘客颠倒，头顶还有手抓的铁条。司机等车上坐满了六个人，才发动着车，扭头对他们喊，都把扶手抓好，要是把你们颠趴到车厢里，摔个鼻青脸肿，我可不负责任。

车子一上路，就肆无忌惮地疯狂起来，上下颠簸，左右摆动，造成极不安定因素。车厢不宽，相对而坐的乘客膝盖顶着膝盖。甘路长对面是位二十多岁的姑娘，他不好意思把自己的膝盖顶人家的膝盖，但又不能挪开，挪开了就要把自己的膝盖插进人家两腿之间，那样更不文明。突然，坐在他旁边的老太太吐了，吐到对面的妇女身上。妇女对着老太太吼，你怎么对着我吐，我又不是你家的茅房！甘路长一边给老太太捶背，一边替老太太道歉，我昨晚做了个梦，有个白头发神仙给我说，今天谁要是让老人吐到身上，以后就大富大贵！妇女看了他一眼，一边收拾身上的呕吐物一边嘟囔，敢情没吐到你身上，骑驴没压你腰杆子痛！

司机一边驾驶拖拉机，一边唱流行歌曲，歌里充满幸福。一首歌唱完，扭头对着车厢里喊，都坐好，前边的路更颠，颠出麻烦了，我可不负责任！

一个小伙子接着他的话说，要是把婆娘肚子里的娃颠出来了，人家要你赔，你可咋办？司机高着喉咙说，我要看她漂亮不漂亮，还要看我高兴不高兴。她漂亮了我高兴了，再补种一个就行。

满车的人都笑，甘路长等他们不笑了，就问，这路都烂成这样子了，早该修了！对面的中年男人看了他一眼说，兄弟你是外地人吧？这路是去年修的，还没有用过一年！甘路长不相信地说，才修不到一年的路能烂成这样子？汉子说这年头的工程，有几个没腐败？

甘路长不说话了，心里琢磨这路是要好好查查。

坑坑洼洼的路顺着一条小河朝着上游延伸，甘路长接到调令的当天，就上网搜索了保阳镇的情况，知道这条小河叫侯江。心想江一定比河大，想不到是条比溪流大不了多少的小河。河水清晰透底，遇到跌宕的地方荡起小浪花。河的两边是山，山势不陡，起起伏伏，山上没有庄稼，能看出是过去开垦的坡地，被种上了树木，有成材的松树，更多的是不成材料的杂木。甘路长就琢磨，这一带的农民靠什么生活？他琢磨了一会儿，也没有琢磨出什么。他就掏出香烟，抽出一支递给中年男人。中年男人看了他一眼，不相信是给自己的。甘路长又把香烟朝他跟前一送，他才确定是送给自己的，迟迟疑疑地接过香烟，把牌子看了一下才放在嘴唇上。他掏出打火机，替中年汉子把烟点着，问，这山上啥都不长，乡党靠啥过日子？

中年男人说，受着。

甘路长又看了汉子一眼，问，乡党是哪个村子的人？中年汉子说，刘羊村的人。甘路长说，我就要到你们村子去，刚好一路。中年汉子看了他一眼说，俺村可是穷山恶水一毛不拔之地，镇上的干部几年都不到俺村来。

甘路长说，咱又不是干部，我想到你们村子看看有没有投资项目。

中年汉子说，中午饭在我家吃，咱没有七碟子八碗，杀只鸡炖了也能吃饱肚子。

拖拉机在刘羊村口停下，甘路长在小卖部买了一瓶西凤酒，给孩子买了两斤点心，随着汉子朝他家走去。

全村没有一栋水泥楼房，全是过去的土坯房。甘路长跟着中年汉子走进大门，院子里盖了两间厦房一间厨房，离地一米多高的地方是砖砌的，再上边是土坯。红砖的颜色变成了灰墨色，墙的泥皮脱落了很多，露出一块一块的土坯，挨着地面的地方，硝碱得很厉害了，凹进去很深，砖上有很多粉末。

汉子走进院子，对着厦房喊，骟骡子他妈，来客啦！一个中年妇女从厦房里跑出来，看见甘路长，脸上立即有了笑容，闪到门边指着房门说快进家。汉子把甘路长让进屋子，就指着妇女给甘路长说，这是我娃他妈。又对妇女说，快泡茶，这是我在路上认识的兄弟！一会儿把鸡杀了，请兄弟好好吃一顿。甘路长把酒和点心送到她手边，说，到了你们村子才买的这些东西，算我的一点心意。妇女接过东西，嘴里却说到家来了，还带东西干啥。甘路长说，我是第一次来看嫂子和娃们，咋能空着手来。

甘路长把房里的东西瞅视了，桌子旁边砌的是炕，炕上铺的是席片子，席片子磨得油明亮光。有一床薄被子，两个石膏枕头，炕头放着两个大箱子，岁月使箱子黯然失色。除此之外，再没有什么东西。

甘路长和汉子喝茶的时候，知道他叫省省，就说，你家也不富足？省省说，有的人家连买粮食的钱都没有。甘路长问，人家村子都折腾富了，咱村为啥就折腾不起来？省省说，上头封山育林，说是环境保护，还把过去开的荒地都种上树。靠山吃山靠水吃水，咱这村子靠着山靠着水，却不让吃山吃水，不受穷咋办？

甘路长问，上头不是给了补贴？省省说，那是啥时候的事情，都十年了，每个月补助二十斤粮钱。那时候粮食多少钱一斤，现在粮食多少钱一斤，标准还是十年前的。甘路长说，可以到城里打工。省省说，兄弟你说得容易，俺村子的人最多上到初中，大部分小学都没毕业，跑到城里能干啥？

甘路长琢磨省省说的话，觉得有道理，就不再说啥。省省却接着说，咱村穷还有一个原因，就是路不行。过去没有路，从村子到镇上得走半天，种点菜养只鸡杀头猪要弄到镇上卖，难畅得不行。去年修路的时候说，只要把路修好，就有老板来投资。这路修好没过一年就变成这个样子，确实有几个老板来考察过，还没到村子就折回去了。说修这路的干部肯定腐败，和腐败干部打交道只能亏损！

省省婆娘把炖好的鸡肉端上来，两个娃子站在一边，直直地看他们，朝肚里咽唾沫。甘路长把两条鸡大腿撕下来，给他们一人一条。娃娃直朝后退，眼睛却看着鸡大腿。省省把桌子一拍，对着娃娃就吼，狗日的嘴馋，滚一边去！娃娃转身就要跑，甘路长挡在门口，给他们说，拿上，这是叔给你的！娃娃看着他爸不敢接，甘路长又对省省说，你叫娃拿上，咱都是大人了，吃点鸡肉有啥意思。娃娃正是长身子的时候，营养不行就发育不好。咱这辈子还指望啥哩，不就是自己的身体好，娃的学习好就行了。省省听甘路长这么说了，就对娃说，你叔给你的，你就接下，滚一边吃去！

四

天快黑的时候，甘路长回到旅馆。老板娘还在和网友热聊。他走到楼梯跟前，老板娘才发现他，停下键盘的敲击，仰着红扑扑的脸说，我明天到县城去一趟，后天回来。我妹子来替我照看旅馆，你有啥事就给她说。他说，我也没啥事情，明天一大早还要出去。

老板娘问，你早上出门的时候，我看你把胡子刮过了，才过了一天都长成这样子了？甘路长在脸上搓了一下，又搓出一条垢甲，说，我这人吃了饭不长智慧净长胡子。

老板娘笑了，说，你很幽默，要是会上网聊天，很招女人喜欢。甘路长说，那我以后就上网聊天，看有没有那艳福。老板娘说，你昨天一来就问我能不能上网,肯定也是个网虫。他说,我是喜欢上网,但不聊天。老板娘说,上网不聊天干啥?你要是上网聊天了,就把我加上,我陪你聊,我的QQ号是290××321,网名是多情天使。甘路长说,我要是学会聊天了,就专门陪你聊。老板娘高兴地说,你这人很专一,现在的男人都花得不得了,吃着碗里看着锅里手还在旁的地方扒拉。你要是想上网聊天了,我送你一个QQ号,我申请了好几个QQ号,你把密码修改一下就行了。甘路长笑了笑,说,我最近很忙,等我不忙了再陪你聊天,说着就上楼了。

他回到房间,打开电脑,神经官能症果然在上边。他还没来得及问候,对方就发来文字,今天了解到什么问题?

他回答,今天了解到两个问题:一个是从镇上通往刘羊村的公路,才修了一年就烂得坑坑洼洼用不成了,又得重修;另一个是刘羊村的人太穷,国家搞环境保护封山育林,农民没地方生产,政府发的补贴根本不管用!

神经官能症问,你打算怎么解决这些问题?

他回答,我想向上头反映公路的情况,请上头拨款重修一遍。刘羊村的情况,我还真没办法!

神经官能症说,上头去年才拨款修的路,今年又要上头拨款,同一条路一年修两次,上头能给你们再拨款?再说,你给上头要钱修路,这路就是管修路的人修的,里面肯定有腐败,他们不敢把才修不到一年的路再修一遍!

他问,你有什么高招?

神经官能症说,把情况反映给新华社,新华社用内参把情况反映给中央,只要中央领导一批字,下边就得调查处理,修路的款子就好落实。

他觉得是个好办法,说,我今晚就写情况反映,要是上头真的有了批示,恐怕要有一批贪官倒霉!

他又问,刘羊村的贫穷问题,你有高招没有?

神经官能症停了一会儿,发来文字,你原来工作的镇比较富足,镇上有几家企业。当地农民嫌工资低,不愿到企业上班。但对刘羊村的人来说,还是有很大的诱惑力——

他一阵惊喜，感慨地说，你真有办法，以你的能力和谋略，当个省委书记都没问题！

对方送来两个字，呵呵！

好友栏里的QQ头像闪动了，他看了一下网名，老婆上来了。他点了一下老婆的头像，就看到老婆发来的问候，你今天跑了几个地方？

他回答，只跑了一个村子，这个村子很穷。

老婆问，吃晚饭没有？

他回答，还没有吃，马上出去吃。

老婆问，吃药没有？

他问，吃什么药？

老婆说，治你的内分泌紊乱的药。

他说，哎呀，忘了，我马上吃！

老婆说，快点吃去，我要下了，辅导亮亮复习功课。

他关了电脑，到卫生间洗了澡，又刮胡子。他把刮胡液涂在脸上，镜子里的黑脸又被雪色的泡沫覆盖，脸上有种凉飕飕的感觉，很是清爽。他闭着眼睛，用心品尝这种令人舒意的凉爽，过了一两分钟才开始刮胡子。刮胡刀在黑乎乎的脸上刮一下，脸上就出现一道洁净，像是收割机在麦田里开过。五六分钟以后，满脸的黑胡子没有了，镜子里的男人一下子年轻十多岁。

他走下楼梯的时候，老板娘敲击键盘的欢快停下了，看着他说，你把胡子一刮，还真是帅哥一个！他开玩笑说，我不刮胡子像什么？老板娘像土匪刀客，专抢良家妇女的土匪刀客。他哈哈一笑说，我要真是土匪刀客也不抢良家妇女，专抢金银财宝。有了金银财宝，啥样的良家妇女不用抢都找上门来！老板娘说，也是，这年头只要有了钱，啥样的女人都能得到。难怪人人都在弄钱，谁把钱弄到腰包谁就有本事。老板娘说完又问，你一会儿回来上网不？他说，不一定。老板娘说，晚上不上网干啥，那么早就上床睡觉，能睡着？他说，咋睡不着，在外边跑了一天，早就累得不行了，倒在床上就睡着！

五

　　第四天，到了初夜时分，甘路长才回到镇上。这个时候是镇子一天中最热闹的时候，白天的酷热把人们都逼到房里。到了初夜，一轮很大的圆月孤孤地升到半空，人们感觉月亮洒向人间的光都是清爽的，就从闷了一天的房子里走出来，在街道上散步。还有的坐在家门口，摇着芭蕉扇，掁着酽茶谝着闲传，享受着炎热过后的凉爽。饭馆、茶馆、店铺、网吧、发廊，所有的生意铺面全都开张。有的铺面为了招揽生意，把音箱搬到门口，歇斯底里地吼着流行歌曲，越发增添小镇初夜的热闹。

　　他回到旅馆，见老板娘一个人坐在厅里，面前摆了两个菜，还放了一瓶西凤酒，见他进门，站起来问，你回来啦？甘路长看了她一眼，觉得她满脸沮丧，朝她跟前走了两步，问，你也回来啦？老板娘又问，吃饭没有？他说，刚下车，还没有吃饭。老板娘说，你就不要到外边吃了，快回房间洗澡，出来陪我喝两杯！甘路长犹豫了一阵说，这不好吧，我怎么能占你的便宜？老板娘说，这算啥便宜，不就是几口酒的事情吗？甘路长琢磨了一会儿，觉得陪她喝几口酒也算不上啥事情，就说，我洗一下就下来。

　　甘路长跑到饭馆买了两样凉菜打包回来，就坐在老板娘对面。老板娘给他杯子里把酒倒上。两个人啥话都没说，把酒杯一碰，把酒干了。喝过三四杯之后，老板娘才说，你说现在这世事咋变成这样子啦？

　　甘路长把酒杯放下问，遇到啥事情了？

　　老板娘说，一个跟我聊了一年多的网友，我觉得他一定是个充满浪漫情调的男人，很快就爱上他了。我们无话不谈，在网上把什么事情都做了，上个月结了网婚，刚刚度过蜜月。我们约定昨天在县城见面，我怎么都没想到，和我谈了一年多恋爱，刚刚和我度过蜜月的男人是个十五岁的孩子！

甘路长不相信地问，那么小的孩子懂得什么？

老板娘说，我没见到他以前，怎么也不会相信和我相爱了一年多的男人，竟然比我的孩子大不了几岁。我真不好意思给你说，那么大点的孩子竟把男女的事情说得那么顺畅，那么激情，比三四十岁的男人都老到，把我挑逗得整夜失眠。我昨天见到他的时候问他，你这么小的年龄，怎么知道这么多大人的事情？

甘路长不相信十五岁的孩子能把三十多岁的女人引诱得整夜失眠。

老板娘接着说，他说这有什么难的，到街上买几片光碟，回家一看就明白了。他还说，我在网上不只和你一个人结婚，起码和五六个女人结过婚了，我都不知道你是我的第几个老婆。你看看，这是孩子说的话不？

甘路长不知道该怎么回答，心里却在思考，网络这东西真是无奇不有，就对老板娘说，那是网络，你怎么可以相信网络上的东西？老板娘又给他杯子倒上酒，说，我也骂自己，怎么能相信网上的东西？但回到现实又能咋样，现实中的东西就能相信？

甘路长想说，你男人就是你的感情寄托呀？但是，他觉得老板娘能这样做，必定有这样做的原因，要不是荡妇，就是弃妇，一个感情生活正常的女人不会这样做的。又觉得自己和她只是一面之交，犯不着问这些问题，弄不好会招惹是非。自己今后要在这个镇上当一把手，男女之间的绯闻足能把人打倒！于是，又喝了两杯酒，就推说在外跑了一天，累得受不了，就上楼回到自己房间。

他打开电脑，神经官能症还在网上等他，见他上来立即发出文字，你今天遇到什么情况了？

他就把老板娘和网友相会的情况说了。

神经官能症说，这是社会的第四者现象。

他问，什么是第四者现象？

神经官能症说，现在有一些男女，进行非婚姻的感情和性交往，互相在对方身上寻求爱和性的刺激，又不承担任何责任，合得来继续交往，合不来就分手，谁也不追究谁的责任，人们就把这种现象称作第四者现象。

老婆的头像在好友栏里动起来，他用鼠标点了一下，老婆问候的话就跳出来，今天顺利不？

他回答，还行！

老婆又问，吃药没有？

他回答，马上吃。说完就跑到卫生间给热水器里加上水，插到电源上。又从箱子里取出维生素B_1和谷维素，等着水烧开后吃。

老婆在网上不能多聊，要给孩子辅导功课。老婆下线以后，他又琢磨当今的女人活得也不容易，男人在外边干事业，把家里的一摊子扔给老婆，男人把事业干成了，老婆的脸也成了核桃皮。事业成功的男人身边围满了年轻女人，辅助男人把事业干成的老婆却被打入冷宫。好的男人在外边彩旗飘飘，家里红旗不倒。不好的男人就像当年的还乡团，把红旗彻底拔掉，没有任何包袱地挥舞彩旗。

神经官能症下线以后，他又在网上看了一会儿新闻和时评，吃了治内分泌紊乱的药，就脱衣睡下。

镇子也睡觉了，没有一点声音，路灯的晕光无法穿透窗帘的阻挡，房子里一团黑暗。时间长了，瞳孔就适应了黑暗，能朦胧地看清房里的东西。他精神格外兴奋，思维特别活跃，控制不住地琢磨这几天的事情——

到了凌晨两点多钟，才有了睡意，觉得瞌睡像四面八方漫洇过来的雾瘴，把自己包裹起来——

突然，楼下传来男人女人的吵架，随之就是男人殴打女人的声音，还有女人哭喊的惨叫。估计是老板夫妻吵架，不想下去劝解。又一想，万一他们打出了人命，镇书记在跟前却不去劝架，要是在网上曝光后，网民会把自己恶心死！于是，就穿好衣服，朝楼下走去。

楼下，一个四十多岁的男人正在殴打老板娘，老板娘也不示弱，拼尽全力反抗，回击男人的进攻，整个战场的形势是四六波，男方虽然占优势，但优势并不明显，还有几次由进攻转为防御。但总体来说，女方没有占主动权，只是靠顽强的意志坚持战斗。男方揪住了女方的头发，就像占领了战场的制高点，战场局势瞬间发生了变化，男方气势汹汹，节节逼近，女方防不胜防，节节败退。甘路长急走两步冲到跟前，大吼一声，不要打了，再打我就报警啦！还把手机在空中举了几下，摆出报警的架势。激战双方被突兀而来的彪形大汉震撼了，见站在他们面前的汉子满脸黑须，像钟馗转世，又听吼声如雷，立即刹住手脚，痴痴地看甘路长。

甘路长走到他们跟前，把男的朝后一推，说，看你多有本事，深更半夜打老婆，明天全镇人民都知道你创造的新闻！男人把甘路长看了一眼，心里有了胆怯，却壮着胆子说，老板睡你的觉，俺这地方男人打老婆是天经地义的事情！甘路长又把他朝后推了一下，说，放屁，打人还有道理！男人把脖子一拧，声音更大地说，你问问她，我为什么打她？我在外边拼死拼活地干，她在家里上网勾引男人，和人家谈恋爱、结婚——

老板娘冲到男人跟前，指着他的鼻子吼，你在外边养女人，我上网跟男人聊个天你都吃醋。你是人我就不是人，我只是在网上聊聊，又没有来真的。

他把男人拉到自己房间，等老板娘情绪平静了，才对男人说，回去吧，好好把老婆哄哄，女人还是要哄的。不过，公粮该交还是要交，交公粮是男人的责任和义务，长期不交公粮就是你不对了。今晚好好表现一下，把公粮交了，明天的日子就好过了。

男人走后，甘路长躺在床上，心里又琢磨，男的在外边养女人，女的在网上找男人，一家人的日子咋能过下去？

六

　　七个常委连三个不是常委的中层领导聚在会议室里，县委组织部刘副部长宣布过对甘路长的任命，随之就是大家表态拥护县委决定，支持新书记的工作。大家嘴上说着好听的，眼睛都看着甘路长，胡子怎么硬得跟钢针一样，要是跟小蜜二奶温存，人家那粉脸咋能招得住钢针扎？

　　保安推门进来，拿着一封信。周镇长看了他一眼，说，我们正在开常委会，你咋能随便跑进来，连这点规矩都不懂！保安说，县法院来人了，说送的是传票，要我马上交给镇领导！周镇长走过去，从保安手里要过传票，嘟囔说，狗日的法院也胡来哩，咋把传票送到我们这里来啦！

　　他回到座位上，把信封撕开，只看了一眼就骂起来，狗日的枫原春，竟敢日政府的尻子！别的常委都看他，连正在表态发言的都停住嘴巴。周镇长接着说，枫原春的老板起诉咱们啦，下个月五号法院开庭，让咱们出庭应诉。

　　邝副镇长把桌子一拍，吼骂起来，狗日的反天了，竟敢跟政府叫板！一会儿开过会，所有的执法机关都去枫原春，查查有没有聚众赌博，有没有偷税露税，有没有播放黄色淫秽，食品合不合卫生要求，就是钢板也要给它揳进去个钉子，看他以后还敢不敢给政府作对！

　　甘路长故意问周镇长，枫原春起诉咱们的啥？

　　周镇长把传票送到他手里说，起诉咱们欠他的饭钱不还！

　　甘路长问，咱们欠没欠他的饭钱？

　　周镇长不说话了，邝副镇长说，欠他的饭钱是没啥说的，很多是上一任班子欠的。再说，经费越来越紧张，接待任务越来越繁重——

　　甘路长看了刘副部长一眼，刘副部长马上明白他的意思，说，我把县委的任命宣布完毕就赶回去，下午有个会议要参加，中午饭就不吃了。在座的干部立即接上话，这咋能行呢，领导下来一趟多不容易，我们好不容易有个表示心意的机会——

甘路长见大家都把殷勤献过了，就说，刘部长下午确实有重要会议，领导把咱们的心意领了就是了。县委对我的任命会到这里就结束了，下来讨论枫原春起诉咱们的事情。

甘路长和刘副部长离开会议室，朝着院子里的轿车走去。甘路长给刘副部长说，不是我不留你吃饭，你看为吃饭都打起了官司，咱犯不着蹚这浑水。以后我到县上的时候，专门请你吃饭！

刘副部长能干到这个职务上，啥事情没经过？刚才听到枫原春起诉镇政府欠饭钱不还，就知道这事情要闹大，弄不好会惊动省委，就打定主意不在这里吃饭，免得给自己仕途上树障碍。见甘路长出面为自己解围，心里就有了感激，说，你要是到县上，提前给我打个电话，我订上一桌，咱好好喝一场。

两个人握分别手的时候，一个比一个用力，所有的心思都在握手中表示出来了。

甘路长回到会议室，常委们还在讨论，内容不是如何给人家还钱，而是怎么收拾枫原春，杀鸡给猴看。要不以后谁都敢告政府，把政府的脸当屁股踢，让政府咋着管理？

甘路长等大家说得差不多了，才干咳一声表示自己要说话了。二把手三把手四把手五把手们见老大要说话了，急忙刹住话头，做出认真聆听指示的样子。年轻的六把手七把手八把手们都打开了笔记本，拿出钢笔，做出记录领导指示的架势。

甘路长故意停了一分多钟没有说话，充分显示过自己的威严之后才说，我说三件事情：第一件是枫原春起诉咱们欠人家饭钱不还，这是人家依照法律主张公民权益的正当行为，任何人不得在这事情上对人家打击报复；第二件是镇政府必须做好应诉准备，这件事由周镇长亲自抓，最好在开庭前进行调解，咱们主动找枫原春，请求他们撤诉，杀人偿命，欠债还钱，这官司打到天边咱们都赢不了；第三件是镇上给我准备的接风酒取消，人家已经把咱们起诉了，咱们再继续大吃大喝，说好听点是不接受教训，说难听点是顶风作案！如果大家实在要表示心意，咱们就打平伙，一个人五十块钱，我除了五十块钱，酒钱也归我掏！

甘路长的话刚一说完，邝副镇长立即掏出一千块钱，拍到桌子上说，给咱们一把手摆接风酒，说啥都不能取消。这饭我包了，算是对领导的一点心意！随着邝副镇长的豪言壮语，所有的领导都掏出钱朝桌子上拍，个个都是一千块，一个比一个牛气。甘路长看着桌上堆的一万多块钱说，这么多钱也用不完。

邝副镇长说，用不完就存在饭馆，下次请你吃饭的时候再用。

甘路长说，我有个建议，不知道大家同意不同意？

领导都说，你是一把手，你说咋办就咋办！甘路长说，中午的接风酒控制在三百以内，剩下的钱先还给枫原春老板，表示咱们还款的诚意。

常委和扩大常委们犹豫了，一千块钱毕竟不是小数字，刚才朝出掏的时候心里还琢磨，一顿接风酒最多三四百块钱，花不完肯定退给自己，既在书记面前表了忠心，又花不了多少钱，何乐而不为？但要把这些钱替政府还债，心里就不乐意了，政府欠人家的钱，凭什么要私人还？

甘路长见大家都不说话，就说，我这是征求大家的意见。这样吧，同意我意见的人就把钱留在这里，不同意的就把自己的钱收回去，绝对自愿，不强迫！

没有一个人把钱拿回去，大家心里都明白，甘路长嘴上这么说，要是真的把钱收回去了，领导以后不把他老婆的鞋朝你脚上穿才怪！

周镇长把桌子一拍，又从口袋里掏出一千块钱，大声说，甘书记也是为咱镇上好，咱过去屙下的稀屎，甘书记一来就给咱擦，咱还能不出点血！

邝副镇长见周镇长这么说了，也从口袋里掏出九百块，也用力拍在桌子上，牛气十足地说，我是老四，出的钱不能超过前边的几个哥。我再出九百！剩下的人见排名在自己前边的领导都这么做了，也都纷纷朝桌子上拍钱。

甘路长又觉得脸上发痒，知道是内分泌紊乱发作了，又无意识地搓起来，搓出一溜垢甲，搁在指头上看了一眼，扔到地上，问做记录的秘书，我宿舍能不能上网？秘书说，还没有装网线，不知道您有上网的习惯。甘路长从口袋里掏出六百块钱，说，我打听了，上一年宽网带六百块。你现在就去帮我把手续办了，让他们今天就把网带给我装上。

七

晚上，甘路长把宿舍门一关，打开电脑，神经官能症已在线上等他了，立即发来文字，上任第一天的感觉如何？

内分泌紊乱回了一串文字，官场习气积重。

神经官能症问，发生了什么事情？

内分泌紊乱把今天发生的事情说了一遍。

神经官能症问，镇政府没有钱，你怎么还枫原春那二十二万的欠款？

内分泌紊乱说，我不但要还枫原春的二十二万欠款，还要立下规矩，以后坚决不能再用公款吃喝！

神经官能症问，你有什么具体打算？

内分泌紊乱说，那二十二万欠款，谁打的欠条谁处理。我只有一个原则，谁也不能动用镇上的钱。我打算再定下制度，以后接待上级领导，每个领导由镇上补助五十块钱，镇上陪同的干部费用自理——

神经官能症，你一旦把这个提议交给大家讨论，就会变成孤家寡人！

内分泌紊乱说，所以我上来请你支着！

神经官能症思考了一会儿，发来文字，现在的官是畏上威下，你要用上边的权力压他们屈服！据我所知，省委郭书记是四川人，他的秘书小赵是河南人——

……

会议室里，甘路长主持召开党委扩大会议，讨论如何处理枫原春二十二万欠款问题，再就是以后如何杜绝公款吃喝。甘路长把自己的想法一说出来，没有一个人响应，都拼命抽烟。党委扩大会属于保密范畴，窗户和门都关得严严的，烟散不出去，会议室里的烟雾越来越浓。甘路长就起来把窗户和门打开，加上电风扇的旋转，烟雾很快就稀释了。

周镇长把烟屁股在烟灰缸里掐灭，为难地对甘路长说，甘书记是一片好心，想尽快把人家的钱还了。当初请人吃饭都是为了工作，人家把工作干了，现在要他们掏钱，于情于理都说不过去。还有以后上级下来检查，咱不好好接待，人家就说咱工作不合格。这年头工作干得好不好，只有上级说了算。咱招待得好，人家就说咱干得好；咱招待得不好，人家就说咱干得不好——

周镇长刚说完，邝副镇长就接着说，等于把周镇长的话重复了一遍。邝副镇长刚说完，另一个副镇长又接着说，又等于把邝副镇长的话重复了一遍——

甘路长用手机发了几个信息，而后就把手机放在桌子上，微笑着听大家发言，一边听一边点头。甘路长的手机突然响铃，会议室里的人听得清清楚楚。

甘路长问，哪位？

手机里传出来河南人的声音，我呀，省委赵秘书！

甘路长一阵惊喜，急忙道歉，哎呀，是赵秘书，我真该死，连你的声音都没有听出来，真是忙昏头了。郭书记可好？

赵秘书说，郭书记让我拨你的电话，他有话给你说，你不要收线。郭书记正在接电话，接完电话马上给你说话！

甘路长说，我不收线，等着郭书记的指示！

甘路长捂着手机对大家说，都不要说话，省委郭书记要通电话。所有的人都震惊了，堂堂正部级省委书记亲自给小小科级乡镇书记打电话，要是没有奥妙，鬼都不相信。抽烟的马上把刚刚点着的烟掐灭，好像这里的烟能呛着远在千里之外的省委书记。瞬间工夫，会议室里一片安静，都坐得端端正正。

甘路长的话刚说完，赵秘书又说话了，甘书记，郭书记请你接电话！

甘路长立即双脚并拢，上身微微倾斜，恭敬说，郭书记，我是甘路长，您有什么指示？

手机里传来郭书记的四川口音，你到保阳镇报到没有？

甘路长说，已经报到了！

郭书记说，我在内参上看到你们镇政府欠人家饭馆二十二万饭钱，人家起诉到法院啦！这像什么话，堂堂一级政府欠老百姓的饭钱不还，怎么构建和谐社会？

甘路长说，郭书记，您批评得很深刻，我们正在召开党委扩大会，研究给人家还钱的事情。镇上的领导都表态了，谁打的条子谁负责还，就是掏自己的钱也不能给政府丢脸，让我感动得不行！我们还要研究下一步，如何从制度上杜绝公款吃喝——

郭书记说，我把你从和传县调到保阳镇，就是希望你在那里为全省创出一条经验。你在工作中有什么困难和阻力，就直接给我打电话！

甘路长说，郭书记放心，我到了保阳镇以后，觉得这里的干部素质都很高，很配合我的工作——

甘路长刚放下电话，周镇长说我刚才的话还没有说完，只说了一半。我的意思是尽管谁打的条子谁还款，有点不合理，但更多的是有利于工作，咱欠老百姓的饭钱，咱不还谁还——

周镇长发言的时候，邝副镇长说，喝了一上午茶，把尿泡喝胀了，出去排泄一下。邝副镇长刚排泄回来，另一个副镇长又出去排泄。不大工夫，除了担任记录的秘书，所有的人都出去排泄了一次。

甘路长一直微笑着听大家发言，还不停地搓着脸上的垢甲，还从口袋里掏出谷维素和维生素B₁吃。

周镇长关切地问，甘书记身体不好，甘路长淡淡一笑说，内分泌紊乱兼神经官能症，吃的好东西不少，就是不长智慧净长胡子，精华都从脸上冒出来了，刚才那药就是平衡神经的。

邝副镇长说，内分泌紊乱兼神经官能症虽说不是大病，但很烦人，要抓紧时间治疗。

甘路长的手机又喧哗起来，他拿起手机，是县委书记打来的。县委书记在电话里说，小甘呀，你大胆地干，干出成绩是你的，干出问题是我的，我是你的坚强后盾，谁要是捣蛋就给我说，我替你打扫战场。

县委书记的电话刚打过，县长的电话又打来了，等于把县委书记的话重复了一遍。县长的电话刚接过，县委常务副书记的电话也打来了。一会儿工夫，九个县委常委连几个局长都给甘路长打了电话。会议不能正常开下去了，甘路长摘下电池，对大家说，咱们排除干扰接着开会！

甘路长的提议没有任何阻力就通过了。

晚上，内分泌紊乱感慨地给神经官能症说，你真是诸葛亮转世！

神经官能症说，如果没有刘备，世上就空有诸葛亮，你是刘备！

八

甘路长正在办公室看文件，觉得门口一暗，本能地抬起头，看见门口站着一个人，觉得有点面熟，又想不起来在哪里打过交道。

"甘书记！"那人很恭敬地打了招呼，站在门口没敢进来。

甘路长站起来，指着沙发对他说："进来坐，站在门口干啥？"

那人走进房子，没敢在沙发上坐，又给甘路长躬了下身子，说："甘书记，我是镇工商所的所长，姓师。想请你晚上吃个便饭，不知道书记忙不忙？"

甘路长把他按在沙发上说："有啥事情就说，只要我能办的，不吃饭也给你办！"

那人说，我没事情让你办，就是想请你吃顿便饭。其实，咱们不是第一次见面，那天晚上我和老婆打架，还是你劝的架，我是来表示感谢的。

甘路长立即想起那天夜里的事情，给他泡了杯茶，端到他身边的茶几上，问，最近还打了没有？那人说，没打，屁婆娘老是没事找事地闹火！甘路长说，男人不在外边找野婆娘，家婆娘就不会闹火，不论谁的领土被侵占了，都要进行反侵略的保卫战。人家在网上跟网友聊了几天，你就不高兴了，你都知道保护自己的资源，人家就不知道保护自己的资源，世上哪有这道理？

那人尴尬地笑了一下，啥话都没说出来。

甘路长把脸一垮，牛眼一瞪，满脸的黑毛像要奓起来，再说出来的话就不悦耳动听了："你好好给我听着，你以前养没养野婆娘，我不知道，就不追究你了。从现在起，你要是再养野婆娘，我先摘了你的官帽，再收你的党票。你当一般老百姓，养一百个野婆娘我都不管，哪头轻哪头重你看着办！"

那人赶忙说，我一定听从甘书记的教导，痛改前非，再不养野婆娘了。

甘路长又不依不饶地说，那是两个人的事情，我不能成天监督你养没养野婆娘。我只要求你一点，除了出差，每天晚上都回家和老婆睡觉。要是晚上不回家睡觉，我就视同你养了野婆娘！

师所长连着说，我以后每天晚上都回家和自己婆娘睡觉，不和别的婆娘睡觉！

甘路长又端起茶几上的杯子，递到他手上，神气也温和下来，关切地说，兄弟，我也是男人，男人都想干那事情。可咱们是政府的人，弄得不好了，老百姓不但骂咱，也骂政府。你想想，政府发钱养着咱们，咱们再给政府招骂，你要是政府干不干？

师所长赶忙说，政府也不傻，咋能干光吃亏不占便宜的事情。

新华社把保阳镇至刘羊村的公路发了内参。

省纪检部门专门组织了调查组，经过一个多月的调查，从县上到镇上双规了七八个人，周镇长、邝副镇长，还有一个副书记被双规了。处理过这些人，县交通局又给省上打了重修保阳镇至刘羊村公路的报告。

两个月以后，甘路长原来担任镇长的那个镇的企业，开来一辆大轿车，把刘羊村首批输出的劳动力拉走了。甘路长也坐在车上，他要亲自送这些刚离开山里的农民到大地方去。

司机见甘路长走下大轿车，跑步迎上去，接过他的拉杆箱说，在这里的时间，这辆车归你使用。甘路长坐在越野车里，又习惯性地在搓脸上的垢甲，又搓下一条黑泥。司机看了他一眼，说，内分泌紊乱还没好？他心里一惊，有道灵光在眼前一闪，天庭一片通亮，说不仅是内分泌紊乱，还兼神经官能症。

司机哈哈一笑，啥话都没说，只是把车子开得又快又稳。

发于《啄木鸟》2009年第2期
转载于《中华文学选刊》2010年第1期

洗车场

一

　　三个人一阵忙活，把一辆轿车洗好了。老板张富贵掂来一块塑料垫子，铺在驾驶员那边的车门地上，哈着腰对司机说，老板，这车洗得咋样，啥地方不满意说一声，我们再洗。司机围着车转了一圈，目光全是挑剔，才从钱包里取出十块钱塞到张富贵手里，在塑料垫子上蹭了鞋底，钻进驾驶室。张富贵又对着钻进车里的司机哈了几下腰，更是谄媚地说，欢迎下次再来。打工的刘狗顺和黄天朝也恭敬地给司机摇手，嘴里说拜拜。

　　轿车离开，张富贵把钱装进腰包，对刘狗顺和黄天朝说，快到屋里烤烤，把你们冻坏啦！四十五六岁的刘狗顺，晃荡着短了一条腿的身子朝张富贵跟前走近，说，老板你到屋里烤火，我来招呼生意。二十二三岁的黄天朝也朝张富贵跟前走了几步，也说，你们到屋里暖和，我来招呼生意。张富贵说，你们快进去烤一阵，说不定啥时候来车了，又得受冻。

　　刘狗顺跟黄天朝没有回屋里烤火，清理过洗车现场，才和黄天朝朝屋里走去。洗车场上就留下张富贵一个人，他站在洗车场跟前的公路边，看到有轿车开过来，打出很交警的手势让人家朝洗车场里拐。轿车毫无表情地从他身边开过，他眼里就溢出失望。又看见远处过来的轿车，失望又变成希望，又很交警地打出手势，还是企图让轿车拐进洗车场。

刘狗顺在炉子跟前烤了一会儿，晃荡着身子从屋里颠出来，走到张富贵跟前说，老张你也进去烤一阵，我来招呼生意。张富贵说，你烤你的，我穿得比你多，你又没有练过交警，打的手势司机看不懂。张富贵的手势确实打得无可挑剔，身体立得端正，胳膊伸得笔直，动作果断有力，连转身都是军人动作，就是真正的交警也不一定有他的手势标准。

刘狗顺走到张富贵跟前说，老张看看你的手，血都流出来了。张富贵看了自己的手，说，你的手也好不到啥地方，生就的受苦命，就甭说啥。他们正说着，黄天朝也走出来，站在他俩跟前，一句话都不说。张富贵说，天朝你也跑出来干啥，趁没车的时候把手烤烤，一会儿有车了又要受冻。黄天朝说，你们都不烤，让我一个人烤，我咋好意思？

张富贵说，你把手保护好，说不定有电脑公司让你去上班，把手弄成这样子咋着给人家干活？

刘狗顺说，咱们三个都进去烤，这阵是早上，洗车的不多，开车的都赶路办事哩。

张富贵琢磨了一会儿，就朝屋里走去。

这是个土屋子，中间支着个蜂窝煤炉子。三个人围着火炉坐下，六只手伸向炉口，手上全是冻疮，裂得像老树皮，颜色发黑，龇着很多口子，口子里流着脓血。在火炉上一烤，痛得钻心，黄天朝就咧着嘴说，不烤还好点，烤了痛死人。张富贵说，手冻得太厉害了，烤烤就暖和了，暖和了就好得快点。

刘狗顺说，今年冬天就别想好，等开春暖和了不用烤就好了。张富贵说，我这条件太差，让你们受委屈了。刘狗顺说，省长的办公室有暖气，咱没有朝那坐的命，咱就是这命就甭说条件好不好。黄天朝一句话都不说，手在火炉上烤着，眼睛却望着屋子外边，射出的全是毒气。

刘狗顺说，这已经很感谢你了，我一个残疾人走到哪里都没人要，唯有你收留我，月月给我开工资。要不是你，我儿子在北京的书就读不下去。刘狗顺是安康平利人，那地方穷，只好出来打工挣钱给儿子交学费。

张富贵看着黄天朝说，天朝你好赖也是技校毕业，咋也跑到我这洗车？黄天朝说，现在的本科生满街道都是，怀里揣着学位本本找不来工作，我这个技校生算个啥。黄天朝是陕南商洛山里人，家里的亲戚朋友凑钱让他读了技校，指望他毕业后留在西安挣大钱。三年技校读下来，怀里揣着红皮皮的毕业证，在西安转了两个月找不来工作，只好到张富贵的洗车场打工，干了一年多没有挪窝。

刘狗顺接着张富贵的话说，老张咱们都留神着，看哪里需要搞电脑的人，给咱天朝说一下。娃还年轻，不能跟咱洗一辈子车。张富贵说，我一直留神着哩，我还给在北京上学的儿子打了电话，让他给天朝留神着。北京比咱西安大，需要的技术人员多，天朝要是到北京上班了，就成了皇帝跟前的人，牛尿着哩。黄天朝看了两个长辈一眼，叹了口气说，北京是比西安大，也比西安需要的人才多。但全国各地的人才都朝北京跑，我要是跑到北京，就凭那个技校毕业证，连洗车场都进不去。

几年前，五十岁的张富贵接到厂里的通知，让他下岗，工龄一次性买断，说是上头的政策，谁有情绪都不行，算了两万多块钱买断了他三十年的工龄。这点钱要是吃喝，用不了几年就花完了，他用这钱开了这个洗车场。一个月下来，除去给工人的工资、租金、水电费、杂七杂八的成本，也能挣一千五百块到两千块钱，勉强供孩子读大学的花费。

终于，他打了不知道多少个手势之后，一辆轿车到洗车场跟前时减慢了车速。他急忙更殷勤地打出手势，人朝着洗车场跑过去，引导司机朝洗车场开，又对屋子里喊，车来啦，快出来洗车！刘狗顺、黄天朝像兔子一样地从屋里蹿出来，都对司机哈了下腰，脸上贡献出骚情的笑容。

二

轿车停进洗车场，三个人就忙活起来。张富贵打开车门，从里面拿出脚垫子，抱到一边用刷子洗。他蹲在地上屁股撅得老高，刷子在垫子上发出唰唰的声响。刘狗顺一歪一趔地围着轿车转了一圈，检查车门车窗关好了没有。他把车门车窗检查完毕，给黄天朝打个手势。黄天朝拿起高压水枪，对着轿车扫射起来，细细的高压水流冲去了车上的泥巴。高压水枪射到轿车上迸溅的水花落在刘狗顺身上，他身上就有了潮湿，被冷风一吹，冻成一层厚厚的铠甲。把车上的泥巴冲完，黄天朝关了高压水枪，又拿起高压泡沫枪给车上喷泡沫。泡沫雪白，喷到轿车上像一堆一堆的雪花，遮蔽了轿车的颜色。这时候，司机就不在屋里烤火了，站在轿车跟前看喷出来的泡沫。张富贵站在司机跟前，说，老板你放心，我的泡沫绝对不掺洗衣粉。

黄天朝关了高压泡沫枪，三个人就围到轿车跟前，用塑料泡沫擦。他们擦车有分工，刘狗顺擦车头和一边的车门，黄天朝擦车尾和另一边的车门，张富贵擦四个轮子，连轮胎都要擦干净。张富贵一边擦一边对两个打工的吆喝，擦干净点，不能马虎。其实，刘狗顺和黄天朝已经擦得很认真了，根本不需要他吆喝。他是吆喝给司机听的，向司机表决心他们一定把车擦干净。

把车外边擦干净了，就开始清洁车里面，车里一般都有零钱。黄天朝就对司机喊，老板你车里有钱，要不要我们帮你整理。司机都会走近车跟前，黄天朝把散落在车里的零钱整理到一堆，按面额的大小叠好，送到司机手里。司机看着他长满冻疮流着脓血的手，说，你们老板也太黑心了，连手套都不给你们买。黄天朝说，老板给我们买了手套，我们嫌不方便没戴。刘狗顺指着张富贵说，他就是老板，他手上的冻疮比我们还多。司机看了黄天朝手里的零钱，又看了他们的手，说，这么冷的天干活，也够可怜了，这钱就给你们做小费吧。黄天朝坚持把钱朝人家手里送，说，你照顾了我们的生意，我们不该再拿你的小费。司机故意很大方地说，我让你们拿上就拿上，啰唆啥哩！

三个人把车洗完，把觉得还需要擦的地方补上几下，才对司机说，老板觉得咋样？司机满意地从钱包里取出钱，张富贵赶忙说，不要了，刚才都给了那么多的小费，洗一辆车咋能拿你那么多钱？司机说，那是小费，这是洗车钱，老婆小姐两码事。张富贵双手接过人家的钱，又连着给人家躬了几下腰。

　　人家一走，张富贵就从皮包里取出刚才挣的小费，对刘狗顺和黄天朝说，这是人家给的小费，咱们三一三余一分了。刘狗顺说，你是老板，要多拿一点。张富贵说，我已经拿了洗车费了，这是人家给的小费，就应该给大家均分。咱们以后要注意服务态度，态度好了人家就给小费。刘狗顺说，我们是想多挣点，但也不能亏你呀，你当老板拿的跟我们一样，开洗车场图啥哩？张富贵说，我图咱们齐心协力把洗车场经营得兴旺起来，以后挣大钱。

　　十点多钟，来了一辆白色丰田车。张富贵老远看到减速的轿车，一边打着交警手势，一边对正在清理场地的刘狗顺和黄天朝喊，来了辆丰田。丰田车拐进洗车场，张富贵才看清开车的是个二十五六岁的小姐，穿着狐皮大衣，很华贵。她钻出轿车就对他们说，快点洗，我还有事情哩。张富贵跟在人家屁股后头，哈着腰说，我们快点洗，小姐到屋里暖和一会儿，这狗日的天太冷了。小姐就朝屋里走去，一只脚刚迈进屋子就停下来，说，我就站在外边，你们快点洗就行了。张富贵知道人家嫌他们屋里脏，就对刘狗顺和黄天朝说，快点洗，小姐还有事情哩。于是，他们按着洗车的程序一道一道做开，做得一丝不苟。把所有的工序做完，这辆车就洗完了。张富贵给车门跟前铺了垫子，让人家踏着垫子钻进轿车检查擦干净没有。

　　突然，小姐从轿车里钻出来，生气地说，你们怎么搞的，把血弄到我方向盘上了，恶心死人！张富贵赶忙跑到人家跟前，故装糊涂地问，哪来的血能弄到方向盘上？小姐指着方向盘上的护套说，我前天才买的护套，刚才还干干净净，你们擦了一会儿车就弄上血了。张富贵一看就知道是怎么回事情，那种脓中带血血中有脓的冻疮血，只有他们洗车的人才有，但还是装着糊涂地说，这血从哪里来的，俺们三个都是男的。小姐说，你说血从哪里来的，看看你们那狗爪子，不是你们手上的血是哪来的血？

　　三个人都不说话了，偷偷看自己满是冻疮的手，算是承认了罪责。张富贵还给人家赔着笑脸说，你看这事情，咋弄成这样啦！小姐还是不依不饶地说，我的方向盘护套三十多块钱哩，你们洗次车才多少钱，我给你们付洗车钱，你们给我赔护套钱，多退少补？张富贵就给人家赔起笑脸，嘿嘿地笑，笑得比哭都难看，还双手抱拳给人家作揖，说，小姐高抬贵手，我们不收你的洗车钱了，你也不要我们赔你的护套了。

小姐拉开车门钻进轿车，他们看着开远的轿车，半晌没有说话，忙活半天一分钱没挣下，还让人家训了一顿。过了好一会儿，刘狗顺才颠着一条好腿，对着丰田开去的方向蹦了一下，骂："我日你先人，你非得艾滋病不可！"

张富贵看着人家驶去的方向说，二十几岁就开这么好的车，不是二奶就是腐败分子，迟早都是坐牢的货。刘狗顺又接着说，狗日的肯定得了淋病梅毒尖锐湿疣，要不也不会这么着急去医院。黄天朝也看着人家驶去的方向，啥话都不说，眼睛里透着贼亮的光。

黄天朝上厕所的时候，张富贵给刘狗顺说，天朝这娃眼睛里有毒气？刘狗顺说，那狗日的小姐跟咱天朝的岁数差不多，凭啥她开轿车咱天朝给她洗轿车，还受她数落？别说天朝想不通，我也想不通。

三

中午饭由张富贵老婆送来吃。张富贵老婆提着菜篮子，里面放着饭菜，急急慌慌朝洗车场走来。他们住的地方离洗车场有一里多路，走得不快饭菜就凉了，这么冷的天再吃凉饭，生了病咋办？张富贵看见老婆提着饭菜走过来，就对刘狗顺和黄天朝喊，把手洗了准备吃饭。又迎着老婆跑过去，接过老婆手里的菜篮子，一块朝屋子走去。

张富贵老婆把饭菜摆在桌子上，他们拿过自己的碗筷，把米饭朝碗里盛。张富贵老婆是大方人，尽管只有一荤一素，但量多肉多，米饭也做了满满一盆子,他们吃的时候饭菜还有点温乎。张富贵老婆问,味道咋样?刘狗顺一边扒拉饭一边说,香,好吃。张富贵老婆又问,凉不凉?刘狗顺说不凉,还热乎着哩。张富贵老婆就说,不凉就多吃些,这么冷的天,这么重的活,吃不好就顶不下来。说完又摸着黄天朝的脑袋说,天朝娃你多吃些,这么冷的天在这里受罪,你爸你妈知道了肯定难受。

黄天朝看着她,眼睛里有了泪水,还是啥话都不说。刘狗顺说,天朝是金嘴银牙的皇上,说出来的话都是圣旨,话金贵着哩。

张富贵老婆又给自己男人说,天朝跟咱友良娃一样大吧?张富贵说,一样大,都是八七年生的。张富贵老婆长叹口气,不再说啥了。张富贵又问,刘狗顺,我记得你娃也是八七年生的?刘狗顺说,是的,属兔。张富贵又问,你娃今年也读大二了?刘狗顺说,读大二了,后年就该毕业了,熬到娃毕业就好了,起码不用再负担他了。张富贵就点着头说,熬吧,熬到娃毕业我们就解放了。

他们说起了儿子,眼睛里都有了亮光。张富贵老婆问刘狗顺,你娃学习咋样?刘狗顺脸上就开了黑牡丹,说,学习是没啥说的,娃想本科毕业后考研究生。我说爸大力支持你,你读到啥地方爸支持你到啥地方,别说读研究生,就是读博士生爸也供你。张富贵老婆说,我娃也想考研究生,可我跟老张为娃的学费发愁哩,本科生都要花那么多钱,不知道研究生得花多少钱?刘狗顺吃了一口米饭,说,不管花多少钱我都要让娃读,就是砸锅卖铁也要供娃读书。张富贵说,就是把锅砸了也卖不了几个钱,咋办?

刘狗顺不吭声了,停了好一会儿才说,咱这辈子完了,就指望娃给咱出头,娃要把书读不下来,咱几辈子都赶不到人前头去。张富贵长叹口气,再没有说啥。张富贵老婆说,物价越来越高,去年一个月给娃三百块钱生活费就够了,现在得五百块钱,尽管娃没说不够,我觉得确实不够,过去一斤猪肉五六块钱,现在一斤猪肉十六七块,翻了三个跟头,娃那点钱哪够吃饭?刘狗顺接着说,嫂子我们啥都明白,现在物价上涨,我们的饭菜还是和过去一样，肯定得多花好多钱。以后的饭菜不要弄这么好了，都是下苦人，吃饱肚子就行。张富贵老婆说，狗顺兄弟你说是啥话，咱这洗车场靠着大家才能撑下来，咱就是少攒点也不能亏了你们的肚子。刘狗顺感激地看了一眼张富贵老婆，不再说啥了。

晚上是洗车场最愉快的时候，张富贵老婆送来饭，他们吃过就坐在屋子里，烤着炉子，炉子上蹾着铁壶，壶里烧着水。水开了，张富贵老婆抓起一把茶叶放到茶壶里，把铁壶的开水倒进茶壶，几分钟工夫茶就泡得很酽了。一把茶壶从张富贵手里传到刘狗顺手里，再传到黄天朝手里，又传到张富贵老婆手里，轮着把茶壶吸得吱吱响。屋子外头的风呼呼刮着，有时候还飘着雪花，行人少，车辆也不多，没有紧要事情的人不会在这么冷的晚上出门的。张富贵就和刘狗顺、黄天朝喝着酽茶谝闲传，刘狗顺能谝，黄天朝不能谝，就听张富贵和刘狗顺谝，一天中难得说几句话。

张富贵问刘狗顺，你这腿是天生的还是后来受伤的？刘狗顺放下茶壶，狠狠地说，受伤的。张富贵问，是不是人打的？刘狗顺说，是人打的，也不是人打的。

张富贵又问，到底是怎么回事情？

刘狗顺装了一锅子旱烟，在炉子上点着吧嗒了几口，说，那是七八年前的事情，我的一个在区上工作的同学给我说，上头来了政策要减轻农民负担，政策还详细列举了减收的项目。俺乡里照样收这个税那个费。那天，乡长领了二十几个人到俺村子里收钱，我就朝山上跑，乡长带着人在后边追，把我追了二里多路，逼到一个两丈多高的崖畔上头。乡长走到离我五六步的地方说，你狗日的跑呀，这回我要加倍罚你。又对手下的喽啰说，把狗日的绑了，回去开村民大会，杀鸡给猴看，我就不信把钱收不上来。喽啰们在他的指挥下，高呼着抓活的就冲上来。我把心一狠像当年的狼牙山五壮士一样，闭着眼睛从崖畔上跳下去，把腿摔断了。

张富贵说，你就这样白白地摔断腿了，咋不告他们？刘狗顺说，我咋不告他们，上头来调查的人说人家又没有动手，要是乡长让人把你推下崖畔，我们马上处理他。你是自己跳下去的，我们只能批评他不坚决执行上头的政策，不能说他打人致残。

张富贵说，这世道还有没有讲理的地方？

刘狗顺说，上头见我不停地上告，怕我跑到省上汇报他们，更怕我跑到北京上访，就给我把腿治好，把那个乡长降成副乡长，调到另一个乡去了。

黄天朝还是一句话都不说，咬着牙，眼睛瞪得滚圆，腮帮上的咬肌都鼓起来老高。张富贵老婆坐在黄天朝跟前，见他的肩膀上有块衣服破了，就说，天朝你的衣服破了，我给你缝缝。黄天朝说，不用缝了，这衣服也穿了好多年了，明年挣到钱了换件新的。张富贵老婆说，小洞不补大洞吃苦，我闲着没有事，放个屁的工夫就补好了，你坐着甭动，我给你补。说着就从胳膊上取下针线，俯在黄天朝肩膀跟前，一针一针补起来。

黄天朝的眼睛里又有了晶亮的泪珠。

刘狗顺说，那个狗日的乡长让我断了一条腿，我让他降了一级。我这条腿一辈子好不了了，他一辈子也别想升官了，打了个平手谁都没有吃亏。我娃考上了北京的名牌大学，他娃才考到宝鸡的一个大专。我这辈子拼不过他，我娃能拼过他娃，到时候我娃干成了世事，让他娃给我娃洗车！

刘狗顺的话让张富贵两口子想起了自己的娃，也有了感慨，说咱们这辈子就是这么回事情，可咱娃有出息，指望娃给咱争口气。

铁壶里的水又开了，张富贵又给茶壶里放了茶叶，又把铁壶里的水倒进茶壶，说，都喝，啥时候咱洗车场兴旺了，我买好茶给咱们喝。说完又对刘狗顺说，你给咱吼段秦腔，冬里的夜长，睡不着更难受。黄天朝站起来，从墙上取下刘狗顺的板胡。刘狗顺把弦调整好了，问，唱啥哩？张富贵说，你想唱啥就唱啥。刘狗顺说，我给咱唱段《闯宫抱斗》，说完就干咳一下，拉开过门，过门拉完猛地把头一仰，嘴巴张得老大地吼唱起来：

放大声哭不出满腔怨气，恨昏君竟斩了杜辉首级；可怜你七

尺躯今遭惨死，可怜你为国家死得冤屈。无故地杀忠良残暴无理，
难道说你不怕丧亡社稷。

刘狗顺的嗓子沙哑但不失恢宏，在板胡嘹亮的伴奏下，在小屋子里喧哗起来。又顺着门缝窗户飘溢到屋外，随着北风飘荡，不知道能飘荡多远。随着板胡的停止，刘狗顺也停下吼唱，情不自禁地说，把他家的，咋一张嘴就是苦戏？梅伯炮烙而死，纣王凶残无道，一代江山就这么完了。张富贵把茶壶递到刘狗顺手里，看着他抿了几口茶，也感慨地说，心里苦了唱的戏就苦，就是想唱喜剧也唱不出来。

四

中午，张富贵老婆把饭菜送来了，几个人就坐在屋子里吃饭。从来不说话的黄天朝突然说，张老伯，咱们洗车场不能老这样下去，要想办法发展。张富贵一愣，说不这样下去怎么下去，我也想发展可怎么发展？刘狗顺也停住吃饭，像进了动物园地看黄天朝。

黄天朝说，我这几天打听了，给车做一次美容收一百二十块钱，时间也就是一个多小时。给车打一次蜡收一百六十块钱。要是学会了封釉技术，一次收一千多块钱。洗车是纯力气活，吃苦多还不赚钱，要做些有技术含量的活，收入就高。

张富贵刘狗顺连张富贵老婆都愣住了，谁都没有想到黄天朝能说出这些话。张富贵说，天朝说得没错，可咱没那条件，一没有技术人员，二是咱这地方也不行，谁愿意在咱这烂洗车场美容打蜡封釉？

黄天朝不再说啥了，刘狗顺却说，咱也不能说每个司机都不愿在咱这美容打蜡封釉。现在城里人把五星级酒店的山珍海味大鱼大肉吃烦了，专门到咱乡下吃苞谷面窝窝头，说吃的是生态。

张富贵这下就明白过来，说，咱也搞个生态洗车，先把牌子打出来，让城里的车到咱这生态生态。可咱没有技术咋办？黄天朝说，我去学技术。张富贵说，谁也不会把技术教给你，同行是冤家。黄天朝说，我装着去应聘，不管他们开多少工资都行，只要我把技术学到手。

张富贵说，天朝要学技术是好事情，也是为了咱这个洗车场。以后天朝在人家那里上班，要是收入比咱这低，不足的部分咱给补上。以后学成了，美容打蜡封釉挣的钱，天朝提百分之十五，狗顺提百分之十，钱挣下了就是大家的。

一个月后，黄天朝回来了，洗车场外边的广告牌也换了，写着很大的红字："生态洗车"，旁边写着"美容打蜡封釉更换轮胎加机油"。

还是和往常一样，张富贵站在公路上冒充交警，要是有轿车拐进来，三个人就欢欢地忙活起来。黄天朝还是攥着高压水枪冲车上的泥巴，刘狗顺、张富贵还是用塑料泡沫擦冲不干净的泥巴。喷上雪色的泡沫以后，黄天朝就凑到司机跟前殷勤地说，老板要是有时间，可以做个美容。司机一般都不搭理他，他也就知趣地干自己该干的事情。终于，他在一次一次失败之后，有个司机掏出手机看了一下时间，问，多少钱做一次美容？黄天朝赶忙说，别的地方做一次是一百二十元，我们只收你一百元。于是，人家就点了下头。他们高兴得差点跳起来，把车洗净以后，又把车里的卫生打扫了，就开始给车美容。刘狗顺颠着瘸子腿给司机搬来凳子，放在人家屁股后边，很殷勤地说，老板坐，我们马上就抛光。所谓的抛光就是把亮光蜡擦干净后，用人造麂皮在车上快速擦拭。他们快速地在车上舞动着麂皮，先是车上涂的亮光蜡消失了，再就是光泽一点一点地亮起来，越擦越亮，一个小时后，亮得能照见人影了，车子也焕然一新。张富贵走到司机跟前问，老板还有不满意的地方没？司机当然没啥不满意的地方，当下就掏出一百块钱。

轿车开走后，张富贵取出钱，给黄天朝十五块，给刘狗顺十块，说，这是提成奖，工资是另外的，以后咱都当场兑现。

洗车场的生意越来越好，凡是在这里洗过车的司机，再次经过这里的时候都要停下来，把车洗了再进城。又一个给一个传说，西安北郊有个生态洗车场，洗出来的车就是不一样。于是，听到别人说的司机经过这里，也要把车停下来消费。洗车场有了发票，公家的车也开来洗，做一次美容一百块，张富贵开发票的时候就问司机开多少，司机一般都要说个高出实际付款的数字，张富贵照开不误。所以，公家的司机来了一次还来二次。

这些司机走后，张富贵就给刘狗顺和黄天朝说，还是要端公家的饭碗哩，多少都能搂点。刘狗顺说，权力大的大搂，权力小的小搂，照这样下去国家咋办？

五

中午，黄天朝攥着高压水枪冲洗车辆，突然一阵昏厥，脑袋像爆炸一样，浑身一点力气都没有，身子一软就瘫在地上。张富贵急忙跑过去抱起黄天朝，在他额头上摸了一下，烫手，对刘狗顺吼，天朝病了，快点送医院。又对司机说，能不能用你的车把我们的人送到医院？司机犹豫了一会儿，说，你们的人要是有传染病怎么办？最好的办法是打120，要救护车过来。你们要是没有电话，可以用我的手机打。张富贵对刘狗顺说，你到公路上挡出租车，我把天朝抱到公路边。又对司机说，用你的手机给我家打个电话，让我老婆把家里的存款拿出来。司机从皮包里取出手机，问，你家的电话号码是多少？张富贵说了家里的电话号码，司机把电话拨通以后，把手机交给张富贵，说，你家的电话通了，快给你老婆说。张富贵就对着手机喊，娃他妈，天朝昏过去了。老婆说，肯定是病了。张富贵说，你说的是屁话，没有病能昏过去？老婆说，快点送医院呀，张富贵说，狗顺正在挡出租车哩，你把咱家的存款全拿出来，就在咱家门口等我，我过去把钱取了。

老婆在电话那头犹豫了，说咱家就剩下三千块钱了，是给娃准备的学费。张富贵说，学费以后再想办法，先把天朝的命救过来再说。张富贵把手机还给司机，刘狗顺也挡了一辆出租车，他就抱起黄天朝走到出租车跟前，对刘狗顺说，你留在这里看家。刘狗顺说，弄到钱没有，没有钱送到医院也白搭。

张富贵说，我家有三千块钱，老婆答应全拿出来。刘狗顺琢磨了一会儿，说，我还有六百块钱，是前天开的工资，你先拿上。张富贵接过钱，说，算是我借你的。刘狗顺说，不说这话，先把人救过来要紧。

出租车一口气把黄天朝拉到医院，张富贵抱着黄天朝跑进急诊室，对着医生就喊，这娃早上还好好的，咋一下子就昏倒了。医生让他把黄天朝放到病床上，量血压听胸脯又翻着眼皮看了一阵，说，初步诊断是急性肝炎，要化验肝功，化验室就在旁边。张富贵又背着黄天朝往化验室跑去，把化验单从窗口递进去，里面的女护士接过化验单，在上面写了个数字还给他，说，交费去。张富贵说，你先给他化验，我马上就去交费，他都昏过去了。护士说，我给你化验了，你不交费跑了算谁的，先交费后化验这是规矩，谁来都得执行。

医生看了化验单，说，就是急性肝炎，这种病发病很急，抢救慢了就有生命危险。张富贵说，你们快点抢救呀，医生没有搭理他，在收费单上写了一行字，说，病人需要住院，先交五千块钱的押金。

张富贵一愣，说交那么多，我身上就四千块钱。医生说，这是最少的，有的病人交过五十万，快去交费，耽误的工夫大了病人就有生命危险。张富贵说，我真的只有四千块钱，能不能先让我交四千，剩下的明天再交。医生琢磨了一会儿，说，你就先交四千。

张富贵跑到交费处，给人家交了四千块钱，把收据给医生看了，医生才开了处方让护士挂吊针。连着挂了两瓶吊针，黄天朝才醒过来。张富贵看着醒过来的黄天朝，说，你狗日的把人吓死了，好好的就死过去了，医生抢救了几个小时才活过来。

黄天朝看着张富贵问，我咋跑到医院了？张富贵说，我把你送到医院的。黄天朝说，进医院要花好多钱哩，你哪来那么多的钱？张富贵说，把我娃下学期的学费拿来了，刘狗顺把刚开的工资也拿出来了，还有今天洗车的钱，凑了四千块，还差一千块，明天我再去借。

黄天朝挣扎着要坐起来，张富贵急忙摁住他，说，你都是死过去的人了，千万不敢动弹，把身上的病治好再说。

黄天朝说，你们那点钱是家里的养命钱，给我治病了你们咋办？张富贵说，钱是人挣的，只有人活着就能挣来钱。再说，你给我打工，你有病我不管谁管，咱总不能和旧社会的地主资本家一个样吧？

黄天朝再没有搭理张富贵，对医生喊，大夫你过来，我有事情咨询你。

医生走过来问，你有啥事情咨询我，黄天朝问，我的病还有没有生命危险了？医生说，已经度过了危险期，这种病发作得快，治愈得也快。

黄天朝说，我没有钱，治病花的钱都是老板的，老板把他娃下学期的学费都拿来给我治病了。你看我能不能不住院，把吊针打过了就让我回去，最多给我开点药，能省一点是一点。医生琢磨了一会儿，说，你就在这里再观察一天，到了明天早上没有事情就可以回去了，回去坚持治疗一段时间就好了。

黄天朝回到洗车场，从银行取出两千块钱，交给刘狗顺六百，又交给张富贵一千四，说，我就这些钱了，剩下的我拿工资还。

张富贵和刘狗顺都说，天朝你这是弄啥哩，你身体有病需要营养，我们又不急着花钱。

黄天朝说，你们家里情况我还不知道，这是你娃的学费。就这我都感谢你们哩，要不是你们，我把命都丢了。

张富贵老婆听说黄天朝病了，跑到菜场买了只老母鸡，在炉子上炖了两个钟头，盛了满满一大碗，又撕了条鸡大腿，端给黄天朝，说，你快把鸡汤喝了，死过去的人活过来，要好好补养补养。这锅鸡汤谁都不能动，专门给你一个人做的。黄天朝端着鸡汤，眼睛里又有了泪水，说，老板跟狗顺叔都那么大岁数了，也该补养补养。张富贵老婆说，吃你的，不要管他们。以后把洗车场经营大了，我天天给他们炖鸡汤喝。

中午的时候，来了一辆奔驰车，离洗车场老远就减慢了车速。张富贵见是奔驰，更起劲地打起手势，又不抱多大希望。他们的洗车场从开张到现在，别说奔驰，就是雷克萨斯、宝马这个档次的车都没有洗过。奔驰车在洗车场停下后，司机从里面钻出来，张富贵看着眼熟，就问，老板在我们这洗过车？司机说，我原来开的本田，在你们这打过一次蜡。张富贵问，我们的质量咋样？司机说，质量不好我还会再来找你们，就是你们干的活质量最好，我才把这辆新奔驰开来让你们封釉。

张富贵他们就围着奔驰看，高档豪华车就是气派，停在那里像一个豪华房子，充满高贵之气。司机充满得意地问他们，你们洗过奔驰车没有？张富贵说，还真没有洗过。刘狗顺问，这辆车恐怕得五六十万吧？司机走到他跟前说，我给你两个五六十万，你给我买一辆回来。

刘狗顺更是惊奇地说，这辆车得一百多万？司机说，一百五十万，还不算车牌钱，连车牌钱算上得一百六十五万。刘狗顺说，狗日的一百六十五万，把俺一个村子卖了都值不了那么多钱。张富贵接着说，一百六十五万，能盖一栋教学楼。

司机不耐烦地说，你们快点干活，说那么多废话有啥用处，领导干到一定的级别上，哪个屁股下边不是几十万上百万。

张富贵给司机说，封釉的时间很长，你要是在这等，我找家旅馆让你先住下，房钱由我们出。司机说，我把车放在这里，你们把釉封好给我打个电话。张富贵赶忙说，好，我们把活干完了就给你打电话。司机问，你们这一带有没有洗脚按摩的地方？小姐要漂亮的。张富贵干笑着给人家说，老板你笑话俺几个哩，你看俺们这些穷酸货，那是连想都不敢想的地方，咋能知道小姐漂亮不漂亮。不过，从这里朝南走上几里路，就到了城边，那地方肯定有按摩洗脚的地方，至于小姐漂亮不漂亮，俺们没有去过，你去看看就知道了。

一直干到把电灯打开才把活干完，崭新的奔驰车经过封釉，更是风光千分，仪态万方。三个人看着雍容华贵的奔驰车，欣赏着自己的手艺，得意至极。张富贵感慨地说，还是要当官哩，一百六十五万的车坐在尻子底下，你看多威风。

刘狗顺说，我娃大学毕业了，我啥都不让他干，就让他考公务员，一级一级朝上干，这辈子也把奔驰车坐上。到那时候，我就坐到我娃的奔驰车上，专门到乡政府让那些狗日的看看，我也把奔驰车坐上了。

张富贵说，当官的都坐着小车，还都是排气量大的小车，天天都烧汽油，还要维修，洗车美容打蜡封釉都得上，花一千开两千的发票，公家到底有多少钱招得住这么糟蹋？刘狗顺说，这些事情咱当老百姓的咋能说清楚。黄天朝狠狠地盯着奔驰车，眼睛里迸射出一股毒气，啥话都不说。

司机过来开车的时候，交给张富贵一千块钱，张富贵给开了一千五的发票。司机一走，张富贵就把钱拿出来，给黄天朝两百，给刘狗顺一百五，剩下的是成本和自己的工钱，再就是开发票交的税款。在这上头，刘狗顺和黄天朝就服气张富贵，别的洗车场经常欠工人工资，张富贵从不欠他们。

洗车场的生意越来越好，刘狗顺跟黄天朝一个月都能挣到一千二三，有时候能挣点一千五六。到了夏天，他们吃过晚饭就不在屋里坐了，把凳子搬到洗车场，喝着酽茶谝着闲传。刘狗顺得意的时候就拉着板胡唱一阵秦腔，更多的时候是和张富贵谝在北京读大学的娃。他们谈论娃的美好前途的时候，黄天朝就望着公路，什么话都不说，眼睛在昏暗的灯光下射出贼亮的光。这个时候，张富贵就说，天朝你甭害怕，等我娃大学毕业了，到政府机关谋上一官半职，肯定会照顾你的。刘狗顺听张富贵这么说了，跟着说，天朝咱们是共患难的人，我娃以后把世事干成了，他尻子下的江山就是你的江山，他要是敢不照顾你，我用鞋底子扇他驴日的！

黄天朝还是不说话，还是死死地盯着公路，眼睛里射着一股毒气。

六

又一年的秋天过去了,洗车人最不愿意过的冬天来临了。冬天是洗车人最难过的季节,他们手上的冻疮又发作了,冻疮上裂的口子里又流出了脓血,洗车人的艰辛苦难在满是冻疮的双手上毫无遮掩地表露出来。

北风吹起来,很猛,把公路上的纸屑枯叶刮到空中飞舞。太阳没出来,天上有不厚不薄的云,云是淡黑色。这种天气通常很冷,洗车场旁边水沟里的冰冻得很坚实。黄天朝用铁镐挖冰,刘狗顺用铁锹把黄天朝挖下的冰扔到公路旁边的水沟里,水沟里就有了小小的冰块。张富贵还是站在公路上充当交警,打着手势让过往的轿车朝洗车场拐。

一辆黑色的广本拐进洗车场,张富贵立即对刘狗顺和黄天朝吆喝,洗车的来了。其实不用他吆喝,他俩已经忙活起来了,吆喝是表示对司机的尊重。司机从轿车里钻出来,刘狗顺放下铁锹,拿起放在凳子上的塑料泡沫。黄天朝攥起高压水枪,高压水流对着轿车冲起来。刘狗顺看见司机,猛地一愣不动弹了。司机看见刘狗顺,也一愣,朝刘狗顺走过来,说,刘狗顺你跑到这洗车啦,我就说这几年见不到你了。刘狗顺没有言传,还是愣在那里。司机又说,刘狗顺你那几年成天告我,想把我的前途毁了。你花了那么大的力气告状,最后我还是坐车的,你成了洗车的,不觉得划不来?

刘狗顺不吭声,站在那里不动弹。张富贵对刘狗顺说,快洗车呀,人家还忙着哩,不要耽误老板的工夫。刘狗顺看了张富贵一眼,还是没有动弹。黄天朝给车上冲水,狠狠地看司机,把司机说的话听得清清楚楚。

司机朝刘狗顺跟前走了一步说,我知道你娃在北京的大学读书,你指望你娃有前途了,用你娃压我娃。我也给你说老实话,我娃考不过你娃,但你娃的前途不一定比我娃大。现在社会是综合实力的竞争,啥是综合实力你懂不懂?综合实力就是多方面的实力,你娃除了考试好还有啥实力,你娃的七大姑八大姨本家叔伯大舅二舅都是干啥的，能不能让你娃当干部？你有多少钱给你娃的前途铺路，就凭你给人家洗车挣的那点钱，干上一年恐怕请不起人家吃顿饭。我这辈子比你有前途，我娃肯定比你娃也有前途，这就是命。龙生龙凤生凤，老鼠生来打地洞，生就的穷命就得认命，不服气不行！

刘狗顺还是一句话都不说，还是不肯给他擦车。张富贵也听出了八八九九，也停止了擦车，愤愤地看着司机。唯有黄天朝还攥着高压水枪，认真地对着车上的泥巴冲，还对着司机笑了一下。

司机还不肯罢休，说，我今天在这里碰到你了，要是在安康遇到你，不出三天你的那条好腿也保不住。我候着你告我哩，我就不信你能把我尻子底下的轿车告到你尻子底下。你知道我这回到西安是来干啥的，我是来给我娃活动前途哩。我娃明年都要毕业，我不想让我娃在安康那小地方当干部，想让我娃到西安当干部。我有的是钱，十万不行二十万，二十万不行三十万，我就不信拿钱买不来干部当。等你娃毕业了，你拿啥给你娃铺前途，甭说你没有几十万，就是有也不知道朝哪里送。

司机说着又走到车后备厢跟前，打开后备厢盖，指着里面的东西说，这全是给我娃铺前途的东西，箱子里还装着几十万块钱哩。你去告呀，看你咋着告我，能把我告成啥样子？

刘狗顺猛地把塑料泡沫朝地上一摔，说，老子不给你洗啦！

张富贵也把塑料泡沫扔到凳子上，也说，老子不洗了。

唯有黄天朝抱着高压水枪，很认真地给车上冲水。

司机嘿嘿笑了一下说，你不洗有人洗，就是你们都不洗我换个地方还能洗，有包子还能叫不来狗！说完就问黄天朝，小伙子你洗不洗？

黄天朝很认真地点了下头。

司机从口袋里掏是一张百元大票，走到黄天朝跟前说，你给我洗，我给你一百块钱，眼红死他们。黄天朝没有说话，伸手接过钱塞进口袋，放下高压水枪，又换上高压泡沫枪，对着轿车喷开雪白的泡沫。

刘狗顺和张富贵狠狠地看着黄天朝,眼睛里全是不满和生气。

雪色的泡沫把轿车涂满了,涂得比往常都多,厚厚一层。突然,他把枪口一调,高压泡沫对着司机喷射起来,司机一惊,还没有灵醒过来,身上就被裹了一层白色泡沫。泡沫射进眼睛,把眼睛蜇得生痛,又蹲下身子揉眼睛,黄天朝又对着他喷射一阵,司机顿时变成雪人。

黄天朝放下高压泡沫枪,轻松地拍了下手,走到司机跟前,居高临下地说,你刚才给刘狗顺说你告呀,看你能告个啥样子。我把这话还给你,你也去告呀,看你能把我告个啥样子,我就不信你的鸡巴能日到北京?说完,从怀里掏出那一百块钱交给张富贵,说,这是咱的水钱和泡沫钱。

七

春节一过,他们手上的冻疮开始好转,先是结了痂疤,等痂疤蜕了新肉就长出来了。长新肉的时候手上就痒痒,他们忍着难受不敢抠。有时候不小心抠上一下,就抠出鲜血。这时候的血是鲜红的颜色,血里头没有脓,颜色就好看多了。

洗车场的生意越来越好,他们也不断改进服务质量,酒酿得有了香味就能飘到巷子外头,有馋酒的人知味而来。酿酒如此,洗车亦是如此,他们从早上开门到晚上关门,基本上不能停下身子,中午吃饭都轮班进行,来送饭的张富贵老婆放下饭篮子也帮忙洗车。张富贵不贪,该给刘狗顺和黄天朝的一分都不少给,老板员工抱着膀子干,生意能不好?刘狗顺想着越来越多的收入,想着儿子的学费越来越不成问题,想到高兴的时候就放开嗓子吼:

牛犊子卧在了鸡架上,
苍蝇把锅盖扦得梆梆梆,

蚊子把蚊帐压得吱吱响,
鸡巴把被子顶到房梁上。

张富贵听着刘狗顺的唱,手脚不停嘴里说,狗顺你驴日的净唱反话,咋不唱点正话?刘狗顺就说,想听正话还不容易,我给咱唱几句正话,说完又扯着喉咙唱开:

松木椽柳木檩都是木头,
你大舅你二舅都是你舅。
我说这话你不信,
你爸的婆娘是你妈!

还没有唱完,张富贵就哈哈大笑起来,说,狗顺你驴日的有能耐,咋把唱词编得这么怪?刘狗顺说,我哪有那本事,这都是先人传下来的。

他们说着唱着的时候,黄天朝还是不说话,眼睛里还是射着浓稠的毒气。张富贵就问,天朝你心里有啥气,看你的眼睛都让人害怕?

黄天朝还是啥话都不说,只是手脚越来越勤快。张富贵问得急了,他才说,我能有啥毒气,我盼着咱洗车场的生意好了,把钱攒够了开个修理电脑的铺面,把我的专业用上。

张富贵说,天朝你不要着急,等我们把娃供出来了,咱洗车场赚的钱全部给你投资,用不了两年就能把铺面开起来。刘狗顺也说,天朝我们不哄你,我们把娃供出来了,要钱还有啥用处,不给你投资干啥?

黄天朝感激地看着他俩,眼睛里的毒气没有了,取而代之的是亲气。

生意好了,张富贵婆娘送来的饭菜更好了,晚上那顿饭不但是两荤两素,还带上了高粱白酒。他们就先喝酒,喝酒的时候嘴里还发出吱吱的声音,好像喝的是世界上最香的东西。黄天朝不喝酒,张富贵就说,天朝你也喝两口，忙活了一天喝口酒解乏。

刘狗顺说，喝酒也不是啥好事情，叫娃小小就学会喝酒，把毛病都学下啦！张富贵也就不再劝黄天朝喝酒了，他们两个还是把酒喝得吱吱响。

多半瓶高粱白酒喝完，两个老汉的舌头都有点发硬，脑袋也晕天雾地了，但脑子还灵性。刘狗顺就放下酒杯，对张富贵说，不能再喝了。张富贵也说，酒喝到这份上正好，身子飘飘得比神仙都受活。

张富贵婆娘把饭菜热好了，把雪白的大米饭盛到大老碗里，双手端给刘狗顺。刘狗顺赶忙说，先给老板，我们咋能抢到老板前边吃。张富贵婆娘说，这就是给你盛的，他吃不了这么多。张富贵接着说，狗顺你驴日的，我给你说了多少次不要把我叫老板，我这个老板和你们打工的有啥两样，干的是一样的活，受的是一样的罪，收入比你们也多不了多少，世上哪有这样的老板？

刘狗顺接下饭碗说，也是，你说起是老板，其实和我们也差不多，都是下苦力气的。

张富贵婆娘把第二碗饭盛得满满了，递给黄天朝的时候，黄天朝照样推辞了一下，说，给俺张伯先吃，我年轻最后吃。

张富贵说，你先吃，我把这锅子旱烟抽完再吃。

他们把饭吃完了，张富贵婆娘就收拾碗筷。黄天朝也帮着她忙活，张富贵婆娘说，天朝你歇着，你们忙活了一天，快点歇歇身子。黄天朝还是不肯停下手脚，说，阿姨你也忙活了一天，我早就歇过来了，说着就把碗筷端到水龙头跟前去洗。自来水哗哗地响了一阵，碗筷就洗好了，又装进篮子里。

张富贵和刘狗顺又抽开旱烟，你抽上一口，他抽上一口，抽废了一锅，再装上烟末子继续抽。还一口连着一口地吐口水，你吐一口，他吐一口。小土屋里就弥漫着旱烟的苦辣，还有一声连一声的吐口水声。刘狗顺又抽了一口烟，又吐了一口口水，把烟锅里的废烟磕了，说，这狗日的日子真好，饭吃饱了，酒喝足了，烟抽过瘾了。

张富贵说，吃好了喝好了抽好了下来就该唱戏了。刘狗顺说，我给咱唱包文拯的《铡美案》，张富贵问，兄弟你咋想起唱包公啦？

刘狗顺停了一会儿才说，我想包公了，这世上要是多几个包公，那些公子王孙贪官污吏就不敢横行，咱老百姓的日子就好过一点！

张富贵说，你就给咱唱包公的戏，我就不信那时候有包公，这时候就没有包公？

这个时候，张富贵婆娘把茶熬好了。黄天朝把酽茶倒进大茶壶里，双手捧到张富贵跟前。张富贵接过茶壶，又送到刘狗顺手里，说，你一会儿要给咱唱戏哩，先把嗓子润好。

刘狗顺没有客气，接过茶壶抿了一口，就放下茶壶，摘下挂在墙上的板胡，拉了一下过门，说，我给咱唱咧！

张富贵说，唱，俺都等着听你的《铡美案》哩！

刘狗顺咳了一声，算是清了嗓子，猛地把胸脯一挺，把脑袋一仰，吼唱起来：

> 朝廷放粮救民命，
> 皇亲国戚害百姓。
> 包拯奉旨陈州去，
> 贪官污吏都肃清。

初春的初夜，八百里秦川的树木已经悄然复苏，抽出了新枝新芽。在地里匍匐了一冬的麦苗也挺起了身子，顽强地向着高处挣扎。小土屋里猛然爆起苍狼的吼唱，在秦川道上飘荡，传得很远很远。

原发于《天津文学》2009年第4期
转载于《新华文摘》2009年第17期
登上中国小说学会2009年度中国小说排行榜

军 医

一

　　林彪摔死在温都尔汗那年，我在青藏高原的一个汽车团当公务员。公务员是伺候首长的兵，相当于八路军时期的勤务兵。一个团就两个公务员，团长享受一个，政委享受一个。我和政委的公务员除了伺候首长，还负责给团部烧开水。

　　快到春节了，撒出去执行任务的连队陆续回归营房，像飞出去的鸽子，在外边折腾了一年，回窝了。青藏高原的特点是两个字，高、寒。高是缺氧，到了巴颜喀拉山山口、昆仑山山口，走不到五十米就头昏、耳鸣、双腿发软。就是在玉树、果洛、格尔木、可可西里，十八九岁二十出头的小伙子，半个月难遗一次精，中医讲究精气，没有氧气，哪有精遗？寒就是冷，冷到啥程度，谁都说不清是零下多少摄氏度，但会用自身经历形容冷的程度。比如，在巴颜喀拉山山口拉屎，要提前准备一根木棒，屎没拉完就冻到屁眼上，不用木棒敲别想穿裤子。还有的说在昆仑山山口尿尿，尿毕，有根弧形的冰溜子从小弟弟的顶端，延伸到地上，还不敢用木棒敲，弄不好把小弟弟敲掉，今辈子甭想娶媳妇，就是娶了媳妇，也守不住。这话有点夸张，比较靠谱的说法，吃过饭洗碗，碗没洗完，里面全成冰碴子。汽车兵执行任务,白天在路上,晚上住兵站,加上天寒地冻,没有热水,脸都洗不上,更别说洗衣服洗澡。常年不洗衣不洗澡,身上就生虱子,有人吹牛说,把虱子抓起来,熬一锅虱子粥没一点问题。

部队执行任务回到营房,团部就启动澡堂子,让战士洗。

下午,团长正在办公室看文件。团长在里间,我在外间没事,琢磨啥时候下连队学开车,以后复员,就能给人民公社开拖拉机,技术活。给哪个生产队犁地,他们敢不给擀臊子面炸油饼,白面锅盔随便吃?找媳妇更不用发愁,没主的姑娘娃,随着咱的心挑,脸蛋不漂亮不要,腰不细不要,不是初中生不要。咱有开汽车的技术,凭啥不挑个好媳妇?

突然,有人在门口喊,报告!我对着门口喊,进来!能在团长门口喊报告的人,绝对不是一般战士,恐怕排长连长都没资格在团长门口喊报告。就像我们团长想晋见军委主席,行吗?喊报告的人推门进来,是卫生队的军医刘凯文,穿着白大褂。按常规,像军医这个级别的人,想见团长也不是很容易,军医上头有卫生队长,队长上边有后勤处长。要是谁想见团长就见团长,团长二十四小时不吃不喝不屙屎不尿尿不睡觉,都接见不过来。刘凯文是军医大学毕业的,我们汽车团唯一的大学生,正营级,他找团长,够格。

刘凯文进门就给我敬礼,我赶忙给他还礼,说,刘军医把关系搞颠倒了,我是公务员,小兵一个,你是正营级,该我给你敬礼!刘凯文说,你是团长的公务员,给你敬礼就是给团长敬礼!我说,你拜神给庙门的石狮子磕头,白把头磕了啥作用都不起,请坐。而后,我拿过茶缸,给里面倒开水,只倒了小半杯。开水要用茶炉烧,人多锅炉小,供不应求。我把缸子端到他跟前说,请喝水!刘军医接过茶缸,没有喝,小声问,团长在不?我说,在看文件。刘凯文说,你给团长通报一下,我想见他。我说,我进去给团长报告一下!

我轻轻敲里间的门,团长喊,进来!我推门进去,立正,报告,王团长,刘军医要见你。王团长抬起头,问什么事?我说,他说要你批个报告。团长说,鸡巴知识分子事情就是多,请他进来!说完,又给我说,我说他是鸡巴知识分子,你可不敢说他是鸡巴知识分子。咱们团就他一个大学生,十亩地里一棵苗,宝贝着哩!咱们团驾驶员修理工连机关农场近两千号人,谁生病都不得了,靠那些培训三个月的卫生员,屎用都不顶。到了关键时候,还得用人家大学生!

我从团长办公室出来,给刘凯文说,团长请你进去!他进去给团长说的啥,我就不知道了。部队有规矩,不该你知道的不要打听,该你知道的领导会做报告让你知道。于是,我坐在属于我的办公桌后边,继续胡思乱想。十八岁这个年龄,除了想娶媳妇,还能想啥?我正在胡思乱想,又有人在门口喊报告,我还是像往常一样,对门外喊进来!进来的是二营营长李狗剩,进门也给我敬礼,我赶忙还礼,诚惶诚恐地说,李营长,你咋能给我敬礼?我以后还要下连队,到你手下当兵哩!

李狗剩说,你以后要是下到我们二营当兵,一来我就封你个班长当。干上两年,提拔你当排长,二十三级,月月拿六十四块两毛七,比你一个月拿八块五毛钱多海啦!我没有被他未来封的班长迷惑,也没有被他的二十三级迷惑,小声问,你找团长?李狗剩说,我到这来,不找团长找谁?我心里琢磨,人家没事的时候,都跑卫生队看小姑娘给眼睛会餐。你们这些当首长的,心里想会餐,表面上还得装成不食人间烟火的样子,见人家迎面过来,故意把脸拧向一边,斜着眼睛看人家。

我说,团长正和刘军医谈工作,我给团长报告一下,你先喝水。我把给刘凯文倒的水倒掉,又倒了小半缸子开水,双手捧给李狗剩。我推开王团长的门,还是立正,报告,二营李营长要见您!王团长说,快请进来!

李狗剩进门,啪地立正,敬礼,喊,报告团长,二营李狗剩向您汇报一件事情!王团长从抽屉里取出一包上海烟,给李狗剩招了下手,说,先抽根烟,歇口气,再汇报工作。狗日的,出去了一年,回来也不来看我!李狗剩坐在刘凯文旁边的凳子上,接过王团长的烟,夹在指头上。我赶忙把火柴递到他手里,他把烟点着,狠狠吸了一口,一支烟被他吸去四分之一。还把烟闷到肚里，闷了好几分钟，才恋恋不舍地吐出来，说，好烟，我在无人区，一年都没吸上这么好的烟啦！

王团长又抽出一根烟，递给刘凯文，刘凯文说，我不会抽，抽烟影响健康！王团长硬把烟送到他手里，说，抽，死不了，我就不信，抽根烟能让人不健康！说完，又对我说，小杜，把火柴给他！刘凯文苦笑了一下，把烟点着，轻轻抽了一口，没朝肚子里咽，就吐出来。

王团长看着李狗剩又狠狠吸了一口，又把烟吸了四分之一，把还剩下多半盒的烟塞到他手里，说，狗日的一辈子没抽过烟，拿去，好好过个瘾！

刘凯文看着李狗剩手里的烟说，王团长，咱们是汽车兵，常年在青藏高原执行任务，肺部的健康特别重要。如果在执行任务的时候，发生肺气肿，会造成死亡。我建议，咱们部队应该戒烟，尤其是干部，必须戒烟！

王团长一愣，看刘凯文。刘凯文趁这个工夫，把手里的烟掐灭，把烟头扔进痰盂。烟头在痰盂里浸泡，散发出黄黄的颜色，向周围漫延，像谁在里面撒了尿。王团长问刘凯文，你说的有没有科学道理？刘凯文说，绝对有科学道理，我在大学学过这方面的知识，世界卫生组织都在提倡戒烟。王团长说，你不要给我说世界卫生组织，它和我没关系，我关心的是抽烟会不会熏坏战士的肺，影响战斗力。这样吧，这事情是科学，科学的东西都难弄明白。星期天我请你喝茶，你给我讲，我弄明白了，才能决定在全团戒烟不戒烟。

王团长说完，又把脸转向李狗剩，说，你狗日的没事不会来找我，啥事，说！李狗剩脸上有了气愤，气愤从嘴里冒出来，我们二营昨天执行任务回来，今天后勤给我们开澡堂子。澡堂子本来就小，一次只能进两个班，还被机关兵占了地方，我的兵洗不上！王团长说，你的办法稠得跟筛子窟窿一样多，咋没办法了？哪个机关兵进去了，你把他光着身子赶出来，让他光屁股回宿舍！刘凯文就笑，我想笑，不敢笑。王团长等刘凯文笑过了，对我说，小杜，你跟李营长过去看看，到底咋回事情，也跟着李营长学学处理问题的办法，这就是带兵，带兵要处理的问题多啦！

我跟着李狗剩的屁股，屁颠屁颠地走着。刘凯文跟在我的屁股后头，也屁颠屁颠走着。李狗剩一边走一边嘟囔，我这几年一直跟着六连在无人区，住在班上，只认识这个班的战士。我也想把机关兵揪出来，在他们屁股上扇几巴掌，狗日的敢占我的战士的便宜。可就是不认识他们，分不出哪个是我的兵，哪个是机关兵。刘凯文跟在我们后边笑，边走边唱：

黑人劳动在密西西比河上，黑人劳动白人来享乐，黑人工作到死不得休息。从早推船直到太阳落，白人工头多凶恶，且莫乱动招灾祸，弯下腰低下头，我拉起纤绳把船拖。让我快快离开白人工头，快快离开密西西比河。请你告诉我那个地方，我要渡过古老的约旦河。老人河，啊，老人河——

我从来没有听过如此伤感，如此忧郁，如此悲怆，如此打动人心的歌曲。有些歌词没有听明白，但陌生的旋律击打着我的心灵，心里一揪一揪地难受。我思维中出现一条很古老的河流，有群美国黑人在白人把头的抽打下，进行着苦役，垂死挣扎。一直到他唱完，我敬佩地看着刘凯文，问，刘军医，这是什么歌，听得我心里一沉一沉？刘凯文说，这是一首反映美国黑人悲惨生活的歌曲。它的作者是黑人歌唱家保罗·罗伯逊，这是一首能打动全人类的歌曲！

李狗剩正在气头上，扭过脸冲着刘凯文发脾气，你狗日的幸灾乐祸，看着我的兵洗不上澡高兴！刘凯文快步走到李狗剩跟前，说，你没本事，给我发脾气，我有办法分出哪个是机关兵，哪个是你的兵！

李狗剩停住脚步，看刘凯文，说，你鼻子上插葱，装大象。我带了十多年兵，都分不清哪个是机关兵，哪个是连队兵，你连一天兵都没带过，能从鸡巴上分出谁是机关兵，谁是连队兵？

刘凯文说，我就是从鸡巴上能看出哪个是机关兵，哪个是连队的兵。你要是不信，咱们打个赌。我现在就跟你到澡堂，要是分不出哪个是机关兵，哪个是连队兵，我给你买斤杭州龙井。我要是分出来了，你派个车到中药材批发公司把卫生队买的药拉回来。

李狗剩说，你要是赢了，让我去把你们的中药材背回来，我屁话都不说一声。要是派车，没有司令部的命令，谁敢出车？咱团的规矩你不知道？只要车没进团大门，我再给你跑趟玉树都行；只要一进团大门，开出去一步就是违反命令！

二

澡堂盖在远离停车场的菜地旁边，两间平房，一间安装锅炉，有两人多高，烧煤，也能烧柴。一间用水泥砌了个四方池子，有我们班的两个宿舍大。给里面放上凉水，再把锅炉里的热水放进来，就可以洗澡。到了这个时候，外出执行任务的连队都回来，进行军政训练，然后过春节，过完春节再出去执行任务，洗澡就成了这些日子的重要事情。要是洗不上，再出去执行任务，要等到明年这时候再洗。所以，进去两个班洗，外边两个班排队，连队还有两个班待命。排队站在外边的兵，没有事情干，就捉虱子。汽车兵捉虱子根本不用找，觉得哪个地方痒，手伸进去，肯定能捏出一个肥大的虱子，两个指甲一挤，发出一声脆响，大拇指甲上就有一层虱子血，黑红色。要是捉的是母虱子，大拇指甲上还有一堆晶亮的虮子，在一堆黑红的血里很抢眼。有个战士在空地上生了一堆火，十几个人围着火堆，烤。把捉到的虱子朝火里扔，火堆里就爆出细微的响，发出皮肉烧焦的臭味。

我们走到他们跟前的时候，他们忽地站起，班长给李狗剩敬礼，报告营长，六连二班正在准备洗澡！李狗剩还礼，说，好好捉虱子，像消灭帝修反一样，把虱子消灭干净！班长笑，战士也笑，说，虱子是咱汽车兵的传家宝，谁都把它们消灭不了。咱们最多把大虱子捉了，小虱子根本没办法捉，就是捉干净了，睡上一夜又生出新虱子。

李狗剩就嘟囔，当上汽车兵就成了属猪的，身上不长肉净长虱子！说完，转过脸给刘凯文说，你们卫生队要想办法把虱子消灭了，战士们身上这么多虱子，我就是天天给他们吃肉，也架不住喂虱子。王团长去年在全团干部大会上宣布了，谁要是想出根除虱子的办法，给谁记三等功。

刘凯文说，我这几年一直在寻找根除虱子的办法，前天才在一本中医古典方子上找到。我让你派车到中药材批发公司拉中药材，就是根除虱子用的。我刚才到团长那里，找他批了经费。李狗剩问，你的办法真的能根除虱子？刘凯文说，应该能根除，我查看了药书，分析了药性，理论上没问题，就是还没有实践！李狗剩立即对跟前的班长下命令，你跑步回连队，给你们连长说，要他给团作训股打个电话，请求派辆车到中药材批发公司拉灭虱子的药材。班长转身就要跑去，刘凯文对他喊，等等！班长停住跑步，转身，跑到他跟前。刘凯文从口袋里掏出五十块钱，又拿出笔记本，在上边写了，生百部五百斤，每斤一角，共五十元。交给班长，说，把这个纸条和钱交给你们连长，把发票开回来，要报销。

我们钻进澡堂，蒸汽弥漫，臭气熏天，人像饺子样下在池子里，不是肚皮撞着肚皮，就是屁股挨着屁股，一不小心，小弟弟就撞到别人屁股上，别人的小弟弟撞到自己屁股上。有的兵把周围的人拨开，身子朝下一缩，把头埋在水里，趁机在头皮上抠几下。所有的人都把水朝胸脯上、脖子上撩，湿润皮肉，搓上边的污垢。经过热水泡胀的污垢，容易搓，池子里漂了一层，黑灰色。有人把脑袋朝水里钻的时候，先把四周的人拨开，再把水面上的污垢划拉开，才把头缩进水里。管理澡堂的后勤兵，用伙房捞粉条的笊篱，打捞水面上的污垢。捞出来，端到池子外边的水沟里，把笊篱翻过来，磕，磕干净了再捞，一边捞一边喊，抓紧时间，还有十分钟，到时候不管你洗完没洗完，我就放别人进来！有人跟他开玩笑，你不就是个管澡堂的，牛逼得像当了团长。你要是让老子洗得不尽兴，你下连队学开车，老子让你三年抓不到方向盘！管澡堂的兵说，不是我不让你好好洗，外边排了十多个连队，谁洗不上团长都收拾我。洗澡的兵又说，你要是让我们洗得不痛快，我们营长汇报给团长，团长收拾不死你才怪！管澡堂的兵说，你甭拿你们营长吓唬老子，他要是到了我的澡堂，我不给他放热水，冻死他老驴日的！

他们说话的时候，我们刚好进去，水汽朦胧，视线不好，人们没发现我们。近处的人看到我们，立即在池子里双脚并拢，收腹挺胸，激扬着男人的旗帜，举手敬礼，报告营长，二营五连九班正在洗澡！管理澡堂的兵看到营长、军医、公务员进来了，赶忙跑过来。他光着上身，只穿件大裤衩子，把右手拿的笊篱交给左手，右手敬礼，报告二营长，报告刘军医，报告杜公务员，后勤管理处的莫二马正在管理澡堂。李狗剩给他还礼，说，条令规定，下级向上级报告时，只向同行的最高首长报告，不需要给每个人都报告一遍。管理澡堂的兵大声回答，报告二营长，莫二马知道了。莫二马听人说，刘军医是正营级，你也是正营级，我该给谁报告！李狗剩说，给刘军医报告！刘凯文急忙说，给李营长报告！他们两个争执的时候，管理澡堂的兵对着池子里的兵喊，时间到，都出来穿衣服，十分钟后我放人进来！

想混进澡堂的机关兵有办法，谁没有几个老乡，排队的时候就跟在老乡后边，管澡堂的兵入伍不到一年，看谁都是老兵，根本分不清谁是连队兵，谁是机关兵。李狗剩看了刘凯文一眼，嘴角一撇，故意摆出看不起他的样子，说，吃吃（知识）分子，现在轮到你显能耐了，是骡子是马遛遛就知道了。

刘凯文大步走到排队洗澡的队列跟前，喊，全体听我的口令，目标，澡堂，齐步走。队列走到澡堂，在外间站好。他走到队列前边，大声命令，脱衣服！不知什么时候，他右手拿了一根树枝，拇指粗细，两尺多长。左手拿着一个手电筒，三节电池的。随着他的口令，战士们极快地把衣服扒掉，一丝不挂地站在我们面前。我们面前就竖起一排高原汽车兵的雕塑，短发，粗狂黝黑的脸庞，爆满的胸大肌、大臂肌、小臂肌、腹肌、大腿肌、小腿肌、脚肌腱，小肚子下边丛生着茂密的黑毛，像水肥充足的茅草。茅草下边，挺着男人的旗帜，勃勃昂扬。这些旗帜还没有冲锋陷阵过，保持着童男子的元阳。

　　刘凯文站在他们面前，又发出口令，把短裤拿出来！战士们拿出短裤，捧在手上。刘凯文走到他们跟前，用手电照短裤的正面，几个月没洗过的短裤，遗精在上边糊了一层铠甲，树枝在上边一敲，像敲鼓。刘凯文又对这个战士说，把短裤翻过来！又把手电对着翻过来的短裤照，上边是黄褐色。汽车兵常年在外执行任务，拉屎拿什么擦？拉屎以后，在地上捡块石子，或者土坷垃，在屁股上一蹭，算是清洁了。时间长了，短裤后边就成了这种颜色。刘凯文把这些检查了，还不放人家进去，又用手电照人家的旗帜，那家伙成了黑褐色，油明油光，像沾满齿轮油的车轴。汽车兵常年在青海高原执行任务，车抛锚了就修车，修完车没条件洗手，小便了就用沾满机油汽油齿轮油的手抬炮出城，炮筒上就沾满机油齿轮油，累月，累年，机油齿轮油渗到皮肉里，皮肉都成了那种颜色。把这个部位检查完，刘凯文才在人家肩膀上一拍，说，进去吧。他又走到下一个战士跟前，又用手电照他的短裤，很干净，前后没有一点脏污，又把他的旗帜看了，红红的，肉肉的，干干净净，就问，哪个单位，老实给我说！那个战士小声说，后勤处的，我们也一年没洗澡了。刘凯文说，你只能说一年没到澡堂里洗澡，你自己就没洗过？穿上衣服，回去！那个战士急忙穿上衣服，朝澡堂外跑去。把二十个战士检查完，刘凯文把手电交给管澡堂的兵，朝外走去。我和李狗剩跟在他后边，走出澡堂。澡堂外边的空气真好，清洁，新爽，吸进鼻子，全身都充满生机，连裤裆里的旗帜都想飘扬。

　　李狗剩走到刘凯文前边，故意把刘凯文的脸左看一阵，右看一阵，说，真没看出，吃吃（知识）分子还有这么一套经验。我带了这么多年兵，连我的裤衩鸡巴都是那样子，我咋就没想到这上边？

　　刘凯文说，我经常给战士们看病，要检查他们的肚子，少不了看到那些东西！

三

　　五百斤生百部拉回来了，卸在澡堂旁边的空地上。刘凯文指挥卫生兵支了三口大锅，给里面加了水，放进生百部，准备煮。却没有柴火，卫生队不缺阿司匹林、青霉素、蒸馏水，也不缺丰乳肥臀长头发的女兵，就是缺柴火。锅架好后，有个女兵扭着屁股跑过来给刘凯文报告，没有柴火怎么办？刘凯文胸有成竹地说，咱们把准备工作做好。到时候自然有柴火。于是，女兵们给锅里加水，放生百部，所有的工作都做好了，他对一个女兵说，你去给二营李营长打个电话，说我有事情找他，让他马上到我这来！不到十五分钟，李狗剩就跑过来，老远就喊，吃吃（知识）分子，找我有事情？

　　刘凯文迎着他走过去，说，当然有事情，没事情找你干什么？李狗剩问，啥事情？刘凯文指着大锅说，我要给全团的干部战士灭虱子，所有的东西都准备好了，就是没有柴火，你支援一些？

　　李狗剩跑到大锅跟前，人模狗样地巡视了一遍，不相信地说，你就烧点开水，给水里放些草草，就能把虱子灭了？

　　刘凯文说，应该能消灭，我在《本草纲目》上查了，生百部有杀虫灭虱之功，以治蛲虫病为多用。介绍得比较笼统简单，到底能不能彻底消灭虱子，实践了才能知道。我们要是摸索出了消灭虱子的办法，青藏高原那么多部队，战士身上都生有虱子，可以在全青藏高原的部队里推广。

　　李狗剩没有说话，心里琢磨，要给一个团的战士灭虱子，需要烧多少水，需要多少柴火，那可不是一个小数字。柴火在青藏高原，跟猪肉一样金贵。但刘凯文的面子不能不给，但又不能白给，多少得捞点回报，说，我把柴火给你了，你给我啥？

　　刘凯文说，你怎么像葛朗台，一点亏都不吃。我把水烧开了，先给你们二营灭虱子。给你的战士灭虱子，你不出柴火谁出？

李狗剩说，我出的柴火只能给我们二营的战士灭虱子，别的营用他们的柴火。在这个问题上，我不学雷锋。我就靠这些柴火烧猪食哩，猪没有热食吃，我拿啥给战士改善伙食？战士的伙食不好，咋着执行任务？

　　刘凯文说，你要是把战士身上的虱子消灭不了，伙食再好也不管用，猪肉转化的营养，全喂了虱子，说不定还传染疾病。

　　李狗剩这才喊，通讯员！站在他屁股后边的通讯员跑到他面前，声音很大地回答，到！李狗剩说，你跑步通知四连长、五连长、六连长，让他们每个连给这里送两百斤柴火，把好柴火送来，不能送树皮树叶！通讯员大声回答，是！转身跑去。李狗剩又围着锅转了一圈，迷瞪着眼睛，琢磨，开水肯定能把虱子烫死，别说绿豆大的虱子，就是把两百斤重的猪扔到锅里，也能烫死，就说你把水烧开了烫虱子？全团那么多战士，能烫过来？这办法我早就用过了，去年年底就发动全营战士烧开水，烫虱子，确实烫死了一些。不到一个礼拜，虱子比原来的还多！

　　刘凯文走到他跟前，左看一下，右看一下，不说话。

　　李狗剩被看得奇怪，说，你看鸡巴哩？

　　刘凯文说，我看你哩！

　　李狗剩知道自己又吃了亏，说，你狗日的弄了我的柴火，还占我的便宜！

　　刘凯文说，李营长，你是属猪的？

　　李狗剩一惊，问，你咋知道我是属猪的，你看过我的档案？

　　刘凯文说，根本不用看档案，你长着一个猪脑袋，不是属猪的还能是属猴子的？

　　二营的战士把柴火抱来了，锅底下的火燃起来了。女兵不停地给里面塞柴火，不大工夫，就把锅底下的柴火塞实了，柴火光冒烟不冒火，三口锅下边狼烟滚滚，像是褒姒的烽火戏诸侯。这些女兵都是走后门招的，她们的老爹老舅伯父叔叔，最低都是大军区副司令副政委以上首长，还有几个是总参总政的首长，从小吃的都是保姆公务员做的饭，哪能会烧柴火？而且这些女兵傲气，走路看麻雀，胸脯本来就比我们男兵高，加上故意朝高挺，把肥大的军装都鼓得老高，像练了多年的胸大肌。汽车团的老兵多，兵龄十年的班长都不稀罕，一年探一次家，没办法谈恋爱结婚，但绝对不会在她们身上打主意。她们都是给参谋干事预备的，在卫生队混上两年，提拔成护士，护士是干部，干部就可以结婚，两口子都是挣工资的军官，日子过得要多舒坦有多舒坦。哪像我们这些农村兵，娶个媳妇也是农村婆娘，复员回去还是人民公社的社员，两口子都是种庄稼的，出苦力不挣钱，日子过得要多寒酸有多寒酸。于是，连队的兵就围着她们看，看她们肥硕的屁股，看她们鼓囊的胸脯，撇着嘴角笑，就是不肯帮忙。

李狗剩见卫生兵把火烧得越来越小，狼烟冒得越来越高，身上落满了柴火叶子，脸上抹得东一道西一道，上一道下一道，像从战场上下来的残兵败将，自己的部下却在一边看热闹，就对女兵说，你们趟开，屎鸡巴事情都弄不成，以后给人家当婆娘，咋把生米做成熟饭。谁家娶了你们当媳妇，真倒了八辈子的霉了，连碗熟饭都做不了，叫男人吃屎哩！他把女兵数落过，又对手下的战士吼，看鸡巴哩，给老子烧火去，半个小时把水烧开，到时候烧不开，老子把你们从驾驶班调到炊事班喂猪！炊事班是给战士做饭的，但喂猪的人没办法安排编制，就安排在炊事班。立即，几个战士跑到锅跟前，对围着锅转的女兵说，趟开，哪里娃多到哪里耍去，甭耽误我们烧火！我在旁边看热闹，琢磨李狗剩的话，觉得他太农民意识。谁要是娶上这些女兵当老婆，咋舍得让人家做饭？就凭着老丈人的关系，用不了几年当上营长，再用不了几年当上团长，二十年后当上师长军长都不成问题，用得上老婆做饭？这时候的老婆，说不定是团职师职的首长，除了睡觉，别的事情都有公务兵伺候，哪能像农村婆娘去熬苞谷糁？

汽车兵经常野营拉练，野外做饭是一项训练内容，对野外烧火一点都不陌生。他们把锅底的柴火抽出来，空气进去了，柴火燃烧起来，一点一点地给里面放柴火。放到一定程度，不放了，用树枝挑起正在燃烧的柴火，让锅底进去更多的空气。火，越烧越旺，发出噼噼啪啪的声，有火星子爆出，落在锅底外边。燃烧的火焰在锅底盛不下，从四面八方冒出来，黄色的、蓝色的、红色的，亲吻着锅底，亲吻着锅沿。把火弄旺的战士，像打仗得胜的将军，看着李狗剩，满脸得意。

李狗剩看着火被自己的兵弄旺了，锅里的水冒热气了，乳白的蒸汽从木头锅盖上冒出，在锅的上空缭绕，脸上写满得意，看着刘凯文小声说，母骡子不上阵，部队招这些婆娘有鸡巴用处！

刘凯文说，李营长，你一会儿跟我到卫生队，给看病的战士打针，我给你把打针的要领教了，你打一下午，行不行？

李狗剩知道刘凯文揶揄他，翻着眼皮看了他一阵，啥话都没说。

水开了，烧火的战士给李狗剩报告，报告营长，水烧开了！

李狗剩冲着报告的战士说，给我报告有啥用，我又不懂医学，给刘军医报告！烧火战士就把脸转向刘凯文，还是高着嗓子喊，报告刘军医，水烧开了！刘凯文说，用文火烧二十分钟！战士愣了，看着刘凯文，不知道什么是文火，难道火还有文的武的？有个胆大的战士喊，报告刘军医，我们不知道什么是文火，文火是啥样子，怎么烧文火？

刘凯文回答，文火就是小火，让锅里的水刚刚烧开就行。

李狗剩说，啥鸡巴文火武火，不就是小火！你们吃吃（知识）分子就是会日弄人，整些人听不懂的名词就是知识。说完，对烧火的战士说，把锅底的柴火抽出来，弄灭，锅底只留一根就行了，不要浪费。要是少了柴火，拿啥给猪煮食，猪没食吃，你们凭什么吃猪肉，吃鸡巴都没有！烧火战士听他左一句鸡巴，右一句鸡巴地喊，就笑，又不敢让他看见，偷着笑。他发现战士笑他，又骂起来，笑鸡巴笑，我有啥笑的，我说得不对？狗日的刘军医消灭虱子，烧我的柴火，他把虱子灭了，我拿啥给猪煮食？

女卫生兵没事情干，在旁边看男兵烧火，听他一句一个鸡巴的骂，脸红红的不敢说话,生怕他把鸡巴抡到自己身上。

刘凯文走到女卫生兵跟前,说,你们几个回去,把队里的桶全部拿过来!而后,抬起胳膊,看手腕上的表,自言自语说,还有十分钟,一定要熬够时间,把药的功效熬出来!

李狗剩看刘凯文胳膊上的手表,眼睛瞪得老大,射出浓稠的贪恋,问,你戴的啥表?

刘凯文说,大罗马!

李狗剩说,多少钱一块?

刘凯文说,两百一。

李狗剩说,狗日的杀人哩,鸡巴大点的东西,就要两百一。

刘凯文问,李狗剩,你戴的什么表?

李狗剩说,蝴蝶,我当副连长的时候买的,快十年了。国产的东西就是不行,走着走着就不走了,晃几下敲几下才走,害得我一天对几次时间!

刘凯文说,你们天天在外执行任务,没块好表真不行,你也该买块进口表,戴上二十年都没问题。现在有种自动表,不用上弦,一口气走几十年,误差不到一秒!

李狗剩说,好表多了,都得给人家掏钱,不掏钱最多看两眼。咱这人,啥都不缺就是缺钱,一个月六十三块七毛钱,五九六九二十三,爷爷孙子都一般。家里又娶了个病婆娘,天天要吃药,不能干重活,挣不来工分,年底还要给生产队交钱,哪有钱买手表?他说的五九六九二十三,爷爷孙子都一般,就是部队十年没涨工资,五九年的兵提干后是二十三级,六九年的兵提干后也是二十三级,拿一样的工资。

刘凯文从手腕上摘下大罗马,送到他跟前,说,咱俩把表换换,你在连队,手表不准会耽误事情,弄不好耽误大事情。我在卫生队,有没有手表问题都不大。

李狗剩胳膊朝后一甩,说,你这是弄啥哩,欺负俺没有大罗马。我要是真心想买进口表，随便就买一块。我们经常到拉萨执行任务，拉萨有尼泊尔商店，所有的进口表都是二十块钱一块，装在一个箱子里，你伸手进去摸，摸到哪块是哪块，大罗马、小罗马、瓦士针、白浪多、水中霸王、空中霸王、劳力士，什么好表都有。要不是有部队的纪律管着，早进去买了！

他们争来争去，李狗剩还是没接刘凯文的大罗马。女兵把水桶拿来了，刘凯文看了大罗马，说，时间到了，熬好了。又对烧火的男兵说，把锅里的开水打到桶里！男兵拿着洗脸盆，把锅里的水朝出舀，倒进桶里。刘凯文见桶里的水快满了，对舀水的男兵说，行啦，不要盛得太满，小心烫着。随后又说，把水抬到澡堂里。几个女兵想表现积极，抢着扁担要抬水桶。李狗剩对她们吼，澡堂里全是光屁股男兵，你们进去干啥？女卫生兵根本没想到这些，立即羞红了脸，放下扁担，退到一边，啥话都不敢说。男兵担着水桶，跟在刘凯文身后，朝澡堂走去。

刘凯文站在池子跟前，对池子里的战士喊，都出来，把地方让开，我给里面倒开水啦！池子里的兵都跑出来，挺着李狗剩嘴不离的那玩意，看着把桶里的药水倒进池子里。一个倒完一个接着倒，六七担药水倒进池子里，池子里的温度提高了很多。性急的兵就朝下跳，刚跳下去就蹦出来，喊，狗日的把老子烫死啦！

刘凯文把手伸进池子试了温度，说，烫不死，下去泡，坐在池子里泡，让水湮到脖子跟前。泡够二十分钟，不到时间不准上来！说完，对澡堂管理员说，把他们看住，不泡够二十分钟，谁都不能上来！

刘凯文走出澡堂，跟在后边的李狗剩问，你让他们泡你烧的药水，就把虱子消灭了？

刘凯文说，这是最能解决问题的办法，不管棉衣上的虱子、绒衣上的虱子、被子里的虱子，都要吸人血才能活下去。它们的嘴只要吸上人的皮肉，就把皮肉上沾的药吸进去，就会毒死。你们过去用开水煮虱子的办法不行，总有衣服没煮上。再说，被子怎么煮？虱子的繁殖力很强，只要有几只没煮死，不出一个礼拜，就会子孙后代兴旺发达。

李狗剩突然想起自己手下的兵，有的已经洗过澡了，没有用药水泡，急忙给刘凯文说，我们有的战士洗过澡了，没有用药水泡，咋办？

刘凯文说，所有的人都得用药水泡一遍，没有泡的返工，安排时间再泡一次。不过，你还得再送三百斤烧火柴！

李狗剩说，你狗日的一点亏都不吃！

第二天吃过早饭，王团长给腰上勒了武装带，郑重其事地戴好帽子。我见王团长收拾自己，也赶忙勒上武装带，也把帽子戴正，挎上五四式手枪。王团长把自己收拾好，冲着外间喊，公务员！我答，到！王团长说，通知卫生队的刘凯文，让他随我到二营，看他到底给我的战士把虱子灭了没有。

我抓起电话机摇把，一阵猛摇，总机出来，问，要哪儿？我说，给我接汽车九团卫生队！不到一分钟，电话接通，女卫生兵问，你找谁？我说，不是我找谁，是王团长找刘军医！小丫头片子听说团长要找刘凯文，急忙放下电话，我在电话里都能听见她扯着喉咙喊，刘医生，团长找你！随之，我听到嗒嗒的跑步声，到了电话机跟前，停止，耳机里传来刘凯文的声音，报告团长，我是卫生队的刘凯文！我说，我是团长的公务员杜泓伯，团长要你马上过来，随他一块到二营，检查你们消灭虱子的情况！

不到五分钟，我们三个人行走在通往二营的道路上。团长打头，我和刘凯文一左一右跟在后边，像是林彪当年推广一点两面三三制。团长个子很高，足有一米八五，魁伟，脚步落在地上，像打夯，嗵嗵响。刘凯文个子也不算低，有一米七五，偏瘦，恐怕连皮带毛加起来没有一百三十斤。他走路文静，像日本鬼子夜袭中国村庄，脚下没有一点声音。我个子最低，征兵体检时是一米六九，光屁股的体重是一百二十斤。但我从小放羊，能跑，步子迈得很快，再快也不敢走到团长前边，我始终牢记自己的身份。

王团长是汽车团最大的官，迎面过来的人，不管是战士还是干部，都停下脚步，退到路边，给他敬礼。他还礼，步速步距丝毫不减，边走边问，刘军医，你能不能把战士身上的虱子消灭了？

刘凯文急忙跑几步，距离团长近了，说，我们这几天一直煮生百部水，让战士们在澡堂泡，应该能消灭虱子！

王团长说，我要你把战士身上的虱子全部消灭，不是消灭一些，是全部，一个不剩！咱团近两千号人，就你一个大学生，我就不相信，你读了那么多书，没有读过消灭虱子的书？我分析你刚才说的话，你能消灭一部分，就能全部消灭，为什么还要保留一部分，让它们继续吸战士的血，吃战士的肉？

刘凯文说，大学的书里就没有讲怎么消灭虱子，这办法是我在别的书里查出来的。要彻底消灭战士身上的虱子，不是不可能，很多条件达不到！

王团长说，什么条件，你说出来，我给你解决！

刘凯文说，首先你这一块就有问题，全团近两千号人，就批给我五十块钱，只能买五百斤生百部，根本不够。要让战士身上的虱子彻底消灭，需要连续泡生百部水，泡上四五次，肯定能彻底消灭。

王团长问，彻底消灭战士身上的虱子，需要多少钱买生百部？

刘凯文说，我也难以说清楚，反正是澡堂要天天开，生百部要天天煮，一直煮到过年后战士出发执行任务。

王团长说，刘军医，你就不要给我打报告了，你需要多少生百部，就自己去买。我一会儿给司令部、后勤部打个招呼，你到中药材公司买了药材，给他们打欠条，最后由后勤部去结账。我再让二营每天给你派一个班的公差，由你指挥。你还有什么要求，全说出来！

刘凯文说，再没有要求了！

王团长说，你没有要求了，我可有要求。我要求你在部队出发前，把战士身上的虱子全部消灭，一个都不留地消灭，完全彻底地消灭！我原来就说过，谁要是把战士身上的虱子消灭了，我给他记三等功。如果消灭不了，我给你们警告处分。几十个人的卫生队，连个虱子都消灭不了，养你们有什么用处。别人我指望不上，现在把这个任务交给你了，立功受处分，你自己挑！

刘凯文说，这个功我立定了！

我们走到四连，干部战士都坐在院子里学习文件。连长看见我们走过来，立即站起来，扯着叫驴样的嗓子吼，全体起立，立正！而后，跑到我们跟前，立正，敬礼，报告王团长，二营四连正在学习文件，请指示！王团长还礼，指示，请战士们坐下，我要检查卫生队把战士身上的虱子消灭了没有？四连长跑到队列前边，又扯着叫驴嗓子吼，坐下！"唰"的一声，一百多个战士，整齐划一地坐下。四连长、指导员看着团长，脸上写满得意。这就是作风，就这一个坐下的动作，没有过硬的作风，绝对达不到这个程度。

王团长很满足这种快速整齐的作风，大步走到队伍前头，说，同志们，我今天来检查你们身上还有虱子没有？我刚才给刘军医说了，要求他必须在你们出发执行任务前，把身上的虱子完全彻底地消灭干净——

四连长跑到队列前边，又是叫驴样地吼，统一听我口令，解裤带——

战士们立即撩起棉衣，解开裤带。这个动作没有经过训练，参差不齐。

四连长又吼叫，翻开裤腰，捉虱子！

战士们就翻开裤腰，裤腰一翻开，都惊呆了，裤腰上密密一层虱子，都是死的，哪个战士裤腰上都有一两百个绿豆大的虱子。有战士报告，报告连长，我裤腰上全是死虱子，足有两百个！

王团长跑到战士跟前，扒开他的裤腰，看，果然有一层死虱子，捏一个，用大拇指甲一挤，嘭的一声细响，指甲上一团黑血。战士就翻着裤腰朝外抖，死虱子落在地上，密密麻麻一层。于是，全连一百多个战士，都翻着裤腰朝外抖虱子，地上就满了细细密密的虱子。突然，有个战士觉得袜子里痒，脱去鞋子，刚把袜子翻开，看见袜子里有很多死虱子，高兴地喊叫，报告连长，我的袜子里全是虱子，都是死的。

王团长跑过去，让战士把袜子脱了，看里面的死虱子。老眼昏花，看不真切，把袜子贴在鼻子跟前，看得很认真。看完，又把袜子翻过来，抖，地上又抖下很多虱子。把袜子还给战士，长长吁了口气，对刘凯文说，你这办法真不错，不愧是大学生。我这几天就让政委召开党委会，给你记功！

刘凯文说，记功不记功无所谓，只要不背处分就行。不过，虱子的生命力很顽强，这些虱子，有的确实被毒死了，有的只是毒昏了，苏醒过来还要朝人身上爬。

王团长就给四连长下命令，马上解散，把院子好好扫几遍，把虱子架火烧了，看它们狗日的还敢吸我的战士的血不？

四连长回答，我们现在就扫地，生火，烧死这些王八蛋！

刘凯文给四连长说，虱子太小，扫把不一定能扫干净。我们经常坐在院子开会，还会爬到战士身上。我现在就通知卫生队，让她们把喷雾器背来，喷洒杀虫药。

把二营的三个连队检查完，快到开午饭时间了，王团长给刘凯文说，中午我请客，请你吃手抓羊肉！我笑了，什么话都没说。王团长这人，谁把工作干得让他满意了，他就请客，自己不掏一分钱，也不让伙房多做一个菜，让我和炊事员把他饭桌上的菜端到办公室，再让他要请的人把饭菜端来，摆在一块吃，就算他请客了。我和炊事员把他的饭菜端来了，刘凯文把他的饭菜端来了，坐在王团长对面。王团长给我说，小杜，你给咱们泡茶，把我的西湖龙井泡上。王团长有筒西湖龙井，是他杭州的战友邮给他的，平时舍不得喝，请客时才喝。不知道是什么时候的茶，反正我来给他当公务员，就有这茶了。我的上一任交接班的时候给我说，他当公务员的时候，王团长就有这包龙井了。茶叶在铁筒里装着，时间久了，味道都跑没了，倒上开水，泡上十分钟都是只有颜色没有味道。

刘凯文坐在王团长对面，很拘束，两个人的级别差距太大了。

王团长端起西湖龙井，说，刘军医，你给咱九团做了件天大的好事，我们以茶代酒，一醉方休！

我想笑，不敢笑，喝着几年前的茶叶，还能一醉方休？

刘凯文急忙端起茶缸，说，感谢王团长，我一定努力工作，报答王团长对我的关心！

王团长喝了一口西湖龙井，像喝了六十度的茅台，把茶水咽下去后，还被辣得哈了几下气，拿起筷子夹了几根土豆丝，指着盘子里的手抓羊肉说，刘军医、小杜，吃手抓！羊肉是好东西，壮阳补肾，年轻人就是要吃羊肉哩！说着，抓起一块手抓，放到刘军医碗里。

我突然想起，他的手翻了一上午战士的裤腰，翻了一上午战士的袜子，回来没有洗手，就抓着羊肉朝人碗里放，提醒他，王团长，你没有洗手！

他说，不干不净，吃了没病。你看看城里的娃，天天讲卫生，冬天怕冻着，夏天怕热着，还长得像豆芽菜。再看看咱农村的娃，拾粪回来抓着红苕就啃，地里拔个红萝卜，用手抹几下，连泥带萝卜一块吃。冬天光着脚丫子，夏天顶着毒太阳，身子长得像铁打的一样。每年征兵，我都给军区征兵办公室打电话，我这个汽车团在青藏高原执行任务，特殊兵种，不能给我弄些城市兵来。我把那些城市兵看透了，身轻力薄，吃不得坏的，干不了重活，肚子里还有点小流氓意识，见了漂亮女娃就想给人家骚情，资产阶级思想不好改造。刘军医，你是哪里人？

刘凯文说，上海人！

刘团长问，你爸就是上海人？

刘军医说，我爸就是上海人！

王团长又问，你爷也是上海人？

刘凯文说，我爷也是上海人！

王团长突然改口，说，其实呀，我也喜欢城市兵，城市兵的毛病虽然多，但他们聪明，脑瓜子好使。狗日的汽车油电路、故障排除、驾驶保养，教员一讲就会，比农村兵强多了。驴日的农村兵，把油电路讲上二十遍，他还不知道化油器咋着化油，分电器咋着分电，当上三四年兵，出了故障还得老兵帮忙。就拿你来说，都上了大学。我们公社、我们县，十几年没有一个考上大学，方圆几十里，没有一个大学生。城市兵聪明，上海是中国最大的城市，上海兵更聪明。我为消灭战士身上的虱子，动了十几年脑子，就是消灭不了，气得我整夜睡不着觉。战士们天不亮就起床发动车，半夜到不了兵站，睡不了屎大点工夫，又叫虱子咬得睡不着。睡眠不足，咋能完成任务，咋能不出事故！你给我把这个问题解决了，我敬你一杯，干！说完，把缸子里的龙井端起，用力和刘凯文碰了一下，大大喝了一口，对我说，小杜，给缸子里加水！

吃到半截，王团长又问刘凯文，听说你们上海人吃饭，碗比酒盅都小，一顿饭得盛几十次，俺陕西人到你们上海人家里做客，天天饿肚子！

刘凯文笑，说，上海人吃饭的碗确实小，没办法跟你们陕西的碗比。

王团长一下子牛起来，说，我们陕西人大方，家里来人了，都要端出大老碗，差不多有一尺口，能装一斤半干面擀的面条。俺陕西人也能吃，好小伙子一顿吃二三十个鸡蛋不成问题。我小时候听隔壁的老汉说过一件事情，雨把丈母娘家的房子泡塌了，还没结婚的女婿去给丈母娘修房子。丈母娘一次给他煮了二十个荷包蛋，用葱花、酱油、醋调了，端给女婿。女婿尝了一口，丈母娘问，娃呀，味道咋样？女婿说这一碗就算了，下一碗多放点醋！你看看，俺陕西人多能吃！俺陕西人讲究，不能吃就没力气，力气都是饭里头生出来的。过去的地主招长工，就是先给他们擀一案面条，让他们吃，谁吃得多留下谁。我这些年当团长，也用老地主的办法，新兵招来了，第一件事情就是让他们给我朝死里吃，牛肉、羊肉、猪肉、粉条、豆腐、白面、大米、苞谷面，换着花样给他们吃。新兵连三个月，每人给我长五斤肉，下到连队三天三夜不睡觉都没问题。说着，又抓起一块羊肉，放到刘凯文碗里，说，吃，三十岁的小伙子，正能吃的岁数，一顿吃不了两斤羊肉，睡婆娘都没力气！

刘凯文看着碗里摞的手抓羊肉，苦笑，没有动，不知道是嫌王团长的手脏，还是嫌青海的羊肉膻。

王团长觉得还没有把上海人恶心够，又接着说，四年前，我到上海出差，坐的是卧铺。我对边铺上坐了个上海人，看样子还是个小干部。在西宁火车站买了个酱鸡爪，火车跑了三天三夜。他夜里睡觉，白天捏着这个鸡爪啃，啃了三天，把鸡爪啃得没有一丝肉，骨头都啃成白颜色。快到上海的时候，我想他该把这个鸡爪扔了吧，谁知火车进站后，他又用报纸把鸡爪包起来。我不知道这个只剩下骨头的鸡爪还有啥用处，就问他，你把鸡爪拿回去干啥？你猜他咋说，他说鸡爪的营养很丰富，拿回去还能熬锅鸡爪汤，够全家人喝一顿。

王团长的故事把我们逗笑了，我差点把嘴里的羊肉喷出了。刘凯文也笑，笑得很文雅，没有发出一点声音，说，我们上海人过日子确实很节省，但不至于节省到这个程度。你这话只能在这里说，要是在外边说，会遭到上海人的抗议，说你有地域歧视。

王团长说，啥鸡巴地域歧视，我是可怜上海人。下火车时，我给那个上海人说，你要是年龄不超过二十二岁，就到我们团当兵，我保证顿顿让你吃牛肉羊肉，扯开肚子吃！

饭快吃完时，王团长又问刘凯文，娃有三岁啦？

刘凯文说，马上就三岁！

王团长说，娃他妈还在上海？

刘凯文说，还在上海。

王团长说，你让娃他妈经常过来住住，女人都长着两个嘴，上头那个嘴要吃，下头那个嘴也要吃，哪个嘴没吃的都要恼火。咱有部队的纪律管着，不能经常回去给老婆喂吃的，老婆没有部队的纪律，可以经常过来住。

刘凯文说，她也有制度，她们医院一年只给她一次探亲假。刘凯文和他老婆是中学同学，高中毕业后，他老婆考上了医学院，他考上了军医大学，毕业后结了婚。他分配到我们汽车九团当军医，老婆分配到上海当医生。从上海到西宁，坐火车得三天三夜。每年刘凯文跑上海探一次老婆，老婆跑西宁看一次男人。

王团长脖子一伸，脑袋朝刘凯文跟前凑近，说，你们这样分居两地不是事情，老话说，少年的夫妻老来的伴。你们这个年龄，正是你贪我爱的时候，娶了那么漂亮的老婆，却隔着万水千山，鞭长莫及呀！等晃过了年龄，再聚到一块还有啥意思？

刘凯文长叹口气，什么话都没说。

四

出去执行任务的战士，花上一个月的津贴，跑到老藏民的帐房，就能买一个麝香。还有的老藏民远远看到部队的汽车，就举起手里的麝香，声音很大地喊，喇子，喇子！藏民把麝香叫喇子。战士们不知道麝香的贵重，更没有倒卖的意思，但喜欢麝香的香味，把香烟里的烟丝取出来一些，用耳勺把麝香挖出来一点，塞到香烟里，再把烟丝塞进去，点着，抽。要是在驾驶室里抽，满驾驶室都是香味，要是在宿舍抽，满房子都是香味。到了年底，部队回到营房，走进各班宿舍，就能闻到浓浓的麝香气。四连六班的郭根源烟瘾特大，他不抽香烟，香烟太贵，一个月的津贴不够，就抽旱烟。一次买五六斤旱烟叶子，放到驾驶室的靠背后边，助手开车时，他把旱烟叶子拿出几片，塞到烟包里揉，揉成很碎的烟丝。他用的是斯大林烟斗，烟锅比鹅蛋都大，一次能装一把烟丝。他抽一锅子烟，就要放一点麝香。他只要不开车，嘴里就含着烟斗，烟斗都冒着青烟，青烟里散发着浓郁的麝香气。郭根源当过接兵班的班长，我当新兵时，他是我的班长。部队执行任务回到营房，战士们就喜欢朝卫生队跑，看女兵，也是享受。这也难怪，在外边奔波了一年，有时候十多天见不到一个人影，只能见到草滩上奔跑的母老鼠。

卫生队那些女兵，随便看，不掏钱，凭啥不看，不看白不看，看了也白看。也有战士确实有病，在外边执行任务，有了病哪有医生？不是要命的病就扛着，等回到营房再到卫生队找医生。

九点多钟，我正给锅炉担水，老远看见郭根源咧着嘴，朝卫生队走去。他是我的第一任班长，我当了团长的公务员，也得尊敬他，这是部队的规矩。我赶忙放下水桶，迎着他跑过去，立正，敬礼，郭班长好，你来团部干啥？

郭根源没有回礼，右手捂着腮帮，龇牙，咧嘴，吸着冷气，嘟嘟嚷嚷说，狗日的牙痛！

我说，快去卫生队看医生呀！

郭根源说，我就是去卫生队看医生。

我看他那样子，不像是没病装病看女兵，就说，我陪你去看医生！

郭根源说，你要伺候首长，把首长耽误了，影响你的前程。

我说，团长去一营检查工作了，一个礼拜后才回来，我现在是闲人，没人伺候，只要在晚饭后把锅炉里的水烧开就行了。

郭根源说，那你就来陪我，狗日的我天不怕地不怕，就怕看医生，医生拿着一拃长的针，扑哧一下就戳进去！

我把水桶放到一边，跑过去，搀着他的肩膀，朝卫生队走去。他弯着腰，额头上的汗珠子有黄豆大，我问，郭班长，你真痛？

郭根源说，我日你先人，快把老子痛死了，你还以为老子是装痛！

我再没吭声，搀他的胳膊用上了力气。

卫生队的苟得胜医助值班，他当了四年卫生兵，上个月才提成医助，送到陆军十四医院培训拔牙，还没开张。我扶着郭根源走到他跟前，在他面前坐下，说，苟医助，这是我当新兵的班长，牙痛，请你看看！苟得胜脸上绽开笑容，我估计他学会了拔牙，还没有试验到底能不能用，郭根源就送上门了。

他说，医生就是治病救人的，更别说他是你的班长，我当然要认真诊治。

我当团长的公务员，除了政委，所有的人见了我都说好听话。但我有自知之明，人家不是冲我说的，是冲团长说的。我要是不给团长当公务员，屁都不是，急忙说，苟医助，我替俺班长感谢你啦！

苟得胜对郭根源说，坐到我跟前，坐那么远能看见个屎！郭根源就朝他跟前坐近，他从桌上的筒筒里拿出一个木板板，把头上戴的镜片片对准郭根源的嘴里，用木板板在嘴里面拨，问，哪个牙痛？木板板在郭根源嘴里塞着，他说不成话，又不能不说话，就呜呜哇哇地说。

苟得胜又在郭根源嘴里拨了一阵，还是没找到哪个牙有病，把木板板从郭根源嘴里取出来，说，你们这些同志，想来看女兵，就说想看女兵了，别装病日弄医生。

郭根源被苟得胜的木板板在嘴里撬了半晌，牙更痛，捂着脸，呜咽着说不出话。我替他说，苟医助，人家是我的班长，咋会装病来看女兵？

苟得胜说，装病来看女兵的都是班长，新兵没那个胆量！

这时候，郭根源缓过气，忍着疼痛说，我真的牙痛，我要是装牙痛，叫驴日我八辈子先人！

我接着郭根源的话说，苟医助，郭班长真的牙痛，你看他额头上的汗珠子，这么冷的天，谁会出这么多的汗？

苟得胜这才相信郭根源真的牙痛，嘟囔，我怎么就检查不出来哪个牙有问题？我再检查一遍。于是，又从筒筒里取出木板板，又在郭根源嘴里撬，眼睛睁得老大地看，还嘟囔，我还是看不出哪个牙有问题，郭班长，你自己说哪个牙痛？

郭根源咧着嘴，用指头挨着靠里面的第二个大牙，呜呜咽咽说，就是这个牙！

苟得胜用木板板在上边捣，痛得郭根源急忙把头朝后一缩，说，你轻点，敢情不是你的牙痛！

苟得胜又把木板板塞到他嘴里，一边撬一边说，男子汉大丈夫，这点痛都受不了，怎么上战场？他又在那颗牙上捣鼓了一阵，才说，这颗牙真的有点问题，牙齿周围发黑，尽管别的牙齿都发黑，但这颗牙特别黑！怎么办，想不想拔掉？

郭根源问，拔牙疼不疼？

苟得胜说，说拔牙不疼是假的，说拔牙疼也是假的。对于勇敢的人来说，拔牙一点都不痛；对于胆小鬼来说，疼得都受不了！所以，很多胆小鬼的牙本来就应该拔掉，但他们害怕不敢拔。

郭根源被苟得胜一激，豪情忽地冲腾起来，把大腿一拍，声音洪亮地说，拔，头掉了才是碗大的疤，老子不要这颗牙啦！

苟得胜脸上有了笑，说，拔牙是根治牙疼最有效的办法，你把它拔了，它还能折磨你？拔牙以前，要先测量体温，体温高了不能拔，体温低了也不能拔，体温正好才能拔。

郭根源不耐烦了，像南征北战的司令员那样，把手一挥说，拔就拔，啰唆个鸡巴。王团长说话爱带个那玩意，全团干部战士说话都喜欢带那玩意，那玩意成了我们团的团语。

苟得胜从瓶子里拔出温度计，甩了几下，给郭根源说，把嘴张开。郭根源把嘴张开，他把温度计插进去，说不敢把温度计咬破了，咬坏了要赔，你一个月的津贴不一定能赔得起！郭根源怕把温度计咬破，损失一个月的津贴，就用手捏着温度计。我突然发现，我上个星期感冒，找苟得胜看病，他就用这根温度计插到我屁眼里，怎么从我屁眼里拔出的温度计插到郭根源的嘴里？我怕自己看错了，再看苟得胜的办公室，就一个血压计、一个听诊器、一个盛木板板的瓶子、一个插温度计的瓶子。瓶子里就这根温度计，插到郭根源的嘴里，瓶子就空了。我确定自己没有弄错，就给苟得胜说，这根温度计，上个星期还插到我的屁眼里，这阵怎么插进郭班长的嘴里？

苟得胜说，温度计的构造、原理都一样，插嘴插肛门可以共用，测出来的温度一样，没有误差。

我说，再没有误差也不能从我的屁眼里拔出，插到郭班长的嘴里？

苟得胜反问我，你说，世界上什么东西最干净？

我琢磨了一会儿，说，水最干净，水能把最脏的东西洗干净！

苟得胜说，不对，世界上最干净的是酒精，水里都有病菌，酒精里就没有。你看看这个瓶子里装的啥东西？他说着就拿起插温度计的瓶子给我看，里面装着酒精，又说，我把温度计插到你肛门里，又没有拔出来直接插进郭班长嘴里。我朝郭班长嘴里插之前，在酒精里泡了，酒精把粘在温度计上的细菌全杀死了，你吃的手抓羊肉白蒸馍都没有我的温度计干净！他说完，对郭根源说，时间到了，我看看温度高不高。

郭根源从嘴里拔出温度计，很小心地交给苟得胜。

苟得胜看了，对着空中甩了几下，又把温度计插进瓶子里，说，不烧，可以拔，你躺在床上，我先给你打麻药！

郭根源老老实实躺在床上，苟得胜从旁边的药柜里取出蒸馏水、麻醉药、针管，经过一番操作，麻醉药和蒸馏水混在一块，吸进针管里，把针头对着上空压了几下，针头上喷出几滴药水，举着走到郭根源跟前，说，把嘴张开！郭根源把嘴张开，苟得胜用指头把郭根源的嘴扒了一下，说，没张大，张大！郭根源又用力把嘴张大，苟得胜又用指头在他嘴里扒拉，还嫌郭根源没有把嘴张大，声音更大地说，我让你把嘴张大，你没听见？郭根源说，我张到最大了，用尽全身力气张了！苟得胜说，张到最大我怎么看不到那颗牙？郭根源说，我真的张到最大了，要不你弄根撬胎棒把嘴撬开！苟得胜被逗笑了，说，你很幽默，春节咱团会演时，你应该上去说相声，保证超过侯宝林！

我见苟得胜一边准备拔牙，一边开玩笑，担心他把好牙拔了，把坏牙留在嘴里，不由得把担心说出来，苟医助，你看准是哪颗牙，千万不要把好牙拔了!

苟得胜说,你操心把团长伺候好,拔牙的事情由我操心,屙屎尿动弹,出闲力气。

苟得胜把麻醉药打过了,趁麻醉药发酵的工夫,从药柜里取出一个布包,布包裹着一大堆东西,我伸过脑袋看,有镊子、扦子、钳子、锥子、刀子、撮子,还有一个小榔头,工具齐全,要是规格大一些,可以修汽车用。苟得胜把这些工具放在一个碟子里,给我们说,拔牙也是手术,要做手术前的准备,工具一样都不能缺。要是拔到半截,缺一样工具,再找工具就来不及了!

我猛然感到恐惧,在我的意识中,手术都是得了很厉害的病才做的。心里一紧张,头皮就发麻,浑身起鸡皮疙瘩,禁不住问,拔牙快不快?

苟得胜说,你以为是剥瓣蒜,手术都有难度,拔牙死人的事经常发生。不过你放心,我拔牙不会死人!

我问,你拔过牙没有?

苟得胜说,没有,我才从陆军十四医院学习回来,郭班长是我拔的第一个牙,属于处女牙!

我不知道什么是处女牙,又见苟得胜要开始手术了,就没问。

他用刀子把那颗牙周围的肉剥开,剥了外边剥里面,剥了上边剥下边。他剥得很用力气,尽管是青藏高原的元月份,室外温度最高是零下二十摄氏度,他额头上都冒着蚕豆大的汗珠,不停地用袖子在上边擦,有几滴掉在郭根源脸上,说不定都掉到他嘴里。苟得胜把牙周围的肉剥离了,就用钳子夹着牙,拔,拔了一下,牙纹丝不动,再拔一下,还是纹丝不动。他觉得力气没用够,再拔的时候,嘴里发出嘿嘿的助力声。我觉得他不是在拔牙,像是拔河。郭根源的额上脸上,也涌出大滴大滴的汗珠,他脸上额上的汗珠不是累出来的,是痛出来的。他想喊,苟得胜的钳子、指头都在他嘴里,喊不出来,只能把眼睛瞪得老大,死死地看着苟得胜。拔了二十分钟,还是没有拔下来。苟得胜累了,把钳子从郭根源嘴里取出来,用袖子擦了额头上的汗,长长吸了口气,说,狗日的牙,这么难拔!我实习的时候,带我的老医生拔牙,用钳子轻轻一掰就下来了。这狗日的牙比帝修反都顽固。

他休息了两三分钟,恢复了体力,把棉衣一脱,只穿了一件绒衣,把袖子朝上缠了,双手搓了几下,说,我就不信把狗日的拔不下来!说完,对奄奄一息的郭根源说,郭班长,你是我见过的最勇敢的战士,这样的战士上了战场,肯定不怕死,肯定立战功!

郭根源闭着眼睛,什么话都没说。我担心他昏过去,把嘴凑到他耳朵跟前,小声问,郭班长,你没事吧?

郭根源睁开眼睛,看了我一眼,啥都没说,又闭上。

我觉得他虽然能听见我说话,也快到昏迷的边缘了,不由得怀疑苟得胜的医术,这么大工夫,要是放到农村,杀口猪都完工了,一颗牙这么难拔,又替郭根源担心,问,苟医助,麻药的位置打对了没有?

苟得胜不高兴了,说,打麻药是卫生员的事情,我是助理医生,比卫生员级别高,卫生员都会干的事情,我难道不会干!说完,又抓起钳子,说,世上无难事,只怕有心人,下定决心,不怕牺牲。排除万难,去争取胜利!念叨过后,又把钳子塞到郭根源嘴里,夹着那颗牙,嘴里狠狠骂一句,狗日的!用力拔一下。又拔了十多分钟,还是没有拔下来,体力又消耗得差不多了,又从郭根源嘴里抽出钳子,把钳子看了一眼,说,这钳子小了,要是大点,就能使上力气!

我更不相信他的医术了,感觉他就是把驼背治成死人的马大哈医生,没好气地说,修水管的虎钳大,可惜塞不到郭班长嘴里!

苟得胜歇了一阵,说,我再看看这颗牙周围的组织,是不是长得跟别人不一样?又把头顶上的聚光灯对准郭根源的嘴,看那颗牙下边的床,被剥得血肉模糊,看不清楚。他看了一阵,又拿起锥子,戳着牙根朝上撬。我都能听见锥子别在牙齿上,发出嘎巴嘎巴的声。突然,我想起了刘凯文,我们团只有刘凯文一个正经医生，科班毕业，别人都是滥竽充数。不能让苟得胜再这么折腾了，他再这么折腾下去，就得给郭根源开追悼会。我趁苟得胜没注意，转身就朝外边跑。苟得胜冲着我的背影，喊，小杜你驴日的干啥？我说，去给团长打个电话，问他什么时候回来？

我跑到药房，问卫生员，刘军医在哪儿？药房的卫生员说，刘军医今天不值班，休息，你到他宿舍看看。我跑到刘凯文宿舍，他宿舍的另一个人说，他到二营检查灭虱子的情况了。我又跑到二营，在五连找到刘凯文，给他说了郭根源拔牙的事情。他一听就急了，说，牙怎么能随便拔，蛀牙轻轻一拔就下来。要是很长时间拔不下来，就是好牙。走，快去看看，趁他还没有把牙拔下来，能不能挽救过来！说完，背起红十字包，就朝卫生队跑。

我们跑到卫生队，冲进拔牙的那间房子，苟得胜的钳子刚从郭根源的嘴里取出来，钳子上夹着一颗牙，还淋着鲜血。他看着这颗牙，骂，狗日的，到底把你拔下来啦，我就不信把你拔不下来，是你硬还是老子硬！说完，脖子一软，瘫倒在地上。手术床上，郭根源早就昏迷过去。刘凯文捡起地上的牙齿，看了一眼，就放进碟子里，拉着苟得胜的领口，把他拽起来，踢了他一脚，骂，你怎么把人家的好牙拔了？又转身看郭根源，翻开他的眼皮，看了眼睛珠子，取过桌上的听诊器，在郭根源胸脯上听了一阵，说，把人都疼昏过去了！而后，对着外边喊，卫生员，拿针葡萄糖、强心针。说完，摘下口袋里的钢笔，在处方笺上写了药名，签上名字，交给跑来的卫生员，说，马上给病人注射！

一个星期后，我打扫团长的办公室，看到卫生队打上来报告，请求给予刘凯文同志严重警告的报告。报告内容一点没有夸张，确实是刘凯文踢了苟得胜一脚。下午，王团长从办公室出来，坐在我的床边，问，那天苟医助给战士拔牙，你一直在现场？

我说，那天你到一营检查工作，我出去担水，碰到我在新兵连的班长，陪他一块到卫生队看牙——随之，把苟得胜给郭根源拔牙的经过说了一遍。

王团长听完，思考了一会儿，给我说，给卫生队打个电话，让刘军医马上到我这里来一趟！

十多分钟后，刘凯文跑进来，进门就问我，团长找我？我见团长办公室的门关着，小声说，是找你！刘凯文问，为处分我的事情？我说，不知道，团长没有给我汇报！我推开团长的门，报告，刘军医来啦！王团长站起，给刘凯文招手，说，坐！刘凯文在团长对面的凳子上坐下。团长给我说，给刘军医泡茶，把我舍不得喝的西湖龙井拿出来。我给刘凯文泡过茶，又给王团长泡了一杯，就要退出房间。王团长给我招了下手，说，你也坐下，那天苟医助给郭根源拔牙的时候，你也在场，我想听听你们的意见。过程你们就不要说了，我已经了解了。我现在提几个问题，请刘军医回答。第一个问题是拔掉一颗牙，对人的身体有没有影响，有多大的影响？

刘凯文说，当时来说，没有大的影响，随着年龄的增加，缺失的这颗牙齿，会使两边的牙齿得不到支撑，也会松动，最后导致满口牙齿松动脱落，怎么进食？

王团长点了下头，又问，你对卫生队的工作有什么建议？

刘凯文说，我觉得部队现在提拔军医的方法不对，新兵分到卫生队，仅仅学会打针，连个感冒都判断不准，两年后就提拔助理军医，随后就提拔成军医，很多军医连地方的护士都不如。就像苟医助给郭根源拔牙这件事情，不是苟医助不认真，他根本就分不出什么牙是好牙，什么牙是蛀牙。部队现在都是这种水平的军医，和平年代还凑合。到了战争年代，化学武器、细菌武器、部队的生存条件瞬息万变，这种水平的军医只能贻误战机。

王团长又问，咱们卫生队现有六名医助，该怎么提高他们的医务水平？

刘凯文说，这不是我考虑的事情，是卫生队长考虑的事情。

王团长说，我不喜欢听这话，我希望你对咱们团有感情，为咱们团在以后战争中的作用操心！

刘凯文说，我只是个医生，我只思考怎么让干部战士身体不生病，生了病早点治好，别的事情不该我思考。就像该毛主席思考的问题，省委书记去思考，就是狼子野心篡党夺权。该你思考的东西，我就不能思考，我要是思考了，就是想把你挤下去，我来当团长。我也给首长说实话，我不想一辈子在部队干，我老婆在上海，我在青海，又有孩子，怎么能安心在这里干？

王团长说，你可以把老婆调过来，她如果愿意朝青海调，属于国家支持的调动。我可以用部队的名义，联系地方组织，把你老婆安排在最好的医院，提拔一级使用。

刘凯文说，我曾经有这个打算，但她不愿来。

王团长说，人之常情，水朝低处流，人朝高处走，人家好不容易分配到上海，怎么能调到青海？就是咱部队的干部，都说宁朝东走一千，不朝西走一砖，何况人家一个女娃娃！我也不忍心你们夫妻分居两地，不忍心你老婆一个人，又要带孩子，又要上班。但是，你对咱团情况也了解，就你一个大学生，我敢不敢放你走？我要是放你走了，部队出个流行病，怎么办？

刘凯文说，团长说的这些，我都知道，所以我这些年就没有打报告要求转业。等咱团再分来大学生，就打报告要求转业。

王团长说，你说的是屁话，大学这些年都没有招生，哪有大学生给咱团分配？就是现在开始招生，等到毕业也得四五年以后。要是在这时间，发生了瘟疫流行病，咋办？

王团长和刘凯文谈话还没有结束，办公室外边大树上挂的高音喇叭又吹号了，根据时间判断，开下午饭了。王团长等号声停了，才对我们说，下午还没干啥，又该开饭啦！人要是光干活不吃饭，能节省多少粮食？

我和刘凯文看着他，笑，什么话都不敢说。人要是可以不吃饭，当然就不用干活了，要是不干活，活在世上有啥意思？但是，这话我不敢说。我跟刘军医不一样，人家是大学生，本来就不想在部队干，想早点转业。我是农村兵，指望在部队谋个一官半职，不敢说光宗耀祖，起码把一辈子的饭碗端稳了。当农民端的那个饭碗，哪能称为饭碗，简直是稀泥做的，盛不了稠的，连稀的都保不住。冬天冒着风雪，夏天顶着酷日，背负苍天，手抓黄土，脊梁杆子挣断，一年分不了两毛钱，连筒牙膏都买不起。小伙子大姑娘黑夜钻树林以前，怕人家嫌自己嘴臭，就端着一碗凉水，给嘴里灌一口，把指头塞到嘴里，抠。抠上一阵，漱下嘴，再抠。抠得满嘴是血，碗里的清水变成红水。要是在部队提了干，就是拿一辈子六十三块两毛七，比一年挣不到两毛钱强几万倍，起码谈恋爱前有牙膏刷牙。在这个目的支撑下，我把团长伺候得很周到，比伺候俺爸都周到，就差团长屙屎我没替他擦屁股了。团长一句话，就能决定我的命运，我凭啥不好好伺候？我站起，给团长说，我去打饭？王团长说，多打一些，让刘军医也在这里吃。刘凯文也站起来，说，我跟小杜一块去打饭，他一个人端不完。

我和刘凯文把饭菜端到团长办公室，和上次一样，泡上西湖龙井，以茶当酒，边吃边喝边说话。王团长给刘凯文说，吃手抓！刘凯文拿起一块手抓，用手撕着瘦肉，一条一条地吃。王团长也抓起一块手抓，在上边狠狠啃了一下，说，你吃得太斯文，要这样啃，把嘴张大，拣肉多的地方，狠劲一咬，一撕，就啃下来了。刘凯文按照他教的办法，咬，撕，啃。还是不好意思，用的力气不足，没有王团长那种霸气。王团长把一块手抓啃完，到洗脸盆跟前洗了手，又拿起一个馒头，大大咬了一口，嚼，把馒头咽进肚里，端起龙井茶，喝了一口，把嘴里的馒头渣冲到肚里，说，狗日的吃馒头喝茶，过上共产主义了！说完，又说，要是咱中国的老百姓天天都能吃上馒头手抓，喝上茶水，咱们牺牲了几百万革命先烈也值！说完，又给刘凯文说，现在指望国家给咱们分配大学生，是指屁吹灯，靠不住，咱们自己能不能培养大学生？

刘凯文不知道他说的什么意思，什么话都没说。

王团长接着说，刘军医，你是大学生，你给全团的卫生员上课，把他们教成大学生？

刘凯文说，王团长，你这是开玩笑，我在大学读书的时候，给我上课的老师都是博士生，很多是从国外留学回来的，最次的也是硕士研究生毕业。我只是本科生，怎么能教出大学生？再说，医学院里有标本室、试验室、化验室，设备很齐全。咱什么都没有，连体温计都不分口腔肛门两头共用，怎么能教学？

王团长说，我不是要求你按正规大学那种教学办法，咱有咱的办法。你按大学的课程给他们上课，医学院里都是死标本，死骨头架子，咱们都是活标本，我有两千个战士，人吃五谷生百病，两千多个战士要生多少病，还不够你们教学用。医学院看着死人学医，咱们看着活人学医，肯定比他们更能学到东西。我给你提个建议，你思考一下。我刚才给你说过了，上头给我分不来大学生，我就不批准你转业。你给咱团培养出几十个大学生，我还留你干什么？

刘凯文说，王团长让我给卫生员上课，但我有个条件。

王团长放下手里的馒头，说，啥条件，说，我能做到的一定做！

刘凯文说，咱们现在的卫生员，包括助理医生，文化基础很差，很多只是高小毕业。这种文化基础，根本就不适合学医。我建议在全团高中毕业生中，像过去高考那样，进行各门功课的考试，择优录取，进行培养。现在的卫生员助理医生包括医生，必须参加考试，考不过的，不能继续留在现在的岗位上。

王团长琢磨了好大工夫，说，你这个办法不错，确实能在三五年内，把我们团的医疗水平极大地提高。但我作为团长，还要考虑，现有的卫生员、医生，要是按你的要求参加统一考试，绝大多数不合格，我怎么安排这些人？这些人都是表现最优秀的战士提拔的，现在不用人家了——还有那些内部招来的女兵，都是各级首长的孩子，她们为了避开上山下乡，送到部队，干上两年提干，就有个好前途。我把她们复员了，她们的家长都是管咱们团的首长。咱们要考评，要经费，要经过他们批准——

刘凯文说，要是这样，下次还会有人把战士的好牙当蛀牙拔了！很多医院把人家女孩子的子宫当阑尾割了，都是这些只知道政治好不知道钻研业务的人干的！

王团长说，慈不带兵，义不理财，这道理我比你明白得多。这些人在我手下干，都是兢兢业业的好战士好干部，我不能说不用人家就把人家一脚踢开，我必须给他们找条出路，要不，以后谁还卖命给我干！再就是，咱卫生队就你一个大学生，大点的病都要你亲自看，也忙，怎么能保证上课质量。总不能正在上课的时候，别人请你出诊，你丢下几十个听课的人——又说，我有个办法，既能让你们夫妻团聚，又能把咱们的培训工作搞好。

刘凯文说，您有什么办法？

王团长说，我想把你老婆借调到咱们团，专门给卫生员上课。你的主要精力用在给战士诊病上，有时间了协助她上课。等她把医生培养出来了，我就批准你转业，你们一块回上海！

刘凯文离开后，王团长摇电话，给总机说，给我通知卫生队的肖队长，让他马上到我办公室来，来的时候，把苟得胜拔的那颗牙带上！

十多分钟后，肖队长跑来了，手里攥着苟得胜拔的那颗牙。肖队长也是老资格，虽说没有王团长的资格老，在我们团也算少有的几个老资格。但他和王团长的级别差多了，见了王团长还得敬礼。王团长没让我给他泡西湖龙井，我就不敢擅自动用首长的茶叶。团长的茶叶不是谁想喝就能喝上的，要看团长给他喝不。我给他倒了一缸子白开水，肖队长见我给他倒的是白开水，笑着给我说，小杜，别人来了，你给泡龙井。我来了，你给倒白开水，不怕我报复你，你以后要是下到卫生队，我让你当一辈子卫生员，当不上二十三级，挣不上六十四块两毛七。

我看着王团长笑，啥话都不说。心想，茶叶是王团长的，又不是公家发的，凭什么给你喝。要是来谈工作都喝龙井，那点龙井招不住一个礼拜喝，以后要团长喝鸡巴呀！

王团长看着他，光笑，不说话。

肖队长说，你别这样看我，好像我把卫生队的小姑娘搞了？

王团长说，你没那个胆子，那些小姑娘背后都有一个你仰头都看不见的大首长，你要是搞了他们的姑娘，他们敢把你搞人家的家伙割了，让你当一辈子太监！女人肚子不是随便爬的，爬上去容易，下来就难了。咱们给共产党干了一辈子，不要到这时候了，让老二把老大害了！王团长说的老二是那家伙，老大是脑袋。他说完，又说，你也学会哭穷了，那些小姑娘回家探亲，哪个不给你带斤好茶叶，你喝不完也不知道给我送些，还跑到我这蹭茶喝！咱不说这些了，你明天给我送一斤好茶叶。我当团长，天天找人谈工作，人来了就请人家喝茶。十年不涨工资，老婆又特能生，连着生了六个，都要吃要喝要笔记本要钢笔，整得我天天为这事伤脑子！

肖队长就笑，说，谁让你那家伙馋哩，贪吃那一口。行了，少给我诉苦，我明天给你送一斤福建安溪的铁观音，够你喝两个月，这是军区刘副司令员的女子探家带的。

王团长说，天地良心，你问问小杜，要是不来人谈工作，我什么时候喝过茶？你的茶叶不是给我喝的，是给大家喝了。咱不说这些了，言归正传，你把那颗牙拿来没？

肖队长把那颗牙放到王团长的办公桌上。王团长拿起牙，左端详，右端详，端详了四五分钟，说，我不懂拔牙，但我听说这是颗好牙？肖队长说，是颗好牙！王团长说，好牙怎么给人家拔了？肖队长说，苟得胜的医术不行，把好牙当蛀牙拔了。王团长问，这个苟得胜平时表现怎样？肖队长说，卫生队的学习毛主席著作积极分子，天不亮就起床，打扫卫生，全卫生队的痰盂、消毒池，都是他清洗的。晚上休息了，还背着药箱下连队，给战士看病。就是文化程度太低，专业学不进去，看病让人不放心！

王团长把牙还给肖队长，说，你把这个牙保存好，我说不定啥时候要看它。肖队长看着王团长，满脸的迷惑，问，你看它有什么用处？王团长说，有用处，到时候你就知道了。人家郭根源好好的牙，给人家拔掉，让人家老的时候满嘴掉牙，这责任谁负？

肖队长笑，说，到那时候，他都复员几十年了，谁会为掉牙负责？

王团长摇头，声音沉沉地说，你说得没错，到那时候确实没人为他掉牙负责。但掉牙的根本原因是咱们在人家年轻的时候，拔了人家的好牙。如果郭根源复员回农村，没有工资，没有免费医疗，没有钱补牙，就得满嘴没牙过后半辈子。苟得胜把人家的好牙拔了，刘凯文踢了他一脚，这事情就扯平了，谁也不欠谁的。你却打来报告，要处分刘凯文——

肖队长说，苟得胜拔牙和刘凯文踢人，性质不一样。苟得胜的错误是业务问题，刘凯文的错误是政治问题。

王团长说，上级来了文件，咱们卫生队超编，决定在助理医生以上的人员中，转业一个人。我想征求你的意见，一个是刘凯文，一个是苟得胜，你要留谁，表个态，我马上通知军务股找他们谈话。

肖队长说，要是这样，还是留刘凯文好。咱卫生队还真离不开这个臭老九！苟得胜听话、老实，但到了关键时刻，让人不放心！

王团长把卫生队打的处分报告推到他跟前，说，你又想留人家，又要处分人家，不怕人家不给你好好干？把这个报告拿回去，不要屁大的事情就处分人，这报告还交给谁了？

肖队长说，谁也没交，直接送到你这里了！

王团长说，这事情到此为止，不要朝政委那送，搞政治的都喜欢上纲上线，不喜欢知识分子。人家读书多了，碍着你们什么，怎么老看人家不顺眼。说完，又问，你知道我专门让你来，有什么事情？

肖队长说，我又不是你肚子里的蛔虫，怎么知道你想的啥事情？

王团长笑了，给我说，小杜，给狗日的泡杯龙井！

肖队长就笑，说，用上我了，才给我喝龙井；用不上我了，就不给我喝！

我给肖队长泡了龙井，肖队长抿了一口，说，茶是好茶，就是水不太热,没泡出味道。

王团长说,你是白吃枣还嫌核大,能给你喝就不错了。

我急忙说,这个暖瓶不保温了,我给后勤处说了好几次,都没有批下来。

王团长说,只要能盛水,就不要换。我要是把暖瓶换了,全团都要换暖瓶,得多少钱买?

肖队长说,小杜,一会儿把这个暖瓶拿到卫生队,给我的暖瓶换过来,我的暖瓶保温。团长天天要找人谈工作,都要给人家泡茶,暖瓶不保温咋行!

王团长给肖队长说了刘凯文的计划,肖队长说,刘军医的主意是不错,咱们卫生队的业务确实太差。但部队是铁打的营盘流水的兵,现在又规定服役期两年,咱们把他们培养出来了,也该转业了?

王团长说,转业不转业还不是我们说了算,我就不信,我不签字谁敢朝家里跑。我把他们培养出来了,不在我这干够十年,甭想转业,我才不会做亏本买卖。这么大的国家,大学都不招生,国家还建设不建设,社会还发展不发展。我估计呀,用不了几年,大学就会招生,大学一招生,几年以后,年年都有大学生毕业,上级肯定会分配给咱们——我只要求你一点,全力支持刘凯文两口子,在全团高中生中选拔培养对象。需要我做什么,我全力支持!

五

西宁的七月,是青藏高原一年中最惬意的时候。寒冷被夏彻底击溃,充满了暖暖的凉爽。树木、庄稼、野草,长得十分茂盛,满目都是碧绿,给人心旷神怡的舒服。裹在我们身上的棉衣、绒衣脱去了,中午时候,上身穿件白衬衣，下身穿条单裤子，一点都不觉得冷。最让人过瘾的是可以用凉水洗澡了，春节澡堂开过一阵子，我们才能洗上一次。长期没有洗澡，身上发痒，刺痛，像蚂蚁在皮肉上咬，像虱子在皮肉上爬。打完篮球，身上发热出汗，倒在床上，指头在胸脯上、肚皮上搓，能搓下一条一条的污垢，堆积在一块，有枣核大小，油油的，腻腻的，可以捏成各种各样的东西。到了中午，打桶凉水，端到宿舍，把衣服脱光，洗。洗了以后，身上就搓不出污垢，气味也不难闻了。再用香皂把头发洗了，身上像卸掉了几十斤重负，轻便，爽快，吸进鼻子里的空气都清洁新爽。我洗过澡，把地上的水拖干净，就坐在桌子旁边，看窗外的风景。伺候首长有个好处，首长开会了，下连队了，我就闲下了，就有工夫胡思乱想。窗外的空地上，并排长着几十棵白杨树，是我们团从朝鲜撤回祖国，在西宁建营房时种的，十几年过去，长得有老碗口粗了，冒天高，树梢都戳进白云里头。有风，把树叶吹得哗哗响，欢欢地摆动，像绿色的旗帜。空中飘扬着白杨树的絮，风不吹的时候，就朝下落。苟得胜没有午睡，在扫地，杨絮被扫把扇起的风，吹向一边。他勤快，中午从来不午睡，打扫公共卫生。领导喜欢这样的人，说他政治觉悟高，工作积极，领导喜欢的人，就能入团入党提干。

　　白杨树旁边，长着几棵槐树，树叶碧绿，槐树花开过，长着槐荚，还没有成熟，也是碧绿的颜色。有鸟，在树上蹦跳，叽叽喳喳。有鸟粪落下，麻麻点点，有个警卫排的战士在打扫。白杨树和槐树外边，是个很大的操场，全团会操就在这里举行。团长从外边走过来，后边跟着几个参谋。我看见团长回来了，赶忙跑出去，迎接。

　　团长回到办公室，解下武装带，把手枪放到桌子上。我接过武装带，在墙上挂好，提起水桶，给洗脸盆里倒了清水，把毛巾摆在上边，又把香皂盒放在旁边，说，王团长，洗脸！王团长洗脸从不用香皂，一块香皂一年都用不了一半。他洗脸的时候，双手捧起一掬水，猛地捂到脸上，狠搓，搓上三四下，又捧起一掬水，又捂到脸上，又搓。我站在旁边，等他洗过脸，倒洗脸水。这时候，我说，王团长，用香皂把脸洗洗！

王团长说，老皮老脸了，用啥香皂哩，浪费。

我们是汽车部队，供应肥皂洗衣粉，叫清洁费，团长也有一份。他家经济条件不好，都拿回家了。香皂不归部队供应，自己掏钱买，他舍不得用。王团长洗过脸，我赶忙端起洗脸盆，朝外边走去。王团长追着我的屁股喊，把水倒在槐树根下，这鸡巴天一个月没下雨了，诚心把老子的树旱死。我把洗脸水倒了，回到办公室，王团长正在接电话。我又拿起暖水瓶，给他缸子里倒水，倒过水，我刚要离开，王团长放下电话，给我说，你通知小马，开我的车到卫生队，把刘凯文拉上，到西宁火车站接他老婆！我把他的命令复诵了一遍，就朝王团长的司机小马宿舍跑去。我们是汽车团，汽车确实不少，小车只有两辆，全是苏联产的嘎斯69，给团长配一辆，政委配一辆，副团长副政委都坐不上，却让刘凯文的老婆坐上了。

第二天午睡的时候，我没有睡觉，还坐在窗户跟前看外边的白杨树槐花树，看空中飘逸的杨絮，看空中飞舞的野蜜蜂，还有几只很大的花蝴蝶。突然，我看到刘凯文朝这边走来，旁边走着一个女人，吊着他的膀子。我在西宁见过女的搀着男的走路，说他们是吊膀子，流氓意识。他们后边，跟着一个小男孩，三岁左右，一边走一边捉蝴蝶。刘凯文长得不咋样，可他娶的婆娘比仙女都仙女。我们团不缺美女，卫生队的十多个女兵，一个比一个漂亮，像画上的人一样。要是站在刘凯文婆娘跟前，差老鼻子了，就像一群山里婆娘站在外国贵夫人面前。刘凯文婆娘穿着叫布拉吉的长裙，雪白，半截袖，裙裤拖到小腿肚子下边，的确良做的，很薄，贴在身体上，把身体的曲线显露得十分清晰。脖子细细的，直直的；眉毛浓浓的，黑黑的；眼睛大大的，亮亮的；鼻子窄窄的，挺挺的；嘴唇薄薄的，红红的；腰柔柔的，软软的；小肚子平平的，坦坦的；大腿长长的，端端的。尤其是那肤色，在青藏高原绝对看不到这样的皮肤，白润，细腻，像世界上最有名的雕刻家用上等玉石雕刻的，在阳光下，泛射着玉润的光泽。她的脚步移动时，没有一点声音,像从空中飘过来。我感觉她不是从地上走过来,是从天宫飘落下来,杳杳而至。这时候,我把全世界上都忘记了,眼睛中、思想中,只有这个女人。我突然想,要是日本鬼子糟蹋这样让人心动的女人,全中国的男人都会不要命地跟他们拼。她挎着刘凯文的胳膊,偎靠着刘凯文,满脸幸福。他们走到我的窗户跟前,在石桌旁坐下,这是个四方形的石板,四边放着四个石凳。他们面对面坐着,四只手搁在石桌上,互相握着,不说话,互相看,我感觉两个人的目光里都盈满骚情。他们看了一阵,又把脖子伸长,嘴对着嘴亲一下。我的脸刹那一热,急忙缩回脑袋,怎么能偷看人家耍流氓。心里又琢磨,你们亲嘴就亲嘴,在宿舍把嘴亲肿都行,你们都是医生,有办法治好亲肿的嘴。不该跑到这里亲嘴,不知有多少人精力旺盛得睡不着,生命的力量把裤裆里的旗杆举得老高,在床上做滚翻运动。要是让他们看见了,又要自力更生了。

当天下午,机关的参谋干事就没心思工作了,议论这事情。我走到他们跟前时,隐约听到,就好过了刘凯文狗日的!那驴日的哪是人生的,简直是狐狸精转世!狗日的,找老婆还是要找城市的,你看人家那肤色,比皇上的妃子都漂亮。人家的脚后跟比我那个农村婆娘的脸都细嫩,咱这辈子毕了,娶了个农村婆娘,黑了睡觉只能想着人家的婆娘搞自己的婆娘。还有个参谋说,咱找刘凯文,让他把老婆的照片多洗几张,发给咱们,咱们跟老婆睡觉的时候,把照片盖在老婆脸上——

这些议论传到王团长耳朵里,第四天上午,王团长在里间办公室叫,小杜——我急忙答,到!就朝里间跑去,立正站在他对面。王团长问,这几天中午,刘凯文和他老婆在你窗户外边的石桌旁坐?我说,是的!王团长又问,你看他们亲嘴了?我答,我不是故意看的,他们一亲嘴我就闭了眼睛,没看,那是资产阶级腐朽!

王团长说,你给卫生队打个电话,让刘凯文到我这来一趟!

刘凯文来了,还是站在门口喊报告,还是我给他拉开门,他进来小声问我，团长找我？我说不找你找谁？他问，团长为什么找我？我说，我又不是团长，咋知道！我走进王团长办公室，说，刘军医来啦！王团长站起，说，进来吧！刘凯文进门，立正，给团长敬礼，站在那里。王团长说，坐下吧。刘凯文就坐下。王团长问，选拔培训对象的工作进展得咋样了？刘凯文回答，考卷已经发给各连队了，由于部队高度分散，很多在偏远地区执行任务的连队，短时间收不到试卷。我们的意见必须等所有高中毕业的战士都拿到试卷，都得到选拔的机会，要是把谁遗漏了，对人家不公平！

王团长点头，说，通过邮局给他们邮寄试卷的办法不行，青海很多地方不通邮路。像在可可西里执行任务的二营，就没办法收到试卷。我的意见，用电报、电话、无线收发报通知所有的高中毕业生，都回到团部考试。这一次考试，不仅是选拔卫生员，还为以后提拔干部做参考。以后咱们团提拔干部，基础知识也是一项重要的考察内容。

刘凯文说，要是这样就好了，他们接到通知后，最多一个月就可以回到团部参加考试，两个月后就可以开学。

团长又问，你太太的教学工作准备得怎么样了？

刘凯文一愣，我也一愣，五大三粗张嘴就是鸡巴的王团长，怎么能说出太太两个字，恐怕军区司令员都说不出太太这个名词。王团长意识到我们的惊奇，解释，我前几天给别人说你老婆要到咱们团当教员，别人批评我，说有学问的女人不能叫老婆，更不能叫婆娘，叫太太。其实叫我说，太太婆娘老婆都是一回事情，就像把鸡巴叫屌，叫法不一样，本质一样。

我们又想笑，还是不敢笑，刘凯文回答，她已经准备了一个星期的授课讲义了，等正式开学前，基本可以准备完毕。

王团长说，很好，不打无准备之仗，准备得越充分越好。刘军医，我还有件事情要问你，本来嘛，我这么大岁数了，不该过问你们年轻人的事情，但这事情直接影响了工作，我不过问不行呀！

刘凯文见团长严肃了，立即有了胆怯，坐得更加笔直。

王团长问，听说你和太太在午休时间，不在宿舍里睡觉，跑到外边亲嘴？

刘凯文没有说话，算是承认。

王团长说，我不说你们是资产阶级思想，那些事情都是明事暗做，谁都知道娶老婆是干啥用的，但总不能在人面前干呀。你只图受活了，怎么不替我考虑考虑。全团那么多干部战士，出去执行任务，一年不能回来，家属院的那群婆娘，隔三岔五跑到我家，要她们男人回来，骂我把她们男人弄出去，一年见不了一面，谁能受了！机关这些年轻干部，结过婚的看了你老婆，嫌自己老婆不漂亮，想学陈世美，休妻再娶。没老婆的死活不找农村婆娘，要找大城市的姑娘。也不考虑自己的条件，文化程度连初中都达不到，脸黑得跟驴腿裆里的家伙差不多，还看不起农村婆娘。要是干部都成了这样子，兵咋带，仗咋打，手心手背都是肉，我把你的问题解决了，他们的问题怎么办？

刘凯文说，王团长，我错了，我做检讨，以后再不犯类似的错误！

王团长说，你也不要自己给自己上纲上线，这不是什么大事情，在大城市真不算个啥，人之常情。自己的老汉亲自己的婆娘，碍旁人的啥啦！我不是不开通的人，但咱是部队，部队有部队的规矩，有部队的特点。地方到了礼拜天，男工女工放假，专门谈恋爱，把嘴亲肿都没人管。还专门组织男的到纺织厂、女的到炼钢厂，让他们一对一地谈，一对一地亲，亲得结婚了，组织的目的就达到了。我都思考了，年终部队回来了，团里组织二十八岁以上没有老婆的干部，到西宁毛纺厂去支工。听人说，毛纺厂都是女工，好多都找不到婆家。咱团的干部到了二十八九岁找不到媳妇，我给他们规定，只要人家愿意让你亲，狗日的给我朝烂里亲，两个礼拜给我亲出成效，回来开结婚证明。两个礼拜完不成任务，甭回来见我！话说过来，我帮你把媳妇弄到身边了，你受活了，不要让旁人眼红。这事情传染，旁人看你受活了，也想受活，我拿啥让人家受活？

自这以后，再到休息时间，这一家三口再不到团办公楼跟前来了。又过了一个礼拜，这些议论慢慢淡了，像给湖里扔了一颗石子，泛起一阵水波，再不朝水里扔石子，水波就平复了。七八月份，低处的冰雪融化了，公路上少了冰坎，畅通了很多。这个时候，连队要不出去执行任务，才是傻瓜。所以，一年中的运输任务，除了受时间限制的运送老兵复员，新兵入伍，别的任务必须在这个时候完成。连队出去执行任务了，种的菜地不能荒废，菜地荒废了，部队冬里回来，吃啥？于是，连队的菜地都由机关分片包干，必须种好，种不好不行。王团长也包了四连的一块菜地，开春消冻后，用铁锹翻了，按照连队事务长的要求，种了莲花白。而后就施肥，锄草，捉虫子。吃过下午饭，我和王团长就在菜地锄草。周围，很多机关兵在忙活，见团长来了，干得更卖力气。团长干了一会儿，政委的公务员跑过来，老远就喊，王团长，政委请您回去，上头有文件来啦！王团长站起来，腰很慢很慢地朝起直，一边直一边用拳头在脊椎上敲，嘟囔，老咧，这才干了多大点工夫，腰就不行啦！

我也站起身子，要跟着他一块回去。王团长摆了下手，说，你不用回去，把这点草锄完。咱是领导，咱的菜要是长得不如人家，叫我的脸朝啥地方搁！

王团长走后，刘凯文和老婆带着孩子过来了，他们也包了四连的一块菜地。刘凯文没有穿皮鞋，穿解放鞋。他老婆穿运动衣，天蓝色，脚上穿运动鞋，也是为劳动穿的服装。我们见刘凯文老婆来了，目光又聚焦在她身上，目光里含着呼呼的火焰。他们种庄稼显然不如我们农村出身的兵，小锄拿在手里，比我们拿手术刀都难畅，东刨一下，西扒一下，挖起的土把活着的草盖了多半，就这，还累得满头大汗，狼狈不堪。我想过去帮他们，给他们讲怎么使用锄头，怎么锄地，但又不敢，怕人们说闲话。这么漂亮的女人，谁走到她跟前，都得提防别人的眼睛。

突然，一个卫生员跑过来，边跑边喊，刘军医，七连送来一个病号，昏过去了。苟医助处理不了，队长让你跑步回去。

刘凯文立即站起,他老婆也跟着站起,说,我跟你一块去,你这些年没在医院干,医术上没有长进!

刘凯文拉着老婆的手,朝卫生队跑去,刚跑了十几步,刘凯文想起团长的批评,急忙丢开老婆的手,说,我把首长的批评忘了,咱们还是不要在公共场所亲热!

他老婆就嘟囔,部队也管得宽,人家夫妇拉个手,碍着他们什么了!

刘凯文一边跑一边说,王团长说了,确实没碍着别人什么。但部队的情况特殊,干部战士一年难得探次家——

刘凯文和老婆离开后,孩子留在这里。五连事务长跑过去,在他头上摸了下,问,你叫什么名字?孩子答,刘苏生。事务长问,你为什么叫刘苏生?孩子答,我爸爸姓刘,我妈妈姓苏,我是我爸爸妈妈生下来的,所以叫刘苏生!事务长装成恍然大悟的样子,说,你原来是爸爸妈妈生下来的,叔叔知道了。

闹过了一阵,人们又忙活菜地里的活路了,把孩子的存在忘记了。这时候,从家属院走出一个小女孩,三四岁的样子。突然,刘凯文的儿子跑到小女孩跟前,抱住小女孩,就在人家嘴上亲。刚好小女孩的母亲从家属院出来,跑到小男孩跟前,猛地拉到一边,在屁股上狠狠拍了一巴掌,小男孩哇的一声哭起来。这个家属是参谋长的婆娘,参谋长跟随部队到可可西里执行任务去了,不在家,婆娘长期得不到阳光雨露,脾气就大。她打了男孩一巴掌,还嫌不解恨,骂,爹妈耍流氓,儿子小小就会耍流氓。

事务长赶忙跑过去,把参谋长婆娘拉开,说,嫂子,跟孩子生啥气哩!又蹲在男孩跟前,说,勇敢的孩子不哭,不要哭啦!

小男孩为自己申辩,我爸都能亲我妈,我为什么不能亲她?

这时候,刘凯文和老婆处理完病人,赶回菜地,老远看见孩子哭,急忙跑过来。两个孩子都在哭,刘凯文老婆拉过自己的孩子,用手绢擦了他的眼泪,问,苏生,怎么了?孩子指着参谋长的婆娘,哭哭泣泣说,她打我!刘凯文老婆问,你做错什么事情了,她打你?孩子说,我没做错什么事情,我亲了这个小妹妹，她就打我。我急忙跑过去，给刘凯文说，没什么大不了的事情，孩子在一块玩耍，大人看不过眼，拍了一下孩子的屁股！参谋长婆娘不是善茬，丝毫不领我的情，冲着我说，小杜你少装好人，他孩子是男娃，我孩子是女娃，女娃要是被男娃亲了，以后怎么嫁人！她这一说，菜地的人都笑了，连刘凯文两口都笑了。三岁的孩子屁都不懂，男孩亲了女孩，竟扯到嫁人的高度了。

王团长来了，见围了这么多人，走过来问，发生什么事情了？

参谋长婆娘蛮横，还是怕王团长，人家是团长，他男人是参谋长，团长管参谋长，这个规矩她还懂，就小声说，没啥，这小孩不懂事，我教育了他一下。

王团长走到小男孩跟前，蹲下身子，摸了他的头，问，你犯了什么错误？

小男孩说，我亲了这个妹妹！

王团长说，你是男娃娃，她是女娃娃，不能随便亲她的！

小男孩说，我爸爸是男娃娃，我妈妈是女娃娃，我爸爸为什么可以亲我妈妈，我就不能亲小妹妹？

王团长愣住了，这里面的道理，三岁娃娃怎么能搞明白？他为了掩饰尴尬，故意摸了男孩的鸡鸡，问，这是什么？

小男孩大声回答，开姑娘门的钥匙！

王团长苦笑，更尴尬，又把男孩的脑袋拨拉了一下，说，男人生来都不是好东西，这么小的家伙就知道弄那事情！说完，又对参谋长婆娘说，刘军医的娃娃把你的女子亲了，我就让他把你女子娶了。古时候都有指腹为亲，现在时兴介绍人，就是过去的媒人，我就当你们孩子的媒人。你女子要是嫁给了刘军医的儿子，就是找了好人家，公公婆婆都是大学生，比你们两口子强多了。我把你家男人的能耐也看了，今辈子最多当到我这个级别上，再进步一点都困难。为啥，文化程度不够。你知道刚才政委叫我回去看什么文件，就是中央军委要求，在未来十年至二十年，部队的干部必须达到大专以上文化程度。我跟你男人这些没文化的干部，都是过渡干部，以后部队分来大专生，我们就退。说完，又给刘凯文两口子说，我给你娃说了个媳妇，你们没花一分钱，多好的事情。我们老家有句话，娶媳妇盖房，花钱的阎王！给娃娶个媳妇，把一辈子存的钱和粮食花得屌蛋精光。他一边说，一边给刘凯文两口使眼色。

刘凯文老婆精明，听了王团长的话，也觉得自己的娃娃把人家的女子亲了，不是光彩的事情。再说，这个娃娃的亲爹是参谋长，比自己男人的级别高。人家婆娘打自己娃娃两下，尽管心痛，还是顾全大局，走到参谋长的娃娃跟前，蹲下身子，抓着娃娃的手说，小姑娘长得真漂亮，我家苏生要是能娶上你，真是上辈子烧了高香。

一场干戈化玉帛，尽管都知道，这两个娃娃要娶媳妇要嫁人，也是二十年以后的事情，天南海北，世事演变，能不能再见上面都不一定。何况时尚自由恋爱，就是能天天见上面，也不一定能互相看中，说不定你嫌我鼻子塌了，我嫌你眼睛小了；你嫌我脾气大了，我嫌你不温柔了；你嫌我妈资产阶级了，我嫌你妈母老虎了。王团长见矛盾解决了，让两个孩子把手拉到一块，说，玩去吧，不要打架。又给小男孩说，你以后就是娶了老婆，也不能在人面前亲，要找没人的地方亲。

小男孩说，我一会儿把妹妹领到没人的地方亲！

王团长苦笑，给刘凯文说，看你们把孩子教育成啥了，这娃娃以后要是到我手下当兵，我得天天提防他犯男女关系的错误！

刘凯文和老婆都脸红，也能感觉出王团长在批评他们，没把孩子教育好。还能觉出王团长话里有话，三岁的娃娃哪懂这些，还不是父母不检点，当着孩子的面做那事？

回到办公室，王团长还在想这事，摇头，苦笑，对我说，娃娃玩耍，婆娘打架，都不是大事。但人家男人带着部队在外边执行任务，不能让他们为这事情分心。

这个星期轮到政委的公务员烧开水，按照往常的习惯，锅炉要在开下午饭前烧开。吃过晚饭后，机关人员就来打开水。锅炉不大，刚好把机关的暖瓶灌满，就是差，也差一两个，不会差太多。这天吃过晚饭，锅炉里的水打完了，还有五六个人没打上开水，没打上开水的人站在锅炉跟前，不肯回去。有个老资格的股长，声音很大地吼，公务员——我听到声音，回答，到！急忙跑过去，站在他面前。老股长问，今天怎么烧的开水，这么多人没打上？我说，今天不该我值班！老股长又对着政委公务员的宿舍喊，小马——小马也是一边答应，到！一边朝他跟前跑，跑到老股长跟前，问，牛股长，你找我？牛股长指着锅炉说，你怎么烧的开水，这么多人没打上？而且很多人反映，这段时间经常有人打不上开水，是不是没把锅炉加满？

小马走到锅炉的龙头跟前，拧了一下，果然没有水出来，就有了疑惑，说，我把锅炉的水加满了，还溢出来好多，怎么能不够打？一个参谋说，不只是今天水不够打，连着好几天都不够打！小马就嘟囔，你看这事情奇怪不奇怪，机关没增加一个人，往常的开水都够打，就这几天不够。锅炉又没有漏，牛还真能把驴日死了？

小马把锅炉烧开，躲在锅炉对面的房里，侦察开水到底跑到什么地方去了？这时候，部队正在开饭，还没有人打开水。刘凯文的老婆提了六个最大号的暖水瓶，挨个灌满，准备分批提回宿舍。她来了以后，王团长专门让管理股在机关腾了一间房子，给他们做宿舍。他们自己做饭，开水由锅炉供应。小马从房子里窜出来，冲到刘凯文老婆跟前，挡住她的路，说，我就说这些日子开水老不够打，原来你把开水都打完了。你一个人就打六瓶开水，还是最大号的暖瓶！刘凯文老婆站在那里，不知道怎么办好。

小马又说，你们一家三口人，就是不吃饭光喝水，也喝不完六大暖瓶水！这时，动作快的人已经吃过饭了，听见小马训斥这婆娘，都凑过来看热闹。也觉得这婆娘做得太过了，你一家人打那么多开水，让别人喝什么？小马还是不依，得理不饶人，乘胜追击，你们到底把开水弄什么用了？今天不

说清楚，就别想把开水提回去！

婆娘小声说，喝一暖瓶，另外五暖瓶洗下身！

小马迷惑了，不知道下身是什么，值得天天用开水洗？继续训斥，啥下身那么金贵，值得天天洗？

旁边的人就笑，老股长小声嘟囔，下身就是裤裆里的东西。我们这才明白，这婆娘把开水打回去洗裤裆了，心里就有了不乐意，旁人连开水都喝不上，你们用开水洗裤裆？你们上海人的裤裆就那么宝贝，天天用我们喝的开水洗？真资产阶级，真修正主义，真腐败堕落，真臭老九，真——

那婆娘脸红了，眼睛也红了，像要哭出来了。

王团长来了，见这么多人围着刘凯文老婆嚷嚷，快步走过来，见牛股长的级别最高，指着他问，发生什么事情了？

牛股长立正，回答，刘军医的婆娘用开水洗裤裆，一次打六暖瓶水，别的同志喝不上水，小马不让她把开水提走！

王团长朝牛股长跟前走了一步，骂，你他妈的混账，啥玩意，你是这里级别最高的首长，竟跟他们的觉悟一样可怜。我要是不看你是老同志，非用巴掌扇你狗日的不可！人家是谁？人家是咱们请来的，给咱们培养医生的老师，要是放到过去，就是女登科状元。要不是人家男人在咱团干，你用八抬轿抬人家，都不一定能抬来！你现在和小马小杜，把暖瓶替苏医生送回宿舍。小马小杜听着，以后苏医生用多少开水，你们烧多少开水，不得阻挡。要是再发现你们阻挡她用开水，我马上处理你们复员，还想开汽车，让你们开鸡巴！

于是，牛股长、小马、我，一人提两个暖瓶。牛股长打头，我和小马随后，垂头丧气地给人家送开水。王团长又冲着牛股长的脊背喊，牛拴牢，把暖瓶送到后，到我办公室来！

牛股长站在王团长办公桌对面，我站在牛股长旁边，我见王团长生气，就不敢给牛股长倒开水。

王团长看着牛股长，嘿嘿冷笑，说，牛拴牢，我要是没有记错，你是四八年当的兵。那时候我是营长，见你站在马路边，饿得浑身打战，就把你带走了，现在出息了，当股长啦！

牛股长说，我这辈子都忘不了王团长的再生之恩，要不是王团长，我早就饿死啦！

王团长说，你知道这就好，为什么那么多人，我谁都不骂，专找你骂，知道骂了你没事，骂了旁人，人家会有思想包袱。你这人呀，啥都不错，就是没有政治头脑。这就是我可以把你提成股长，不敢让你下去当连长营长的原因。你不会站在全团的高度思考问题，咱那些军医卫生员，连好牙坏牙都分不清，要是来场瘟疫，帝修反给个细菌战，靠咱卫生队的这些老爷，屁用都不顶。我动心眼把刘凯文老婆请来，给咱培养医生。人家是上海人，又是医生，懂得睡觉前洗裤裆的重要性。咱就让她洗，不就是几瓶开水的事情，又不是政治问题。咱这么大的汽车团，在乎几暖瓶开水？现场就你资格最老，级别最高，你怎么就想不到这些，还跟着那帮年轻干部瞎起哄？

医生培训班开学了，一共有四十八个学员。开学那天，团长、政委、副团长、副政委、政治部主任、司令部参谋长、卫生队长、各营营长、教导员，差不多有三十多个。团长郑重宣布，医生培训班直接归他领导，班长由刘凯文担任，副班长由苏姹担任。他念到苏姹的时候，把姹念成她，下边坐的高中生就笑，他也笑，说，笑鸡巴哩，就是她吗，你们以为我不认识！他宣布完毕，对台子下边坐的各营长说，我把苏医生请来，不是要你们看热闹的。我这个医生培训班最少得三年才能毕业，将近五十个学员，新建的编制，没有一分钱的积累，没有一分菜地，没有一口猪一头羊，让他们吃啥？学问伤的是脑浆，比执行任务都累，吃不好咋行？你们谁带着头，支援他们一下。以后你们谁得了急病——呸呸，不说不吉利的话——

立即，有个营长站起来，大声报告，我们营一个连队给一头肥猪、两只肥羊，一共三只肥猪、六只肥羊！

随之，又有个营长站起来，我们营给三只肥猪、九只肥羊——

主席台上只坐了四个人，团长、政委、刘凯文、苏姹。台子下的人，都不看团长政委，老皮糙脸有啥看头，都看苏姹。苏姹兴奋极了，她长这么大还没有享受过这样的荣光，满脸通红，越发显得娇美。台子下边，有人小声嘟囔，狗日的只好过刘凯文一个人啦！

后来，我听说，离上课还有半个小时，这帮学员早早就跑到教室，占前排的座位。前排离苏姹最近，能看清楚她的脸，看清楚她的身材，能闻见她身上的香气气。

春节快到了，全团会操。医生集训班的四十八个人，加上班长副班长，正好五十个人，也作为汽车九团的战斗序列，参加会操。这个战斗序列，云集了我们汽车九团文化程度最高的人，全部是从高中毕业生中选拔出来的，班长、副班长是大学本科毕业生。他们穿着统一的白大褂，走进操场的时候，步伐整齐，有力，口号洪亮。这支战斗序列的成员，都是各连队的班长、排长，有的还是副连长，单兵动作根本没话说。按惯例，会操前唱《解放军进行曲》。两千人的大合唱，必须有人指挥。每年的全团会操，都是团长指挥，他的指挥只会抡胳膊。会操以前，医生培训班练习唱《解放军进行曲》，刘凯文担任指挥。刚好王团长去检查他们的学习，见刘凯文指挥得很内行，拍子打得很准，就问，你学过指挥唱歌？刘凯文说，我在大学时是合唱团的指挥，别说一支歌曲，就是交响乐合奏，都能胜任！王团长就感慨，我们的时代过去了，该你们上来了。这次全团会操，就由你指挥唱歌！这阵，王团长站在麦克风前边，大声命令，医生培训班的刘凯文班长，上来指挥唱歌！

刘凯文在台子下边高声回答，是！就跑步向前，冲向台子，跑到麦克风前边，摆出指挥的架势。我看刘凯文，跑姿还有点不标准，但充满自信，很有力量。

原发于《天津文学》2014年第5期
转载于《小说选刊》2014年第6期

房　车

一

　　三伏天。黄昏。出租屋。汽车修理工李天石、李天柱下班回来，做饭。李天石忙活的时候，堂弟李天柱玩游戏机，游戏机叽叽叫，像被开水烫的老鼠，惹李天石心烦，说他，你把心思不用在修车上，全用在玩游戏机上，游戏机能给你发工资，给你房子住？拉屎攥拳头，力气不用在正道上。

　　李天柱手里的老鼠不叫了，像钻进窝里了，手里没有老鼠叫的李天柱说，我不玩游戏机，就有人给我发工资给我房子住了？要是有人发，我把游戏机砸了，绝对不玩！李天石琢磨，没琢磨出说他的话语，只好无语，又翻眼皮看他。李天柱接着说，我这些天也在琢磨，咱的脑子也不笨，农村的活路，看一遍就会。就是搞不明白汽车的分电器咋着分电，化油器咋着化油，狗日的汽车理论比长虫的尻子都深，把一条腿戳进去都够不着底。

　　晚饭数月如一日，挂面、青菜、鸡蛋，外加调料若干。锅里的水翻了浪花，像沼气泛泡，还响。李天石把煤气拧小，挣不来钱就要节省着花。又给锅里打鸡蛋，蛋散黄，满锅漂黄，鼻孔里有了鸡蛋的腥味，就嘟囔，人倒霉了喝凉水塞牙缝，放屁砸脚后跟，害怕散黄还是散黄了。李天柱朝锅里看了，水面上点缀着几点淡黄，说，不管散成啥样子，养分都在锅里，跑不到旁人肚里。李天石说，散黄蛋和荷包蛋的味道能一样？咱把买鸡蛋的钱花了，就要吃出鸡蛋的香，要是吃不出来，就划不来了！李天柱不再说啥，人站在锅跟前，烤，热，浑身冒汗，用手把额头、脸颊上的汗水抹了，说，你看这天气，热得鳖都在河滩上翻跟头。咱天天吃青菜面条，身体咋受得了？最不行也得弄半斤猪头肉二两花生米加瓶冰镇啤酒，吃得不好，身体病了，上不成班，还得看病，不进光出，亏就吃大了。

李天石把青菜扔进锅里，用筷子搅了，伸出巴掌，哼了一声，说，你把钱拿来，我去买。别说猪头肉花生米，鱿鱼海参都能买来。李天柱说，你这人不行，天生的穷命，连猪头肉花生米都不敢想。想想又不花钱，凭啥不想？李天石说，你见过咱村文祥家的二骡子没，闲下的时候，用自己的家伙打自己的肚子，打得梆梆响，自己给自己找受活，你跟文祥家的二骡子差不多。没钱想啥都不管用，老老实实吃青菜鸡蛋面，淀粉维生素一样都不少，绝对满足身体需要。现在有权有钱的人，都讲究吃饭要简单，越简单越健康。就是那些人应酬太多，简单不了，身体就不健康，成了三高一低三长一短！

李天柱问，啥是三高一低三长一短？

李天石说，三高一低是血压高、血糖高、血脂高，肺活量低；三长一短是尿尿时间长，不滴答半个小时就尿不净，塞到裤裆还朝出渗，再就是屙屎时间长，手攥拳头，上边哼哧，下面用劲，那东西就是不肯出来，比妇女生产都难受，还有一样是睡不着的时间长，侧楞子仰板子，三十六种姿势用遍，就是睡不着。一短就是做那事的时间短，像手扶拖拉机样，鼓了好大的劲才发动着，突突到跟前就熄火。你不要小看青菜鸡蛋面，养分充足。三高一低三长一短咱都没有，夜里倒到床上，一个屁没放完就睡着，人一睡着，下边就撑杆，一杆子撑到天亮。

李天柱故意调侃他，说，照你这么说，咱天天吃青菜鸡蛋面，就成了三低一高？

李天石说，是不是三低一高，我也不知道。但我知道自古以来的世道都一样，要么有权，要么有钱，离了这两样，啥福都享不上。咱没钱没权，就好好学修车，把手艺学到手，攒下钱了，自己开个修理厂，当老板。

李天柱嘿嘿笑，说，咱要是当上老板，养了二奶，恐怕也成了三高一低三长一短。

李天石一愣，说，你脑子挺够用的，都知道辩证法，咋就在修车上不开窍。你要是在修车上开窍了，一个月挣一千多，咱俩合起来两千多，日子就不会过得这么凄惶！话说过来，不管你啥时候学会修车，我绝对管你的吃喝睡觉！说完，把面条捞到碗里，本来是一人一个鸡蛋，蛋散黄了，一个碗里只好捞几个黄片片，又给碗里放了盐面、酱油、醋、味精，递给李天柱一碗，说，好好搅搅，把调料搅开，吃起来就香。

李天柱接过碗，搅，又搅，很认真地搅，而后把一筷子面条送到嘴里，嚼，说，你拌的面条真没啥说的，把人能香死。你有这个手艺，咋还去学修车，自己开个饭馆，专门做面条，用不了几年就当老板了！

李天石说，煮面条算狗屁手艺，是个人都能做。修汽车是技术活，用学问人的话说，有科技含量，有科技含量的工作，挣钱就多。

李天柱不再说啥，两个人蹲在地上，一条腿弯曲，脚后跟顶着尻门子，端着和盆子差不多的老碗，房里喧起吃面条的声，声音里都饱含着很解馋，很可口。没多大工夫，吃完，李天柱用巴掌把嘴一擦，说，其实，咱的收入也不算太低，我一个月一千二，你一个月五百，加起来一千七。就是房租太贵，一个月得交七百，要是不交房租，咱俩一个月的生活费花上八百，还能节余九百，房租一交，就一点都节余不了。

李天柱把面条吃完，也把碗朝地上一搁，说，要是不交房租就好了！说完，拿起一本汽车刊物，里面有介绍房车的彩页，看得入迷。

这时，房东汪西霞站在门口，斜斜地靠着门框，身子软得像剔去肋巴骨，骚眉狐眼地看他们。两个二十多岁没结婚的小伙子，在五十多岁徐娘半老的眼里，确实很受看，像给眼窝会餐。她看着他们，声音软得像他们刚吃下去的面条，说，天都这么黑了，还不开灯？他们听见房东的声音，急忙站起，摆出臣子见皇上、打工人见老板的恭敬。李天石朝门口走近，有意弯了腰，甜甜地说，大姐，吃过没？汪西霞说，都到这时候了，咋能没吃？你们咋到这时候才吃？李天石说，俺下班才到市场买菜，回来才做饭，紧做慢做都到这时候了。汪西霞说，两个小伙子在一块过日子，难为你们了。有是有个媳妇，就有人给你们做饭了！说着，朝嘴里送了一颗葵花籽，嘴唇咋着一弄，把皮噗地吐出。吐皮的时候，把脸朝外一扭，皮吐到房门外边，籽留在自己嘴里。随之，又把一个葵花籽送到嘴里。李天柱说，俺天石哥都二十五岁了，身体这么好，长相也不差，还是汽车修理工，条件没啥说的。你亲戚家里要是有合适的女子，给俺天石哥介绍一个，也算是做了功德事，阎王爷让你下辈子托生成富太太，不是给李嘉诚当儿媳妇，就是给香港总督当二奶！汪西霞把嘴里的瓜子皮呸的一声，吐到他脚前，冷笑，说，你们也不尿泡尿照照你的脸，还想娶我家的亲戚当媳妇。等你啥时候有了自己的房子，不再租我的房子，再提说这事，甭说我亲戚，娶我女子都行！

李天石走到灯开关跟前，随之细微声响，日光灯亮了，屋子里像出了太阳。他们能看清汪西霞的鼻子眼睛，连眼窝下边的黄斑都看得清楚。汪西霞也能看清他们的眉眼，还有胸脯上的肌肉，很瓷实，更受看。李天石说，我们又不复习功课考大学，那么早就开灯，浪费。汪西霞把嘴撇了下，又问，晚饭吃的啥？李天石说，面条。汪西霞说，天天吃面条怎么行，营养跟不上，身体吃亏。李天石说，我们想吃鲍鱼，想吃海鲜，有权有钱人吃的我们都想吃，就是没钱吃不上，也没人请我们吃，不吃面条吃啥？汪西霞说，就是没权没钱，也不能在吃上头克扣，钱是挣来的，不是省来的，越省越穷。李天石苦笑，声音很软地说，大姐说的一点都不错，比《人民日报》都《人民日报》，就是一点没说到，俺这些人，挣不来钱，再不节省，咋办，总不能去抢银行？

汪西霞再没说话，见李天柱手里拿着杂志，说，天柱爱读书，是做学问的材料，咋不好好复习功课，考上名牌大学，以后找个挣大钱的事情。李天柱放下杂志，朝她跟前走了两步，恭敬地打招呼，大奶你高抬我啦！汪西霞一愣，心底就腾出生气，脸立即垮下，手还在上边摸了一下，嘴里冒出责问，我有那么老吗？李天柱惊诧地望汪西霞，不知道她为什么生气。李天石走过去，给她说，大姐，天柱刚从农村来不到半年，棉花籽眼窝还没有改造过来。他是撅着屁股打飞机，有眼无珠，你跟他计较，掉你的身份！我看大姐最多二十七八岁，要是放到俺农村，也是刚过门的新媳妇。可惜俺是农村来的，俺要是厅长处长总经理，天天围着你追，给你送九百九十九朵玫瑰。

汪西霞心里有了舒坦，脸上有了笑，又朝嘴里丢了颗葵花籽，笑眉善眼，满脸灿烂，说，我看你这小伙子，长得还可以，要身板有身板，要脸盘有脸盘，就是一肚子流氓，成天想着追姑娘。这话给我说了，我不把你咋样，要是给不咋样的女人说了，人家会说你是流氓，后边再加个无产者，公安局肯定请你去坐班房！

李天石故意把委屈安装到脸上，说，好我的大姐哩，谁让你长得漂亮，又那么年轻，谁见谁喜欢。我们一没结婚，二没女朋友，按理说具备了追你的条件。就是我们有自知之明，知道配不上你，不敢追。要是腰包里有资产，头顶上有职位，每天给你送玫瑰！

汪西霞又朝嘴里扔了葵花籽，说，这么热的天，不装空调也说得过去，电扇总得买一台吧？李天石脸上的委屈变成了可怜，说，俺刚才给你说过了，俺口袋里装的是无产，等装上了资产，别说电扇，空调都买，还要买进口的，没有噪声氧气多，对身体也好！李天柱赶忙说，对，要买就买进口的，国产的咱连看都不看。到时候多买一台，顺便也给你装上。

汪西霞看了一眼杂志，问，你看啥杂志？李天柱把杂志送到她跟前，说，我看杂志上介绍，有种车，设计得跟房子一样，能在上边睡觉、喝酒、办公、会客、喝茶，不知道能不能在上边煮面条？汪西霞把嘴角一撇，很鄙夷，说，你就知道吃面条，人家能买得起这种车，不是大款也是大官，绝对不会在车上煮面条，人家吃饭都在五星酒店。这种车多少钱一辆？

李天石说，我去年在报纸上看过，这种车八百万一辆。我到西安三年多了，还没见过这种车？

李天柱惊讶，伸舌头，说，八百万，能买几套公寓房。有钱人的屁股就是金贵，尻子底下坐几套房。说完，又看汪西霞，说，大姐啥时候有钱了，也买一辆房车，俺兄弟俩给你开。汪西霞没有搭理他，给李天石说，你在汽车修理厂工作，还没有见过房车？李天石说，不知道西安有没有房车，就是有，也只是一辆两辆，平时舍不得开出来。我除了在杂志看过房车，真车一辆都没见过。

汪西霞琢磨，很用心思，过了一会儿说，要是在车上睡觉，就得支床，床怎么在车厢里放？李天柱抢着说，把床支到车厢的办法多了，可以用电焊焊，螺丝上，铆钉铆，还有一种胶水，把床粘到车厢里。汪西霞又琢磨，像真要买这种车，不放心地问，车开起来，转弯过坎，颠颠簸簸，会把人颠下来，摔成脑震荡半身不遂断胳膊断腿！李天柱说，大姐这么聪明的人，咋连这都想不明白，真是看老戏流眼泪，替古人担心。人家工程师设计车的时候，早把这个问题考虑了，咱都担心从床上甩下来，人家科学家还能想不到这一点？这事情还不简单，在床的四周焊上栏杆，想叫人掉下来都掉不下来，除非想自杀！汪西霞觉得再没问题提了，说，我才不操这些闲心哩，咱花力气操人家的心，人家又不给咱一分钱，凭啥！

李天柱说，咱的娃还饿得哇哇叫，哪有精神操心人家的娃长不白！这年头，把自己的事情操心好就行了，替别人操心都是脑瘫，咱妈生咱的时候顺顺当当，脑袋又没有被夹扁。

李天石见汪西霞站在门口说话，开着门进蚊子，睡觉又得浪费蚊香，说，大姐进来说话，站着累人！汪西霞吸了下鼻子，说，脏得跟猪窝一样，还有种啥气味，难闻死了，还好意思让人进去坐！李天石说，坚决接受大姐批评，礼拜天好好把房子打扫一下，用香水把房里喷上一遍，再让大姐过来坐，我给大姐下青菜鸡蛋面条吃！

汪西霞又给嘴里扔了一颗葵花籽，说，我是无事不登三宝殿，有重要事情通知你们。从下个月开始，房租要上涨，过去是七百，下个月涨到一千一。

李天石一惊，更是巴结地说，大姐，咋一下涨这么多，俺弟兄俩一个月总共收入一千七块，要是交一千一的房租，剩下六百再交物业费、水电费，吃饭钱都没有了。

汪西霞说，你们收入低，找你们老板涨工资，给我说屁用处都没有。我涨房租也是没办法，现在啥东西不涨价？过去猪肉七块钱一斤，现在二十块还买不到好肉，涨了多少倍；过去青菜五毛钱一斤，现在涨到三块五一斤。你们好赖还有个工作，我啥工作都没有，就靠这几间房子过日子。你们要是嫌我的房租高，可以搬到房租低的人家住，我绝对不强迫你们在这里住。

李天石不说话了，他知道最近房租普遍上涨，但没想到涨这么多。现在啥都涨，就是工资不涨，以后恐怕连饭都吃不上了，给汪西霞说，我们没说你涨房租不对，我们在你这住了一年多，双方都有了感情，真的舍不得离开这里。你少涨一点，让俺弟兄俩吃上一碗面条。俺兄弟俩除了没权没钱，别的一样都不缺，要是有坏人欺负大姐，俺兄弟俩绝对饶不了他们。俺们除了给你当房客，还兼职给你当保镖！

汪西霞似乎下了很大决心，说，我看你们弟兄俩老实本分，住了这么长时间，既没有养二奶，也没把小姐朝家里带，懂礼貌守规矩，也不忍心赶你们。这样吧，减一百，这是最低的了，不能再减啦！李天石不好再说啥了。汪西霞也觉得没话可说了，说，你们琢磨琢磨，过几天给我个回话。你们要是不租了，我还得把房子朝出租。说完，上楼去了，转身的时候，又给嘴里扔了一颗葵花籽。

李天石盯着她上楼的屁股，虽不丰满，却左右摆动，直到看不见了，才叹口气。李天柱也跟着李天石叹气，问，这女人到底多大？李天石说，去年有个房客给我说，她五十一了！李天柱说，都五十多岁的人了，还让咱们叫她大姐，叫她大奶就不高兴？李天石说，这就是你的不对了，城里的女人喜欢装嫩，哪怕她一百岁了，你叫她小妹，她都高兴！我那天在民生百货见到一个女的，都五十多岁了，梳了个娃娃的天天向上，脖子上挂个奶瓶，走几步吸口奶。

李天柱说，我来的时候，咱轮子爷给我说，出门在外低三辈，按理说她这个年龄给咱当奶的资格都有，非让咱们叫大姐？

李天石说，城里有城里的规矩，农村有农村的规矩，城里人讲究，逢货加钱，遇人减岁。

李天柱看李天石，满眼都是迷惑，不明白他说的什么意思。李天石见他没有明白自己的话，就说，你走到街上，看到卖东西的人，就说他的东西多好多好，价格应该多高多高，这就是遇货加钱，卖东西的人就高兴。遇到年龄大的人，她本来有六十岁，你说她最多三十岁，她都高兴。千万不敢把岁数小的人说岁数大了，人家恨死你，这就是逢人减岁。

李天柱又有了说道，问，要是遇到五六岁的孩子，给孩子他妈说这娃才两岁，孩子他妈也高兴？

李天石说，你的脑子咋这么笨，遇到娃娃怎么敢减岁，人家五六岁的娃娃，你说人家两三岁，明显是说人家孩子发育不好，五六岁才长了两三岁的个子。遇到这种情况，要加岁，这就是具体问题具体对待。总之一句话，要拣人家喜欢听的话说，想办法让人家高兴，三句好话当钱用，就是这个道理。城里讲究见人说人话，见鬼说鬼话，你见了人说鬼话，人听不懂等于没说，见了鬼说人话，把鬼吓跑了，你最后就成了人不爱鬼讨厌的家伙，肯定混不下去。

李天柱点头，点了几个头后说，你给我说了那么多，还没有把房租的问题解决了，下个月要是交了房租，咋着吃饭？这回轮到李天石琢磨了，看样子，汪西霞涨房租的决心下定了，没有办法干扰她不涨房租。要想办法增加收入，增加收入就是涨工资，李天柱才拿人家五百块，涨的空间很大，关键问题是他要能独立工作。当老板的比猴子都精，绝不会把钱送给不能给他赚钱的人。李天柱到厂里半年多了，除了学会换轮胎，复杂的维修活都不会，连给师傅当下手都不利索。看样子再干半年也拿不上正式工的钱，就说，你没事的时候，多看看汽车修理方面的书，干活的时候，动脑子思考一下为啥要那么干，争取再用上半年，拿到正式工的钱，跟我一样，一个月一千二，咱俩就是二千四，除了吃饭住房，还能节余一点！

李天柱苦笑，嘟囔，等我拿到一千二的工资，房租又上涨了，青菜也上涨了，鸡蛋也上涨了，面条也上涨了，涨的工资刚好抵消这些东西的上涨，等于没涨工资！

李天柱嘟囔过，去洗碗，他俩做了分工，李天石做饭，李天柱洗碗。李天柱光着膀子，这么热的天，房子里只有两个男人，凭什么要穿上衣，又不是参加人民代表大会。一个下面条的锅，两个吃面条的碗，洗了三四分钟还没有洗好，李天石就说他，你在绣花哩，半天都没有洗好？李天柱用胳膊擦了额头上的汗，脊背上胸脯上大腿上的汗，虽说没有像自来水那样哗哗地流，也像没关好的龙头，一溜一溜朝下淌。有几滴流到眼窝里，就用手背擦，一边擦一边回答，狗日的天，热得像蒸笼，头昏肉软骨头酸，拿个碗比搬东风大货的轮胎都重。李天石也光着膀子，不停地擦脸上额头上的汗，也嘟囔，驴日的天，想把爷热死！李天柱把锅碗洗好，用抹布擦干，接着李天石的话说，买一台电风扇吧，我那天到商店看了，落地式风扇才要一百六！

李天石走到他跟前，伸出右手，啥话都没说。李天柱看着他伸出的手，问，你要干啥？

李天石说，我要钱，给我一百六，我现在就去买，商店还没有下班，一来一回用不了一个小时！

李天柱说，我要是有钱，还给你啰唆，早把风扇扛回来啦！

李天石说，这就妥了，你还知道没有钱扛不来电风扇。刚才房东来了，你也听见了，人家要涨房租，涨了房租咱们连吃饭的钱都紧张，凭什么吹电风扇？咱本来就是地老鼠，老老实实钻洞过日子，甫看到夜蝙蝠在天上飞，就想当飞行员！

二

李天石、李天柱吃过晚饭，房里太热，又怕汪西霞来催房租，把锅碗一洗，就朝街上跑，坐在街道边的花圃台阶上，看马路上来来往往的车。车都亮着灯，后边的车头顶着前边车的屁股，左边的车门挨着右边的车门，一辆挤一辆，就差没有长翅膀，要是长了翅膀，会从前车的上边飞过去。他们看着潮水样的轿车，琢磨着自己的日子，给人家撅着屁股干一年，拿的工资吃过青菜鸡蛋面条，交过房租，剩下的钱买不起轿车上的几个螺丝。马路旁边是慢车道，慢车道上拥挤的是自行车、电动车，驾驶这些车辆的人，没有驾驶轿车的人牛，也没有驾驶轿车的人有钱。慢车道外边是人行道，人行道上是消遣的人，他们没钱进歌舞厅，也没钱到咖啡厅，只能在人行道上遛，人行道不收过路费。人行道上有树，夏天的枝叶正茂，有路灯通过枝叶透下来，照着树下的小姐，学者称她们是性工作者，老百姓称她们为鸡，公安统称她们是妓女。她们这个行道分档次，最高档次的被高官老板包养，就像专车，只能他们坐，别人不能坐。再次一点的进歌舞厅，出入的都是有权有钱的人，莺歌燕舞之后，就坐人家的专车到个隐蔽地方，完成最后一道工序。这些小姐是出租车，这个坐了那个坐，掏钱坐车，按里程付费。最不行的性工作者，没有高官老板包养，进不了歌舞厅，只好站马路，像摆在自由市场的农产品，任人挑选，讨价还价。像公共汽车，给上一点钱，就能坐几站。

李天石、李天柱观摩普通大众和她们进行谈判。他俩正年轻，耳不聋眼不花，看得清听得亮，看得心里色浪滔天，听得肚里欲海翻滚，见卖主都是三百四百的报价，这个价码对于他们来说，是天文数字，就满肚子的沮丧，觉得自己这辈子只能坐在马路边，看人家开轿车，看人家和小姐调情。就像走到高档酒楼旁，能闻见里面的味道，就是吃不到嘴里。

　　李天柱看得眼馋，禁不住问李天石，天石哥，你今天二十五了吧？李天石说，实岁二十五，虚岁二十六！李天柱又问，你到城里两年多了，没有找过小姐？李天石说，一个月就那点工资，俺爸的病还要看，咋敢找小姐。再说，小姐裤裆里全是病，梅毒淋病尖锐湿疣，染上一辈子都治不好，以后结婚连娃都生不出来！李天柱又问，你没跟小姐做过，怎么知道人家满窟窿都是病？李天石说，没吃过猪肉，还没见过猪走？你看满街道贴的广告，全是治阳而不举，举而不坚，坚而不久，剩下的就是治淋病梅毒尖锐湿疣。他们把男人治得又举又坚又久，然后再给你治淋病梅毒尖锐湿疣。你找小姐把钱花了，还得给他们治病的钱，弄得不好得上艾滋，一辈子就完了。你到了城里，啥事情都可以干，就是这事情不能沾，沾上就完蛋！

　　李天柱身上有了骚动，就压抑，难忍难受，又想起比自己岁数大的李天石，就摇头，不解地说，我真服你了，都二十六了，还没有挨过女人，咋受得了，真残忍，真不可思议！

　　李天石一愣，问，你刚才说的最后一句话是什么？李天柱说，真不可思议！李天石说，你一点都不笨，能说出这句话的人，当不了作家也能当博士。你都能说出这句话，咋就学不会修车？李天柱说，这句话是我上初一的语文老师骂我的时候说的。我那天写作文，一篇作文写了两小时，挤出了三十二个字，再没啥可写了。老师看了我的作文，就说真不可思议，写了两个多小时，平均四分钟写一个字！还说我亏了先人，我以后要是做学问混出人样，让我屙到他先人坟上，他给我擦屁股！我这辈子也没啥想头，早点学会修车，拿上正式工的钱，每个星期吃上半斤猪耳朵喝上一瓶啤酒，一个月找次小姐！

李天柱再不说啥了，盯着小姐嫖客，看他们讨价还价。他们丝毫不顾行人目光，一个热衷于即将到手的收入，一个热衷于即将到来的享受。就像中东要输出石油，欧洲要进口石油，一个愿打，一个愿挨，一拍即合。李天柱看了一会儿，听见李天石叹气，问，咋又叹气哩？李天石说，咋能不叹气，下个月就要涨房租了，咱拿啥交房租，交不起房租住哪里？李天柱也叹气，说，咱要是有辆房车，开到哪住到哪，多好！李天石说，净说些屁话，咱要是能买得起房车，还能买不起房子，有房子谁还去住房车？

　　夜气一丝一丝流失，时间一点一点消匿，行人一点一点减少，商铺一家一家关门，轿车一辆一辆减少。小姐一个一个离开。空气里的热量一度一度降低，清爽的凉风，吹拂灵肉，很安逸清爽。突然，一辆轿车停在路边，司机从驾驶室钻出，看了一眼后轮胎，丧气地踢了一下，不知道该怎么办了。

　　李天石对李天柱说，这辆车的轮胎爆了！李天柱说，司机是个女的！他们出于修理工的本能，朝着轿车走去。女司机站在轿车跟前，满脸无奈，还有沮丧。李天石走到后轮跟前，轻轻踢了一下，说，轮胎爆啦，换备胎呀？女司机说，我不会换备胎！李天石说，我俩是汽车修理厂的，我们帮你换？

　　女司机态度立即变得友好，眉里眼里都是笑，说，太好了，后备厢里有工具！而后又问，你们帮我换轮胎，收多少钱？李天石说，我们是出来玩的，不是挣钱的，碰到你的车坏了，顺便帮一把，不收钱！女司机像遇到艾滋病人，立即警惕起来，把后备厢一盖，还朝后退了一步，说，现在还有干活不要钱的人？你们又不是雷锋，就是雷锋，现在说不定也要钱了。咱把话说清楚，该多少钱就多少钱，不要到时候狮子大张口，狠狠宰我一下！

　　李天石苦笑，说，换个轮胎用不了多少力气，咋说得那么复杂！

　　李天柱走到李天石跟前，拉他的胳膊，说，咱好心想帮人家，人家又不领情，万一咱帮人家把轮胎换了，人家再赖咱一家伙，咱吃不了兜着走。我前天听人说，南京有个人学雷锋，把倒在地上的老太太搀了一下，人家反说他把自己撞倒了，法官还判那个人赔了几万块钱。咱帮她把轮胎换了，到时候她再赖咱把她的轮胎扎破了，咱哪来的钱赔人家。

李天石犹豫了，不再说帮人家换备胎了。女司机反而不好意思了，急忙说，我的轮胎是自己爆了，不是你们扎爆的。求求你们帮我把轮胎换了，这么晚了，修理厂都下班了，打电话都叫不来人！李天石走到后备厢跟前，取出工具箱，给李天柱说，把后轮顶起来！李天柱再没说啥，提着千斤顶走到后轮跟前——

二十多分钟后，轮胎换好了，李天石拍着手上的脏污，对司机说，好了，开走吧。明天到修理厂把破胎补好就行了！司机从驾驶室里取出皮包，问，多少钱？李天石说，我们刚才说了，不收钱！司机说，你们忙了这么大工夫，怎么能不收钱。刚才我胡说哩，你们不要计较。现在的社会，坏人太多，紧防慢防都防不住。我一个单身女人开车出来，咋敢不防。李天石说，我们刚才说了不收你的钱，要是收了你的钱，就是说话不算话！司机再没有说啥，从包里抽出一百块钱，硬塞到李天柱手里。李天柱嘴上说不收，手却拿着钱不丢，心里满是滋润。李天石对司机说，我们就是收钱，也不能收一百，修理厂规定，外出换轮胎，费用五十，我们最多收你五十。说完，从口袋里掏出五十块钱，从驾驶室门塞进去。司机把他们看了一分多钟，说，你们是好人，以后需要我帮忙的地方，尽管张嘴。从挎包里取出一张名片，递给李天石。李天石把名片看了，她是一家房地产公司的总经理助理兼销售部经理。

人家把车开走了，李天柱把钱朝李天石跟前一送，说，人家硬要给一百元，你凭啥给她退五十元，五十元能买五个猪耳朵哩。李天石说，你就知道吃猪耳朵，咱占了人家的便宜，以后娶老婆生娃都没有屁眼！你成天喊叫要吃猪耳朵喝啤酒，这钱你拿上，每个礼拜吃上一只猪耳朵，能享受好几个礼拜！李天柱坚持把钱交给李天石，说，吃猪头肉喝啤酒的日子在后头哩，咱现在还是把房租凑齐，等我学会了修车，拿上正式工的钱，好好吃顿猪头肉，扛上一箱啤酒，喝得上头灌下去是青岛，下头尿出来是力加，送到酒吧还能卖钱。

他们回到房子，汪西霞跟着屁股进来，这次没有嗑葵花籽，但嘴没有闲着，不知道嚼的什么。他们看到她进门，李天柱想起自己犯的错误，赶忙迎着她走过去，亲热地叫，大姐，还没睡觉？汪西霞停止咀嚼动作，说，你们这么晚不回来，我怎么能睡着？李天柱脑子又有了转不开，我们不回来，你凭什么睡不着？但他没敢问，城里人和农村人不一样，要是问得不对，又要惹她生气。现在是涨房租的关键时刻，她的嘴松一下，就能少交房租，她的嘴紧一下，就得多交房租，嘴紧嘴松就看她的心情。就像断官司的法官，他能判你十年，也能判你五年。判你十年算你倒霉，盼你五年算你便宜，判多判少全看他和你的关系。

汪西霞还是把身子靠着门框，胯骨有意无意地朝出翘，突显身体曲线。李天石朝她跟前走近，问，这么晚了找我们，有啥紧要事情？汪西霞说，还是房租的事情，你们给我个肯定的回答，到底住还是不住？住，给个话，不住，也给个话，我好安排别人住。你们现在不给个话，到时候朝出一搬，我又不能马上招到房客，耽误一个月就是一千多块钱！

李天石脸上又装上了恭敬，说，大姐，你再给一个礼拜，我们肯定给你个准话。我们也很为难，不住你这吧，一时找不来更便宜的地方，继续住这吧，又交不起房租。说到底，是俺人不行，挣不来钱，要是像那些高管年薪几百万，别说一千，两千都不在乎！

汪西霞呸地吐出一个东西，是话梅核，吐出东西后，嘴里没了负担，说话就清晰，你少拿这话忽悠我，你要是能拿上几百万的年薪，能租我这破房子住，早买别墅了。咱把话说死了，我等你们一个礼拜，一个礼拜后你们再不给话，我就把房子朝出租，到时候别说大姐不讲情面！

三

星期六，只要厂里的活不多，老板就不让他们加班。老板比贼都精，法律规定假日加班开三倍工资，老板天天拖延下班，就是假日不加班。李天石、李天柱的早饭更简单，跑到街道上买两个馒头，再买上一杯豆浆，一边走一边吃，走不到半里路，馒头吃完，豆浆喝完，人就没事情干。李天柱问李天石，今天干啥？李天石说，我也不知道干啥，反正不能在家里待，我看见那婆娘就心烦。李天柱跟着说，我也是见了那婆娘就生气，五十大几的人，比俺妈的岁数都大，走到人前还装年轻，又是晃屁股又是挺胸脯，奶头子都耷拉到肚脐窝跟前了，不知道挺啥意思！两个人有目标地骂着房东，没目标地走着。

街道上很清静，劳累了五天的人们，正好睡懒觉。到了九点多钟，街道上才有不多的行人，他们走到一个房地产的工地上，楼房盖了多半，能看到机器和工人在忙活。销售大厅盖得富丽堂皇，外边张贴着促销广告，广告词夸张得能把穷人吓出心肌梗塞。

他们走到门口，李天石说，进去看看。李天柱朝里面窥视了一眼，怯，说，人家会不会把咱们赶出来？李天石说，吓破她们的苦胆也不敢把咱们赶出来。咱们进去的时候，把胆放正，胸脯挺起来，头仰起来，摆出当省长部长的架势，她们就会把你当爷恭敬。你越胆小，他越不把你当人看，现在的人都是狗眼，你越有钱，他越高看你，你越穷，他越冲着你叫！李天柱跟在李天石后边，用力把胸脯挺高，脊梁杆子都绷得生痛，像是向全世界证明自己是脊椎动物。

大厅里有四五个售楼小姐，只把他们瞥了一眼，就知道他们买不起房，跑到这里给眼睛过生日，象征性地喊了句职业词，欢迎欢迎，没有一点精神，像是忙活了一夜没有睡觉。还有两个售楼小姐正和客人谈生意，客人面前摆着咖啡，杯子上冒着热气，香味飘逸。他们吸了下鼻子，胸腔和肚子里都满了香味，很受活。李天柱吸得声音有点大，李天石看他，目光透出不满。李天柱赶忙放弃享受咖啡香味，跟在李天石后边，围着楼盘模型转圈，看得很仔细，真像那么回事情。没有一个售楼小姐搭理他们，他们围着模型转圈，转一圈，又转一圈，驴拉磨一样，也没有转出名堂。终于，李天石停住脚步，李天柱也停住脚步，李天石把脸转向售楼小姐，问，多少钱一平方米？售楼小姐过了十几秒钟才回答，两万五千六一平方米，升高一层加六十。李天石心里计算，两万五千六一平方米，十平方米就是二十五万六，一百平方米就是两百五十六，后边要加上万，还不算楼层升高的钱。就是不买那么大的，买五十平方米，也得一百二十八万多。

李天石心算还没结束，李天柱就感慨，杀人哩，这跟抢钱有啥不一样？售楼小姐说，这还算贵，北京一平方米都五万多，咱还不抵人家的一半！李天柱说，你们是卖楼的，恨不得五十万一平方米才高兴！小姐笑了，说，你是买楼的，恨不得五分钱一平方米卖给你！一个正在洽谈生意的老板说，五分钱一平方米都高了，他恨不得连你都搭配他！

李天石见李天柱又出洋相，脸上就挂不住颜色，狠狠看他。李天柱见李天石看自己，知道自己又说了不该说的话，急忙说，我这个人该打，修车学不会，就会乱说话，力气出在不该出的地方！他们朝出走的时候，进来一个女的，肩上挎着鳄鱼包，身上的香气像表现欲极强的女明星，拼命朝人面前冲。售楼小姐见她进来，都站起来，冲着她礼貌，邹经理好！那个被称作邹经理的给她们点头，说，都忙吧！售楼小姐又各就各位，忙开自己的事情。邹经理看到他们，一惊，朝他们走来，说，我看你们面熟，好像打过交道！他们一眼就认出邹经理就是前天夜里爆轮胎的司机，李天柱抢着说，前天夜里，你的胎爆了，我们帮你换的！邹经理朝他们走近，指着一张空桌表示礼貌，请坐，那晚要不是你们，真不知道要在马路上等多长时间！你刚才说的不对，应该说是我的汽车轮胎爆了，不是我的胎爆了。李天柱赔着笑脸说，我上学的时候，就语文学得不好，造句分不清主谓语，从来没有超过及格线！邹经理就笑，对售楼小姐说，小马，端几杯咖啡，再拿些小点！

他们在桌旁坐下，李天柱想起一杯哥伦比亚要一百九十八元，要是上两杯，再加上点心，七八百块钱叫谁掏？急忙说，咖啡就免了，要是有白开水，就上白开水！邹经理问，你不喝咖啡？李天柱说，我长这么大还没有喝过咖啡，不知道能不能喝惯？邹经理说，没有喝过才要喝，经常喝就习惯了。

他们正说着，售楼小姐端着盘子，盘子里放着三杯咖啡。另一个小姐也端着盘子，盘子里放着几碟点心，放在他们面前。李天石摆出比老板还老板，比领导还领导的架子，目光透过邹经理的头发，望着对面的墙壁。墙壁上挂着楼房销售图，哪套房子售出去，就在上边插个红旗，红旗插了一多半，证明一多半房子已经卖了，就在心里感叹，有钱人还是多，几百万一套的房子，还有这么多人买？他还在感慨的时候，邹经理把咖啡朝他跟前推了一下，说，喝咖啡，这咖啡的味道还是不错的！李天石没有说话，也没有动咖啡。李天柱憋不住问，这咖啡多少钱一杯？邹经理说，这是工作咖啡，凡是来购房的客人，都可以免费享受！李天柱说，我俩不购房，也能免费？邹经理说，来这里的人，不一定都要购房，只要走进售楼大厅，就是我们的客人，都可以享受免费！她说话的时候，给咖啡里加了白糖，又加了牛奶，用小勺在杯里搅，小小抿了一口，很文雅，很高贵，很淑女，又给他们说，你们要是没有糖尿病，可以给里面加些白糖，再加上咖啡伴侣，味道会更好。

李天石、李天柱学她的样子，给咖啡里加白糖加伴侣。李天柱用小勺在杯子里搅，边搅边说，这世上的事情就是怪，人要娶媳妇，咖啡也要娶媳妇。说完，就端起杯子，一口喝干。邹经理问，味道怎么样？李天柱说，我一口就咽下去了，没顾上品味道，下一杯品了味道再咽下去！邹经理就笑，说，你实在，不装假！说完，给售楼小姐说，给这位先生再端一杯咖啡，把咖啡壶也端过来！

李天柱见邹经理没有架子，胆子大了许多，又想起哥伦比亚咖啡，问，听说咖啡厅里的哥伦比亚咖啡，一杯要一百九十八，是不是真的？邹经理说，价钱是真的，咖啡不一定是真的，问问全陕西省的人，能喝出是不是哥伦比亚咖啡的人有几个，都是拿一般的越南咖啡冒充哥伦比亚咖啡。李天柱问，一百九十八元一杯的咖啡，杯子比这大多少？邹经理说，差不多一样大，有的比这还小！李天柱又有感慨，说，这么小的杯子，我一口就能喝干，一口一百九十八，十口就是一千九百八，一百口就是一万九千八块钱。我要是渴极了，能喝一百杯，把一辈子的工资都喝完了！

　　邹经理就笑，差点把嘴里的咖啡喷出来，急忙捂住嘴，脸都憋得通红。几个购房的客人，也被逗得笑，笑过了，脸上就有了鄙夷。售楼小姐也想笑，见是经理的客人，克制着不敢笑。邹经理端起咖啡壶，给他的杯子倒了咖啡，说，你今天就把一辈子的咖啡喝够，别说一百杯，两百杯都不成问题！

　　李天柱说，俺轮子爷说过，人要是把酒喝透了，上头喝进去是六十度的烧酒，下头尿出来是四十度的烧酒。不知道咖啡喝透了是不是这样子，上头喝的是浓咖啡，下头尿的是淡咖啡，再掺点咖啡粉又能当哥伦比亚，卖一百九十八一杯！

　　邹经理说，你真幽默，中央电视台搞春节晚会，应该请你说相声，肯定把赵本山比下去！李天柱说，要是请我说相声，我得自编自演，别人编的我背不下来。我上学的时候，最害怕背课文。老师让我背窗外明月光，疑是地上霜，我老是背成床上明月光，床下鞋两双！老师就罚我站，放学不让我回家，耽误我吃不上饭。我现在学不会修车，就是那时候经常罚站吃不上饭，把脑浆饿瘦了。就像麦子灌浆的时候旱了，麦粒就是瘪的，我就是灌浆时受了旱的麦子！

　　邹经理笑过，又劝李天柱喝了半壶咖啡，才问李天石，今天休息？李天石说，休息，没事情干，就在街上溜达，不知道咋着就遛到你的地盘上了。

邹经理又问，租别人的房子住？李天石点头，李天柱又抢着说，我们在为房子发愁哩，房东原来一个月收我们七百块房租，下个月涨价，收一千块！邹经理问，你们一个月多少工资？李天石说，我一千二元，他五百元。邹经理说，他怎么一个月才五百元，国家规定有最低工资标准，达不到可以投诉老板！李天石说，他是学徒，不是正式工，老板只管学徒工饭钱！邹经理说，你们两个一个月才一千七元，再交一千房租，连饭钱都顾不住！

　　他们又聊了一会儿，李天石说，我们聊这么长时间，耽误你的工作！邹经理说，没关系，我们的工作就是陪客人聊天，只要和楼房有关系，就没问题。你们以后还是少到这地方来，这地方来多了，容易产生心理不平衡——你们要是今天明天没有事情，替我把车子保养一下。这车开了一年多，没有保养，我付工钱给你们！说完，从钱夹里取出两千块钱，放到他们面前。李天石说，我们周末没事情，替你把车保养就行了，不收钱！李天柱也说，我们不能收你的钱，都喝了你的咖啡，要是按一杯一百九十八计算，光我都喝了二十多杯，得给你多少咖啡钱？

　　邹经理说，这钱必须拿下，你们的收入够低了，让你们干活不给钱，怎么说得过去！李天柱看了李天石一眼，见李天石没有表情，就拿过桌上的钱，说，我们现在就去厂里拿工具，一个小时就过来，保证明天晚上以前把车保养完！邹经理看李天柱把钱装进口袋，说，你们不应该这样挣死工资，应该开辟别的挣钱门路。比如，你们利用业余时间帮人修车，额外挣点收入。我的朋友基本都有车，车要是途中出了故障，一般都打电话请修理厂，要是夜间出了故障，就没有办法。还有像我这样的车，该保养了，只有送到修理厂，费时间不说，还不放心。我把你们的手机号码告诉朋友，他们需要保养车时，就给你们打电话。你要是一个月接上七八件活，收入比工资还高！

　　李天石说，这办法好，我们怎么就没有想到这些。遇到周末休息，还有晚上下班后，都没有事干，要是用这些时间挣钱，真能挣不少钱！等我们挣到钱了,请邹经理到咖啡厅喝哥伦比亚!

四

三九天。早晨。天气冷得能把人冻硬。

李天石、李天柱走进修理厂,看见院里停了一辆他们没见过的车,像轿车也像客车,比轿车大比客车小,雍容华贵,和院子的其他车停在一块,像农村老太婆中站着欧洲贵夫人。李天柱看到这辆车,惊叫,金龙总裁房车!厂长听见他的惊叫,问,你说什么?李天柱说,这是金龙总裁房车,现在的售价是八百万人民币!一个穿皮夹克的人走过来,把他上下打量了,目光里能伸出锥子,在他肩上拍了一下,问,小伙子,你怎么知道这是金龙总裁房车?李天柱说,有本杂志介绍过这种房车,这是目前中国市场上最高档的房车。我到西安来了近一年,我天石哥来了三年,都没有见过这种车,估计全陕西也就一两辆,最多不超过三辆。那个老板脸上有了笑模样,说,你说得没错,就凭这一点,我就应该奖励你!说完,对一个跟班模样的人说,奖他五百块钱,这辆车买回来一年多了,像他这样一眼就把车的根根底底说出来的人,我还没有遇到!

这辆车要进行保养,老板把围在四周的修理工看了,各个的工作服都满是脏污,摇头,对厂长说,不允许把我的车搞脏一点!厂长说,绝对不会把你的车搞脏,你能把这么高档的车开到我这里保养,就像美国总统的婆娘陪我们睡觉,高抬了我们,怎么敢把你的车搞脏!老板问,你用什么措施保证不把我的车搞脏?厂长就拍脑袋,脑袋拍得嘭嘭响,像挑西瓜样,拍了半天才说,我让他们把手洗干净,上车把鞋脱了!车主人像没尿净样摇头,说,仅仅这些还不行,你继续动脑子,把措施想出来了,我才敢把车让你保养。我也给你说实话,很多比你大的修理厂,要免费给我保养,说我的车到他们厂保养，给他们添光彩，等于给他们做了广告。要是联合国主席到你的修理厂视察了，再和你合个影，你的修理厂生意能不兴隆？恐怕省长都下命令，让全省的车都到你这里维修。省委书记起码封你个人大代表，让你代表人民参政议政。厂长又继续拍脑袋，拍的声音由沉闷变空灵，等声音像西瓜熟透的时候，终于想出一套措施，朝人家跟前走近，胸脯挺得老高，充满信心地说，我让所有接触车的人员，全部换成新衣服，连里面的裤衩都换掉。

　　厂长说到做到不放空炮，不大工夫，修理厂的会计兼厂长老婆抱来十多套工作服，让他们到工间换衣服。老板只给他们买了单衣加红裤衩，不让他们穿绒衣棉衣。刚刚下了一场雪，雪停了，风没停，呼呼地刮，修理厂的院子里铺着坚硬的冰，天气预报说西伯利亚的寒流到达中国，最低温度零下十八摄氏度，电视台和报纸都发出寒流预报，要求老百姓做好防冻准备，防止冻坏家畜庄稼，没有一条规定防止冻坏修理工。于是，老板就理直气壮地只发给他们单工作服，要是再买棉衣棉裤，修车成本就增加，老板就没有利润。他们一脱掉绒衣棉衣，觉得风直接刮到骨头芯子里，像钢锯条在骨头上拉，不到三分钟，就打起冷战，上牙和下牙争斗，哒哒得像打机关枪，脸开始发青，又青黄，冻得他们受不了，就抢着朝车厢里钻。这种车的密封性能好，风刮不进去；但车没发动，也没开空调，车里的温度也低，单工作服仍然抵御不了寒冷的侵袭。修理工都缩着脖子，不敢怠慢地忙活。厂长围着车转圈，监督，不停地吆喝，驴日的快点，甭像跑了马样没精神，郭总还等着用车接待外宾哩！

　　郭总站在车旁，手朝后边的跟班一伸，跟班马上从皮包里取出雪茄，双手捧着递给他，随后又掏出打火机，摁着，替他点着。他吸了一口，吐出来，中指象征性地弹了下烟灰，看了厂长一眼，左手给他招了一下。厂长立即哈着腰，小跑过来，站在郭总面前，矮着身子问，郭总叫我？郭总把雪茄朝厂长跟前伸了，问，你知道这根雪茄多少钱？厂长朝他跟前挪近，腰又弯了一下，又抬起头，装着认真看雪茄，说，你这不是寒酸我哩，这么高档的东西，哪是我们这个档次的人抽的。像我们这种人，能抽上软包装的大中华都烧了碌碡壮的香啦！郭总嘿嘿笑了，又把雪茄送到嘴唇上抽了一口，把青烟吐出来，说，谅你也不知道，这雪茄是我专门派人从古巴买来的，三百六十美元一根，我吸一口，起码把二十块人民币吸掉！厂长又朝郭总跟前走近，伸长脖子看郭总手里的雪茄，说，让我好好看看，迟早给人吹起牛来，说我在郭总那看到三百六十美元一支的雪茄！郭总更是得意，脸上的肌肉都能笑出声音，把雪茄伸到他跟前，左手指着雪茄上的字母说，你仔细看着，这上边是牌子，英文写的，哥乌古，波啊巴，知以知，兹奥造，合起来是古巴制造。厂长又苦笑，说，郭总恶心我哩，我连中国的拼音都不会，哪能看明白古巴的拼音。我要是有郭总这么好的学问，也当大老板啦！郭总撇了下嘴，问，你连这几个字母都不认识，认得什么？

厂长回答，我认得郭总是咱陕西最大的老板，还认识人民币是好的东西！说着，从口袋里掏出几张百元大票，在手上抖了几下。郭总看他抖钞票，哈哈一阵大笑，笑声里盈满不屑，说，你这也叫钱，抖了半天买不到半根雪茄，说着从皮夹里取出一张卡，在厂长跟前晃了一下，说，这张卡，把你的修理厂全部买下，还能余三百万！厂长看着那张卡，眼睛睁得老大，比牛眼差不多，说，郭总又吓我哩，我刚才都给你说了，你身上哪一根毫毛都比我的腰粗，吓死我也不敢在你面前说钱！

郭总把卡装进皮夹，又把雪茄吸了一口，目光落在忙活的修理工身上，走到李天石跟前，在他屁股上踢了一下，问，冷不？李天石急忙站直身子，说，不冷！说这两个字的时候，脸色发青，浑身发抖，牙齿打战，不字连着说了好几个，最后才迸出冷字。郭总又走到李天柱跟前，也把他的屁股踢了一下，李天柱腰弯得时间长了，慢慢地伸展身子，还扭了几下腰肢，愣愣地看郭总，不知道他为啥踢自己，还是那种表示亲近的踢。厂长急忙跑到他跟前，在他屁股上用力踢了一下，大声说，瓷锤，郭总问你冷不冷，你嘴里噙驴鸡巴了，不知道吭声！

李天柱翻着眼皮看厂长，嘟囔，我听俺轮子爷说，过去把驴的那东西叫驴肾，做熟了叫钱肉，大补，不是特别有钱的人都吃不上。一个驴才一个那东西，母驴还不长那东西，把那东西割了，驴就活不成了，一根那东西值一个驴的价钱！咱陕西有个作家的文章里写那东西金贵，很多大官想吃，酒店弄不来，弄到了舍不得卖，放到冰柜里保存起来巴结领导，按照当官的级别，在那上头挂牌子，牌子上写着王书记的、李主任的、刘副书记的！甭看你是厂长，那上头不一定有你的名字！郭总就笑，问，有没有我的？李天柱说，你给酒店预定了没有，要是预定了，可能就有。要不，我去问一下，把你的冻上没有？厂长又在他屁股上踢了一下，哭笑不得地说，郭总问你冷不冷，没问你的钱肉，你鸡巴胡答啥哩！驴鸡巴上有没有我的名字，不是你考虑的问题。你回答郭总的问话，到底冷不冷？

李天柱说，你把鸭绒服脱了，跟我们一样只穿件单衣，就知道冷不冷啦？厂长还想训斥李天柱，郭总把他朝后边推了一下，说，小伙子实诚，我有办法叫你们不冷！说完，对厂长说，把你手下的人都叫过来！厂长立即对属下吼，郭总召集你们哩，都过来！修理工们慢吞吞地走过来，站在他和郭总的四周。郭总看了他们一眼，说，排队，按个子高低排队！厂长立即吼叫起来，排队，按个子高低排队，谁动作慢了，扣谁的工资！修理工们立即归拢到一块，你拥我挤地排成一行。郭总走到队列前边，很威严地把他们看了，说，听我的口令，围着厂子跑圆圈，我不喊停谁都不能停，跑完圆圈给大家发奖金！说完，猛地吼了一声，向右转，跑步走！吼得很有气势，估计当过兵，起码当到排长的位置上。

十几个修理工就在空地上跑圆圈，郭总手夹雪茄，抽一口，看一眼修理工，再抽一口，再看一眼。厂长站在他旁边，指着跑步的修理工，卖力气地喊叫，跑快点，不要偷懒，跑得好了郭总给你们发奖金！修理工在他的督查下，加快脚步。厂长跑到郭总跟前，很骚情地问，跑得咋样？郭总说，跑得都卖力气，就是不太整齐，要整齐划一，步调一致。厂长又跑到队列跟前，大声喊，听我的口令，要整齐划一，我喊一的时候跑左腿，步子不对的人，把步子调整过来！说完，就喊起来，一二一，一二一。修理工就调整脚步，调整脚步的时候就蹦，蹦了半天也没有把脚步调整过来。厂长不好意思地给郭总说，这些人笨死了，我喊了这么大工夫，步子就是纠正不过来！郭总说，这就不错了，他们毕竟没当过兵。再说，你一喊，他们都能做出来，比你还聪明，哪会在你手下打工？厂长说，郭总有学问，能当大老板，我只能当小老板，就是我的学问没有你的学问大。

修理工们跑过十多圈后，身上发热，又跑了几圈，开始冒汗，身上的寒冷随着热汗排出体内。又跑了几圈，身上冒出热气，有热气落在头发上、胡子上，结成冰凌碴子。郭总嘿嘿笑，脸上写满得意，把雪茄交给跟班，对厂长说，不让他们跑了，让他们到这里集合！厂长立即对修理工吼，不要跑了，都到这里排队！修理工又在郭总面前排成一队，郭总把他们看了，对跟班说，给他们每人发两百块钱，跟班从皮包里取出一沓子百元大票，一人两张地发。修理工们开始是愣，天上没有飞喜鹊子，咋落下喜鹊子奶了，而且刚好落到嘴里头，就看着钱笑，笑得脸上开了喜鹊子奶浇灌的牡丹花，连着给郭总哈腰，说，谢谢郭总！郭总也看着他们笑，脸上的笑纹里充满慈悲，对厂长说，这钱是我给大家发的奖金，你不要冒充工资，我要是发现你克扣大家的工资，看我咋着收拾你！厂长说，有你这句话，借给我一百个胆，都不敢违背你的指示！我现在宣布，郭总发给大家两百块奖金，我也表示一下心意，我没有郭总钱多，发给大家二十块，下班后到我老婆那领！

郭总看修理工们身上冒的热气渐渐熄了，手里拿着钞票还没有装进口袋，大声问，还冷不冷？修理工就七零八落地回答，不冷！郭总没有生气，笑眯眯地说，没当过兵，回答得不整齐，要回答整齐，还要大声！说完，又问，还冷不冷？修理工们声音很大地回答，不冷！郭总就满意地笑，很得意，指着修理工对厂长说，这就是物质奖励和精神鼓励相结合，有了这两样东西，就是把他们塞到冰窟窿里，他们都不觉得冷！

李天柱小声说,你要是再给我三百块,让我光尻子都行!给我三千块,我光着尻子在街道上跑一百米,给我三万块,我光着尻子跑到会场让人看,给我三十万,我光着尻子让人拍电影!

李天石对着他的屁股狠狠踢了一脚,差点把他踢倒。

郭总走到他跟前,把他看了一阵,问,身高多少?李天柱说,一米八二。又问,体重多少?李天柱,八十,公的,母的是一百六。再问,老板一个月给你开多少工资?再答,五百!厂长急忙走过来,说,他来不到一年,还是学徒工,这娃啥事情都灵性,就是遇到汽车零件就发蒙,学了多半年,除了换轮胎,旁的事情都干不了!郭总说,学不会修汽车,跟我去挖煤,要是下窑当一线采煤工,一个月保证收入四千块。要是再加班,能拿到五千多,干上一年就能把媳妇娶上!李天柱眼睛放出亮光,不相信地问,你真能给我开那么高的工资?郭总说,我堂堂董事长,能给你开玩笑?你愿意去就去,不愿意去就不去,我拿这么高的工资,还愁招不来工人?只要我放个话,应聘的人能编一个加强军去解放台湾!李天柱说,这是大事情,我要跟天石哥商量一下,他答应了,我才能到你手下干!

五

邹经理的朋友真的给李天石打来几次电话,李天石、李天柱就挣了几笔工资外的收入,但收入有限。他们要想脱贫,靠增加这点收入是指屁吹灯。

早上刚上班,废品利用总公司拖来一辆报废的宇通大客车,要求修理厂把车解开,当废钢铁出售。厂长围着客车看了一遍,车太旧了,轮胎的花纹都磨光了,有两个轮胎还磨出了尼龙丝线。车体上的油漆脱落了多半,像秃子的疤痢头。厂长打开引擎盖,李天石把脑袋伸过去,里面的化油器、发电机、调节器、马达、电瓶全没有了,只剩下光秃秃的发动机。厂长问人家,这个发动机啥时候大修的？人家说，我们也不知道啥时候大修的，估计报废了，要是还有使用价值，人家就不会当废铁卖给我们。厂长说，也是，要是发动机还能用，打死他们也不会当废铁卖给你们！厂长围着车转了几圈，确认这车真的没有修旧利废的价值了，就站在车旁边，思考拆卸成本。人家从口袋里取出香烟，送给他一支，他接过，掏出打火机，摁着，先替人家点着，又替自己点着，狠狠吸了一口，说，要拆卸这么大的车，起码需要三瓶氧气，需要十个人工干四五天，一个人工一天按一百五块钱算，十个人工就是一千五，五天就是七千五，加上氧气钱，没有一万元拿不下来。还没有算厂子的盈利，厂子不盈利，我开这个厂图什么？人家立即把香烟屁股扔到地上，还用脚在上边踏了一下，说，我们收购这辆车才用了八千块钱，你拆卸就要一万块，我们把这辆车的废铁卖了，不一定能卖一万八千元！厂长说，你能不能卖一万八千元是你的事情，我们只考虑拆卸这辆车用多少成本，盈利百分之多少。我们收你一万元工钱，你卖一块钱与我们没关系，卖一百万也与我们没关系。就像你家嫁女子，雇我们当吹鼓手，我们只考虑吹一场收多少钱，至于你家女子嫁的汉子是状元还是贼娃子，那是你家的事情，与我们没关系。人家算来算去，还是不划算。厂长给人家说，你以为做生意都能赚钱，就像我们修汽车，赚钱的修理厂有几家，多少修理厂都倒闭了。人家求厂长少收点工钱，厂长坚决不同意，说，今天我收你一万元，明天就不一定了，现在啥都涨价，物价跟西昌发射的卫星一样，嗖地一下就冒得老高。要是明天的氧气涨价了，人员的工资涨了，我就要多收你的钱，羊毛不出在羊身上，出在我身上不成？人家恳求再三，厂长就是不让价。

李天石钻到车厢里，从前走到后，从后走到前，还用脚步丈量了几遍，才走下车厢。先走到厂长跟前，把厂长拉到一边，问，老板，你真的不揽拆这辆车的活？厂长说，怎么揽，揽下不赚钱，傻子才干这事情，我又不是雷锋转世，公家又不给我发学雷锋津贴。李天石说，如果咱厂真的不揽这个活，我想把这辆车买下来。厂长惊诧地看他，在他的额头上摸了，说，前些年闹非典，你没发烧，脑浆也没泄漏，水也没渗进去，咋净说犯傻的话？

李天石把自己的脑袋也摸了，说，闹非典的时候，我还小着哩，在农村没有进城，根本传染不上。这阵，脑子灵性得很哩。我想把这车买下来，就怕抢你的生意，我肚子再饿，也不能抢老板碟子里的菜吃！用俺农村的话讲，你是俺的东家，俺是你的伙计，就是以后我不在你手下干了，也得把你当东家尊敬。

厂长听见这话，像蜂蜜流到耳朵，又顺着耳道流到心窝，周身上下都甜蜜，也就设身处地地替李天石着想，说，天石呀，你还年轻，不知道生意场上的水深水浅。你要买这辆车，说穿了只是买个车厢，发动机不行变速器不行轮胎不行，一寸都挪不了，屁用处都没有。卖废钢铁还得拆卸，要拆卸就得出工钱，人家是专门做这生意的，都知道付了拆卸费就划不来，你何必蹚这浑水？

李天石说，他要的价钱要是不高，我真想把它买下来。厂长问，你买它做什么？李天石说，现在还不清楚，真的买下来了，再琢磨拿它做什么，毕竟车那么大，能做的事情很多。厂长说，你要是真想把它买下来，我帮你搞价，争取八千块把它拿下来！李天石说，人家花八千块买的，怎么会八千块转卖，人家不赚一点，图啥哩？厂长就笑，说，你目前还只能当打工的，当不成老板，没有具备当老板的素质，把商场的事情看不透。他说用八千块买下的，你就相信他是八千块买下的，生意场上哪有真话，当老板的哪个不说假话？我刚才给你说了，我帮你最多用八千块拿下，要是超了，我替你掏超的那部分！

厂长走到要拆卸客车的老板跟前，把人家的肩膀搂住，亲热得像多年不见的老朋友，把人家的肩膀搂过，又死活把人家拉到办公室，进门就对白天当会计夜里当老婆的女人说，快把功夫茶泡上，把我舍不得喝的铁观音泡上！人家一半糊涂一半清醒地跟他走进办公室，又被他摁在沙发上，厂长说，我这办公室，比不上政府机关的办公室干净，开修理厂成天跟油腻打交道，干净不了。俺这个圈子的人都说，修理工的那东西都是黑的，这话听起来粗，但绝对正确。修车的时候，尿憋了，就去尿尿，满是油污的手捏住那东西就尿，那东西就染成了黑颜色，时间长了，渗到肉里头，别说洗不干净，用硫黄熏都不管用。

收破烂的老板就笑，说，你说得太形象了，应该去当作家。我看当今作家写的书，十个有九个都缺乏幽默，看不到十分钟就让人想睡觉。你们修理厂脏，我们收破烂的也干净不到啥地方，咱们是秃子不说和尚是光头，摸摸脑袋都一样。老兄把我拉到这里，把舍不得喝的铁观音都泡上了，肯定有啥事情要我办。你是忙人，修不来车就没有收入。我也不是闲人，收不来破烂就没有吃喝，咱不是坐在屋里喝茶的主，老兄有啥事情就直说，我能办的肯定不会推辞。

厂长给老婆说，你去把李天石叫来！而后又对收破烂的老板说，我手下的一个兄弟想买你这辆报废车，我不在这里头赚一分钱，你们谈成啥价是啥价。这个兄弟在我这干了三年，头一年是学徒，一个月五百块工资，一年后转为正式工，也就一千二，没有存下钱。我怕你把车烂在手里，才出面帮你把车卖出去。收破烂的老板说，你要是真心帮我，就帮我找个有钱的主，找这个比我还穷的打工仔，我能赚狗屁上的钱？厂长说，我认识一个有几十个亿的煤老板，在我这保养过房车，要不要找他来买这车？收破烂的老板说，你恶心我哩，人家有几十个亿，买我这报废车干什么，恐怕人家看都不看一眼！厂长说，你不是说要我给你找个有钱的老板？我给你找了，你又不敢见人家！就像你要我帮你女子找个有钱有权的人家嫁了，我帮你找到美国总统奥巴马的儿子，你又害怕人家不敢当亲家。收破烂的老板说，我说要找个有钱人，起码要和咱门当户对，太穷了咱看不上人家，太有钱了人家看不上咱，恐怕咱的省委书记都配不上当奥巴马的亲家。厂长说，你还真像给女子找婆家，给儿子找媳妇，谈什么门当户对。咱这是做生意，价钱合适了就出手，不合适就不出手——

他们正说着，李天石走到门口，把脑袋伸进来，恭敬地问，老板，叫我？厂长说，你刚才说想买那辆报废车，我给黄老板说了，具体价钱你们谈，我只在中间做个调和。于是，李天石坐在黄老板对面，喝着老板娘泡的铁观音，摆出谈生意的架势——

谈到半中午，以六千元成交。李天石存折上只有三千元，还差三千元。厂长给李天石说，剩下的三千块钱我替你付了，以后我每个月在你工资里扣一百元，三十个月扣完，不要你的利息。谁让我是你的老板哩，老板给打工的帮忙，老板不吃亏谁吃亏。

厂长说这话的时候，在一边泡茶的老板娘就嘟囔，咱账上没钱了，哪来的三千元替人家付账？厂长说，要是账上没钱，就把咱家的钱拿出来。天石在咱这干了三年，没有功劳也有苦劳，他这阵遇到难处了，咱们不帮谁帮！厂长见老婆还是不愿意，就冲着她发起脾气，你皮肉痒啦，别没事找事让我收拾你！老婆不再吭气了，就是脸色不好看，给李天石倒茶的时候，故意倒得朝出流。厂长给李天石说，中午吃饭的时候，你去银行把钱取了，我再让你嫂子也到银行把钱取了，咱不拖欠人家的货款！说完，对黄老板说，车就留到这了，下午过来取钱！

黄老板走了，李天石干活去了，办公室里就剩下厂长两口子，婆娘就给男人嘟囔，你一下子就借给他三千块钱，他要是还不起，咋办？你一直给我说，现在这世道，啥都能朝出借，就是不能把钱朝出借，借钱容易还钱难，现在有几个借钱的痛痛快快还钱？就你还傻逼样地学雷锋！

男人朝门外看了，压低声音说，你呀，就知道猪肚子有糠。天石在咱这都干了三年，技术上也成了一把好手，咱说啥也该给人家涨工资，要是不涨，人家就会跳槽。咱替他付了三千块钱，三十个月扣回来不说，起码在三十个月内不给他涨工资。他要是跳到别的厂，人家最少给他开两千五，咱才给他开一千二，咱就赚他一千三的便宜，三十个月是多少，就是三万九，咱借给他三千，少给他三万九，你说哪个划算？

女人琢磨了一会儿，觉得男人说得太有道理，恍然大悟说，你咋不早点给我说清楚，让我担心了半天！

男人得意地说，你呀，女人家，就知道挨尿舒坦，啥都不明白！

女人把嘴一撇，嘟囔，就你那样子，上来连一二三还没喊完，就下去买单了，还有脸说让我舒坦，我是看别的女人舒坦，自己不舒坦！

男人骂，你狗日的哪壶不开提哪壶，我都让你当了会计，名义上我是老板，实际上你掌管财政大权。现在那些当老板的，哪个不在外头三个五个地养，还隔三岔五地打野食吃。公粮都交给外边了，自家老婆连残渣余孽都吃不上，靠瓜菜代过着半饥不饱的日子。咱公粮虽说不多，交给你的全是精华，不是残渣余孽，也不是伪劣产品，质量绝对没问题。

女人说，我就是看你不在外边打野食吃，公粮里没有残留农药，才不跟你闹离婚，要是发现你在外边偷嘴吃，就把你扫地出门！

吃午饭时，李天石带着李天柱到银行取钱，走到半路上，李天柱问李天石，老板今天咋开恩了，答应借给咱三千块钱？

李天石说，他开恩个屁，他有他的打算。按理说，我在这干了三年多，技术上也算是大拿了，他该给我涨工资了。他要是不给我涨工资，我就跳槽，到任何一个修理厂，都不会少两千五。他这么一弄，就不给我涨工资了，你算一下，他一个月少给我涨一千三，三十个月就是三万九，我吃亏大了！

李天柱说，你不说，我还真不知道这里面有阴谋。老板的谋算深着哩，咱就这样让他占三万九的便宜？

李天石说，他有他的千条计，我有我的老主意。咱现在啥都不说，先把车拿到手再说，等把车拿到手了，再给他谈工资的事情。借钱归借钱，工资归工资，借钱不昧，见官没罪。咱给他打工，他给咱开工钱，工钱合适了就给他干，不合适就不给他干。现在讲究双向选择，不能光他选择咱，咱不选择他！

李天柱又问，我还是搞不明白，你花六千块钱买辆报废车干啥？

李天石说，当房车用！

李天柱说，你是想房车想神经了，这破车能当房车用？

六

礼拜天上午，李天石和李天柱刚起床，就被汪西霞堵住门口。他们只穿件内裤，裤兜里的那嘟噜经过一夜的养精蓄锐，力道十足，差点把那层遮羞布撑破。汪西霞站在门口，还是把身子斜靠着门框，把他们看了，身上就发软，想朝地上躺，故意说，丑死了，快把裤子穿上，幸亏是让我看见，要是让不咋样的女人看见，会到公安告你们骚扰妇女！

他们就转过身子，从床上拿起裤子朝腿上套，李天柱一边系裤带一边说，我们在自己房子穿裤衩，她们跑到我们房子看，我们不告她们挑逗男人就便宜她们了。我和天石哥都是童男子，不给上三万两万，休想看它们一眼，最多隔山打老虎！

汪西霞把嘴一撇说，你说你们是童男子，鬼知道玩过多少女人。我听人说，现在的年轻人，除了幼儿园里还有童男处女，到了小学就消灭一半，到了中学只剩下有毛病的了。

李天柱说，大姐你别冤枉我们，我们租你的房子，天天在你的眼皮底下，你啥时候看到俺兄弟俩把女娃朝家里领了？做那事需要地方，要是在大街上做，公安就当流氓抓。这年头，啥事情都能犯，就是不能犯法，要是犯了法，一辈子就是劳改释放犯，找老婆就发生困难。

汪西霞说，我看你心眼多得跟筛子一样，还找不来地方做那事情，找个没人的街道拐角就把事情办了。汪西霞跟他们逗了一会儿嘴，身上的软劲过去了，说，我不给你斗嘴了，你们是不是童男子关我屁事。我专门过来问你们，房子到底租不租，给我个实话！

李天柱说，这事情你给俺天石哥说，他是我的领导，给我说屁用处都没有！李天石说，那天咱们说好的，我们一个星期后给你回话，明天才到一个星期。汪西霞说，我怕你们忘了，提醒一下！李天石说，房子是你的，我们要是忘了，你到时候就朝出租，怕我们个啥？汪西霞说，也是，房子是我的，我想租给谁就租给谁，怕你们什么？自古以来都是猫吃老鼠，你们这些小老鼠还想把我的老猫吃了不成？李天柱知道自己的房车马上就做好了，也就不害怕她再涨房租，故意说，我们是公老鼠，你是老母猫，大公老鼠吃老母猫的事情多咧，只是你没遇到过。

李天石带着李天柱到早餐摊上，一人买了两个馒头，要了一碗稀饭。李天柱看着碗里的稀饭，给卖饭人说，稀饭跟白开水一样，半天才搅出十几颗米，还只给打半碗，比过去官家的舍饭都稀。卖稀饭的人说，现在啥不涨价，大米涨了一倍多，我不多放点水咋办？我又不是官家，凭什么放舍饭给你们吃！李天柱和卖稀饭的斗了一会儿嘴，把两个馒头一碗稀饭吃完，肚里有了半饥不饱的感觉，用舌头把牙框旁边的米粒搅拌下来，咽到肚里，又用舌头在嘴里继续搅拌，再没有残渣余孽了，才问李天石，今天干啥？

李天石掏出手机，看了时间，说，现在快九点了，物业都上班了，咱们找他们办事情？李天柱问，办啥事情？李天石说，我要他们给我签个合同，同意我把房车停在小区，停多长时间都行！李天柱瞪着李天石，人眼变成牛眼，瞪了好大工夫才说，天石哥，你知道我是谁？李天石说，你驴日的又装神弄鬼，我可不是汪西霞，让你随便恶心！李天柱说，我看你也没有犯神经，咋说神经病的话，是不是那天给人家保养车受了冻，把脑浆冻得不灵活了！李天石说，你是十二岁生娃全是那上头的功夫，斗嘴一个顶十个，干起正经事情十个不顶一个。一会儿到了物业公司，不要乱说话，看我的眼色行事！

李天石在前，李天柱在后，两人一前一后朝物业公司走。走到一家小卖部跟前，李天石停住脚步，买了一包阿诗玛，又买了一个打火机。李天柱又有迷惑，问，咱俩都不抽烟，买烟干啥，几块钱一包，能买一斤青菜，鸡蛋都能买好几个！李天石说，我知道这包烟钱能买一斤青菜，也能买好几个鸡蛋。但咱要办事情，就要给人家敬烟！

　　他们走进物业公司，经理看见他们进来，问，反映什么事情，我们能解决的一定解决！神气庄重，跟国务院接待办的领导差不多。李天石把香烟拿出来，撕去封条，抽出一支，敬给人家，说，烟不好，是俺的一点心意！经理说，你们是业主，我是物业，你们是主人，我是雇工，你们有什么事情，只要做个指示，我一定尽力做好！经理说着，手已经把香烟接下，李天石赶忙摁着打火机，替人家点着。李天柱又给人家斗嘴，我一听你就是经过党长期训练的好领导，很与时俱进，很三个代表，很先进性。现在的官家，官越大越说自己是服务员，说自己是公仆不是母仆，说老百姓是主人，你把这一套用得太熟练了。明年公务员招考，你千万不要错过，你要是不在官场上奋斗，真亏了爹妈给你的天才！

　　经理说，考个屁，过了年我都满四十啦，哪个国家招四十岁的公务员！李天柱就叹息，叹息过后，说，可惜咱们认识得晚了，要是早二十年前认识，我一定陪你去参加公务员考试！经理说，早二十年前你才多大，说不定还没出世哩！李天柱说，我要是没出世，就叫我爸我妈陪你去考试，咱说啥也不能让国家浪费人才！

　　他们斗了一会儿嘴，经理问李天石，你到底有啥事情让我办？李天石说，我最近买了辆大客车，想停在咱小区。经理吃惊地看李天石，眼珠子差点迸出来，惊诧了半天，问，你买了大客车？李天石说，买了大客车！经理又问，你做什么工作？李天石说，汽车修理工。经理更不相信，问，汽车修理工能买大客车，该不是发了啥意外之财？我们前天接到公安局的协查通知，有两个歹徒抢了银行，还打伤了两个银行小姐，该不是你们做的事情吧？李天石说，你看我们像抢银行的人不？经理说，你们也没那个胆量，要是抢银行的真是你们，我还敬佩哩！你们没有抢银行，肯定有意外之财。我上个月听人说，公安抓赌，把一伙赌徒堵在楼上，赌徒知道赌资越多，坐牢的时间越长，就把成捆的人民币朝楼下扔，刚好有个清洁工打扫卫生，装了一垃圾车人民币回家了，起码有三四百万，你说这是不是天上掉的馅饼？李天柱说，这么好的事情咋不落到我们头上，我们要是捡了三四百万，起码给你一百万。经理说，我也不指望要一百万，给五十万就满足了，在这个位置上干一辈子都存不了五十万。

李天石打断他的话，说，咱不要说那些没踪没影的事，指望天上掉人民币，是自己的指头拨弄自己的家伙，自己给自己开心，没有实际意义。咱们来实际的，谈停车的问题。

经理说，小区的院子就是让业主停车的，这事情根本不用请示物业，自己停就行了，只要按时交停车费。李天石说，我的客车很大。经理说，有多大，比院子都大？李天石说，没有院子大！经理说，只要没院子大，就能停下。谁要是阻止，就说经过我批准了。在咱小区，谁说了都不算，只有我说了算！李天石说，这个我知道，要不我谁都不找，专门找你。你要是明天考上了公务员，或者移民到了美国，换了别的领导，人家不让我停车怎么办？我借钱买了这辆大客车，要是没地方停就惨啦！

经理吸着李天石贡献的阿诗玛，琢磨怎么为李天石排忧解难，一根阿诗玛抽完，还没有琢磨出解决的办法。李天石急忙又奉献一根，又摁着打火机替他点着。他就有了不好意思，说，你们刚才还说我能考上公务员，我连这点问题都解决不了，老母猪能考上公务员，我都考不上。你们要是有什么好办法就说出来，只要不违反法律，不破坏和谐，不影响团结，我肯定同意！

李天石又抽出一支阿诗玛，这次没有递到他手里，直接夹到他耳朵上，说，我也为这事着急，昨晚思考了一夜，到了天亮终于思考出解决的方案。经理高兴起来，说，你早就把方案思考出来了，还让我用脑子。刚才用了这么长时间的脑子，把一个馒头二两稀饭的养分都消耗了。快把方案说出来，咱们讲究办事效率！李天石说，我们和物业签个协议，讲明停车一天收费多少，我不能拖欠停车费，要是拖欠停车费，任由物业处罚。在我不拖欠停车费的情况下，物业不能不让我停车，并保证我的车辆安全！经理听完，说，我以为是多么复杂的方案，说了半天才是这，我们一直就是这么做的，哪用得上签协议，真是尿尿擦屁股，放屁跑厕所，把事情复杂化。李天石说，我不担心你这任领导发生啥变化，担心你离开以后，新任领导为难我。现在的领导，除了你，十个有九个都不是好东西，不给塞点就不好好办事，咱一个月就那点工资，拿啥给人家塞！

李天柱又抢着表现自己的才华，说，给塞个那东西，咱没有啥好东西，只有那东西！经理笑了，说，要是换个女领导，你们就好办事了，人家才需要那东西，要是遇到离了婚的女人，或者大龄剩女，那东西比金条都值钱！说完，又做出认真思考状，又把一支阿诗玛抽完，才说，你说签协议就签协议，现在是市场经济，市场经济就是协议经济。我这几天太忙，没时间写协议，你们把协议写好，就按刚才说的，越简单越好。这是个停车问题，又不是国家的领土纠纷，没啥大原则。

李天石从口袋里掏出早就打印好的协议，捧到经理面前，说，你说的我早就考虑了，咱不能为自己的私事给领导添麻烦。我请了个懂法律的，起草了这个协议，请你审查一下，合适了就签字盖章。经理接过协议，说，原来你们早有预谋，编着圈子让我朝里钻。李天石说，你看俺俩像不像给人编圈子的人，俺俩要是有那本事，早当了国家干部，绝不会进城三年还在钻汽车底盘！

经理看协议，看得很认真，一边看一边说，协议具有法律效力，我要认真看。又抽完一支阿诗玛，才把眼睛从协议上移开，说，写得还比较公道，不公道拿到法院人家都不认账。我就是搞不明白，怎么我们是甲方，你们是乙方？你们是业主，我们是为你们服务的，应该你们是甲方，我们是乙方。李天石说，小区的院子归你管理，我的车要停在你的院子里，当然你是甲方,我是乙方!经理又琢磨了一会儿,说,也是,我应该是甲方,你们应该是乙方。协议就这么确定了,我签字盖章,你也得签字摁指印。于是,经理打开抽屉,拿出笔,在协议上签了自己的名字,又拿出公章,在印泥里啪啪地蘸了几下,在甲方的名下摁了一下。李天石也在协议上签了自己的名字,把右手拇指在印泥里蘸了,在自己名字上按了。人家留一份,他拿一份,双方就被法律管住了。

七

早上,还没到上班时间,李天石、李天柱就到了修理厂。厂长和老婆正在吃早饭,厂长的日子也过得不富足,尽管在城里买了房子,但远远谈不上大款,恐怕连中款都算不上。他们完全可以雇个人替他们看厂房,自己下班后回家享受住公寓的受活,却舍不得那点钱,夜里和老婆住在厂里。厂长见李天石、李天柱进门,不顾嘴里的馒头,嘟囔着问,吃过没,要是没吃,锅里还有稀饭,让你嫂子给你们盛。厂长婆娘就放下手里的碗和馒头,做出给他们盛稀饭的架势,稀饭馒头不值钱,她不在乎这点损失。李天石说,吃过了,不麻烦嫂子了!厂长把馒头咽下去,喝了一口稀饭,吃了一根四川涪陵产的榨菜,又问,有事?李天石说,有事。厂长问,啥事?李天石说,我在咱厂都干了三年,技术上的活基本都能拿下来,工资该涨涨了?厂长一愣,说,你不说我还真把这事忘了,你的工资是该涨涨了。这样吧,我也不亏你,给你涨两百,你一个月就能拿一千四了。李天石说,我到别的修理厂打听了,像我这样的技术工,一个月都是三千。

厂长脸色立即垮下了,说,你不要听那些老板胡说,等你辞掉这里的工作,找他们的时候,他们就改口了。现在的老板,除了我对工人讲仁义,剩下的没几个好东西,恨不得把工人的皮扒了,把骨头熬成油喝!老板娘也接着说，你一进城就在咱厂干，俺男人手把手把你教了三年，该你给厂子回报了，却要求涨工资，哪有这样做人的。厂长接着说，前些日子你买那辆报废车，差三千块钱，我二话不说就叫你嫂子到银行取钱，我对你咋样？李天石说，老板说得没错，都是事实。可我也有难处，我都二十五了，搁到农村，娃娃都有了，现在连对象都没有。要是还像这样一个月挣一千二，就是你给涨到一千四，一辈子都找不到老婆。没有老婆，就耽误下一代，等到年龄大了再找，就没有力气种娃了，勉强种出来，也是老汉娃，不是缺胳膊少腿，就是歪歪鼻子豁豁嘴。咱奋斗一辈子图啥哩，就图给李家续上烟火，传宗接代。

厂长又琢磨了好大工夫，说，我豁出来亏损，再给你涨一百，一个月一千五，这是底线，再提高一块就违反原则了。李天石说，我欠你的钱，不管以后到哪里干，都不会赖你的。我把这个月干完，下个月就不来了，咱好合好散。就是再过一百年，你还是我的老板，我还是你的伙计，这关系我永远不会忘记。厂长又琢磨了一会儿，说，你先去干活，这事情我和你嫂子商量一下，下午给你答复。

李天石走出办公室，李天柱也跟着走出办公室，追上李天石，说，你都找他们涨工资了，我也找他们涨工资。我一个月才五百块，比饭馆服务员的工资都低，亏死我了。李天石说，你和我不一样，你还没有把技术学到手，没有和他讲工钱的资本。你现在要是找他涨工资，他马上炒你鱿鱼，你到哪里去学技术？打工也要有资本，资本就是工作态度、技术高低、工作效率，靠咱的技术给老板挣钱，老板才会给你涨工资。咱要是这方面不行，就没有和老板较劲的本钱。李天柱说，我这人脑子不笨，就是学修车不行，照我这样子，一辈子都别想拿高工资。我这些天也琢磨了，实在不行，就去挖煤，一个月四千，一年就是四万八，凭我这身体，一天干两个班不成问题，一年能挣九万六，十年就是九十六万。我干上十年，就是百万富翁，娶老婆盖房子，后半辈子过好日子！李天石说，你还傻着哩，那些下煤窑干过十年的，有几个成了百万富翁,有几个后半辈子过上了好日子?报纸上哪一天不登煤矿出事,多少下煤窑的老婆成了寡妇。咱再穷,也不去挣那卖命钱。你跟着我干,有我吃的就有你吃的,我绝不会自己吃稠的让你喝稀的。不管怎么说,你爸是我爸的亲兄弟,咱们连两服都没出!

八

李天石、李天柱把大客车弄到小区院子里,把车厢里的凳子拆了,卖给收废铜烂铁的,赚了一把钱。在靠车屁股的地方支了两张单人床,靠车头的地方支了煤气罐和案板,中间保留了几个座位,作为会客室,用不锈钢焊了个茶几,买了一套功夫茶具。买功夫茶具的时候,李天柱不同意,说,花一百多块钱买这东西,中看不中用,一百块钱要是买猪耳朵,起码可以买十个,一个星期吃一个,能吃十个星期,十个星期就是两个半月,咱们就能过两个半月的神仙日子。李天石坚决要买,说,我们找了一下老板,工资就涨到了二千五,要是不找,现在还是一千二,钱是挣来的,不是省来的。咱弄了这辆车,一个月就能节省一千块钱,再加上老板涨的工资,一来一回就是两千三块,两千三块能买多少猪耳朵。咱们有了房车,就能在车里接待朋友,朋友就是财路,朋友多财路就多。

车上有窗户,窗户上有玻璃,隔着玻璃能看见车上的人,要在车上过日子,脱裤子睡觉,打水洗澡,朋友喝茶,就把隐私公开了,要保住隐私不被发现,就得给窗户上挂窗帘。窗帘要掏钱买,他们没钱,李天柱望着透明的玻璃,说,要想办法把玻璃隔住,不能让别人偷看咱们。

两个人琢磨了十多分钟,李天柱说,毛玻璃能隔人的视线,咱就是在车里光屁股,外人也看不见。

李天石说,天柱你脑子一点都不笨,我还没想出办法,你都想出来了。

咱们到五金商店买几张粗砂纸,把玻璃打毛了,就成了毛玻璃。

忙完这些,他们坐在改造成沙发的坐垫上,煤气炉上的水烧开了,李天柱拿出茉莉花茶,按功夫茶道的程序,洗茶、泡茶、分茶、品茶,心里的满足、惬意、欢乐,喷泉样朝出冒,喝过三道,李天柱说,狗日的煤老板花八百万买了房车,也就是在车上吃饭喝茶睡觉,咱花六千块买的房车,照样在上边吃饭喝茶睡觉。李天石说,咱有了这车,管他房价涨不涨,它涨到一百万一平方米,与咱都没关系!

他们吹着牛皮喝着茶,听见车外有人敲门,李天柱打开车门,见是汪西霞站在下边,问候,大姐找我们有啥事情?李天石走到车门跟前,对李天柱说,你咋这么不懂事,让大姐站在外边,快把大姐拉上来。李天柱就伸出手,汪西霞也伸出手,李天柱一使劲,把汪西霞拉上来。李天石跟在她屁股后边,讲解员样给她讲解,这里是卧室,支了两张床。指着车中间说,这里是会客室,大姐以后来了,就坐在这里,我们给你泡功夫茶。又指着车前边说,这里是烹调室,做饭的地方。汪西霞心里有了酸酸的味道,说,要是全中国的人都像你们这样整,房子就租不出去,开发商的楼盘只能让野狗住。李天柱说,大姐放心,全中国的人都想这么整,但没有那么多报废车,就像全中国的男人都想娶国际明星做老婆,国际明星就那么几个,分配不过来。我们不租大姐的房子,大姐的房子照样不会空。就像我们不娶国际明星当老婆,人家那地方也闲不下来。

汪西霞被他们让到沙发上坐下,楼房窗户的灯光给车里带来朦胧的晕光。李天石把废茶叶倒掉,给里面加了新茶叶,把茶泡好,给她送了一杯,说,我们现在有了房车,你闲了没事就过来。俺们没钱,买不起好茶叶,茉莉花茶保证供应。再就是天柱的段子说得好,他给你讲段子,保证比春节晚会上那个东北大爷讲得好。汪西霞接过茶盅,品了一口说,咋是花茶,人家喝功夫茶,讲究福建的铁观音。李天柱说,咱不是穷么,再等上两年,我们发财了,甭说福建的铁观音,北京的铁观音都喝得起!

夏天的初夜，车被太阳晒了一天，车里全是热气。他们下班回来，打开车门，热浪从车里涌出，把他们包裹，走进车厢，像走进蒸笼，汗水立即涌出，脑袋昏晕，李天柱就嘟囔，说到底还是人家的房车好，起码有空调，冬天不冷夏天不热，哪像咱们这房车，夏天热冬天冷。咱要修炼得冬天不怕冷，夏天不怕热，才能在这里过日子！说着就脱去上衣，脱去长裤子，光着膀子只穿件裤衩，忙活着烧开水做青菜鸡蛋面条，忙完这些，车厢里的温度又提高了几个摄氏度，又嘟囔，这么热，夜里怎么睡觉？李天石说，吃过饭，去买个电扇，有了电扇就不热了。李天柱说，有电扇没有电管什么用！李天石说，我去找汪西霞，在她电表上接电，物业收她一度一块，咱给她一块二，这女人爱占便宜，肯定同意咱们接电。

他们把电扇买回来，又拉线装插头，汪西霞果然让他们接电。忙完这些，也到该睡觉的时候。他们把电灯插头朝插座上一插，电灯亮了。把风扇的插头朝插座里一插，风扇转起来。两个人把一百多斤重的骨头和肉朝床上一扔，两腿朝直一伸，李天石得意地说，这事情到底让我们谋成了！

李天柱说，你是长虫的尻子深罐罐，一直到买车那天，我都不知道你要车干什么。

李天石说，你的嘴不牢靠，人家要是知道咱买车有这么大的用处，肯定不会这么便宜卖给咱。这辆车还能改造，等咱们有钱了，把发动机修好，再把轮胎换了，以后咱就不在小区睡觉了，把车开到风景胜地，享受新鲜空气。第二天再开到城里上班，过比大款都大款的日子，省长厅长都没有咱受活。

到了冬天，西北风从车门车窗进进来，外边刮大风，里面刮小风，外边的温度低到零下十七八摄氏度，里面的温度也高不到哪里。遇到下雪，外边下大雪，里面下小雪。风从车门车窗挤进来，雪也从车窗车门涌进来。涌进车里的雪不化，堆在车门车窗跟前，给车里增添了雪景。他们的被子不厚褥子薄，不敢脱衣服就钻进被窝，还冻得上牙敲下牙，身上没有暖气。李天石睡不着，对李天柱说，再这样睡下去，非把咱们冻死不可，就是冻不死，也冻个半死。李天柱说，咱要想办法不挨冻！

于是，他们就缩在被窝里想办法，想了十多分钟，李天柱说，咱们把被窝合并了，现代企业都讲究强强联合，实行双赢，咱们把被窝一合并，就有两条褥子两条被子，加上咱两个的热身上，肯定不冷。

他们立即从被窝钻出，把褥子铺到一块，把两床被子盖在上边，两个人就钻进被子下边。床是他们设计的，比一般的单人床窄，两个小伙子穿着衣服躺在上边，宽度不够，只能侧着身子躺，翻身还得提防把对方拱下去。

李天石说，咱们不能穿着衣服睡，床太窄，连身都翻不了，要是摔下去，摔不成残废也摔成脑震荡。两个人从被窝里钻出，脱得只剩下裤衩，又钻进被窝。一个头对着车屁股，一个头对着车脑袋，肚子对肚子的时候，觉得不雅，就转过身子，屁股对屁股，感到雅了，人又不安全，弄不好会掉到地上，李天柱说，这样的睡法不行，掉到地上咋办，摔个断胳膊断腿，老板不给咱算工伤，谁养活咱们。就是摔不成断胳膊断腿，摔成脑震荡也不行，人糊涂了，见了小娃叫爷，见了老太婆叫妹子，老板开五百块工资，咱当五万块地高兴。

李天石说，咱们用绒裤包住脑袋，万一摔到地上，也摔不成脑震荡。再把棉衣棉裤铺到床下，摔下来有它们垫着，起码有个缓冲。你看电视上演的体操比赛，都要给地上铺垫子。他们又是说干就干，把衣服铺到地上，用绒裤把脑袋包好，又钻进被窝。李天柱得意地说，老子头上有了钢盔，地上有了垫子，就是摔一百回，毛都摔不掉一根。

他们找到了防止摔脑震荡的办法，就有了得意和兴奋，兴奋了睡不着，睡不着就说话，李天柱说，咱现在要啥有啥了，卧室、烹调室、会客室都有了，你也该给我找个嫂子了。

李天石叹气，叹了四五声，说，谁家女子脑子里都没有养鱼，肯跟咱这样的穷光蛋？李天柱说，说不定真有谁家女子脑袋里养了鱼，死活要嫁你！

李天石说，这女子更不能要，他妈脑子差成色，要下的娃脑子也不会灵性，遗传。咱要是娶个差成色的女子，给咱生个脑子不灵性的娃娃，咱这辈子完蛋了，下一代也跟着完蛋。李天柱忧愁地说，那你咋办哩，找媳妇跟种庄稼一样，讲究季节。你这个年龄正是找媳妇的好季节，要是过了三十多岁，到哪找媳妇？

李天石过了一会儿才说，冬天还长着哩，咱不能老这么挨冻。修理厂有个不用的蜂窝煤炉子，给老板说一声，把它弄回来，再买点蜂窝煤，咱用炉子做饭，也用炉子取暖，房车里暖和了，咱就不用这样挤着睡觉了。

李天柱说，车里不暖和，关键是车厢的皮太薄，隔不了外边的寒冷。我明天去郊区拉车黄土，和些麦草泥，把车厢外边抹一层，抹得厚厚的，就保温。

李天石说，这是个好办法，给车厢外边抹一层泥，夏天隔热，冬天保暖，咱这车就变成房子了。就是有几个问题，需要仔细琢磨，一个是车里有了蜂窝煤，会不会煤气中毒？第二个是咱把车外边抹了麦草泥，物业会不会干涉？

李天柱说，这车八面透风，有点煤气都被风吹跑了，咱们想中毒都中毒不了。再就是物业凭什么干涉咱们，咱们跟他们有协议，协议又没有规定，车上有泥巴不能在院里停？他们敢干涉咱们，咱们就跟他们打官司！

蜂窝煤炉子点着了，周末，他们买了两个猪耳朵在上边炖，炉子里有火燃烧，锅里热气腾腾，香气朝出冒，车厢里就有了缭绕的氤氲，有居家过日子的温馨。猪耳朵煮熟了，李天石捞出来，切成条，用葱花、大蒜、姜末、陈醋、酱油拌了，盛了满满一碟子，放到茶几上。李天柱拿出一瓶二锅头，咬开盖子，给两个杯子倒，一边倒一边说，现在啥东西都作假，不知道二锅头是不是假的？李天石说，听人说市面上的茅台五粮液，基本都是假的，有人还说真正的茅台，连中央机关接待用酒都供不过来，哪能轮上老百姓喝。咱没权没钱，喝不上茅台五粮液，就不怕做假。两个人围着茶几，相对而坐，举起酒碗一碰，一人灌了一口，又夹起猪耳朵，一人吃了一条。李天柱吃上好的，喝上好的，心里就高兴，十分满足地说，就是当上省委书记，也不一定能过上咱这么好的日子！李天石说，你把黄河看成线了，要是省委书记能吃上猪耳朵喝上二锅头都高兴，恐怕人才市场天天都招聘省委书记。

　　他们吃喝得惬意，有人在车外敲，李天石把车门打开，是物业公司经理，带了五六个保安，心里一惊，还是热情地说，上来坐坐，我们刚煮了两个猪耳朵，开了一瓶二锅头。经理走上车，保安都留在车下。经理站在他们对面，满脸正经地说，公司规定，我们不能吃业主的东西，现在的社会腐败，我们不能腐败。李天柱端着酒碗送到他跟前，说，你以为你是纪委书记，动不动就用腐败吓我们，要是吃几口猪耳朵就是腐败，全中国都找不出一个不腐败的官。经理没有搭理他，继续说，你们在院里停车，不符合管理规定，我们要求你们把车开走，如果不把车开走，我们就强制你们开走！

　　李天石说，我们和你们签订的有合同，你们不按合同办，我们到法院起诉你们。

　　经理说，签订合同的时候，你们没说把车外头用泥皮抹起来，现在不是车了，成了房子！

　　经理说话的时候，有个保安不耐烦地说，给他们说那么多干啥，他们不开走就把车砸啦！

　　李天柱看了那个保安，走下车，一句话都没说，抓住他的胳膊一扭，把胳膊拧到背后，又对着他的膝窝一蹬，那个保安端端跪在地上，李天柱揪住他的头发，说，看你这尿样子，招不住一拳打，还想来欺负人。说完，又对围着他的保安说，我让你们全上来，我找人帮忙都不是人生的！那些保安望着一米八几的李天柱，眼里有了怯意，都朝后退。李天柱走上车，一把揪住经理的领口，把他拖下去，用力一甩，差点甩个跟头，指着经理的鼻子说，我们把你当人看，你偏把自己当成狗，见人就想咬两口。我给你把话说到明处，你们要是按道理来，咱们还好说。要是敢趁我们上班的时候破坏车，我第一个收拾的就是你,你跑了收拾你老婆和孩子。我早把你家住在哪条街门牌多少号,你娃在哪个学校读书,老婆在哪里上班,打听清楚了。我这车要是少一块泥皮,就找你老婆孩子要!说完,又对保安说,老子五岁练武,练了十七年,还没有试验练得咋样。我把你们几个看清楚了,我的车要是出了问题,你们就别想在这个小区混饭吃。就是跑到别的地方,只要不钻到牛尻子里,我都能把你们找到,不把脑袋打进肚子,就不是李自成的第七代子孙!

物业再没有找他们的事情,李天石、李天柱从物业门口过的时候,见经理在里面,走进去。经理看到他俩,急忙站起,满脸堆笑,说,没有李师傅的信,要是有,我给你们送去。李天石见他态度和善,也就亲热地说,那天都在火头上,有对不住兄弟的地方,多包涵!经理急忙说,那天是我们不对,我们没有按协议的精神贯彻落实。他们走到小区门口,保安见他俩过来,老远就冲他们贡献笑脸,巴结地说,李先生,我们都是打工的,谁都知道多一事不如少一事,人家给咱开工资,叫咱干啥就干啥。俺们保安行道有句顺口溜,咱是老板养的狗,坚决跟着老板走,老板恨谁就咬谁,叫咬几口咬几口。

李天石心里有了感慨,胸中涌出同情,走到他跟前,在肩膀上拍了,说,兄弟也不容易,咱们都是可怜人,何苦自己跟自己过不去!李天柱也走到他跟前,说,那天没有把你整痛吧?保安急忙说,没有,没有,我一直感谢你手下留情!李天柱说,没事的时候,到我们车里坐坐,俺没别的东西,功夫茶管兄弟喝饱!

九

下午下班的时候,李天柱走进厂长办公室。老板和老板娘头皮蹭着头皮，摁着计算器计算一天的收入，看见他进来，抬起眼皮翻了他一下，问，有事？李天柱说，也没啥大事，我在你手下干了一年多，虽说技术没学到手，但苦活重活都是我干的，没有功劳也有苦劳。我来的时候工资是五百，现在还是五百，也该涨涨啦？

厂长没有说话，老板娘发言了，你是不当家不知柴米贵，不生娃不知道窟窿疼。咱这烂厂子，连着几个月都赔钱，我都拿私房钱给你们开工资哩，再这么下去就要倒闭了。厂子要是倒闭了，你们到西伯利亚挣钱去！好赖有这个厂子，大家就有口饭吃。就这，你们还不知好歹，今天这个要涨工资，明天哪个要涨工资，厂子挣不来钱，拿啥给你们涨。厂长看了老婆一眼，满脸无奈地说，你嫂子说得有点生硬，但事实的确是这样。你天天都在厂里，厂里进多少料，开多少工资，付多少房租，掏多少水电费，交多少税款，你就是不当会计，也知道得八九不离十。我说是老板，哪一天比你们干的活少，哪一天没你们出的汗多，我吃的喝的住的你们都看到了，一点都没有受活到你们前头。咱厂正在难处，你体谅一下大哥，等生意好了，我肯定给你涨工资。旧社会的地主都知道要善待长工，我好赖也是现代化的企业家，咋能连老地主都不如？李天柱琢磨了好大工夫，想说辞职去挖煤，又没说。

厂里进了几样设备，包设备的塑料袋很厚，李天石拿回来，用周末的时间包在窗户外边，塑料袋隔风，车里又暖和了很多。李天石、李天柱见房车改造得越来越好，就高兴。晚上，专门买了一瓶安康大曲，买了一包猪耳朵一包花生米外加四个热馒头。李天石把东西摆在茶几上，李天柱把安康大曲倒进碗里，两个人就吃喝。李天石把酒喝了一半，放下酒碗，看着李天柱，说，我给你说一百遍了，你还要去挖煤，那可是拿命换钱的事情！

李天柱喝了一口酒，说，报纸上隔几天都要登一回煤矿事故，我咋不知道挖煤是用命换钱，可我不拿命去换钱拿啥换。咱浑身上下，就剩下这个身子和力气，要是舍不得这条命，一辈子都吃不饱穿不暖。

李天石说，实在不行，你不在修理厂干了，换个地方干。你学修车不行，干旁的工作不一定不行。钱多少是个够，能把肚子混个不饥就行，命只有一条，丢了就捡不回来了。

李天柱说，这些日子，我把啥都琢磨了，这个世界就没有咱的活路，抢银行杀人的事咱不能干，不去挖煤还能干啥？我还琢磨了，我走了以后，你一个人住在车里，遇到合心的女娃，就领回来，两个人住在一块。住上一年，就能生出个娃娃，也算修成正果了。你都二十六了，要是搁到村里，娃娃都满地跑了，现在连对象都没有！

李天石说，我的事情我思谋，轮不上你替我考虑。你爸把你交给我，你要是有个三长两短，我咋着给你爸交代！

李天柱说，该死的娃娃尿朝天，不该死的跑得欢。全中国有多少人挖煤，出事故的才几个，连百分之一都没有。再说，不去挖煤，住在城里就保险了？走到房檐下掉瓦碴砸死，走到路上被汽车撞死，医院打错针闹死，歹徒用刀砍死，城里哪天不死人？我这人命硬，就拿命去换钱，换来钱了咱高兴，丢了命也不心痛！

他们正说着，汪西霞上车了，李天石就给她加了双筷子。她夹起一条猪耳朵，嘴巴很响地嚼了几下，说，天石的猪耳朵真好吃，谁家的女子要是跟了天石，一辈子有人做猪耳朵吃！她说完，见他们脸色不好，也不搭话，心里就有了不高兴，说，不就是两根猪耳朵，小气成这样子！李天石说，大姐过来了，别说这点猪耳朵，就是王母娘娘的奶头子，也舍得给你吃，我们是为天柱的事情发愁！汪西霞说，天柱能有啥事情？

李天石把天柱要去挖煤的事情说了，汪西霞一听就急了，把筷子朝碟子上一搁，说，天柱咋能干这傻事，这世上啥都不值钱，就命值钱。你长着那么大的个子，脸盘也周正，朝人跟前一站，十个男人九个都比不过你。要是哪个老板的女子，或者厅长的闺女看上你了，你的身份立即发生变化。现在都是独生子女，老板把财产留给她女子，还不等于留给你了。厅长把腐败的财产带不进火葬场，最后也是好过你了。我要是你，天天穿着名牌在人家女子跟前转悠,逮住机会就请她们喝咖啡跳舞飙歌谈人生,火候差不多了就朝没人的地方领,先摸手后摸肘,顺着胳膊朝里走,她只要朝你身上一靠,事情就有了八成把握,等娃籽在她肚里长大了,她就死活要跟你结婚,你逃都逃不脱,搂草打兔子,人有了,钱也有了,一屎戳到世界银行里了。

李天柱就笑,说,我请人家喝咖啡跳舞飙歌谈人生,需要人民币做基础。咱们干脆成立个股份公司,大姐投资现金,我投资身体,给大姐按比例分红,咋样?

李天石没有说话,端起酒碗,一口喝干,就有了八成醉,仗着酒劲说,我跟大姐都劝你,就是劝不住你,你实在要走,我们也挡不住你。你走了,我们心里就难受,难受了就想唱。在村子的时候,啥时候想唱就唱,谁也管不上咱。城里的规矩多,这地方不能唱,那地方不能唱,这些人不让唱,那些人不让唱,咱就憋着心思在城里过日子。老子今黑豁出来了,给兄弟唱个送行的戏。兄弟去挖煤,能干就干,不能干就回来,你在咱车上的床,我给你保留着,啥时候回来啥时候睡,谁都占不成!说完,就可着喉咙吼唱起来:

下河东王哭得悲声恸,无一日王不哭他三五声。乾德王马上哭声恸,王要哭先朝保国忠。王好比纣王天子哭闻仲,冀州城苏护哭全忠。梅伯哭的青天铜,比干相又哭老商容。文王哭的伯邑考,武王又哭姜太公。土行孙哭的是洪锦,散宜生又哭邓九公——

中气十足充满阳刚的秦腔,从李天石胸脯里进出,从车窗车门涌出,在院子里回荡,又从每一个住宅的窗户挤进去,震撼了四周的人家。有人从窗户里伸出脑袋,认真倾听,听到动情处,连声叫好。突然有人在窗户里叫,吼丧哩,聒得人难受!李天石停住吼唱,李天柱停住哭泣,汪西霞一蹦跳下车,对着那个窗口喊叫,你不想听,我们还想听哩。人家连住的地方都没有，唱上几句还受你的骂！有本事出来，不要当缩头王八！声音尖锐，像箭镝破空。立即，更多的窗口传出声音，住房车的哥们，我们想听，接着唱！停了两分钟，李天柱却说，还是不唱好，咱在人家的地盘上，就得按人家的规矩来。咱心里泼烦了，就唱，把泼烦唱没了，却让人家有了泼烦，到时候人家收拾咱，咱的日子更不好过！说完，还想再劝李天柱不要去挖煤，又想劝了那么多日子都不管用，再劝也不会管用，只是在心里流泪。

突然，手机响，李天柱接听，听完，收线，振奋，一蹦老高，对李天石和汪西霞说，邹经理打来的，她们老板需要司机，她给老板推荐我。老板明天要面试，如果老板看中了，试用期三个月，工资每月三千。试用期满，工资四千。李天柱一把抓住他，问，真的？李天柱说，真的，刚才邹经理打来的，你都听见了！李天石长长舒了口气，说，人还是要行善哩，咱那天夜里要是不帮邹经理，哪来这么好的事情？

原发于《小说月报·原创版》2014年第5期

百花村小学

> 家有半斗粮，不做孩子王。
>
> ——题记

一

我看了窗户外边，天麻麻亮了，赶忙爬起，脸都没洗，就朝灶房跑。赛虎立即从房檐下站起，围着我转了三圈，扭腰杆，摇尾巴，尽心竭力给我骚情。我拍了下它的脑袋，蹲下身子，把脸贴在它脸上，一种毛茸茸的温乎传到我脸上，很温馨。我和赛虎亲热了一会儿，说，我去厨房给你拿吃的，吃得饱饱的，今天可要给老子壮脸！我跑到灶房，拿起头天晚上留下的两个窝窝，三个不大不小的红苕，给自己留了一个窝头，剩下的全喂给赛虎。今天要吆狗撵兔，狗要出大力，吃不饱咋行？

我刚把赛虎喂完，自己还没顾上吃，张土改就在大门外头喊，杜成，你驴日的磨蹭啥哩？我回答，我没磨蹭，刚把狗喂完！我说着，把麻绳绑在赛虎的脖子上，牵着朝大门走去。

张土改牵着他那只叫豹子的狗，站在俺家大门外边，说，你看看，都到啥时候了！我说，天才麻麻亮，耽误不了事情！张土改说，赶到帽珥冢疙瘩下边，还得半个多小时，赶到日头都出来了。

这是今年寒假头一回吆狗撵兔,在我们这些四年级学生的眼中,哪有比吆狗撵兔再重大的事情?我说,解放、广利那几个哩?张土改说,早在老槐树下等你哩,就你睡到这时候才起来!我申辩,我起来的时候看了一下天,还没亮,急得脸都没洗!张土改说,你咋到这时候还没出门?张土改说完,又说,马兰花也来了?

我不情愿吆狗撵兔带女的,她们跑不动,拖后腿,我们拉屎尿尿都不方便,就说,叫她干啥,她又没有养狗?张土改说,她有架子车,咱们谁家有架子车?我说,吆狗撵兔要架子车弄啥?张土改说,我说你是笨怂,你非说你是灵怂,从咱村到帽珥冢疙瘩,四五里路,狗跑到那里,腿上就没劲了,咋能撵上兔?让狗卧在架子车上,把它们拉到帽珥冢疙瘩跟前,再下来撵兔,力气足着哩!

我不说啥了,心里佩服他想得周全,到底比我大两岁,头里盛的脑浆都比我多二两。

我们走到老槐树下,马解放、宋都督、张广利一齐对我发起攻击,杜成你驴日的尿戳尻子真睡着了,这时候才来?我还没说话,马兰花却接上话,你们才来多大工夫,杜成也不比你们晚来,就是一前一后的事情!我心里涌出对马兰花的感激,后悔刚才还嫌张土改叫上人家了。

突然,我想起阎全顺放假时讲的规定,先把作业做完,然后再玩耍,作业没完成不许玩耍,就说,阎老师规定没做完作业不能玩耍。马解放说,他咋知道咱们啥时候完成的作业?咱先耍,到最后几天突击做作业。宋都督也说我,杜成你是阎全顺的孝子贤孙,这么好的天气,不吆狗撵兔,囚在家里做作业,你神经了?马兰花又出面护我,杜成说得没错,学生就得做作业,咱就耍这几天,过了这几天就做作业,做完了再耍!张土改说,咱都听兰花的,就玩这几天,下来做作业,作业完了再耍!

我们把狗抱到架子车上,我来得晚,想挣点表现,说,我驾辕!马解放说,你来得晚,耽误了大家的工夫,你不驾辕谁驾辕?马兰花走过去,把我从车辕里拉出来，说，杜成比咱们小两岁，让人家驾辕，咱用巴掌打自己的脸哩！说着，就钻进车辕。张土改走过去，把她从车辕里拽出来，说，俺这么多男生，咋能让女生驾辕！他说着就钻进车辕，拉着架子车。

　　天色大亮，东边的临潼山上空亮得最厉害，太阳在临潼山后边腾升，身子没有出来，光芒已经憋不住了，散射在东天。我们身上从热炕上带的暖气被北风一吹，涤荡无存，觉得西北风像锥子样朝身上戳。这个时辰的空气最好，人们都窝在家里的热炕上，小动物都钻进窝里猫冬，没有人和畜牲的田野，空气纯净清冽，吸进鼻子，尽管冰冽寒冷，但肺叶和身子都感到振作。我们走在田间土路上，脚步噗噗嗒嗒，车轮吱吱，嘎嘎哒哒，车上的狗都仰着头，目视前边，胸脯挺得老高，比皇上都牛。我们走了一阵，张土改给马解放说，解放你给咱唱点啥？

　　马解放说，我赶早啥都没吃，哪有力气唱？张土改说，你妈没给你弄吃的？马解放说，我都喂狗了，今个全靠狗给咱出力气，狗不吃饱哪来的力气？张土改又问我，杜成你吃东西没？我说，吃了个窝窝头，剩下的都喂狗了！张土改又问那几个，都说把吃的东西喂狗了，自己饿着肚子。张土改又问马兰花，带锅没有？马兰花说，带了个铁锅，还带了一包盐。张土改说，还是兰花想得周全，连盐都带上了。

　　他是告诉我们马兰花没有占我们的便宜，又说，谁给咱唱，一会儿逮住兔子了，把兔子后腿给他吃？马解放把裤袋勒了一下，说，我给咱唱！宋都督不屑地说，你刚还说没力气唱，一说有兔子后腿吃，就有力气了？马解放就嘿嘿笑，说，阎老师都说过，啥都要精神鼓励哩，你忘了阎老师给咱讲的曹操望梅止渴？张广利说，宋都督别打岔，咱听解放唱，这驴日的啥都不行，就是唱戏行！

　　马解放就清嗓子，咳，又咳，再咳，势扎得很大。宋都督又恶心他，你嗓子里塞驴毛了，咳一遍又一遍，还咳不干净？马解放说，冬里睡热炕上火，喉咙里生痰，咳不干净咋唱？说完，又说，我唱啦！张广利说，你唱就唱，甭光说不唱？马解放又干咳一声，说，我唱啦！宋都督说，你是打拳卖狗皮膏药的，光说不练！马解放这才说，我给咱唱个大实话。说完，不等我们再恶心他，扯开喉咙唱开：

  松木椽柳木檩都是木头，你大舅你二舅都是你舅。我说这话你不信，你爸的婆娘你叫妈……

马解放一唱，引逗得旁人都想唱，宋都督说，解放刚才唱了大实话，我给咱唱段大反话，说完就唱开：

  出了南门朝北走，路上碰见人咬狗，拿起狗来砸砖头，又怕砖头咬了手。我说这话你不信，牛犊子卧在了鸡架上，苍蝇把锅盖掐得梆梆梆……

宋都督唱完，张土改说，都督唱得一点都不比解放差，一只兔子两条后腿，解放吃一条，那一条归你！宋都督就学着大臣谢皇恩的样子唱了一句，谢主隆恩！张土改哈哈一笑，扭脸看着马兰花，柔着口气说，兰花，你也给咱唱一段！马解放说，再唱就没兔子后腿了，一只兔子只有两条后腿，给我和都督吃了，拿啥给兰花吃？张土改说，你真是傻戻一个，就知道一只兔子两条后腿，两只兔子几条后腿，你知道不知道？马解放说，两只兔子四条后腿，一年级的算数，咱都四年级了，还算不出来！张土改说，咱今天只逮一只兔子？要是逮了两只兔子，三只兔子？马解放说，我咋没想到能逮那么多兔子。宋都督说，你是笨怂，才想不到！

马兰花清了嗓子，说，我给咱唱《法门寺》里的《告状》。说完，胳膊朝胸前一搁，学着戏台上的动作，唱开宋巧娇的唱词：

  禀太后和千岁细听民言，宋巧娇居住在眉坞小县，我的父宋国士儒学生员。因家贫小兄弟雇工求饭，雇主人刘公道孙家庄前。有傅朋贵公子大街游转，将玉镯偶遗在孙家门前。孙玉娇拾玉镯媒婆看见，诓绣鞋为的是贪图银钱。有刘彪诈傅朋未曾如愿，那夜晚就起了杀人祸端……

马兰花唱完，除了驾辕的张土改，我们都鼓掌喊好。宋都督说，兰花姐，今天要是只逮一只兔子，我把大腿让给你吃！马解放也表态，把我的那条腿也给兰花吃，人家唱得比咱俩都唱得好！宋都督又和他逗开，人家要吃兔子腿，不吃你的腿。你多少年都没洗澡，垢痂比肉都多，上边爬满虱子，看见都恶心，还叫人吃！马解放还击，你的腿才多少年没洗，垢痂比肉都多，上边爬满虱子……

二

帽珥冢疙瘩下边是麦地。冬里，麦苗伏在地面，墨绿的叶子上沾了一层白霜。这个季节的田野，没有高庄稼，一眼可以望出几里路。张土改把架子车拉到一个坑上边停下，给马兰花说，兰花你在这把锅支上，把水烧上。我们这就撵兔，逮住一只先吃，吃饱了再撵！说完，又吆喝我们几个，去抱些苞谷秆过来，让兰花烧火！我们跑到帽珥冢疙瘩上，那上边堆着玉米秆。我们一人抱了一捆，放到马兰花跟前，牵着狗走到地边，隔上二十几步，布置一条狗，五六条狗布置了一百多步。张土改对我们吼，听我的命令，统一把狗放出去！说完，就喊，预备——放！我们早就把绑狗的麻绳解开，搂着狗脖子，听见张土改的吆喝，猛地丢开狗，早就急不可耐的狗像离弦的箭。

张土改养的是细狗，这种狗细瘦，身长，腿长，比所有的狗都跑得快，专门用来撵兔子。我养的狗是藏獒和陕西土狗的杂交品种，粗壮，笨实。它并不笨，跑得也不慢，而且耐力特好，可以连续奔跑两个小时不歇气。这阵，它只落后豹子半个身子。

十多分钟后，我们看到一只兔子被惊起，仓皇逃命。

这些狗中，只有豹子和赛虎紧紧尾随着它，别的狗被甩得很远。狗有种天性，追起猎物不要命地朝前冲，不管跑在前边跑在后边，都拼尽全力。兔子跑了两三百米后，体力就不支了，速度明显减慢。狗的耐力比兔子好，尽管与兔子的距离还在拉近，就是够不着兔子的身体。豹子开始减慢速度了，赛虎的耐力优势就显示出来，它猛地一个加力，冲到豹子前边，距离兔子只有一丈多远了。兔子惊慌地朝后看了一眼，又加力奔逃，可惜没有力气了。赛虎的嘴差不多就咬上兔子了，我一边蹦一边喊，赛虎，加油！我看见赛虎前抓一扑，兔子滚了一下，就被赛虎压在身子下边，咬住兔子的喉咙，叼着朝我跑来！

我的狗第一个逮住兔子，心里的得意滋滋地朝出冒，从赛虎嘴里接过兔子，掂了下说，差不多有三四斤。张土改也掂了下，说，何止三四斤，我看有六七斤。马解放说，兔子肚里全是草，没多少肉！我抱住赛虎的脖子，说，你给老子把脸壮下了，一会儿还跑到前头，再给咱逮只兔子！

张土改说，我们把兔子杀了，洗干净，先让兰花煮着，我们再逮！他杀兔子有一手，从裤带上抽出牛耳刀，把兔嘴割开，把兔头上的皮朝下脱，兔头上的皮一剥下，我们用细麻绳穿过兔子嘴，绑在树上，他用力朝下一扒，就把皮扒下来了。又用刀朝兔子肚子上一划，扑哧一声，兔子肚里的东西全涌出来。他把兔心、兔肝摘下来，和兔肉放在一块，给马解放和宋都督说，你俩把兔子送给兰花，你们下到井里，打点水，把兔子洗干净，再把煮兔子的水也盛好。

我担心他们掉到井里，说，打水的时候小心点，不要掉到井里！马解放呸呸地朝地上吐，说，杜成你驴日的就不会说好听的，快过年了说晦气话。我说，万事小心都没错！

还不到晌午，我们就逮了三只兔子，张土改说，咱们先把这三只兔子煮着吃了，把肚子弄饱，再逮兔子。狗也饿了，我看它们都跑不动了！

三只兔子煮熟了，马解放伸手就在锅里抓，张土改啪地打了他一巴掌，说，驴日的没一点规矩！马解放说，你刚才都说了，我唱了戏给我吃后腿。张土改瞪了他一眼，说，你就长了个屁嘴，光知道吃。这些兔子都是狗逮的,应该先给狗吃,把狗喂饱了人再吃!

马兰花把兔子捞出来,她还带了块案板。天气冷,兔子搁到案板上,没多大工夫就不烫了。三个兔子头,五只狗,张土改说,赛虎今天逮了两只兔子,立了大功,给它一个兔头,别的狗两只分一个兔头。

我拿着兔头走到一边,把兔头朝空中一扔,赛虎忽地朝上一蹦,兔头还没落地,就咬住兔头,趴在地上啃,啃得嘎巴嘎巴响。

三只兔子六条后腿,刚好一人一条,我们抱着兔子腿,啃得满嘴流油。兔子身上全是瘦肉,没有肥膘,香味很浓,满嘴溢香。我啃兔腿的时候,赛虎蹲在我面前,看我,十分眼馋。我心里不忍,兔腿上的肉还没啃完,就塞到它嘴里。

马兰花把兔腿也啃完了,琢磨了几秒钟,把骨头一折两半,一半给了豹子,一半给了赛虎。

三只兔子吃完,人饱了,狗也饱了,张土改给宋都督和张广利说,你俩去打点水,让兰花把锅洗了。咱们再逮的兔子就不吃了,带回去给家里人吃!

半后晌的时候,我们发现了一个奇特的现象。一只兔子被狗撵出来,这只兔子身上的毛脱了很多,跑的时候脚步都不利索,是只老兔子,用不了多大工夫,这只兔子就会被狗咬死。谁知,天上出现了一只老鹰,正在撵兔子的狗们,看见老鹰,忽地刹住脚步,把即将到手的战利品拱手让给老鹰。兔子还在拼命逃命,老鹰也拼命追赶。兔子跑不动了,猛地停下脚步,仰面朝天,身子缩成一团。老鹰对着兔子俯冲下来,就在利爪要抓住兔子的瞬间,一个奇迹发生了,兔子猛地发力,四个爪爪抓住老鹰的肚子,猛地一蹬,竟把老鹰的肚子蹬破,老鹰一惊,朝空中逃去,肠子从空中坠到地面上,没飞多远,就栽在地上。

我突然灵性过来,说,石头爷说《武松传》的时候,拳术里有个兔蹬鹰。武松有三不及,拳术不及蜈蚣道人,变化不及西门庆,力气不及蒋门神，但武松把这三个人都收拾了。武松收拾蒋门神的时候，叫蒋门神打得一点招数都没有，眼看就要被人家打死，他突然想起师父周侗给他教的最后一招，把身子缩成一团，仰面朝天倒在地上，蒋门神以为把武松打倒了，不顾一切地扑上来。武松手脚合力猛力一蹬，把蒋门神的肚子蹬了个大窟窿，武松一只手拽住了蒋门神的喉管，一只手拽住了蒋门神的牛牛，用力一揪，把喉管从脖子里拽出来，把牛牛从裤裆里拉出来，蒋门神蹬了几下腿，就呜呼哀哉了。

黄昏的时候，太阳出来了，在宝鸡方向露出一个大红脸，散射出满地的光灿。风也停了，晌午还飘零的雪花也停了。我们又逮了三只兔子，张土改给我们说，咱们六个人三只兔子，两个人一只，自己拿回去分。我跟兰花一只，你们自由结合！

在落日的辉煌中，我们两个人抬一只兔子，旁边走着撵兔子的狗，走在架子车旁边，向村子走去。快到村子的时候，张土改停下脚步，问，明天干啥？他们一致回答，吆狗撵兔！张土改看着我，问，寒假作业咋办？宋都督抢着说，这阵说啥作业哩，做作业有啥意思？我说，咱们这几天吆狗撵兔，然后再写作业。要不，阎全顺会收拾咱们！

我们天天吆狗撵兔，把寒假作业忘到后脑勺了。吆狗撵兔的乐趣还没过够，又要过年了，穿新衣，吃好饭，走亲戚，收压岁钱，又是一番快乐。农村人讲究过了十五才算把年过完，我们正月十八开学。到了十六，我们掰着指头一算，后天就开学了，寒假作业还没做。我们又想起阎全顺的凶恶，拧耳朵，踢屁股，罚站，请家长，心里恐惧起来。我跑到张土改家，张土改也在为寒假作业发愁，见我进门，说，杜成，你说咋办，这么多作业，就是这几天不睡觉也做不完！

我也没琢磨出啥好办法，说，实在做不完，只好让阎全顺收拾咱们了！张土改说，咱们去找马解放、宋都督、张广利、马兰花，看他们有啥办法没？我说，他们能有啥办法？张土改说，三个臭皮匠顶着诸葛亮，咱们凑到一块，起码挨批评的时候，人多势众，也不害怕。

商量的结果，就是把寒假作业分开，一人做一部分，然后互相抄。能不能骗过阎全顺，就看我们的运气了。

开学头一件事情，就是交寒假作业。我们给阎全顺交寒假作业的时候，心里侥幸，一个班五十个学生，他能一道题一道题地检查我们互相抄了没有？到了第三天，他还没有收拾我们，我们就有了高兴，看样子这一关闯过来了。谁知，下午快放学的时候，阎全顺走进教室，说，杜成、张土改、马解放、宋都督、张广利、马兰花，你们到我办公室来！

我们低着头，朝阎全顺的办公室走去。阎全顺等我们全部走进房间，把作业本放在桌子上，问，你们说，这是咋回事情？我们都不说话，谁都知道抄作业不对。阎全顺在作业本上一拍，说，你们以为这种瞒天过海的办法，我发现不了，你们说，怎么办？

我们还是不吭声，已经把错误犯下了，能说啥？张土改硬着脖子说，你说咋办就咋办，反正俺已经犯到你手里了！阎全顺走过去，对着他的脖子就是一巴掌，说，你还嘴硬，犯了错误不知道改正！张土改急忙朝后退去，缩着脖子再不说话。阎全顺又走到马解放跟前，对着他的胸脯就是一拳，把他打得朝后退了几步。马解放犟嘴，说，你打人！阎全顺说，我不打好人！马解放说，打骂体罚是侵犯人权！阎全顺对着他的胸脯又是一拳，说，我今天把你打了，你告我去！马解放不敢反抗了，反抗的结果只能多挨几拳头。随之，宋都督、张广利也挨了打，就是马兰花没挨打。最后，阎全顺走到我跟前，对我的屁股踢了一脚，说，你也跟着他们混，看你能混出什么名堂！他踢我的时候，我趔了一下，没踢到屁股蛋上，踢到了尾巴骨上，疼得我差点跪下，眼泪都流出来了。

阎全顺又指着我们的鼻子说，我不是把你们看得低，你们再这样下去，要是考上大学，跑到我家祖坟上拉屎，我屁话都不说一声，还给你们递擦屁股纸！这还不算完，阎全顺又说，谁都不能迈出这间房子，我让学生去叫你们家长，看你们家长咋说！

我们不怕阎全顺，他批评我们的话就当刮了一阵风，刮过去屁都不留一个。打我们那两下，比老爸打的差远了，我们这些成天挨老爸打的人，挨他那两下真是毛毛雨。就怕叫家长，要是家长知道这事，少不了一顿饱揍。

天黑了，我们还囚在阎全顺的办公室，不敢开灯，黑灯瞎火，房檐下有盏路灯，晕光透过窗户玻璃，房子里就有了朦胧的亮。我抱怨张土改，我早就说了，耍上几天就做作业，把作业做完再耍，你们就是不听。这下好了，驴日的阎王叫家长了！

张土改不在乎，还笑，他是独子，他爸兄弟四个，那三个生的都是女娃，他这一辈就他一个男娃，十亩地里一棵苗，宝贝得啥样，他爸就是打他，也是象征性地做个样子。有时候他爸还没打上，他妈就像母狼样扑上来，护着他，对他爸又踢又咬，他当然不怕，说，娃死了埋娃，甭说大腿还白着哩！

马解放想着即将到来的饱揍，越想越恨阎全顺，把眼睛凑到窗户跟前朝外看了一阵，没见阎全顺回来，压低声音又愤怒万状地喊，阎王，我日你先人！宋都督说，你替我日，多日几下，把他先人日烂！张广利说马解放，声音小点，小心阎王听见！他的话音没落，阎全顺推门进来，对着马解放踢了一脚，骂，就凭你这怂样子，还要日我先人！你以为我没听见，我脊背上都长着耳朵！

俺爸和马解放他爸、张土改他爸、宋都督他爸、张广利他爸、马兰花她妈，厮跟着来了。马解放他爸进门就要扇他儿子的耳光，被阎全顺挡住，说，这是我的办公室，不能在这里打娃。咱商量一下，娃欠的作业咋办？

我爸走到阎全顺跟前，像汉奸见了日本鬼子样鞠了个躬，说，从今天起，每天夜里让他们补作业，做不到半夜不能睡觉！

阎全顺看着另外几个家长，问，杜成家长说的办法，你们同意不？其他几位家长鸡叨米样地点头，连声说，同意，同意！阎全顺这才说，咱们就按你们说的办法去做。第二天上课前,把头天夜里做的作业交给我,我中午看,下午还给他们,错一罚十。再发现互相抄袭,过去做的不算,重新再做!

我爸把我领回家,进门就对着我的尻子给了一脚,又踢到尾巴骨上,疼得我哎呀一声,倒在地上,俺爸又对着我的屁股踢了一脚,说,你装,驴日的一个寒假都吆狗撵兔了,不好好做作业,看你这辈子能成啥材料!

我的尾巴骨疼得钻心,额上冒出黄豆大的虚汗,脸都变了眼色。我妈见我疼成这个样子,挡住还要揍我的老爸,说,娃咋啦,你才踢了他一脚,又没用多大的力气,咋疼成这样子?我爸见我疼成那个样子,蹲下身子问,咋啦?我说,阎老师踢了我一脚,踢到尾巴骨上。你刚才那一脚,刚好也踢到尾巴骨上!我妈心疼我,嘟囔,啥地方不能踢,偏偏踢娃的尾巴骨,要是踢个三长两短,娃这辈子咋办?我爸立即对我妈吼起来,你懂个屁,人家凭啥要踢你娃,你娃不做作业,人家完全可以睁只眼闭只眼,还省人家的力气。人家踢你娃,是对你娃好。他们补做作业,老师还要批改,人家图啥?你娃上辈子烧了像碌碡一样壮的高香,这辈子修来这么好的老师!

我妈这才灵性过来,说,说的也是,人家图啥。咱娃考上了大学,当上了干部,挣下了钱,又不给人家花一分,人家凭啥在他们身上下这么大的力气!

我爸把我拉起来,让我坐在凳子上,把裤子脱下来,露着白屁股和尾巴骨。拿来石头爷配的跌打损伤的药酒,用棉花蘸着抹到我的尾巴骨上,揉了一阵,问,咋样?我站起来,扭了下屁股,真的不疼了,说,不疼了!我爸说,你石头爷配的这个药酒,管用得很,比城里大医院都管用!又给我妈说,人家阎老师给咱娃使这么大的劲,咱也不能不表示一点心意。

我妈说,咋着表示心意?我爸问,你的鸡蛋罐子里有多少鸡蛋?我妈说,十五六个。我爸说,全拿出来,给阎老师送去?我妈犹豫了,说,这些鸡蛋准备卖了买盐哩,咱家的盐罐子都空了!我爸说,空了就空了,半个月不吃盐死不人。欠人家的人情，不还心里难受。

初春的初夜，还有风，还冷峭，但已经不像冬里那么难以忍受了，感觉风里蕴含着丝丝暖意。人们还没有入睡，能听到二胡、笛子的声音，声音里蕴含着苦难、幽怨、无奈。还有人扯着喉咙吼的秦腔，仔细听去，是《下河东》赵匡胤唱的那一段。我端着鸡蛋罐子走在前边，我爸我妈走在后边，后边跟着赛虎。在二胡、笛子、秦腔的热闹中，走出了村子。

我们走进百花村小学，阎全顺窗户的那盏灯光，透过玻璃照在院子里，很显眼，被黑暗淹没的学校有了唯一的光亮。我爸走到阎全顺房子门口，轻轻地敲门。谁？我爸回答，我，杜成他爸！房里传出挪动椅子的响动，随之，房门打开。阎全顺看着我们，惊诧，说，这么晚了，还跑这么远的路？我爸又像汉奸见日本鬼子样给阎全顺鞠躬，说，你下那么大的力气管教我娃，给我娃教学问，我一家来看看你，算个啥！

阎全顺看了一眼我端的鸡蛋，说的比我爸说的还好听，其实，娃吆狗撵兔也不算个啥事情，谁不是从那个时候过来的。就是现在的情况不一样了，他们长大了要考大学，考不上大学就跳不出农门。他们离不开农村，就得受一辈子苦一辈子穷……

趁这个工夫，我看桌上堆放的作业本，是我们班的语文作业，五十个人五十本作业。阎全顺走到办公桌跟前，说，有些娃们做作业，也做对了，就是字太潦草。以后高考，还有个卷面印象分，字迹潦草卷面不干净，要扣分。到时候你就差零点一分，过不去就过不去，一个字迹的潦草，把娃一辈子的前途糟蹋了！

我爸给阎全顺谝了几句，觉得不能再浪费人家的时间了，就说，我跟他妈来的时候也没啥带的，你也知道咱农村的情况，就带了几个鸡蛋。老师在娃身上耗费了心血，补养补养！

阎全顺说，老哥你这是弄啥哩，我也是农村出来的，农村的情况我太清楚了，这些鸡蛋是你家两个月的盐钱，拿来送给我，家里就吃不上盐。我爸打肿脸充胖子，说，昨天才买了两斤盐，还打了两斤酱油两斤醋，给他妈扯了件的确良料子。这点鸡蛋也没啥用处，刚好遇到这事情，拿来表示一下俺的心意。

阎全顺推辞了几下，还是收下了。

新学期开学，我到阎全顺办公室交学费，阎全顺说，学校认为你家庭生活困难，把你的学费免了！课间操时，我在布告栏看减免学费的学生名单，没发现我的名字，去问阎全顺，阎全顺说，可能朝红纸上抄名单时漏掉了，名单在校长手里，我抽时间帮你问问。后来没见他给我答复，我也没再追问，回家给我爸我妈说，我爸说，可能是阎老师替咱把学费交了。我妈说，人家凭啥替咱娃交学费？我爸说，上个学期咱给人家送了鸡蛋……

三

夏天，简直是我们的天堂。到了星期天，吃过赶早饭，我和张土改、马解放、宋都督、张广利、马兰花，不再吆狗撵兔，但绝对少不了我们玩的东西——逮黄鼠狼。吃过赶早饭，我们担上两只桶朝地里走去。跑到刚割过的麦子地，找黄鼠狼洞。黄鼠狼洞有个特点，它们钻出钻进，把洞口磨得光溜溜。发现黄鼠狼洞之后，我们跑到井跟前，给桶里盛上水，把水猛地倒在洞里，黄鼠狼被水一激，就朝洞外跑，跑出来一个我们逮一个。逮到黄鼠狼后，给它们腿上绑根绳子，训练它们。

黄鼠狼的长相俊美极了，细长的身子，俊雅精灵的脑袋，晶亮有神的眼睛，尖尖的嘴巴，短短的耳朵，白色的爪爪，尾巴很长很粗。黄鼠狼通人性，能听懂人话，很容易训练出来。它们会站，会立正，我们喊上一声，跐——黄鼠狼就站起，两只前爪耷拉在胸前，眼睛得圆圆的看我们。它们把动作做出后，我们就喂它一颗炒熟的葵花籽。黄鼠狼吃葵花籽的模样更可爱，坐在桌上，伸起上身，两只前爪捧着葵花籽，小嘴咬开，把皮剥掉，把籽塞进嘴里，咀嚼。黄鼠狼到了冬季要窝冬，不吃不喝不动弹。张土改有办法让黄鼠狼不窝冬，他用棉花把黄鼠狼包起来，揣在怀里，人冻得鼻涕直流，绝对不能冻黄鼠狼，挨了冻的黄鼠狼不但要窝冬，甚至被冻死。捉黄鼠狼、训练黄鼠狼，成了我们最大的乐趣，只要见到黄鼠狼，觉得那些大中小括弧连带加减乘除四则运算、日照香炉生紫烟遥看瀑布挂前川，要多讨厌有多讨厌。

张土改给他养的黄鼠狼起了个很亲的名字——儿娃子。

下午一放学，我们都跑到他家，他妈把炕烧得热热的，房子里很暖和。张土改从怀里掏出黄鼠狼，解开一层一层的棉花，把它放在热炕上。黄鼠狼躺在炕上，不动，死了一样。我们趴在炕上，围着黄鼠狼，等待它苏醒，等了好大工夫，马解放说，土改，儿娃子会不会死了？张土改对着他的胳膊打了一下，说，你狗日的咒我的黄鼠狼，你要是把我的黄鼠狼咒死了，我把你揍死，让你给它陪葬！

我们都不敢说话了，耐心等黄鼠狼醒过来。马兰花没有上炕，张土改他妈端了一盘葵花籽，放到马兰花跟前，说，兰花，吃葵花籽！马兰花很有礼性地说，姨，你也吃！我们感觉张土改他妈对马兰花也好，想让人家当她的儿媳妇。

我们等了一个多小时，儿娃子才醒过来，迷迷瞪瞪像人刚睡醒一样，摇晃着站起来，摔倒，又摇晃着站起来，又摔倒，摔倒了几回，终于站稳了。张土改高兴地说，儿娃子醒过来了。

儿娃子又给我们表演起来。

这天，我们在张土改家耍得很晚，要离开张土改他家的时候，宋都督才想起还没有做家庭作业，说，还没有做家庭作业哩，明天阎全顺又要收拾我们了！我说，现在就做，咱们不要互相抄袭，别让他再抓住咱们的把柄！

于是，我们就趴在张土改家的热炕上做家庭作业。做完，夜已很深了，我们揉着眼睛，摇摇晃晃走出张土改家的大门。我突然想起高玉宝《半夜鸡叫》里的文字——从地里走回一群摇摇晃晃的长工。此情此景，我们跟周扒皮家的长工差不了多少。

儿娃子死了，张土改发现儿娃子死是中午放学以后，我们起立送走老师，张土改从怀里掏出儿娃子，发现儿娃子软瘫在棉花包里，身上没有一点温度，感觉情况不妙，带着哭腔说，儿娃子死了！马解放接受了上次的教训，凑到张土改跟前，说，不会死吧，是窝冬！张土改说，不是窝冬，是死了，这回和往常不一样，肯定是死了。宋都督摸了一下儿娃子，说，黄鼠狼窝冬跟死了一样，咱们要耐心等它苏醒过来。万一它是窝冬，咱们以为它死了，把它抛弃了，多可惜，多残酷，多悲哀！

我突然觉得宋都督长大了能当作家，他一口气用了三个多，就是真正的作家都不一定能用那么多的多。

张广利一直在思考，他长了个爱因斯坦的大脑，脑浆比我们多好几两，都看他，想听他的意见。他表态了，说，咱把儿娃子搁到最暖和的地方，看它能不能醒过来，要是醒过来了，就是窝冬，不能醒过来，就是死了。马兰花问，啥地方最暖和？我说，老师灶就暖和，咱们把儿娃子搁到老师的灶台上。宋都督说，老师会不会不让咱们搁？张土改说，要是老师不要咱搁，咱给他好好说。儿娃子也是一条命，咱石头爷都说了，救人一命，胜造什么浮屠？我说，救人一命，胜造七级浮屠。宋都督说，没错，就是救人一命，胜造七级浮屠，但我不知道是啥意思。我说，哪天问下阎老师，他肯定知道！

我们簇拥着张土改，张土改捧着儿娃子，朝老师灶走去。学校有十几个老师，晌午都在灶上吃饭，雇了个生产队的妇女给他们做饭。我们走到灶房，给做饭的妇女说了我们的意思，人家没等我们说完，就说，快把这东西拿出去，老师都是干净人，你们把这脏东西放在这，老师会恶心！

我们围着她说好话，叫她姨，叫她娘娘，不管叫她啥，都打动不了她的铁石心肠。这时，阎全顺夹着饭碗走进来，我们想开溜，他已经走到灶房门口。

阎全顺问，放学了，你们不回家吃饭，跑到老师灶房干啥？我们啥话都不敢说，他最反对我们玩耍，恨不得我们一天二十四小时都做作业，玩黄鼠狼绝对是大逆不道的事情！做饭妇女就把我们想让儿娃子烤火给阎全顺说了。

阎全顺问，黄鼠狼呢，我看看？张土改解开棉袄，取出棉花包的黄鼠狼，双手捧给阎全顺。阎全顺看了一阵，说，看样子不是窝冬，是死了。我小时候也养过黄鼠狼，没有一只黄鼠狼可以真正不窝冬！张土改又悲伤起来，哭着说，它昨晚还好好的，咋会说死就死，我就要把它暖过来，不让它死！

阎全顺给做饭的妇女说，让他们把黄鼠狼搁到灶台上暖暖，说不定能暖过来，救人一命，胜造七级浮屠！我们从阎全顺嘴里也听到了救人一命，胜造七级浮屠这句话。更让我们惊奇的是他竟然没有批评我们，还让做饭的妇女同意我们把黄鼠狼放在灶台上暖和。日头从西边出来了，柳树叶子变圆了！

儿娃子到底没暖过来，这个陪伴了我们大半年的黄鼠狼，给我们带来无限欢乐的小动物，到底离开了我们。我们给它举行了隆重的葬礼，张土改不知从哪里弄来了一个纸盒子，用棉花把儿娃子包好，就当给它穿了寿衣。马解放在学校树林里挖了个坑，那是儿娃子的墓穴。张土改把儿娃子和它的棺材放进去，然后，我们把土捧到它的棺材上，掩埋好，还修起一个墓疙瘩。张广利弄了个木板，用毛笔在上边写了"我们的好朋友儿娃子之墓"。张广利把墓碑朝儿娃子坟头插的时候，我们站起身子，持立正姿势，低头致哀。马解放还念叨，儿娃子，安息吧，你永远活在我们心中！埋葬过儿娃子，我们还不肯离去，还在回忆儿娃子给我们带来的快乐。张土改坐在儿娃子的坟头，像农村妇女哭丧那样，拖着长腔哭开，儿娃子呀，你咋舍得把我丢下，一个人走啦！你让我咋活呀！我们能听出来，他是真悲伤，不是那种媳妇哭婆婆的假悲伤！

下午放学的时候，我们收拾过书包准备回家，阎全顺又来了，他堵着教室门，指着我们几个，说，你们几个到我办公室来！不用说，我们又犯了啥错误，排成一溜，低着头，像老地主走向批判台样朝他办公室走去。

我们几个的作业本一排溜摆在桌上，我们看着作业本，低着头摆出挨批的架势。阎全顺站在我们面前，问，儿娃子死了？张土改说，死了！阎全顺又说，你们中午埋葬儿娃子的时候，我就在旁边看着！我们一惊，当时我们浸沉在失去儿娃子的痛苦中，没有发现周围有人。但我们能感觉出来，他说这话的时候，很亲柔，没有过去那种专横跋扈！

阎全顺口气突然一变，指着我们的作业本，凶恶起来，看看你们的作业，要多潦草有多潦草，肯定放学后耍黄鼠狼了？我们没有说话，等于承认。阎全顺口气又变得缓和了，说，我今天不批评你们，也不请你们的家长，你们说咋办？我说，我们重做一遍，绝对不潦草，一笔一画做。

我们回到教室，认真做起作业。阎全顺搬了个凳子，坐在教室门口，一边看书一边看我们做作业。

我们心甘情愿地写作业，确实没有潦草，一笔一画，觉得这是我们上学以来写得最恭正的作业。我们把作业写完，交给阎全顺，他看过，说，这次的作业确实很认真，你们要是这样坚持下去，以后考不上大学，我把阎字颠倒过来写！

四

生产队的牲口集中饲养，官话叫饲养室，土话叫马号。

入冬，饲养室就热闹起来，吃过夜饭的男人争着朝饲养室跑。饲养室有个汽油桶做的炉子，里面烧着块子煤，比家里四面透风的厦子房暖和，傻子都知道冷天朝暖和地方跑。饲养室还有生产队专门给饲养员买的"满山跑"。"满山跑"是茶叶。到了入冬季节，茶树上的叶子都落下了，茶农把落在地上的叶子拢起来，装到麻包里卖。里面除了茶叶，还有老梗、土块、羊粪蛋。火炉上座着一个很大的烧水壶，我们叫它"鳖子"。石头爷给里面放茶叶的时候，把老梗、土块、羊粪蛋拣掉，一把一把地朝鳖子里捂，熬出来的茶又黑又苦，大人说喝这茶过瘾。饲养室还有不掏钱的旱烟，生产队专门划出二分好地，种旱烟，收的旱烟就挂在饲养室的房檐下边晾，给饲养员抽，到了饲养室还能不抽饲养室的旱烟？最关键的是石头爷会说书。他肚子里装着盘古开天辟地到民国解放的故事，没有哪一个朝代、哪一个行道的事情他不知道。漫漫冬夜，要是不到饲养室熬夜，还能干啥？

饲养室有饲养室的缺点，头牯有屁不夹，有屎不憋，有尿就尿，二十几个头牯排成一溜，不是这个哗哗地尿尿，就是那个噗噗地放屁，要不就是噗嗒噗嗒地拉屎。饲养室里的男人也是有屁不夹，有尿不憋，转过身对着头牯圈就尿。牲口的屎尿味中，又掺杂了人的臭屁和骚尿味。从小就闻惯这种气味的庄稼汉子，丝毫没觉出空气的龌龊，一个心思地喝满山跑。从鳖子里把满山跑倒到大茶壶里，先捧给石头爷，石头爷抿上一口，递给旁边的人，旁边的人抿上一口，再递给他旁边的人，一个递一个，一茶壶喝完，再给里面倒，再接着传递，像学校的击鼓传花。喝过两三鳖子，人的肚子就鼓胀起来，一个一个地站起来，一边解裤带一边朝头牯圈跟前跑，跑到了，裤带也解开了，兄弟五名抬炮出城，对着头牯圈就大雨淋漓，头牯的屎尿味中又增添了人尿的骚臭味。

这时候，人们就盯着石头老汉，期盼他开始说书。石头老汉拿架子，他站起来做出朝头牯槽跟前走的样子，说，头牯要加草了！立即，有老汉对年轻人吼，三和尚、满道、驴日你先人，头牯槽里没草了，还不知道加草，咋这么没眼色！

三和尚、满道赶忙站起来，跑到草房里，把铡碎的谷草扒到筛子里，端到饲养室外边，筛去灰土，端到头牯槽跟前，倒进槽里，又钻进草房里，又筛。筛上三四次，才把二十几个头牯喂上一遍。他们回到火炉跟前，给石头老汉骚情地说，喂过了！石头老汉这才拿模捏样地说，昨黑讲到啥地方了？立即有人回答，讲到《薛刚反唐》了。石头老汉说，我知道讲的是《薛刚反唐》，我问的是讲到啥地方了。又一个小伙子说，讲到薛蛟有拔山举鼎之力……

石头老汉这才讲，一日，薛蛟走到一座山下，感觉有点疲倦，就倒在树下睡觉。恰巧好宝公主经过这里，看到年仅十五岁的薛蛟，竟有如此美貌，当下春情激荡，下马走到树下，将薛蛟拥在怀里。禁抑不住地解开薛蛟的裤带，露出男人的家伙……

石头老汉讲到这里，有个老汉插嘴，石头你心瞎（坏）了，娃在这哩，给娃教瞎（坏）哩！石头老汉说，男人戳女人挨，天生的，无师自通，不是谁教不教的事情。你娶媳妇的时候，谁给你教咋着摆弄媳妇？说完，又对我们几个吼，你们几个到炕上睡觉去，明天还要上学，黑了不睡觉听说书，白天上课打瞌睡，老师不打你们的板子打谁的板子？我们几个赶忙爬到饲养员睡觉的热炕上，扯开被子盖住脑袋，却把耳朵露在外边，听得一字不差。

整整一个冬天，我们听完了石头老汉的《隋唐演义》《三侠五义》《说岳》《杨家将》，全是忠勇刚烈，仁义礼智信，路见不平，拔刀相助。石头老汉不说书的时候，那些上了岁数的老汉就讲自己过去的舞马长枪，吆车走西岸子，过宝鸡、天水，穿过河西走廊，到张掖、武威，过了酒泉到新疆，下南岸子过留坝的张良庙，到汉中，再过洋县、石泉到安康，上北岸子过山原、耀州区到延安绥德。车到了店里，白锅盔捞面条，啃羊头吃牛肚，老碗喝烧酒，吃饱喝够就去看戏、喝茶、拜朋友，隔些日子还要逛窑子，把窑姐日得喊爹吼娘，三天下不了炕。

满道看着柱子爷干瘦的身子，不相信地问，柱子爷，你是嘴上的功夫，还是裤裆里的功夫？石头老汉就冷笑，指着满道说，甭看你长得五大三粗，比起你柱子爷，那上头的功夫差远了。不信你啥时候娶了媳妇，你要是能把尿尿到你媳妇那里头，你尿到啥地方，你柱子爷喝到啥地方！满道不服气，说，我就不信尿不到那地方，到时候我尿给你们看，非要柱子爷喝我一泡尿不可！岁数大的人都笑，我们没笑，不知道满道哥以后娶了媳妇，能不能尿到他媳妇那里头？

一直听到公鸡叫鸣，月过中天，围着火炉的庄稼汉子才站起，摇晃着身子，朝家里走去。

我们都没回去，睡在石头老汉的热炕上，第二天爬起来就去上学。

老师走进教室，还没有开讲，我们的上眼皮和下眼皮就开始打架，脑袋里盛满了糨糊，头昏，身子发软，老师讲的啥都听不进去，上课不到十分钟，我们就睡着了。我睡觉的姿势很像认真听讲的样子，身子坐得端正，脖子挺得直直，就是眼睛闭着，老师站在讲台上，不一定能看到我的眼皮没有睁开。那几个的睡相很不好看，直接趴在课桌上，还打呼噜，一声扯着一声，整个教室都能听见。还流哈水，一条明晃晃的哈喇子从嘴角流出来，耷拉到胳膊上，旁边的人能闻到臭烘烘的哈喇子味。阎全顺最见不得学生上课睡觉，他走到马解放跟前，举起柳树枝对着他的脑袋抽了一下。柳树枝柔，有韧性，抽到人身上，轻的抽出一道血痕，重的抽烂皮肉。他们每人都挨了几下，阎全顺还没发现我也在睡觉，回到讲台上的时候，还对学生们说，今天杜成表现得很好，从上课到现在，一直坐得端端正正。我身边的同学捂着嘴笑，前边的同学扭过身子看我，我还在睡梦中。

阎全顺这才感觉不对，走到我跟前，手在我眼前晃了一下，我还是纹丝不动，他这才知道我睡着了，睡得比他们几个还死！就抡起柳树枝，对着我的肩膀就是一下。我马上惊醒，还没睁开眼睛，肩膀上又挨了一下，我急忙用手去捂肩膀，手背上又挨了一下。我这才看清，阎全顺涨红着脸，眼睛瞪得比牛眼都大，脸腮上的肌肉都突突颤抖，用柳树枝指着我揶揄，杜成你修炼到家了，竟能坐着睡觉，恐怕太上老君都没你这个道行！

我知道自己犯了错误，站得端端正正，啥话都不敢说。阎全顺回到讲台上，琢磨对付我们的办法，过了一分多钟，才说，你们几个中午不能回家吃饭，留在学校补课，我把这节课给你们重讲一遍。晚上回家以后，写篇作文，题目是《屡教不改》，必须四百字以上，不能超过四个错别字，语句要通顺，思想要深刻，达不到标准重新做！

中午放学后，别的同学都回家了，我们几个留在教室，等着阎王来给我们补课。张土改说，我到窗户跟前盯着阎王，他来了叫你们，你们都睡觉。宋都督说，都是阎王给咱们过不去，别的班上课睡觉，叫起来最多批评两句就算了。他驴日的抽咱们，还罚咱们中午不能回家！马解放说，咱们不能回家吃饭，他也不能午睡，两下扯平了，谁都没占便宜。张广利说，说到底还是阎王吃亏多些，他今天给咱们补课，明天给他们补课，中午都不能午睡。咱一个学期才让他补几次课？

二十多分钟后，阎全顺剔着牙缝里的菜丝丝，打着饱嗝，朝教室走来。趴在窗户跟前担任瞭望的张土改哧溜回到座位上，给我们说，阎王来了！我们都捧起书本，装成认真读书的样子，大声朗读起来，子曰，学而时习之，不亦乐乎！

阎全顺走进来，我们急忙放下书本站起来，表示礼貌。阎全顺走到讲台上，说，你们别给我装样子，我知道你们恨得我要死。宋都督说，我们知道你是为我们好，感谢你都来不及哩，咋能恨你！阎全顺说，你年纪小小的就学会这事情了，长大了能当干部！

课四十五分钟，阎全顺跟真的上课一样，又是提问，又是上台默写，四十五分钟讲完，他还不下课，又给我们讲，少壮不努力，老大徒伤悲，这句话把我们的耳朵都摩擦出茧子了。张土改举手，阎全顺说，啥事？张土改说，俺几个昨黑听石头爷说书，后半夜才睡觉，上午犯了上课打瞌睡的错误。你不让我们现在补一觉，下午上课还要打瞌睡！阎全顺恍然大悟，说，你们抓紧时间睡觉，离下午上课还有一个半小时，可以睡一觉！

我们一直睡到下午上课的预备铃响，才揉着眼窝爬起来。马兰花挎了个篮子，里面装着给我们带来的饭。她晌午也没有睡觉，跑到俺们几个家里，给我们带饭。上课的预备铃响到正式上课，有五分钟，我们就利用这五分钟时间，狼吞虎咽，吃完午饭。

后响放学的时候，我走在张土改跟前说，土改哥，你把俺兰花姐娶上算了，这么好的女子，嫁给外村都可惜了，咱的肥水咋能流到人家的地里。张土改说，你兰花姐确实是个好女子，但咱家的条件太差，兄弟姊妹六七个，我是老大，只有两间厦子房，她爸她妈不一定能看上俺家！

我再没说啥，我这个年龄，对找媳妇这种事还糊里糊涂。但我能感觉出来，马兰花对张土改好，就说，我看俺兰花姐对你最好。张土改说，好是好，要做我的媳妇，还得她爸她妈说了算。她爸她妈不同意，她再同意也不行！我说，新社会讲究恋爱自由，婚姻自主，她爸她妈凭啥不让你们自主？张土改说，那都是口号，喊喊可以，要是真弄起来，还得讲真实的东西。家里多少弟兄，多少房子，条件咋样，哪个女娃也不愿嫁过来吃苦受罪！

我没话说了，猛地想起村里的小伙子说的恋爱就是嘴甜加不要脸，把姑娘的心说动了，趁机把她的麝香掏了，让她的肚子大起来，她家会追着要你娶她家的女子，就给他出主意，我听咱满道哥说，恋爱就是先把她们的肚子搞大，让她们追着你结婚。你把俺兰花姐的肚子弄大了，她爸她妈不愿意也不行。张土改踢了我一脚，骂，我看你老老实实的，没想到肚子里装的净是坏水！

这以后，他跟马兰花骚情地更紧了，马兰花给他骚情得也更紧了，我估摸他们可以成为一对！

听了石头爷的说书，我们满脑子装的全是英雄豪杰、好汉侠客，觉得人能活到岳飞、武松、杨家将、薛仁贵、罗成、秦琼的份上，才没有愧对自己。放学以后，我们就跑到苞谷地里，踏断一根没结穗子的苞谷秆，当作长矛方天画戟，要不就当成大刀、齐眉棍，这个高喊，我是常山赵子龙，不怕死的放马过来！那个高喊，我是五虎上将关羽，想送命的过来！还有人喊，我是飞将军李广！我是燕山张翼德！我是征东大将军薛仁贵！

上课的时候，阎全顺给我们讲，中国古典文学最出名的是《红楼梦》，《红楼梦》里有个公子叫贾宝玉，最会讨女娃喜欢。我们看不起贾宝玉，这个时候没有一个人说，我是《红楼梦》里的贾宝玉！

那天，我们一人拿着一根苞谷秆，耀武扬威地装扮着各自的角色。百花村的人看到我们折了他们的苞谷，端着铁锨朝我们冲过来，边跑边骂，驴日的崽娃子，竟敢遭害俺村的庄稼！他们手里的铁锨，锨刃磨得闪明发亮，要是铲到脖子上，脑袋肯定和肩膀分家。我们惊叫一声，丢下苞谷秆，仓皇而逃，没有一个人再喊我是赵子龙，我是薛仁贵了！

下午，我们到了学校，刚走到教室跟前，百花村的人指着我们喊，就是这几个驴日的，把我们的苞谷糟蹋了好大一片！阎全顺给他们赔笑脸，说，我们一定严厉批评他们，让他们做出深刻检讨，保证不再重犯！

我们这才知道，人家把我们告到学校了。我们又被阎全顺训斥了一顿，还让我们默写三遍李绅的诗，"锄禾日当午，汗滴禾下土……"写完还不放我们走，又让我们默写李白的"床前明月光，疑是地上霜……"

马解放没记住那几句诗，但记住了大概意思，就在作业本上写，床前明月光，地上鞋一双，一对狗男女，使劲磨豆浆！

我们写完，阎全顺检查，检查到马解放的时候，他把那页作业撕下来，走到阎全顺跟前，说，我没记住床前明月光下边的几句话！阎全顺说，把你口袋里的那张作业掏出来！马解放说，上边的东西写错了，我撕了重写。阎全顺说，我就检查你写错的东西！马解放只好掏出来，阎全顺看过，冷笑，说，我欣赏你的聪明，不欣赏你的流氓意识！马解放说，这不是我写的，是俺村一个高中生写的，我跟着他学的！阎全顺说，他让你跳崖，你跳不跳？马解放不吭声，阎全顺又问，我问你哩，你跳不跳？马解放说，不跳！阎全顺又问，为啥不跳？马解放说，跳下去就摔死了！阎全顺说，看来你还不傻，知道跳崖会摔死，咋就判断不出这诗里有流氓意识？马解放说，李白写的不好记，我背了二十多遍，就是记不住，这几句话我只读了一遍，就记住了！阎全顺说，你和他臭味相投，就容易记住他的话。说完，又说，你今天回家，再用《屡教不改》写篇作文，不能和上次写的重复！然后，对我们几个说，咱们都是农村长大的，农民种一茬子庄稼多不容易，你们竟然折人家的苞谷秆，遭害庄稼。这是初犯，我不罚你们，下次人家再告到学校，我就让人家估产，损失多少，让你们家长赔多少。从那以后，我们再不敢折苞谷秆当武器了。

学校后边是厕所，厕所分男教师厕所、女教师厕所、男学生厕所、女学生厕所。学生不能进老师的厕所，老师也不到学生的厕所。那个年代，粮食短缺，饭食稀，当时用水把肚子填饱，一堂课下来，就变成骚尿。下课铃声一响，学生都跑到厕所，你争我抢地拉屎尿尿，拉屎者少，尿尿者多。男女厕所还有一个特点，男生站着尿尿，女生蹲着尿尿，一米长尿池可以站三个男生，一米长的便坑只能蹲一个女生。十分钟课间休息，到了最后三分钟，男生进行完毕，女生还在排队。男女生厕所中间的隔墙不高不低，只隔形不隔音，跳起来看不到隔壁的屁股。但能听见山泉淋漓的声音，哗哗哗、啦啦啦、嘀嘀哒哒、叮叮咚咚，有点像缩小的军乐合奏，引起我们浮想翩翩。马解放又不安生了，指着男女厕所的隔墙给我和宋都督、张广利说，咱们谁能把尿浇过去？

我看了一眼隔墙，胆气不足，说，我浇不过去！马解放说，杜成你驴日的怕阎王收拾你，不敢朝过浇。我说，我不是怕阎王收拾我，是咱没那能耐，就不呈那精！

马解放又怂恿张广利，你要是把尿浇过去，我给你个烤红苕！张广利被烤红苕诱惑了，朝肚子里咽了口吐沫，说，要烤红苕，不要蒸红苕。马解放说，我给你说得很清楚，烤红苕，不是蒸红苕！张广利又把那堵隔墙看了，给我们说，杜成、宋都督，你们做证人，我要是把尿浇过去了，解放给我吃烤红苕。宋都督说，你要给他说清楚，多大的红苕，要是他给你小拇指粗的红苕，咋办？张广利灵性过来，给马解放说，要不是都督提醒我，我差点叫你哄了，你要是给我吃小拇指大的红苕，也是一个红苕？马解放冲到宋都督跟前，踢了他一脚，骂，我日你先人，你啥时候见我给人吃过小拇指粗的红苕？他把宋都督骂过，又给我说，杜成你作证，我保证给广利吃半斤以上的红苕，要是不够半斤，叫驴日俺先人！

张广利在红苕的诱惑下，解开裤带，寻找能把骚尿浇过去的角度。最后，站在小便池的台子上，增加了身体的高度，把裤子退到膝盖跟前，一只手攥着牛牛，身子使劲朝后仰，把肚子鼓得老高，给马解放说，我尿啦！马解放说，我看着哩，你尿！张广利又给我和宋都督说，你们看着我浇过去没有，要是浇过去了，不要让解放赖我的烤红薯！说完，就把牛牛抬起来，选了一下射击角度，还真把骚尿浇过去了。

隔壁厕所传出女生惊叫，马兰花叫得最凶，张广利，不要脸，尿到我头上啦，还浇了我一身！这时，刚好张土改走进来，听见马兰花在隔壁叫，张广利还攥着牛牛站在小便池子的台台上，立即知道是怎么回事情，冲到张广利跟前，对着他的胸脯就是一拳，骂，广利我日你妈，敢给兰花头上浇尿，活得不耐烦啦！张广利也不示弱，对着张土改骂，我骑驴又没压你的腰杆疼，你骚情啥哩！说着，把裤带绑好，也朝着张土改冲过来。

张土改和马兰花好，张广利尿到马兰花头上，张土改还能放过张广利？张土改要是不在这时候替马兰花出头，咋能证明马兰花是他的媳妇？张土改揪住张广利的领口，张广利也揪住张土改的领口，谁也不肯松手。按俺们打架的规矩，谁要是先松手了，就是谁怂了，不敢跟人家作战了。

张土改说，咱不在厕所里打，到外边，看老子不把你的屎打出来！张广利也说，到外边打就到外边打，谁怕谁呀！他们拉扯着走到厕所外边，找了一块空地，摆开了战场。张广利是猛张飞，张土改是锦马超，张飞战马超，棋逢对手，将遇良才，大战三百回合不分公母（雌雄）。三百个回合以后，高低就分辨出来了，张土改是为马兰花而战，目的明确，意志坚强，奋勇向前，有十分力气能发挥到十二分。张广利被迫迎战，自知理亏，有十分力气只能发挥八分，开始节节后退。

马兰花站在旁边，气急败坏地喊，不要打了，都上课了，迟到了阎老师又要罚你们站！

张土改和张广利刚一开战，宋都督就咋呼着朝阎全顺的办公室跑，边跑边喊，阎老师，张土改跟张广利打架了！

张土改跟张广利还在酣战中，阎全顺跟在宋都督后边跑过来，老远就喊，不要打架，再打就开除！张土改和张广利听见阎全顺的喊叫，阎全顺已经跑到跟前了。张土改脑子一灵性，猛地搂住张广利的脖子，对着他的耳朵小声说，就说咱们不是打架，在练摔跤！说完，搂着走到阎全顺跟前，张土改说，阎老师，俺俩昨晚跟马胜利学了几个摔跤动作，刚才练了一阵。张广利跟着说，土改用小背差点把我摔过去！张土改说，就你那成色，还值得我用小背，随便几个动作就把你像摔死鸡娃样摔！

阎全顺迷惑了，看他俩，张土改的嘴角流血了，嘴唇还肿得老高。张广利的眼角被打青了，脸上还有一块血痕，练摔跤能摔成那样子？阎全顺就看宋都督，你说他们打架，他们咋说练摔跤？

宋都督的脸色难堪了，小声说，我刚看他们是打架，咋变成练摔跤了？说完，又说，哪有练摔跤能练出那么多的伤？马兰花走过去，在宋都督头上拍了一下，说，这么多人都在看他们练摔跤，就你说他们打架！阎全顺说，不管摔跤也好，打架也好，到了上课时间，不到教室上课，跑到这里玩耍，本身就不对！他把我们押到教室，罚张土改和张广利站在讲台上，一个站左边，一个站右边，像过年大门上贴的秦叔宝和尉迟恭。

下午放学，刚走出校门，张土改跟张广利说，一会儿走到路上，咱们收拾那个奸细！张广利说，要收拾就狠狠收拾，叫他以后再不敢打小报告！张广利又给我们几个说，我们一会儿收拾宋都督，你们围住他，不要让他逃跑了！我说，你们把他收拾了，他又给老师打报告，老师还要罚你们站！张土改说，我们要是收拾他了，就要把他收拾得不敢再打小报告！马解放也赞成收拾宋都督，我早就看那驴日的不顺眼，学习不好，舔老师尻子好，要是把他的毛病治不了，以后咱们放个屁阎王都知道！

马兰花给张土改一眼说，千万不要把他打伤了，要是打伤了，他妈就会找你家，还得给他看伤！张土改说，这事情你甭管，俺要收拾他，就不会给自己惹麻达！

宋都督贼精，估摸张土改要收拾他，放学后在教室磨蹭，想等我们回到家了，他再回家。他真没想到，他成了《林海雪原》里神河庙老道，智谋不及少剑波。张土改让我们藏到苞谷地里，守株待兔。过了大约多半节课的工夫，我们透过苞谷秆的缝隙，看到宋都督低着头朝这边走来。走到我们埋伏地点时，张土改大吼一声，站住，我们一齐从苞谷地里跑出来。宋都督见中了埋伏，转身就跑，张广利一个扫堂腿，把他绊了个跟头。他趴在地上，见我们围着他，知道跑不了了，摆出一副挨打的样子，双手抱着头，撅着屁股，张土改对着他的屁股狠狠踢了下，说，驴日的当奸细，叫阎王收拾我们！

张广利也抬起腿，刚要踢他的脑袋，张土改赶忙对他吼，朝他屁股上踢！张广利收回脚，对着他的屁股踢，边踢边骂，驴日的，当甫志高，叛徒。要是日本鬼子国民党把你逮去了，灌不了几口辣子水，就叛变投降了。那些日子，我从一个中学生那借了本《红岩》，我们几个轮着看。甫志高是《红岩》里的叛徒，被双枪老太婆打死了。

马兰花走到他跟前，骂，宋都督，你咋能干这事情，把你宋家先人的脸都丢了！宋都督还是抱着头，撅着屁股让我们踢。我们一人踢了几脚，觉得没意思，就不踢了。张土改对着宋都督喊，起来，我们不收拾你了！宋都督耍死狗不起来。张土改又踢了他一脚，说，我说不收拾你了，就没人再收拾你了！宋都督这才爬起来，还是啥话都不说。张土改又说，咱石头爷讲的岳飞、杨家将、罗成、秦琼、薛仁贵，哪一个当过奸细，你白听石头爷说的书了！你当时是咋想的，跑到阎王那里出卖我们！

宋都督说，我前天考试得了六十一分，差点不及格，我怕阎王家访给俺爸说，就想巴结他。马解放又踢了他一下，说，你巴结老师，就出卖我们？张土改冲着马解放喊，解放你驴日的，我说不收拾他了，你还收拾他！马解放说，这哪算收拾，轻轻踢了一下！张土改说，轻轻踢也不行，我说的话泼出去的水，要是说话不算话，跟放个屁有啥两样，放个屁还臭一会儿哩！

张广利给张土改说，咱不能这么便宜他，我看过的小说里，对叛徒一般都是枪毙。咱不能枪毙他，起码要罚他再也不敢！宋都督说，我以后再也不敢了！张广利说，光说不行，赌咒！宋都督把胸脯一鼓，脖子一挺，扯着喉咙喊，我以后要是再当叛徒，驴日俺宋家的先人！张土改问我们几个，他都赌咒了，行不行？马解放说，赌咒算个啥，连喝凉水都算不上，刮一阵风啥都没有了。咱让他也犯个错误，抓住他的把柄，他再当叛徒了，咱就揭发他！

张土改迷惑了，咋能让宋都督犯错误，问马解放，咋能让他犯错误？马解放说，他跑到阎王那里揭发我们，我们就让他骂阎王。他以后再当奸细，我们就揭发他！张土改说，宋都督，你当着我们这些人的面，骂阎王，使劲骂，表示和他划清了界线！宋都督鼓起胸脯，挺直脖子，扯着喉咙喊，阎王，我日你先人！张广利说，不能喊阎王，要喊阎全顺的名字！宋都督又拼尽全力吼喊，阎全顺，我日你祖宗八辈子先人！马解放走到他跟前，紧握他的手，说，欢迎你回到革命队伍里！张广利不知从哪里学了一句，苦海无边，回头是岸！

五

我们的教室是用胡基（土坯）垒起来的，墙上抹了层麦草泥，年代久了，麦草泥脱落，能看见大片的胡基。窗户上装的玻璃，有的玻璃破了，学校也不补。就是没有破玻璃的窗户，窗户缝子都有一寸宽。还有教室的前后门，关上后还有半扎宽的门缝。教室顶上的檩条子搭在墙上，缝子没有用麦草泥抹，麻雀钻进钻出。到了冬天，西北风朝教室里灌，我们能听见风灌进教室的呼呼声。要是遇到下雪天气，雪从缝隙里朝教室里钻，落在地上，落在课桌上，还有的落在我们身上。我们这些农家娃，最多穿件破棉袄，用草绳把腰一缠。很多人没有棉裤，穿件夹裤子，也没有棉鞋，穿着他爸他妈他哥他姐的破棉鞋。坐在教室里冻得簌簌发抖，缩着脖子，把胳膊抱在胸前，嘴对着手哈气，根本抵御不住寒冷的侵袭，还得坚持听课。尤其是脚，被冻得生疼，疼上一会儿工夫，就发麻，疼中有麻，麻中生疼。很多人的脚被冻裂口子，流出鲜血黄脓，手上都生了冻疮，也裂着口子，口子里流血流脓。我们冻得实在受不了了，就跺脚，跺的人多了，声音大了，教室里就爆起一片跺脚的声，像几十张破鼓在敲，盖住了老师讲课的声音，老师不得不停下讲课，也对着手掌哈气，搓着取暖。

阎全顺上课的时候，我们照样跺脚，不是我们不认真听讲，实在受不了严寒的冷冻。阎全顺听着几十张破鼓的轰响，没办法讲课，喊，不要跺脚！声音在有深度有广度的跺脚声中，显得太渺小太微不足道了。他停下讲课，无奈地苦笑，突然，他给我们喊，都到麦兼垛上抱捆麦兼，我给你们五分钟时间，快！

我们高兴地呐喊一声，朝着学校外的麦兼垛跑去，一人抱了一捆麦兼，跑回教室。

阎全顺说，把麦兼放在脚下，把脚塞进麦兼里头，就不冷了。我们就照他说的办，真的不冷了，脚不冷了，身上就不觉得太冷了。我们不再跺脚了，教室静下来了。阎全顺说，现在不冷了，就要注意听讲！

校长看着教室地上堆的全是麦兼，给阎全顺说，让学生在麦兼堆里上课，成何体统？阎全顺说，天气太冷，学生穿得太单，冻得受不了，哪有心思听课，说一千道一万，学习成绩提高了才是根本。

检查组来了，像日本鬼子进庄样溜进学校，偷偷接近教室，老师和学生都没发现。别的班的学生照样冻得鼻涕直流，紧缩脖子，跺脚声一如既往地声势浩大。唯有我们班，没有跺脚，认真听讲。检查组站在窗户外边，看着教室里铺满的麦兼，不知道这样做对不对。下课了，他们走进教室，问阎全顺，他们上课怎么把脚塞进麦兼里？

阎全顺说，这些农村孩子，衣服都单薄，没有棉鞋，冻了就跺脚，课就讲不下去。用这个办法，学生们不冷了，课讲下去了，学习成绩提高了，应该是好事情。他说到这里，还让我们伸出手，让检查组看。检查组看了我们生着冻疮的手，看着冻疮里流着血流着脓，问，手冻成这样子，怎么写作业？

阎全顺又让我们把脚从麦兼里伸出来，让检查组看。我们的脚上长满冻疮，裂的口子比手上的口子还宽还多，流的脓血更多。领导看得心痛，说，真没想到，农村的学生这么苦！张土改说，阎老师让我们把脚伸到麦兼里，就不冷了。领导给校长说，这么破的教室，这么冷的天，应该在教室里生个炉子！校长连着给人家躬了几下身子，说，您的指示太英明了，确实应该给教室里生炉子，就是没有经费，生不起炉子。领导说，我回去就通知有关部门，给你们下拨生炉子的经费！

过了个星期天，星期一来上课的时候，墙上剥落的泥皮抹上了，椽和墙的缝隙填上了，门上补了木条，所有透风的地方都整治了。再刮西北风的时候，教室里就没有风的肆虐，没有飘进来的雪花。我们尽管还觉得冷，还把脚塞到麦兼堆里，但比过去暖和多了。

校长被撤职了，降为一般教师，上头来人宣布，他挪用下拨的经费，把烤火费用在修补教室。

阎全顺也受了处分，事由是他和校长共谋，犯了经济错误。

六

到了夏天，我们除了抓黄鼠狼，还有一件充满乐趣的事情——逮蝎子。

离我们村子三四里路，有个土沟，叫帽珥冢沟，长四五里，宽两三丈，深的地方两人深，浅的地方一人深。沟里不长庄稼，不生野草，沟边的土壁上，布满缝缝隙隙，盛产蝎子。到了假日，我们拿着铁铲，腰上挎着玻璃瓶子，跑到帽珥冢沟，逮蝎子。蝎子能卖钱，逮上一个假期的蝎子，够交学费课本费作业本费，还能买瓶蓝墨水，剩余的交给俺妈，买盐用。

  我们从沟口走进去，看到沟壁上的土缝，把铲子插进去，别开，有的土缝里什么都没有，我们满腔的希望顿时落空，张土改就嘟囔，日他个先人，连根鸡巴毛都没有！有时候爬出两三只蝎子，它们因在黑暗的土缝里，土缝突然被我们别开，阳光照在它们身上，就仓皇逃窜。石头爷说过，蝎子是夜眼，白天看不清东西。我们不是蝎子，不知道蝎子到底是不是夜眼。石头爷也不是蝎子，不知道他根据啥说蝎子是夜眼？仓皇逃窜的蝎子还不忘我们破坏它们家园的仇恨，高高地翘着尾巴，做出随时蜇我们的样子。蝎子最多的时候，别开一条土缝，爬出来十多个，有大的，有小的，估计是个家，有爷爷，有孙子。蝎子逃跑的速度很快，要是逮不住它们，几秒钟就钻进旁边的土缝里。谁要是别开这样的土缝，就喊，快来，一大群蝎子！我们急忙跑过去，都伸出用树枝做的筷子夹，谁夹到归谁。

  我们一般都是十点出发，十一点赶到帽珥冢沟，逮到下午三点，基本能把瓶子装满。

  我们逮到蝎子，拿到公社旁边的中药店，问他们收不收蝎子。站柜台的是个女娃，二十出头，说，收，要看质量，按质论价！

  张土改把瓶子捧到柜台上，把盖子揭开，把蝎子朝出倒。蝎子满柜台乱爬，有几只还掉到柜台下边，落在女娃脚上，吓得女娃妈呀爸呀地叫，两只脚在地上乱蹦，指着张土改训斥，谁让你把蝎子朝柜台上倒？张土改说，你说按质论价，不看咋知道质的好坏！

  女娃揉着胸口说，快把它们逮到瓶子里，我看过质量了，一等品！

  我们几个急忙用筷子夹蝎子。女娃又喊，有几只爬到柜台下边了，你们要把它们逮住，要不哪天跑出来把我蜇了咋办？马解放和张广利就跑进柜台里面，把地上的两只蝎子逮了。我们又合力把柜台挪开，下边果然藏了两只蝎子，还有一只是原来就有的蝎子。女娃惊魂没定地说，真可怕，竟有三只，要是不逮住它们，我不定哪天就倒霉了！

宋都督把三只蝎子摆在柜台上，说，两只是我们的，一只是你柜台下原有的！女娃说，我柜台下边就没有蝎子，都是你们带来的！宋都督用筷子拨着蝎子，说，你看这两只，个大、肥、厚，钳子粗，颜色是土黄色。再看这只蝎子，瘦、小、钳子细，颜色发黑。俺的自然课老师讲了，野生动物的颜色与它们生活的环境有很大的关系。我们逮的蝎子生活在土沟里，就是土黄色。你柜台下边的蝎子，生活在黑暗里，就是浅黑色！

女娃看宋都督，眼睛里射出的全是惊奇。我们也看宋都督，平时也没看出他学习有多好，到了关键时候说的一道一道的！宋土改说，你真是活学活用，要是用在毛主席著作上，肯定能当上学毛选积极分子，到处做报告，吃不掏钱的大肉臊子面！宋都督说，毛主席著作里就没有讲帽珥冢沟里的蝎子是土黄色，药店柜台下的蝎子是浅黑色！张广利说，咱的《自然》课本里也没讲帽珥冢沟里的蝎子是土黄色，药店柜台下边的蝎子是浅黑色。宋都督就骂，你真是笨怂，学习要联想呀，你不会联想，咋能学习好？

马解放看不惯宋都督的嚣张，走到他跟前，把他上下看了几遍。宋都督估计他想恶心自己，说，你看鸡巴哩？马解放说，我就看鸡巴哩！宋都督这才知道自己吃了亏，说，你驴日的干啥都要占便宜！马解放说，你张嘴联想，闭嘴联想，联想是啥东西，长的？短的？方的？圆的？能当饭吃？能当水喝？宋都督不说话了，他也解释不出啥是联想，心里不服气，说，阿凡提都说了，一个傻子提出的问题，十个聪明人都回答不出！马解放没看过《阿凡提的故事》，不知道阿凡提是干啥的，更不知道阿凡提说过这话没有。

宋都督和马解放、张广利斗了一阵嘴，才转过脸问情绪已经平静的女娃，我们的蝎子多少钱一斤？我这一瓶差不多有三四两？女娃说，药店不收活蝎子，我们不办养蝎场，要活蝎子干啥。我们拿蝎子入药，要死的！张土改说，我们把蝎子砸死不就行了。说着又要把蝎子朝柜台上倒，然后用瓶子砸。女娃急忙说，不要再朝柜台上倒了，我们不收活蝎子，也不收死蝎子，只收干蝎子！张广利嘟囔，收个鸡巴蝎子，条件还那么多，又不是姑娘娃找婆家，条件不好过去要过苦日子！女娃生气，说，你嘴里干净点，张嘴一个鸡巴，闭嘴一个鸡巴，你长了几个鸡巴，成天拿出来抡！

我们都笑，张广利说话不文明，她更是个二百五。张广利是男娃，说个鸡巴也不算啥。她是女娃，张嘴就说了几个鸡巴，还抡过来抡过去！我们不能当她的面说她是二百五，她要是不收我们的蝎子，我们拿啥挣钱？女娃又给我们说，你们不能把蝎子砸死，砸死了品相就不好看了，降低蝎子的质量。

马解放说，我们把蝎子放到锅里烤，烤死，也烤干了？女娃说，不能放到锅里烤，蝎子一烤，就没有药效了，白给我们都不要！张广利说，煮，倒进开水锅里煮！女娃说，也不能煮，蝎子入药就是煮了让病人喝，或者泡酒喝。你们把蝎子一煮，药效都煮到水里了，蝎子还有啥用处？宋都督说，蒸，把蝎子蒸死？女娃说，这办法可以，但不能蒸的时间长了，蒸死就拿出来晒，晒干拿到我这卖。说完，又说，你的学习肯定比他们几个好，你刚才一说话我就听出来了。他们根本说不出联想、阿凡提这些学问，就知道说鸡巴！你将来肯定能考上大学，他们几个只能上农业大学！

我们从药店出来走出两百步，估计女娃听不见我们说话了，才议论起这个女娃。张土改说，这女娃脑子差成色，说的话比男人都粗！马解放说，这么二百五的女娃，咋到药店工作了？张广利说，人家七大姑八大姨亲戚本家里有掌权的人，只要有了权，啥事情办不成。连生产队长都知道给野婆娘派轻松活，甭说那些更大的官！

宋都督得了人家的表扬，觉得人家和他亲近，就替人家说话，这女娃说话粗些，长得还差不多？张土改说，你真是棉花籽眼窝有珠子没光气。她哪点长得好，满脸的苍蝇屎，腰长腿短，尻子有磨盘大，连咱兰花的十分之一都比不上！宋都督笑着揶揄，情人眼里出西施！

张土改学习不好，听不出这话的意思。我学习不如宋都督，但不差他多少，知道西施是古代最漂亮的女人，男人要是喜欢上哪个女人了，这个女人在他眼里就是最漂亮的。

马解放说，药店那女娃哪有咱兰花姐漂亮，你看她胸脯一点都没疙瘩起来。俺妈都说了，奶头子不大的女人，就是把娃生出来了，也没奶喂娃，没奶喂娃的女人恁用处都没有！张广利说，咱百花村小学几百个女生，没有一个能超过咱兰花，不是吹的，咱兰花要是搁到古时候，肯定选到宫里当娘娘！

张土改听我们赞扬马兰花，心里就得意，说，你们以后见了兰花，规矩点，她遇到啥难处了，能帮就拼命帮，帮她就是帮我，我记着你们的人情，到时候我还这个人情。宋都督说，土改你说的都是外话，咱跟兰花是一个班，又是一个村，她要是有啥难处，俺们还能不帮，你把俺看成啥人了！张广利说，兰花就是俺以后的嫂子，兄弟给嫂子帮忙，天经地义，还要啥人情！马解放说，咱这些人要是跑到南山当土匪，土改是咱的头头，兰花是咱的压寨夫人！

我突然想起，好多日子没见马兰花了，就问张土改，兰花这些日子咋没音信了？张土改脸色一沉，说，她病下了。宋都督问，啥病，咋病这么长时间？张土改说，刚病的时候，就是头昏，发烧，出虚汗，没力气，她没在意，她爸她妈也没在意，这阵越来越重了，发展到吐血。找公社卫生院的医生看了，说是痨病。马解放问，啥是痨病？张广利抢白马解放，你真是笨怂，痨病就是痨病，就像你拉肚子了，我问你拉肚子是啥病，你能说出拉肚子是啥病！张土改给张广利说，广利你就不懂了，痨病是咱农村的土话，官名是肺结核。这种病不能干活，还得吃好的喝好的，老人说是富贵病，穷人要是得了这病，一点办法都没有！

我着急了，马兰花除了对张土改好，对我也非常好，她比我大两岁，亲姐样照顾我，就说，土改你也真是的，俺兰花姐得了这么重的病，你也不给俺说一声，把俺当啥人了！张土改说，不是我不给你们说，是兰花不让我给你们说。她这个病传染，怕你们知道了去看她，把病传染给你们！我说，就是传染也得去看她，连这点革命意志都没有，还能干啥事情。要是让俺兰花姐知道了，俺们怕传染不敢去看她，她会咋着看咱们。人家对咱那么好，咱不能这样没情义！

宋都督说，就是传染上她的病，哪怕今天看了明天就死，俺也要去看她。人活在世上，就活个仁义礼智信忠勇刚烈，要不活着还有啥意思！张土改说，我后响去给兰花说说，你们想看她，看看她的意见？宋都督说，你用词不当，不能说俺们想看她，要说俺们要看她，这一想一要，意思就大不一样了。如果说我们必须去看她，意思更准确！

我们去看马兰花的时候，天已经黑了，星星出来了，月亮出来了，村子弥漫着做饭的炊烟，浓浓的，呛得人咳嗽。马兰花她妈从灶房跑出来，说，难为你们这么有情义，先生说了，兰花这病传染，你们不要到她房子，就站在窗户外边看看就行了！她跑进马兰花的房子，把床单盖在马兰花身上，然后，拉开电灯。我们透过窗户玻璃，看到马兰花躺在炕上，睁着眼睛木木地看我们，似乎想动一下，但没有动的力气。

她很瘦了，皮肤没有一点光气，皱皱巴巴。她没有生病的时候，肉把皮肤撑得紧紧的，很光滑，很有油气。现在身上没肉了，皮肤就多余了，皱在一块了。她要不是还睁着眼睛，真和《少年学科学》上介绍的干尸差不多。

我们看着她，心里又想起她对我们的好，想我们一块玩耍的欢乐，想她万一治不好就会永远离开我们，心里就涌出悲恸，浓烈地冲击着我们的鼻子，鼻子就酸酸了，囊囊了。冲击着我们的眼睛，眼睛就涩涩了，有了泪水，控制不住地流出来。张土改哭起来了，他哭得没有一点声音，蹲在地上，把脑袋埋在膝盖里头，肩膀一耸一耸，能听见他吸鼻涕的声音。

马兰花她妈见我们哭，也跟着哭，哭了一阵觉得不该陪我们哭，就劝我们，娃呀，甭哭了，这就是命，命到了这了，老天爷也没办法。她把我们劝离了马兰花的屋子，我们走到她家大门口，站在那里，不知道咋着安慰马兰花她妈。过了好一会儿，宋都督才说，姨，俺兰花姐的病能不能治好？马兰花她妈说，医生说还没有治疗这种病的特效药。只能吃好，喝好，休息好，心情好，咱是农民，拿啥给她吃好喝好？

我们蹲在马兰花家门口，没有心思回家吃饭。张土改不哭了，说，我这个假期逮的蝎子，除了给下学期交学费，全送给兰花她妈，给兰花做好吃的，把兰花救过来！宋都督立即说，土改你驴日的不仗义，咋能说你一个人这样做，咱几个都这样做，留下学费，剩下的全给兰花买好吃的！马解放说，我没意见，就是咱们把学费抽出来后，就剩不了多少钱了，天大的火，一瓢水，咋能浇灭。张广利说，以后咱吃过赶早饭就去逮蝎子，中午不回家吃饭，把馍带上，一直逮到后晌，逮的多了，买的钱就多。马解放说，我还说你是笨怂，没想到还有点小灵性，能想出这么好的办法。广利你以后要是得了痨病，我们也起早贪黑给你逮蝎子！张广利就骂，解放我日你先人，你咒我得病，你咋不得痨病，我们给你逮蝎子！马解放说，我这是比喻，你知道啥是比喻不知道，阎全顺讲的比喻你没记住？就凭你这脑子，你爸还指望你考大学，光宗耀祖，指屁吹灯！

以后，我们吃过赶早饭，就在村子的老槐树下集合，跑到帽珥冢沟里逮蝎子，挣的钱全交给张土改。

天快黑的时候，药店还没有关门，我们把蒸死晒干的蝎子卖了，收入了九块多钱，这是我们逮了五天蝎子的全部收入。我们蹲在药店门口，看着张土改从裤兜里取出小本子，在上边记的收入，又把钱夹在本子里，给我们说，你们看看我记的账，有没有不对的地方。

宋都督说，我们还能信不过你，马兰花是你的媳妇，你还能贪污你媳妇的钱？张土改叹了口气，声音很沉地说，我从来没有给兰花说过我喜欢她，她也没有给我说过她喜欢我，不管咋说，我要把心尽到！我让你们看账，不是怕你们信不过我，做事情要一是一，二是二，小葱拌豆腐，一清二白。

天黑了，夜色降临，药店的女娃要关门了，她看我们还在门口蹲着，说，你们还不回家，你妈等着你们吃夜饭哩！我们没搭理她，过去她收我们的蝎子都是一等品，这次竟成了二等品。张土改问她，同样的蝎子，过去是一等，现在是二等？她说，过去药店缺蝎子，现在多了，不缺了，就降你们的等级，老师没给你们教过物以稀为贵？

下午课间休息的时候，阎全顺朝我走过来，我赶忙站住，表示礼貌。阎全顺问，放学后我跟你一块到你村，看看马兰花的病。我说，马兰花她妈说这病可能好不了！阎全顺看着俺村的方向，说，马兰花是多好的学生，要是身体好了，绝对可以考上大学，最次也能考上中专！

还是黄昏时分，村子里还是笼罩着做夜饭的炊烟，还是爆着婆娘吼娃回家的声音，还是喧起庄稼汉子有一句没一句的秦腔，还是响起娃娃打架的哭骂。整个村子，没有因为马兰花的生病而改变。唯有马兰花家的日子更加贫穷，她爸她妈的心情更悲伤，更无奈。我们逮蝎子挣的钱，对于治疗马兰花的病来说，真是阎全顺讲的杯水车薪这个词来形容。

我们几个领着阎全顺，走到马兰花家大门口。宋都督抢先跑过去，喊，姨——俺阎老师来看兰花姐了！马兰花她妈从灶房跑出来，手里还拿着勺子，上边粘着苞谷糁，看着阎全顺说，娃这病，把你也惊动了！阎全顺说，兰花有病，我是她的老师，咋能不来看看她？说完，问，娃在哪间房子？马兰花她妈指着马兰花的那间房子，说，就在这间房子。阎全顺就要朝进走，马兰花她妈挡住他，说，娃的病传染！阎全顺说，我知道传染，传染也要看！阎全顺坚决走进房子，我们也要跟着进房子，阎全顺转过身子，给我们说，你们不要进来，防止传染！我们没敢进去，不是害怕传染，是怕违背老师的命令。我们站在房子门口，闻到里面刺鼻的骚臭味，还有各种难闻的混合在一起的气味，熏得我们直想呕吐。

阎全顺站在马兰花炕前，什么话都没说。马兰花更瘦了，大腿比我们的胳膊都细，胳膊比大拇指头粗不了多少，更像一架骷髅摆在炕上。她的意识很清醒，看到阎全顺时，嘴还动了一下，眼泪都流出来了。阎全顺掏出手绢，弯下身子给她擦了眼泪，说，兰花，好好养病，你的病好了，我给你补课，绝对让你考上大学！

他这几句话说得马兰花流出更多的眼泪，马兰花她妈都用手抹眼睛。我们几个更难受，不停地擦眼泪。

阎全顺从房里走出来，从口袋里掏出一张十块钱的票子，塞到马兰花她妈手里，说，给娃买些补品，补补！马兰花她妈急忙缩回手，说，我们咋能拿你这么多的钱？

马兰花她妈说的是实情话，俺们农户人家平时用钱，都是几分，最多几毛，很少上一块的。就是亲戚本家的小伙子娶媳妇嫁姑娘，搭礼，一般都是五毛，亲叔伯亲姑舅也只是一块。人家阎全顺和你非亲非故，来看看你娃已经是天大的人情了，咋能接人家那么多钱？

阎全顺硬把钱朝她怀里一塞，啥话都没说就朝出走。马兰花她妈跟在他后边，很歉疚地说，家里啥都没有，连口饭都没吃上！阎全顺转过身子，给马兰花她妈说，把娃照顾好，给娃吃点好的，让娃感到亲人的温暖！

我们把阎全顺送出村口，走到半路上，他突然蹲下身子，哭起来，哭得呜呜咽咽，断断续续。我们站在他身边，想劝他不要哭了，又不知道该怎么劝，就傻傻地站着。他哭了大约十多分钟，朝起站的时候，身子竟踉跄了几下，说，我把你们这批学生，从一年级带到六年级，跟自己的亲娃一样，突然病倒一个，心里就难受。马兰花还那么小，马上就要上中学了，多可惜！

我们把阎全顺送到学校门口，他给我们说，快点回去吧，回去晚了，你爸你妈操心！张土改说，我们把你送到宿舍再回！老师的宿舍在学校后边，要经过操场、教室，还有一片树林，才能到宿舍。阎全顺说，都进了校门，还怕什么？宋都督说，我听俺村的人说，前一向在北岸子发现了一只土豹子，难说土豹子不会跑到学校！阎全顺说，一会儿你们回去，万一有土豹子咋办？马解放说，我们手里都拿着棍，四个小伙子还能怕一个土豹子。石头爷都说了，野兽只要肚子不饿，你不收拾它，它也不会收拾你！

我们把阎全顺送到宿舍，他又把我们送到学校门口。我们还要送他到宿舍，他坚决不让我们再送，说，这样送来送去，送到天亮都没完。你们快点回去，明天还要上课哩。你们放学后，都去看看马兰花，让她感受到班集体的温暖！她现在病中，特别渴望我们的关怀！

我们朝回走的路上，月亮出来了，月光淹没了村庄、土路、麦田、老树，照着快要成熟的麦子，麦子开始发黄，主调还是绿色，那种绿中带黄，黄中带绿的颜色。土路两边的麦子朝路中间倾伏，麦穗不时地拂着我们的大腿。月光在我们身子的右边，照出一个不长不短的影子，我们走多快，它跟多快，没有一点声息。土路在月光里朝着我们村子延伸，通向麦田的深处。土路不远的麦地里，传来不知什么鸟的嘟噜，不洪亮，很沉闷。我们想着马兰花的病，想着阎全顺给马兰花家的十块钱，想着他蹲在路边恸哭的样子，突然觉得他是天下最好的老师，我们过去怎么没发现他是好老师？

张土改说，阎老师是个好人！宋都督接着说，我早就说过，阎老师是大好人！马解放说，以后谁再骂阎老师是阎王，驴日他先人！张广利说，咱不把阎老师叫阎王，旁人也不能叫，谁叫咱收拾谁！

我的思维转到另一个方向，说，兰花姐的病要是没有肉没有蛋，没有白面蒸馍，没有臊子面，咋能治好？张土改说，咱们还得想办法，说啥也要治好兰花的病！

七

马上就要升学考试，成绩好的可以进公办中学，成绩不好的只能进农业中学。公办中学是公家办的，老师拿工资发粮票，学生可以考大学、考中专中技。农业中学是人民公社办的，教学质量差老鼻子了，学生不能考大学,也不能考中专中技,毕业后回生产队当社员。学校的墙上都刷上了"一颗红心两种准备""努力学习,接受祖国挑选"。阎全顺像疯了一样,每天都给我们训话,说的全是绝情话,谁要是考不上公办中学,我就不认你们是我的学生!要是看到谁在操场玩耍,在教室看小说,女生踢毽子,男生玩黄鼠狼,就冲到人家跟前,劈头盖脸地训斥,火都烧到尻子毛跟前了,你们还耍,放着阳光道不走,非要走独木桥。你们就愿意跟你爸一样,打一辈子牛的后半截,没出息一辈子!他说的这些道理,我们都懂,知道考不上大学的悲惨出路,更知道"书中自有黄金屋,书中自有颜如玉"的古训,把拉屎的力气都用在复习功课上。早上天还不亮,就朝学校跑,要上早自习。中午不回家吃饭,吃块自带的苞谷面馍,喝口学校烧的开水,又继续复习功课。下午一直熬到天彻底黑下来,阎全顺才允许我们回家。我们走出校门的时候,头昏脑涨,摇摇晃晃,真和高玉宝写的《半夜鸡叫》里的长工一样。

我回到家,吃过夜饭,俺妈就催,趁这个工夫,再做两道题!俺妈不识字,但知道做学问就是做题,这是她去开家长会时,阎全顺灌输的。我铺开书本,准备做题。突然,有人在大门外边喊,杜成!我听出是张土改的声音,朗着声音问,啥事?他喊,你出来一下!我放下书本,就朝大门外边跑。俺妈对着大门外边吼,就考试了,还叫俺成娃子!张土改回答,就一小会儿工夫,不耽误杜成复习功课!

我跑到大门外边,看到张土改站在月光下,怀里抱着一只鸡,鸡耷拉着脑袋,没有一点声音,我说,你咋抱了只死鸡?张土改说,俺舅家的鸡叫黄鼠狼咬死了,我把它要过来给兰花吃,补养补养,说不定能把她的病吃好?我说,你给兰花姐家送去就行了,叫我干啥?他说,咱俩一块去,让兰花她妈知道,鸡是咱俩送的!

张土改抱着鸡走在前边,我甩着手走在后边,踏着水雾般的月光,朝马兰花家走去。张土改过了好大工夫才说,杜成,我不想考中学了。我惊诧,说,你学习还差不多,绝对可以考上公办中学,咋能不考。十年寒窗苦读,只为一朝金榜题名，咱都熬了六年寒窗，咋能不考？张土改说，我想回生产队挣工分，挣点收入给兰花补养！我说，你现在回生产队，只能是个半劳，一天五六个工分，连你的口粮钱都顾不住，哪有钱给俺兰花姐补养？你还是好好复习功课，考上公办中学，将来考上大学，端上铁饭碗了，还愁没钱给兰花姐补养？

我们走到马兰花家大门口，张土改一手提鸡，一手拍门，屋里传出马兰花她妈的声音，谁？张土改应，我，土改！马兰花她妈说，就来，就来！随之，我们听到一串跑步声，跑到大门跟前，停住，又有了拔门闩的声，马兰花她妈拉开门，问，土改、成娃子，这么晚了，啥事？

张土改把鸡提起来，说，俺舅家的鸡叫黄鼠狼咬死了，我把死鸡拿回来，给兰花补养补养。马兰花她妈说，你舅也真是的，留下自己吃就行了，还让你给俺拿过来。张土改说，人好好的没病，咋能吃鸡。你这阵就把鸡煮好，给兰花吃。天热，不能放，放坏就可惜了！马兰花她妈说，你们也在这，煮熟了一块吃？张土改说，不用了，就一只鸡，全给兰花吃了，今黑吃不完，放到明天早上再吃，坏不了。说完，又问，兰花今天咋样？马兰花她妈说，还是那样子，这阵可能睡着了！张土改说，我跟成娃子在窗户外边看一眼就行，不打搅她睡觉！

我和张土改站在窗户外边朝里看，里面没有开灯，啥也看不见。张土改看得很专注，像是能看见马兰花似的。

张土改开始复习功课了，复习得很刻苦，很卖命。阎全顺组织了一次模拟升学考试，他的成绩竟然进了前十名，阎全顺在全班同学面前把他狠狠表扬了一番。过了四五天，还是我晚上复习功课的时候，大门外边又传来张土改敲门的声。我打开大门，他怀里还是抱着一只死鸡，给我说，我姑家的鸡叫黄鼠狼咬死了，我又把鸡要过来给兰花补补身子！

我又陪着他敲开了马兰花家的大门。

过了三四天，张土改他姨家的鸡又被黄鼠狼咬死了。

我有了疑惑，怎么他家亲戚的鸡都被黄鼠狼咬死，他会不会偷人家的鸡？他把第四只鸡给马兰花家送去，朝回走的时候，我问，土改，你是不是偷人家的鸡了？他一愣，说，我咋能干那事情，偷鸡摸狗，小人的勾当！我穷追不舍，别人家的鸡都没被黄鼠狼咬死，怎么净是你亲戚家的鸡被咬死？他说，这事情你要问黄鼠狼，不应该问我，黄鼠狼的事情，我怎么能知道？我见他态度很坚决，就没有再追问下去。话说过来，丢鸡的人家也没有找张土改，碍我的啥事情，骑驴又没压我的腰杆，我蹦跶啥哩。

再过十天就要升学考试了，我们已经进入冲击阶段，阎全顺要求我们的口气也变了，说什么临阵磨枪，不快也光，抓紧最后十天，给祖国交出满意的答卷。这天中午，我们吃过馍喝过水，又进入临阵磨枪的冲刺。突然，四五个农民押着张土改走进学校，一边走一边对张土改拳打脚踢。坐在教室门口监督我们磨枪的阎全顺第一个看见，立即冲过去，把扭押张土改胳膊的两个庄稼汉子朝旁边一推，吼，凭什么打人？庄稼汉子问，你是他的老师？阎全顺说，我是他的老师，你们凭什么打他！

这时候，我们全从教室冲出来，把他们围在中间。我们这些学生，最小的都十四五岁，大的十五六岁，发育好的跟大人差不多，五十个男女学生，打他们四五个大人，兵力上绝对占优。为首的庄稼汉子走到阎全顺跟前，说，叫他给你说，我们为啥打他？张土改低着头，不说话。阎全顺说，他不说，你说，如果他真的犯了错误，学校该怎么处理就怎么处理，绝不姑息。但你们不能打他，他还是孩子，大人打孩子，再有道理都没道理了！

生产队的马达井，都是一个电动马达带动水车轮子，把井里的水抽出来。水车轮子上有个两块半圆形的铜瓦，扣在一块，水车轮子的轴塞在里面。张土改把人家的那个铜瓦拆下来，准备拿到废品收购站卖钱。铜瓦还没有拆下来，就被人家抓住了，挨了一顿暴打，被扭送到学校。

阎全顺问，你们几口井的铜瓦被拆了？庄稼汉子说，就这一口，要不是我们发现得早，逮住他，肯定被他偷走了。阎全顺问，你们谁家有娃在咱百花村小学上学？有个人说，我娃在你们学校上二年级！阎全顺说，上到三年级就该我当他们的班主任了，我要一直把他们带到小学毕业。这个学生家长立即给他哈了下腰，说，你要是给我娃当班主任，一定要好好管教他，我娃瘩得很！阎全顺说，老师的都希望自己的学生好，学生出息了，老师脸上也有光彩！这个庄稼汉子对另几个庄稼汉子说，算了，把他交给老师就算了，再说咱的铜瓦又没丢！

这几个庄稼汉子丢下张土改，走了。

阎全顺给我们说，咱们学了农业常识，课本里讲了灌溉井，我让张土改到井上观察抽水设备的构造情况，给生产队造成误会，这个责任该我承担，张土改没有一点责任！

有同学信阎全顺的话，有不信。我就不信，晚自习做过作业，同学们都回家了，我和张土改还滞留在教室。马解放和张广利见我们不走，也不走，要等我们一块走。张土改给他们挥了下手，说，你们先回去，做了一天题，早点睡觉，明天还要做题，我跟杜成一块回去！马解放说，土改，咱们是兄弟，你遇到难处了，俺咋能不管？张广利说，俺们要是在这时候不管你，和叛徒有啥两样？宋都督立即反击，张广利我日你先人，我把你咋了，你还攻击我！张广利说，我真不是攻击你，我要是攻击你，叫驴日俺八辈子先人！

张土改给他们说，你们先回，我真的没一点事情。兰花病成这个样子，都没有把我打倒，这算个啥事情，能把我打倒？我就想清静清静，这些日子太累了！

他们几个离开后，阎全顺来了，我们三个坐在教室里，谁都没有说话。过了好大工夫，张土改才说，阎老师，我对不起你，又犯了错误，真是屡教不改！阎全顺说，这事不说了，谁都有犯错误的时候，你现在的任务是全力复习功课，一定要考上中学！张土改说，这事一定要给你说清楚，要不我黑了睡不着觉。阎全顺说，你实在要说，就说，就是犯天大的错误，我们都会原谅你的！

张土改这才说开，我跟马兰花从小一块长大，他爸还给我爸说，等兰花长大了嫁给我当媳妇,我一直把兰花当成我媳妇。兰花也处处照顾我,把我当成她男人。她生了这个病,我就想尽办法给她补养,我们几个天一亮就去沟里逮蝎子,卖钱给她买好吃食。逮蝎子挣的钱根本不够,她的病一天比一天重,我急得没一点办法,就偷鸡,偷了几只鸡后,人家提高了警惕,我一进人家村子,人家就盘问。我又担心兰花没有好吃食补养,病再加重,就想水车上的瓦是铜的,拆下来拿到收购站……张土改说完,就哭。

阎全顺把他搂在怀里,也哭。我们三个抱成一团,都哭,哭了好大工夫,阎全顺才说,这事情,只有咱们三个知道,谁都不要给外边的人说!

多少年以后,我才理解了一个十六岁的农村青年的爱情,多么纯真,多么痴情!张广利对马兰花的爱情,仅仅是两家父母一句话,他就承担起爱的责任!

一个多月后,升学考试的成绩张榜公布了,我们几个都考上了西安市第十一中学。天黑很长时间了,我们才回到村子,刚进村门,就听见从马兰花家里传出她妈撕心裂肺的号哭,我的花花呀,你咋忍心丢下妈一个人走了,让妈咋着活下去呀!

张土改听见这声音,身子一软,倒在地上。

马兰花死了,她才十六岁!

八

三十五年后,百花村被拆迁了,百花村小学也被拆迁了。我们这些同学还在,挣扎了大半辈子,有的混得好,有的混得差,从天南海北聚在一块,相约去看望阎全顺。他已经七八十岁了,住在我们乡最偏远的村子。他们村子没有被拆迁,还很穷。我们坐着张土改的轿车,到了阎全顺的村子,打听到他家。他在房子外边掏了半边墙,办了个小卖部,做小生意过日子。阎全顺因在小卖部里,穿着一身破烂的棉衣,坐在椅子上打盹。我们简直不相信，阎全顺的日子竟如此穷困潦倒。我们围在他四周，西安市未央区教育局局长宋都督轻轻推醒他，他揉了眼睛，用袖子把嘴角的哈水擦了，问，买啥？

　　西安百花房地产公司董事长张土改说，阎老师，我们是你的学生，我是张土改，他是杜成，这个是马解放，那个是张广利，推你的是宋都督！阎全顺睁大眼睛看我们，连声说，变了，我都不认识你们了，咋变得比我还老？你们毕业的时候，还是娃娃，这阵也成了老汉！陕西省政府的处长马解放问，阎老师，你这么大岁数了，还干活？阎全顺说，不干活吃啥？肩上扛着大校肩章的张广利说，你儿女不在？阎全顺说，他们小时候学习不好，连中专都没考上，现在都是农民，自己的日子都过的可怜。我能挣点就挣点，多少能减轻他们的负担。我问，阎老师，你的退休费不够花？阎全顺说，哪来的退休费，我是以农代教，公家不承认我是教师！

　　我们愣住了，教的一辈子书，竟不是教师！

　　张广利指着宋都督说，你是教育局局长，这事情咋解释？宋都督苦笑，说，我只是区一级的教育局局长，啥都得听上头的，上头咋说咱就咋办，政策到了这，谁都没办法！

　　我们想骂，却一句话却没说。我们成熟了，也许是圆滑了。

　　过了一会儿，张土改说，阎老师，你和你儿子下个礼拜搬到我开发的小区住。我把你这院庄子拆了，重新盖，盖好再搬回来。你儿女就到我公司上班，我按正式员工给工资。公家不给你发退休费，我给你发，按公司副总的待遇。你为俺苦了一辈子，俺要是再不管，还是人不是？

原发于《时代文学》2016年第11期

车家寨的补偿款

一、黑雾笼罩的三十层的楼顶

车家寨全姓车，到了现在，姓氏杂了，但车姓仍然是寨子里的大姓。最大的家族有弟兄五个，分别是车解放、车抗美、车互助、车社教、车文革，把他们的名字排列起来，就是共和国的编年史。

2015年最后几天，古城终日被黑雾笼罩，二十米就看不清人的眉眼，穿着黑色羽绒服的女子牵着白色的贵宾狗，遛上一圈狗毛就变成她身上的颜色。新盖好的车家寨小区全是三十层的高楼，有原住民的搬迁房，也有出售的商品房，几十栋竖在一起，酷像钢筋水泥建造的防风林。车大家族的老大车解放和婆娘刘桃花站在楼顶上，黑雾围绕他们跳摇摆舞，他们像站在黑色的云顶，似有似无的风抚摸着他们被岁月的硫酸漂白的头发。还有这个季节的寒冷，冰冻像锥子在身上扎。他们出门的时候，车解放给刘桃花说，今个冷得很，多穿点，千万不要把事情没闹成，再把自己冻病了！刘桃花不服气地说，这个还用你说，我早早就把羽绒服拿出来了。他们不仅穿上了羽绒服，里面还套上了羊毛衫、毛衣，裹得像个粽子。就是从楼顶跳下去，也摔不成断胳膊断腿。

刘桃花站在离楼边一米多的地方，朝下瞥了一眼，吓得双腿发软，浑身打哆嗦，急忙朝后退，觉得小肚子一阵鼓胀，裤裆里有了潮湿。她有这个毛病，心里一紧张就尿小尿，给车解放说，我咋忘了垫尿不湿，又说，不敢再朝前走了，小心掉下去！

车解放也伸着脑袋朝楼下眺望，立即觉得眩晕，眼前迷茫，身子都晃了几下，赶忙朝回退了几步。又想起自己肩负的重大使命，畏怯恐惧中又衍生出一丝豪气，说，不朝楼边去，他们就不会怕，咱那钱就要不回来！咱们要装像，装得不像，白受罪还丢人。当领导的都精得很，咱们十个心眼绑到一块都要不过他们一个心眼。

刘桃花说，咱还是小心点，不要太靠前！说完，又问，他们会不会不管，要是不管，咱就丢大人啦！

车解放说，不会不管，他们绝对害怕咱们跳下去。现在是互联网社会，说不定这阵都有手机对着咱拍照哩，咱只要伸个胳膊蹬个腿，他们就马上发出去。咱们要是真的跳下去，不出一分钟，全中国都知道，就是政治事件，你知道不知道啥是政治事件？

刘桃花只读过小学三年级，认识的几个字早就还给老师，咋能知道啥是政治。

车解放读过初中，回乡后当过十多年生产队的会计，还在田间地头给人民公社的社员念过"两报一刊"，写过批判孔老二和资产阶级法权的文章，也算是车家寨老一代的文化人，跳楼的点子就是他琢磨出来的。

他们在楼顶商量的时候，楼下聚满了人。公安忙着给楼下铺气垫，特警形成包围圈、吃瓜的群众，打酱油的百姓，几千人黑压压一片，年轻人举着手机对着黑雾弥荡的楼顶，几个记者扛着摄像机，等待新闻事件出现。

楼顶的另一边，区长秦晓明跟前，站着车大家族的老二车抗美、老三车互助、老四车社教，还有他们的婆娘。老五车文革也匆匆赶来，连同刚从戒毒所出来的车解放的儿子车改革，大大小小子子孙孙几十口人。

车解放看到秦晓明带着车家家族的人爬上楼顶，小声给刘桃花说，他们上来了,咱们一定装得跟真跳一样,他们就会给咱们解决问题!老两口就手拉着手,朝楼边走去,车解放还朗诵了一句,人生自古谁无死,留取丹心照汗青!

秦晓明看他们距离楼边只有一米多远,再迈上两步,就会在楼下听到重物坠地的巨响,还能看到他们血肉横飞的尸体,急忙大声喊,解放老哥,啥事都好商量,千万不敢走那条路呀,连蚂蚁都贪生哩,何况咱一百多斤重的人!

车解放还是摆出朝前走的架势,秦晓明对车家家族的人说,你们快去劝劝他,我代表政府郑重表态,只要他提出的条件符合政策规定,我们一定解决!

车家弟兄都不知道大哥大嫂跳楼的真实目的,以为他们真的有啥事情想不开。车抗美朝前走了几步,说,大哥大嫂,咱这些年的日子好到天上去了,还有啥想不开的。你忘了咱小时候没啥吃,咱妈给咱吃苞谷芯子磨的淀粉。咱那时候都小,你屙不出来,我用棍棍在你的屁眼里掏,你屁眼流的血把棍棍都弄湿了。我这些年老劝你,没事了到我那里,让我媳妇炒俩菜,喝二两,三盅通大道,一杯解千愁,喝醉了睡,睡醒了喝,多好的日子,咋能去死?

车抗美这些话引起车解放的回忆,小时候吃不饱穿不暖差点饿死冻死,为啥能坚持活过来,就是相信长大了日子会好起来。到了这些年,日子刚好了,钱又被褚时全骗了,要是要不回来,又得回到过去的苦日子,小时候忆苦思甜时老讲二茬子苦难吃。

车互助接着说,咱千万不能做那傻事情呀,活着多好。多少人得了治不好的病,花几十万几百万没钱借钱跑医院,还不是图多活几年?你看我,病得路都走不稳当,还不想死!

车社教跟着喊,大哥你要是想开了,天天跟我去打麻将,麻将牌哗啦一响,世上啥烦恼都没有了,要是来个天和地和杠上花,比娶个黄花大姑娘都高兴。

车文革在车社教身后嘟囔，四哥你喜欢打麻将，以为天下的人都喜欢打。不管是谁，日子过得开心了，就不想去死，日子过得窝囊了，才想去死！说完，给刘桃花说，大嫂，你把俺大哥管得太紧了，俺大哥都六十八了，还能再折腾几年。你让我把俺大哥领到凤城三路，过上几个钟头的皇上日子，也不枉过了一辈子。刚才俺四哥说的对着哩，日子过得蹓和了，谁都不想死。你要是想过几天王母娘娘的日子，也跟着我到凤城三路，俺大哥找小姐你找少爷，二十岁的小伙子给你全身推油，泰式按摩，受活得魂都能飘到美国！

刘桃花忍不住了，转过身子就骂，老五你王八蛋敢把你大哥朝凤城三路领，我砸断你的脚后跟！

车解放刘桃花的儿子车改革哭着说，爸咃，娘咃，你们千万不敢跳楼，我跟媳妇都没有工作，我又沾上那毛病，下边有三个娃娃，就靠你俩养活。你们一跳楼，我跟媳妇也带着你们的孙子跳楼，活不下去不跳楼咋办？

车解放心里就笑，瓜（傻）娃子，你老爸是吓唬秦晓明哩，演的是周瑜打黄盖的苦肉计，你娃子咋连这都看不出来。你爸灵性了一辈子，还能在这事情上犯糊涂！

刘桃花听了儿子的话，想着孙子孙女，心里熬的苦碱又朝出翻腾，咋能舍得孙子去享清福！我跟你爸折腾这事情，还不是为了把咱的钱弄回来，说到底还是为了你们。

秦晓明感觉他们的劝说起了作用，要趁风扬场，就对他们说，问问你们大哥，有啥要求，我代表政府，只要符合政策规定，一定解决。

车抗美就喊，大哥大嫂，秦区长说了，你有啥想法啥要求，这阵说出来，趁热打铁，他们就给你解决！

车解放就是不吭声，戏演到这份上，要是自己吭声了，人家就会知道自己并不真心跳楼，不能朝回退。也不能朝前走，再走一步就要掉下去，那才犯傻哩!

车改革走到秦晓明跟前,说,早上俺爸俺妈出门的时候还给我说,给褚时全公司投的钱没了,活不下去还不如跳楼死了,我估计是为这事。我当时还劝俺爸俺妈,好死不如赖活着,麻雀都知道天天找食吃活命,何况咱还是个人!

秦晓明这阵死的心都有,车解放两口子这么一闹腾,上头必然查自己,枪毙不了也得判个无期徒刑。如果这事情不闹大,自己的问题就能减轻。心里又恨起褚时全,驴日的把我拉上贼船,你跑了,把我搁在汪洋大海里漂泊,你把牛牵了,把桩子留给我。又想这阵是跟这两个老农民斗智斗勇的关键时刻,略一琢磨就有了主意,也摆出跳楼的架势,对车解放喊,从拆迁到补偿都是我一个人负责,你一跳楼,上头就要处分我,说不定连我的饭碗都敲了,我也活不下去了。我要是死了,你们的事就没人管了,看你找谁解决?

车解放刘桃花真没想到,咱老百姓跳楼,他们当官的也跳楼?他跳楼了谁给自己解决问题,就朝后退了几步。

车解放刘桃花到底没有跳楼。

秦晓明看着被公安控制的车解放刘桃花,冷笑,说,老子好赖还当了二十多年领导,要是没有这点手段,这区长都白当了!又对公安局局长说,把他俩拘了,关上几十天,看他们还跳不跳了?

车解放一蹦老高地喊,俺犯了啥法,你逮老子!

秦晓明说,你威胁领导,恫吓群众,浪费警力,扰乱治安,制造混乱,不逮你逮谁!

二、酒香弥荡的碾麦场

过去的车家寨,穷得叮当。突然有一天,天上开始朝车家寨降金元宝,元宝像冰雹样朝车家寨砸。秦晓明、褚时全带着拆迁办的人，浩浩荡荡来到车家寨，宣传拆迁。人家给的条件绝对优越，每家赔偿四百二十万，再赠送四百平米的住房。拆迁办的人给寨子的人算账，四百二十万存到银行，按年息百分之三计算，一年都有十三万，一个月一万多，恐怕区长都没有这么高的收入。要是不拆迁，卖尻子都挣不了那么多钱。寨子的人感觉政府诚恳，开发商大方，自己占了大便宜，争先恐后在合同上签字。

　　发钱那天，副区长兼拆迁办主任秦晓明主张，钱不要直接打到拆迁户的账上，公开发放，再把市领导、新闻媒体请来，造成声势。

　　曙光房地产公司老板褚时全担心一百多户人家，赔偿费四个多亿，堆到一块像座山。现在的坏人，银行都敢抢，把四个多亿摆在碾麦场上，来一帮亡命之徒，把钱抢跑了算谁的？

　　秦晓明说，你没有大局观，到时候我让特警派一个连，公安局全员出动，把钱里三层外三层地保卫起来。有多少亡命之徒，胆敢对几百个特警公安下手？

　　褚时全说，只要安全没问题，别的事情我全包了。我在碾麦场上盘二十五个灶台，支上一百桌，每天杀一头猪、四只羊、一百只鸡，再买一百五十斤鱼，木耳黄花蘑菇粉条需要多少买多少。酒全上十年窖的老西凤，拉他一汽车，绝对不能让乡党喝到半截没酒了，也显出俺们公司的实力，比掏钱打广告都有效益。

　　清明过后是谷雨，到了这个季节，寒冷消退，暖意无比，猫都叫过春了。人们脱去了臃肿，姑娘都穿上了夏衣，展露窈窕的身材。树叶茂密了，花儿开放了，黑雾消失了，空气里不再有浓重的后工业时代的气味，能闻到花的芬芳，草的清香，庄稼的气息。车家寨的碾麦场有二十亩大，真的盘了二十五座炉灶，从城里请来二十五个炉头，每个炉头带两个徒弟，在一个厨师长的分派下，忙活着各自的菜肴。靠南边的地方，搭起了戏台，要请西北最有名的三意社唱三天大戏。戏台下边摆了十几张桌子，坐着房地产开发公司的会计出纳，还坐着银行的女职员，都漂亮得耐看。

上午八点半，开来了五六辆卡车，卡车上跳下一百多个特警，全副武装，端着冲锋枪，站在碾麦场四周，警惕亡命之徒的光顾。又过了五六分钟，开来二十多辆警车，下来一百多个警察。随之，又开来了几辆押钞车，每辆押钞车下来四个头戴钢盔手持钢枪的武装人员。碾麦场上积聚了好几千人，除了车家寨的拆迁户，还有看热闹的过路人。秦晓明看碾麦场上的人越聚越多，把公安局局长、特警连长、押钞员的领导，叫到身边，满脸严肃地指示，你们一定要百倍警惕，古时候有人劫法场，现在有人劫钱场。

车家寨的人都坐在桌旁，一百张桌子能坐一千个人。除了车家寨的人，四下村寨的乡党也坐进去。站着的人按照公安的命令，不许来回走动，违犯者驱逐会场，严重的拘留逮捕。

碾麦场上还云集了很多小商小贩，卖油茶、卖麻花、卖油饼、卖墨镜、卖糖串葫芦，还有一个卖裤腰带。他们拖着很长的声音叫卖，增添了碾麦场上的热闹。

秦晓明跑到台子前边，扯着喉咙宣布，现在给车家寨的拆迁户发放补助金！

立即，第一批十名拆迁户，披着红绸带，戴着大红花，在礼仪小姐的带领下，走上台子，排成一行。银行的二十个保安，抬着十个红色编织袋，走上台子，给每个拆迁户前边放一个。又走上来十名身穿银行制服的年轻女子，打开编织袋，露出整摞子的百元大票。几千双眼睛里都伸出钩子，企图把钱钩到自己腰包。

秦晓明走过来，他后边跟着十个穿旗袍的小姐，旗袍叉开到胯骨，露出大腿上的润玉，都端着盘子，盘子里放着奖状。秦晓明把拆迁户胸前的大红花整理一下，从盘子里拿过奖状，送到拆迁户手里。拆迁户接过奖状，给他鞠躬，他给人家握手。他给这十名拆迁户发过奖状，退到一边。褚时全胸带鲜花，随着礼仪小姐走上台子。他的旁边紧挨着女秘书，比礼仪小姐的衣服都艳，比礼仪小姐长得漂亮。车家寨的人议论，这是咱寨子的女婿，在丈母娘家的地盘上，带那么妖艳的女子，丈人家心里咋想！立即有人驳斥，要不是人家，他丈人家能盖起四层洋楼，天天吃肉喝酒，还到新马泰旅游。社会发展到这了，哪一个当老板的没有女秘书，没有女秘书的是老板钱太少，养不起女秘书。咱要是腰里揣着几十个亿，不用咱吆喝，女人都抢着朝咱怀里钻。你看看咱寨子的车文革，有点钱就朝凤城三路跑，裤裆里的享受不一定比皇上少！现在谁都甭说谁的肠子花，母猪别笑老鸦黑，都一个尿样！

　　他们议论的工夫，褚时全从礼仪小姐的盘子里取过纸牌，上边写着"4200000人民币"，送到拆迁户手上。台子下边学过算术人就数，个、十、百、千、万、十万、百万，驴日的真是四百二十万！

　　台子上的人低头看脚前的编织袋，里面全是百元大票，心里咕噜咕噜地冒出狂喜，狂喜也消耗力气，消耗得腿都发软，不出声地嘟囔，日他个先人，四百二十万，天天吃肉吃蛋喝西凤都花不完，以后的日子连皇上都眼馋。他们还没想明白怎么花这么多的钱，穿着制服的银行小姐走过来了，站在拆迁户对面，把存单和卡片交给拆迁户，拆迁户在表格上摁指印。立即，二十名保安走过来，还是两个抬一个编织袋，走下台子，抬到运钞车后边，押钞员把编织袋抬上车，呼啸而去。过不到五分钟，运钞车又呼啸而来，压钞员又从车上卸下十个编织袋，二十名保安又把编织袋抬到台子上。细心人发现，运钞车的车牌没变，压钞员的个子眉眼没变，原来就是这些钱，拉来，拉走，再拉来，再拉走，摆诸葛亮的迷魂阵。

　　第二批拆迁户又在礼仪小姐的引导下，还是十名，还是披着红绸，戴着红花，重复着第一批的程序。

　　车解放最后一批走上主席台上，轮到接银行的存单卡片时，变卦了，给褚时全说，我把钱先不存银行！

　　褚时全、秦晓明、银行行长都跑过来，问，都说得好好的了，咋就不存了？

银行行长说，老人家，还是把钱存到银行保险，你看现在的社会成了啥样子，不是抢银行就是抢金店，连押钞车都敢抢。你把钱不存银行，放在家里招祸哩，你没看电视上说，今天这个省的一家被灭门了，明天那个省的一家被灭门了，咱放着安宁不安宁，图啥哩？

银行不差钱，别说你车家寨四个多亿，就是四十个亿，四百个亿，银行都能拿出来。但要一天拿出四个亿现金，就有困难。要是银行不拿现金，只开存单，别说四个亿，四百个亿都不怕，账上来账上去，玩的都是空的。但政府的领导、开发商的老板，都要求把现金搬到台子上，拿不出那么多现金怎么办，就动脑子想办法，终于琢磨出狸猫换太子的招数。跑到印刷厂，要人家按一百元面额的人民币规格，印出四千万张冥币，抬头是中国冥通银行，画面是财神爷。银行是专门谋算钱的地方，行长更精于此道，给印刷厂付一笔印刷费，这批冥钞用过，还可卖给商贩，不但付足了印刷费用，还能产生利润。把冥钞运回银行，全体员工加班加点，给每沓人民币前后两面加上真正的百元大票，抬到台子上绝对以假乱真。车解放要把钱抬回他家，就要露馅，要是让人们发现台上露脸的是冥通银行的纸币，绝对轰动全国，引发公共事件。

车解放说，我先把钱弄回家里，看够了再存。

秦晓明说，你再看还是那些钱，总不会给你生个钱儿子！

褚时全也说，一张是这样子，四千张还是这样子，你实在想看，就拿一张看，咋着看都行，看烂了再换一张。

行长见车解放水泼不进，油盐不吃，就想办法补救，说，老人家，摆在台子上的钱都是旧钱脏钱，上边有很多病菌，说不定还有尖锐湿疣淋病梅毒艾滋病。为了对你老人家的健康负责，我们回去换些新钱，消毒后给你送来。

车解放觉得人家说得有道理，万一中了艾滋病毒，看病又得花一河滩钱，说不定连命都搭进去，钱再多也享受不成，就说行。

行长心里豁然轻松，把车解放的手握紧，说，明天上午九点，我让手下的工作人员带两个保安，把钱给您送去，你在家里等着！

公安局局长接着说，我再派两个民警，确保万无一失。

有惊无险，老公鸡到底把小鸡娃踏到身子下边了，把车解放的事情解决完，褚时全又走上台子，对着麦克风喊，从今天开始，连续三天，车家寨的乡党都不要在家做饭，全在这里吃，黑了请三意社唱大戏，连唱三天。我还买了一百付麻将，乡党吃饱喝足就打麻将，打饿了就吃肉喝酒，上边唱大戏，下边打麻将，让全世界人民都看看，啥是改革开放，咱车家寨就是改革开放。我是咱车家寨的女婿，这么好的事情咋能不先给老丈人家的寨子。给了旁的村寨，老丈人会拿鞋底子扇我驴日的！现在，我宣布，酒宴正式开始！

立即，五十个厨师的助手，端着早就配好的凉菜，走到桌子跟前。每个桌子还聘了一个服务小姐，给酒杯里倒酒……

往常吃酒席，都要掏红包，今天这酒席，不用掏红包，凭啥不吃。全寨的男女老少没有一个不来，连怀里吃奶的娃娃都被他妈抱来，把鸡肉鱼肉嚼烂了朝他们嘴里喂，口袋里装着健胃消食片。

三、堆满百元大票的屋子里

第二天，天还不亮，车解放就起床了，推还在睡觉的刘桃花，说，还不起来，早点起来看看还有啥没弄到位？

刘桃花不想起来，嘟囔，天还早得很呢，昨天把啥都打扫过了，起来这么早干啥？

车解放就吼，你是尻戳尻子舒服得不想起来，再过几个钟头人家就来了，咱还在睡觉，有一坨没弄干净，人家会说咱农民不讲卫生。

刘桃花这才爬起来，叠了被子，打水洗脸，而后给车解放说，我就不做早饭了，你一会儿到外边吃点油条豆浆，回来给我打包一份胡辣汤。

车解放说，咱懒这一会儿工夫，浪费那么多钱？

刘桃花说，你呀，生就的穷命，用钱把你埋起来，你都不知道咋着花。你知道四百二十万是多少，一万块钱一沓子，整整四百二十沓子。咱俩一个月能花多少，一个礼拜吃一斤肉，不到十块钱，一天吃两个蛋，才一块多钱，一千五百元足够咱俩花一个月，一年也就是两万块钱，连利息的零头都花不完！

车解放洗过脸，给口袋里装了钱，出去吃油条豆腐脑。回来后，两口子坐在沙发上，等银行把钱送过来。离九点还有五分钟，有人敲门，车解放去开门，进来两个公安，问，银行的人还没来？

车解放把他们朝沙发上迎，说，还没来，辛苦二位了！拿起茶几上的芙蓉王，撕开，递给他们一人一支，说，他们说的是九点来，你们先坐一会儿，抽根烟，等他们！他的话还没落，又有人敲门，他又去开门，两个穿制服的银行人员走进房子，后边跟着两个保安，抬着和昨天一样的编织带，不用说里面装的是真人民币。后边跟着两个押钞员，全副武装，手里端着不知道能不能打死人的枪，手指在扳机上抠着，随时准备射击。车解放给保安和押钞员说，进屋坐，抽根烟！押钞员没有进屋，说，我们还有任务，谢谢大爷。

保安见沙发上坐着两个警察，警察是保安的主人。车解放把他们朝沙发上让，他们知道自己的身份和警察差异巨大，不敢坐。刘桃花搬来两个椅子，放在沙发对面，保安才敢把半个屁股搁在椅子上。车解放给他们敬烟，他们看警察的眼色，见警察脸色和善，才双手接过，连着给警察点头。

银行员工把人民币朝茶几上摆，四百二十沓子百元大票，摆了满满一茶几，给车解放刘桃花说，四百二十沓，一沓一万，都用纸带扎紧了，盖着银行的章子，钱都封了，不需要一张一张地点。

车解放说，不用再点了，我们相信你们！

刘桃花也随着男人的话说，要是点，点到明天都点不完！

年龄大的警察给车解放开玩笑，我给你们站岗放哨，保卫你们的安全，一年挣的没有你们的利息多。

车解放对人家笑了下，很有歉意，像自己把人家的收入拿走了，也开玩笑说，马云的保镖绝对没有马云挣得多！

保安看着那么多钱，人眼成了牛眼，心里的羡慕像暴雨季节的河道。驴日的几间房子一拆，就弄了这么多的钱，几辈子都花不完，就说，开发商也真是的，咋不跑到俺堡子去拆。

警察就数落他，把你堡子拆了屁价值都没有，山沟里的地皮能弄啥？人家这地皮能盖商品房，盖商住楼，一平方米卖两万。开发商拆迁花了四个亿，盖好后能卖四十个亿！

车解放刘桃花想认真看看这么多的钱，警察保安银行人员都在场，不好意思看，怕人家笑话自己没见过世面。要是不看，把钱弄回来干啥，还不如昨天就在台子上把存单卡片拿回来。银行人员好像知晓老口子的心思，把名片递到车解放手里，说，我们先回去，你需要把钱再存进银行，就给我们打电话，我们上门给你办手续。

保安说，人家走，咱们也走，留在这里还以为想蹭人家的饭吃！银行人员说，制度规定不能在客户家里蹭饭，碾麦场上摆了一百桌，过路的人都随便吃，你们去吃没一点问题。

公安给车解放说，上头派俺俩来，就是保卫这些钱的安全，钱还在这里，我们就不能离开！

车解放说，咋能离开哩，中午好好噘一顿。

公安说，俺所长说了，不能在你家吃饭，今天碾麦场上的酒席随便吃，让俺到碾麦场上吃。吃饭的时候，一个人在这警卫，一个人去吃饭，不给人民群众带来丝毫负担。

车解放刘桃花没话可说了，总不能把人家赶出去。车解放脑子一灵醒，给公安说，你们干坐在这里，也难受。我家老四爱打麻将，我让他再带个人来，把麻将桌支起来，你们就有事情做了！这两个公安也是麻将迷，就是白天黑夜都忙着破案，没有时间打麻将，这正是个机会。就说，这样也好，我们把麻将桌支在院子里，坏人来了我们是第一道防线。

车解放就给车社教打电话，让他拿付麻将，再带一个人过来。车社教就嘟囔，全寨子的人都在碾麦场上打麻将，打饿了有不掏钱的酒肉，谁愿到你那打麻将！车解放摆出老大的架子，说，我还支应不动你了，我这遇到急事，求你过来帮个忙，你都不愿意？车社教这才说，我把这一把打完，带个人过去。

车解放把方桌朝院子搬，给刘桃花使眼色，让她看着警察。他们要是手脚不干净，拿两沓子钱塞到裤兜里，咱农民哪有权力搜人家的裤兜？这年头谁都信不过。

刘桃花跟车解放过了几十年，心没有灵犀也被岁月的钻头戳通了，当然明白男人眼里的意思，就坐在椅子上，直直地看着钱，警惕警察的手和茶几上的钱联系在一块。这两个警察都是公安大学毕业的高才生，犯罪心理学是必修课程，咋能不知道这个农民老婆娘目光里的含意，觉得很掉价很尴尬，就站起身子，故意伸了个懒腰，说，腰都坐痛了，到院子活动活动身子！

车解放把桌子摆好，车社教带着车改革，提着一盒麻将，像提着精致的礼品盒，走进大门。车解放给他俩说，快坐下，两位队长都等急了！

车解放把茶壶端过来，四个茶杯放好，就回到房子，和刘桃花并排坐在沙发上，看钱。心里的浪潮一波一波朝出翻，冲击得脑袋一阵一阵眩晕，禁不住在钱上抚摸，比新婚第一夜在对方身上抚摸都兴致百倍。刘桃花摸了一阵，想起车解放一辈子都节省，吃没吃好，穿没穿好，有了这么多钱，一定要把过去的亏空补过来，就说，咱有了这么多钱，你想弄啥就弄啥。

车解放就琢磨咋着享受，现在啥都有，没有再值得享受的东西了，就说，我觉得吃的也好，穿的也好，用的也好，没有再花钱的地方了！

刘桃花说，你再想想还有啥福没享到，咱都这么大岁数了，还能再享受几年，不要到时候说我没让你享受！

车解放就继续琢磨，突然想起出去散步的时候，看到广场上有人光着膀子抽猴，鞭子抽得啪啪响，一直想买根鞭子买个猴，也到广场抽，就是舍不得钱。这阵有了钱，说啥也得买根鞭子买个猴。

刘桃花说，你真是穷命，一根鞭子一个猴值几个钱，加起来不到一百块钱，连这些钱一天的利息都不到。买，明天就去买，拣最好的鞭子最好的猴买，说啥也要圆了你这个心愿。

车解放觉得刘桃花跟自己这几十年，也是没吃好没穿好没玩好，就说，你这辈子也吃了不少苦，你琢磨琢磨，还有啥福没享到，趁现在还能活动，把该享的福都享了。再过上几年，有好的吃了窜稀，有好的穿不出去，有好的走不动了。

刘桃花说，我想出去旅游，寨子的人都说，现在时兴男的抽猴，女的旅游。

车解放问，你想到哪里旅游？

刘桃花说，到北京旅游，听说北京的故宫大得很，走上一天都走不完！

车解放说，我那天听人说，到北京旅游一趟，连火车票钱加起来不到一千五块钱。咱要游就游得远远的，最不行都得来个新马泰，要不就搞个欧洲游，到美国溜达一圈咱也不在乎！

刘桃花说，要去咱俩一块去，你让我一个人去，我认咱中国的字都不行，外国字一个都不认识。听说人家的厕所都用人家的字写男女，我要是钻到男厕所，警察就会抓我。

车解放说，你要是出去旅游，有导游跟着，你不认识男女厕所，导游认识，到时候导游会给你们领路。要是警察抓你了，你就说导游让你进的，警察就只抓导游不抓你。你让我跟着去，我不好那一口，浪费钱哩。我就好抽猴，总不能把猴带到美国去抽，人家也不让咱中国的猴在人家地盘上旋转！

刘桃花说，你要是不去，我也不去，我一个人出去心里不踏实，万一出个啥事情就回不来了。咱才领了这么多的钱，还没享受，要是回不来多划不来！

车解放说，不去就不去了，花那么多的钱看啥？他们的楼不一定有咱的楼高，他们的山不一定有咱的山绿，他们的月亮不一定比咱的月亮圆，他们也是长着一个鼻子两眼睛，又没多长两耳朵，有啥看的？要我说，我买两根鞭子两个猴，一大一小，我抽大的，你抽小的，咱俩把身体锻炼好了，多活几年比啥都强！

老两口看着钱，商量着咋着花钱，商量了两个钟头，除了用一百块钱买鞭子买猴，再没商量出别的花钱项目，时间都到了半后晌。车社教和公安到碾麦场上吃过酒席，又回到院子打开麻将。

车解放刘桃花没有去吃酒席，还坐在沙发上，看茶几上的钱，还没有琢磨出花钱的地方。刘桃花看了墙上的挂钟，说，都三点半了，今天得把钱存到银行，要是不存，贼娃子老操心着这些钱，老话说不怕贼偷就怕贼惦念，咱也没办法歇下。

车解放又看钱，说，多看一会儿也过瘾！

刘桃花说，存到银行还是咱的钱，咱啥时候想花了啥时候取！

车解放说，这事还用你给我教，我好赖还当了十几年会计，成天跟银行打交道，还能连这都不懂。就是有心理障碍，看到这些钱，就觉得它们是实实在在的钱，换成一张存单一个卡片，也明白它们是钱，就是心里不踏实。还是按你说的，把钱存到银行，钱能给人享受，也能给人招祸，存到银行叫强盗抢了，银行还得给咱们钱。要是在咱家被强盗抢了，谁也不会给咱赔钱！说完就拿起手机，对着名片给人家打电话。

四、老槐树下支起了卖药的摊子

发钱大会结束了，连续三天的酒席结束了，秦腔唱过了，车家寨的名声传出去了。整个关中道都喧起羡慕的声音，驴日的一个村就发了四个亿！钱是花的，这是放之四海而皆准的真理。赔偿大会一结束，就有小摊小贩涌进车家寨，街道上、寨中间的老槐树下，摆满各式各样的小吃摊子。有了钱，谁还去做早饭，拿上五六块钱，油条、麻花、油饼、烧饼、蒸馍、油糕、煎饼、锅盔、烧饼，这些都是干的。还有豆浆、豆腐脑、胡辣汤、油茶、稀饭，这些都是稀的，干的稀的都有，想吃啥有啥。

车家寨开来了两辆救护车，呼啦啦下来六七个穿白大褂的医生，拉起平绒做的横幅，上边写着"联合国医药研究基地"。又从车上卸下几张折叠桌子，拼在一块，给上边铺了雪色的布，一个头发花白的医生坐在旁边，还有介绍他的文字，孙雄陶，国务院特殊贡献专家、联合国医药研究基地主任、国际疑难杂症顽固疾病治疗中心主任、美国总统奥巴马特聘保健医师、孙思邈第89代传人。他的两边各坐两名医生，剩下的医生站在他旁边。车家寨的地给了开发商，房子等着人家拆，除了上学的娃娃，全寨的男女除了吃饭填饱肚子，拉屎腾空肚子再吃饭，啥事都没有，男人闲得蛋疼，女人闲得尻子疼，几百人围着人家的摊子看。上了岁数的人，劳了一辈子，穷了一辈子，熬了一辈子，人穷就舍不得花钱保养。一辈子不保养的人，到头来就落下很多毛病，病人对医生最感兴趣，何况人家头上戴了那么多的官衔，要是没有真本事，能给奥巴马看病，能当上世界医药研究基地的主任？又琢磨，现在啥都是假的，只有骗子是真的，真是那么大的人物，能跑来给咱平头百姓看病，早就被北京请去了。

他们满肚子的狐狸还没有放出来，孙专家的手机响铃，旁边的医生立即对围观的人们吼，不要说话，孙主任要接电话，安静，安静！于是，人们都不敢说话了，老槐树下一片寂静。孙主任大着声音问，喂——你是哪里？……什么，英国驻中国大使馆……你们总统身体有些问题……我最近要给中国人民诊病，最早也得五天以后……好吧，第六天我赶到北京……

孙专家收线好长时间了，他们还不敢说话，再看孙专家的眼神，由怀疑变成崇敬。就有人走过去，坐在孙专家面前，想让人家给他诊病。站在孙专家旁边的医生走过来，说，孙教授年龄大了，不直接给人看病，先由他的学生看，学生看过，把病历处方交给孙教授审核，节省孙教授的时间和精力。你们刚才都听了，孙教授过几天要到英国，给他们总统看病。孙教授年龄这么大，要坐那么长时间的飞机，受不了那么大的折磨……

已经坐在孙专家对面凳子上的人，赶忙起来，医生搀着他们的肩膀，送到孙专家的学生面前。孙专家的学生就按照医院诊病的程序，问了姓名、年龄、病情、发病时间、治疗过程，然后用外国文字写了处方，交给孙专家。这个看病的乡党又被搀扶到孙专家对面，坐下。孙专家看了病历、处方，把病历和处方交给右边的医生，又眯缝着眼睛，什么都不看，啥话都不说，满脸高古，深不可测。他身边的医生给这个乡党说，孙教授诊病的原则是不看看不好的病，怕坏了名声，能看好的病，给药只收成本费，治病救人，慈善为本……

病人问，我这病能不能看好？

医生说，你去联合国打听一下，孙教授有没有看不好的病？在孙教授眼里，你这就不算病，小菜一碟，根本用不着他老人家亲自诊断，他坐在旁边指导我们诊断就行。

车抗美贪酒，喝的都是用塑料桶装的散酒，把胃喝出了毛病，吃啥吐啥，不吃干吐，肚里胀气，时常作疼，没有力气，啥事情都干不成。婆娘范荷叶一直为他的病操心，听说老槐树下来了联合国的专家，赶忙跑来，站在离孙专家最近的地方，听了英国大使馆给孙专家的通话，看了孙专家的架势，最终判断孙专家不是骗子，就把男人拉到一边，说，你也去看看你的胃病，难得遇到这么厉害的专家，离了这个村就没有这个店了。要是人家到英国给总统把病看好了，人家英国就会把他留下来，咱找谁看病去？

车抗美犹豫，说，我怕他们是骗子，把咱的钱骗走了，还没把咱的病治好，鸡飞了蛋也打了，两头都没落下。

范荷叶把脸一吊，没好气地说，咱也不傻，咱吃了他的药，见效了再买，不见效就不搭理他，我就不信他们能把咱四百二十万都骗完！

这话被车文革听见了，也劝车抗美，有病就看，有那么多的钱，身子受着可怜，图啥？你看看你现在的身体，甭说到凤城三路找小姐，就是把国际影星搁到你床上，人家倒贴给你钱，你都搞不动！

范荷叶一听这话就犯急，冲着他说，你就知道朝凤城三路跑，把媳妇跑掉了，还跑，狗改不了吃屎！你要是敢把抗美朝凤城三路拉，我把你的脸抓破，叫你出门见不了人！

车文革嬉皮着脸，说，二嫂，虱多不咬，账多不愁，我朝凤城三路跑，全中国人民都知道，我还在乎啥名声。再说，现在是改革年代，你到钟楼下边打听一下，谁还笑话搞男女关系？现在的男人女人，除了你们这些农民婆娘没人搞，男人谁没搞过女人，女人谁没叫别的男人搞过？那些贪官有几个不搞女人，十个八个几十个几百个地搞。前几年的报纸上说，东北有个女局长花了五十万到香港美容屁股，她把美容过的屁股叫谁用，肯定叫提拔她的人用。这种人升到位置上，成天坐在台子上给老百姓讲道德，你信不信？

车抗美打断他的话，说，你嫂子不是怕我看病花钱，怕被人家骗了！

车文革说，他们还想日咱的尻子，咱的屎都硬得梆梆的，想找尻子日哩，咱不日他们都是好的。甭怕，他们要是治不好咱的病，我就砸了他们的摊子！

车抗美在婆娘范荷叶和车文革的鼓动下，终于坐在医生对面，人家把听诊器在他胸脯上听了，手在他肚子上压了，又看了他的气色，说，你的肠胃有问题，脑袋也有问题，营养也不全面，四肢发软，身上没力气！

车抗美说，对，很对！我就是肠胃不好，吃啥吐啥，不吃还打嗝，胳膊腿发软，浑身没力气！

医生再不搭理他，低头写病历写处方，双手递给孙专家。孙专家看过，还是满脸高古地递给医生，医生问车抗美，你想除根，还是减轻疼痛？

范荷叶抢着说，当然要除根！

医生，要想除根，就得连服二十天的药。

范荷花说，连服二十天就连服二十天！

医生，这药是从美国进口的新药，比较贵。

范荷叶说，有多贵，一片能值一百块？

医生说，你咋说得这么准，一百块一粒，一天要服三次，每次两粒，一天就得六百块钱，二十天得一万两千块钱。孙教授特别指示，不能增加农民兄弟的负担，只收你一万块，那两千块钱算是积福行善。

范荷花不说话了，掏一万块钱看次病，确实不是小数字，要是能起作用还不算吃亏，要是不治病，这一万块钱就白花了。

车文革挤到前边，冲着医生吼，你们要人命哩，看次病就要一万块！

医生说，你嫌贵就甭看，主动权在你手里，我们也没有强行把药给你们。你们要是不相信，当场在这里服上一粒，没效果就走人，有效果再买！说完，跑到救护车里，取出一粒白色药片，又拿来暖水瓶，给纸杯里倒了开水，端到车抗美跟前，说，你现在就把这粒药吃下去，最多十五分钟，你的胃要是再疼，我们马上走人！

范荷花接过纸杯，看着药片犹豫。

医生说，要是你们吃出个三长两短，我们就得坐牢！

范荷花这才把药片送到车抗美嘴里，医生就看手表，车文革和周围的人都看手机，十五分钟一到，医生问车抗美，肚子还疼不疼？

车抗美站起身子，扭了几下，又弯了几下腰，晃了几下屁股，觉得身上轻松了许多，就笑，说，这药还真管用，吃下去这一小会儿，就不疼了！

这时候，一个过路的男人，走到医生对面，在车抗美坐过凳子坐下，给医生说，你给我看，只要能治好我的病，甭说一万，十万都掏！

车文革见人家抢了车抗美的座位，心里就有了不平，竟在俺车家寨的地盘上，欺负俺车家寨的人，就过去拉扯人家，俺哥正在看病，你咋插队？

人家说，你哥看完了，我咋不能看？

车文革，俺哥还没买药哩，买了药才算看完！

两个人吵起来，车家寨的人都站在车文革后边，准备随时出手收拾这家伙。医生就出面劝说，都是病人，谁先谁后看差不多，刚才这个乡党先考虑要不要买药，我先给这个乡党诊治，两不耽误。说完，就问姓名、年龄、职业，又像给车抗美看病那样，用听诊器在胸脯上肚皮上听了，看了气色，看了舌头，说，你可能关节疼痛，遇到阴天下雨寒冬季节加重，到了冬季离开电褥子就不行！

那人就翘大拇指，说，神，比神仙都神，能不能给我治好？

医生，当然能治好！说着就写病历处方，还是把病历和处方双手递给孙专家看。孙专家看了，还是满脸高古，什么话都没说。医生给这个人说，这药全部是从美国进口，经过联合国医疗联盟审查，如果治不好你的病，就退还你的钱。你这病，也要连服二十天药，每日三次，每次两粒！

那人问，多少钱？

医生说，一万六。

那人说，这么贵，你们向那个乡党才要一万，就要我一万六，欺负我是外地人？

医生说，药和药不一样，你到酒店点菜，有的菜几百块钱一份，有的菜十几块钱一份！

那人问，我吃了你的药，肯定能治好我的病？

医生说，我刚都说了，治不好你的病，给你退钱。

医生说着就掏出名片，递给他一张。车抗美、范荷花、车文革就伸过脑袋看,上边写着美国的办公地址、电话号码;香港的办公地址、电话号码;北京的办公地址,电话号码。那人把桌子一拍,说,老子豁出来了,要是能治好我的关节,十六万都值。说着,从皮包里取出两沓子钱,把一沓拍在医生面前,说,这是一万,刚从银行取的,封条都没拆。又拿起一万,撕去封条,唰唰地点出四千,把剩下的六千又拍在医生面前,豪气万丈地说,这是六千,你点点!

医生接过钱,交给专门管钱的人手里,给那人说,还有一些注意事项要给你交代。

那人说,你尽管交代,只要能治好我的病,啥注意事项都行!

医生说,服了我们的药,第一不能喝酒,第二不能碰凉水,第三不能有房事。

那人问,你说的第一第二我都明白,不明白第三是什么?

医生说,房事就是性生活?

那人问,啥是性生活?

车文革抢白那人说,你连性生活都不懂,白在世上混了这么多年,性生活就是日逼,日逼你懂不懂?

那人说,医生也真是的,也不看看咱都多大岁数了,还有力气弄那事情?

车文革问,兄弟你多大了?

那人说,五十七了!

车文革撇了下嘴,说,你比我还小一岁,咋就没有性生活了?书上都写了,男人到了八十还有性生活。有个老头八十二岁,娶了个二十八岁的媳妇,照样把媳妇日得嗷嗷叫。

那人说,他就不怕折寿?

车文革说,我看他在电视上露脸,气色比过去还滋润,红光满面,走路都噔噔地响。

他们讨论性生活的时候，范荷花耐不住了，问医生，你还给人看病不看？

医生给车抗美说，你再考虑考虑！

范荷花冲着医生说，一万就一万，人家一万六都掏了，我们还在乎一万！

五、屋子里缭绕着摄人心魂的青烟

车家寨被推平了，全寨的人迁入开发商盖的小区。楼房三十层，离太阳近了，离月亮近了，离云彩近了，离天堂也近了。地上还有花园草地、停车场。祖祖辈辈都是庄稼人，当年种庄稼的时候，尿憋了，转个身子对着没有女人的地方就尿。屎憋了，跑到庄稼地里就拉，谁也不会说啥。还不习惯高楼里不能随地大小便，正在等电梯，尿憋了，转身到楼梯解决。孩子进了电梯，喊叫要拉屎拉尿，当妈的就让他们就地解决。

这天，车改革正在楼梯口尿尿，有人在他肩上拍了一下，他尿完才转过身子，见是老同学李石洋，手还抓着那玩意，问候，石洋，咋是你？

李石洋就骂，改革我X你先人，你抓着X叫我的名字！

车改革辩解，人尿了半截就憋不住，我要是等尿完了再搭理你，你又说我没礼性！说完，把那上边的尿滴抖了几下，又问，你不在你村待着，跑到俺村弄啥哩？

李石洋说，我过来看看你，中午请你吃羊肉泡馍。

车改革，你到我这来了，咋能让你花钱，说啥也得我请你。

李石洋说，你请就你请，你村拆迁了，一家都赔了四百二十万，一碗羊肉泡馍才值几个钱，恐怕连利息的利息都用不了。

车改革就有了得意，说，我赔了四百二十万，俺爸俺妈也赔了四百二十万。

李石洋心里就涌出羡慕的波浪,还有羡慕转成的嫉妒,骂,驴日的开发商,咋就不拆迁我们堡子,听说房地产公司的老板是你们寨子的女婿?

车文革说,这跟女婿没关系,俺这一片都拆了,人家搞开发讲究连成一片!

李石洋说,等俺村拆迁了,我请你到西安饭庄,喝茅台!

车家寨有了钱,小区外边全是饭馆。他们要了两个凉菜、四瓶啤酒、两碗羊肉泡馍。李石洋抽出一根香烟,递给车改革,说,吃着喝着抽着谝着,神仙的日子也不过如此。

车改革连香烟牌子都没看就叼在嘴上,李石洋给他点着。他吸了一口,觉得比过去抽的烟都香,一股充满生机的感觉,从口腔里胸肺里升入大脑,向全身蔓延,身上的疲惫绵软全部消失。他又抽了一口,这种感觉又有了加重,还有种迷迷糊糊的幻觉,灵魂和身体都飘飘地腾空了,像一片枯叶在空中飘呀飘呀,五脏六腑里的污秽全被涤荡了,从来都没有享受过这么好的舒服。他把一支香烟抽完,精神和身体还处在飘飘然中,过了好大工夫才回过劲,问李石洋,你这是什么烟,抽起来这么舒服?

李石洋说,我也不知道是什么烟,朋友送的,听说是烟厂专门给首长特制的。他通过关系弄了几包,送给我一包!

第二天,李石洋又来了,要回请车改革。还是那家羊肉泡馍馆,还是要了两个凉菜四瓶啤酒两碗羊肉泡馍。吃过喝过,李石洋又给车改革敬烟,还是那种给首长特制的烟,车改革抽后的感觉还是那么美妙,那么销魂。分手的时候,车改革还想抽人家的烟,又不好意思张嘴要,说,明天中午我再请你吃羊肉泡馍,发了那么多的拆迁费,像这种花法,连利息都花不完!

这样,你请我,我请你,连续六七天都是这样。第八天吃过羊肉泡馍,车改革等着李石洋给他递首长抽的特制烟。李石洋却递给他另外一种烟,他抽了一口,不是那种烟,问,咋不是前几天抽的那种烟?

李石洋说,那烟是我花高价在朋友那里买的,一盒要两百多块钱。俺们村子又没有拆迁，抽不起那种烟。

车改革觉得一包烟要两百块，跟金子的价钱差不了多少，自己过去抽的烟都没有超过十块钱。尽管在银行存了四百二十万，也不能这么糟蹋。又特别想抽这种烟，五脏六腑都想抽，连骨头芯子里都滋生出想抽的欲望，身上像有无数的蚂蚁爬，全身发痒，抽了那烟才能把身上的躁动平息下来，就给李石洋说，两百就两百，我买一包。

李石洋从皮包里取出香烟，说，找个没人的地方抽，这烟是我朋友从厂里偷出来的，要是让公安发现了，就要逮人！

烟太贵了，车改革舍不得抽，但不抽就难受，抽了就不难受，还有从来没有过的享受。几天以后，这包烟抽完，实在忍受不了，就给李石洋打电话，不好意思说想买人家的烟，说还要请他吃羊肉泡馍。还是和前几次一样，要了两个凉菜四瓶啤酒两碗羊肉泡馍，这次他掏了四百块钱，买了李石洋两盒烟。这样过了一个月，买过十几盒，花了三千多块钱。他越来越离不开这种烟了，盘算买烟的开销，一个月三千多，一年不到四万，存款的利息都没花完。就是把利息花完了，本金还有四百二十多万，够花一百年，自己又不是神仙，哪能再活一百年，变成石头差不多。

他再一次请李石洋吃过羊肉泡馍，掏出钱要买香烟。李石洋没有掏香烟，说，前几天朋友偷烟被厂里抓住了，关了一个星期，罚了一万块，这烟再弄不出来了。

车改革的烟瘾犯了，五脏六腑又躁动起来，骨头芯子里又发痒，身上又有蚂蚁爬，肉像用了几十年的棉花套，一片一片地要撕开，必须抽烟，就是把亲爹亲娘杀了也得抽，抽了以后叫公安枪毙都值。

李石洋看他脸色发黄，眼神散乱，吐沫乱冒，身子抖索，知道他的烟瘾犯了，说，我朋友偷不出香烟，但把做香烟的原料偷出来了，抽起来比香烟更过瘾！

车改革说，快拿出来，我都不行了，再不抽就活不成了！

李石洋朝四周看了，小声说，不能在这里抽，要是叫公安看见了，追问这东西从哪里弄的，我的朋友又要倒霉，说不定我也要跟着倒霉！咱找个没人的地方，安安生生抽。你没抽过，不知道抽了以后的受活，比抽那种烟受活一万倍。那东西抽了以后，你想钱了，钱就朝你口袋里飘。想女人了，光着身子的女人就朝你怀里钻。

车改革说，就到我家，我媳妇回娘家了，就我一个人在家！

车改革把李石洋领到家里，李石洋从皮包里取出酒精灯，又取出酒精，给灯里倒了，点着，拿出一张锡纸，给上边放了一点白色的粉面，拿出一个吸管，递给车改革，说，我一会儿把锡纸在灯上烤，你用吸管抽，绝对享受！

车改革猛然灵醒过来，这是吸毒，犯法的事情，要是吸上瘾了，别说银行存有四百二十万，四千万都招不住抽，一把抓住李石洋的头发，说，你驴日的戳弄我吸毒！

李石洋把他的手打开，说，你天天缠着我要烟抽，我把自己舍不得抽的烟都给你抽了，还不记我的好处。你有那么多的钱，不享受干啥？

车改革还想收拾李石洋，但是，身上的躁动、难受、发痒、欲望，又使骨头发软，肌肉疼痛，皮肤发痒，再不抽就要死去。这些痛苦冲破他的意志，急于抽烟的欲望像大海的波涛将他的理智扑灭，嘴角流着吐沫说，我不怪罪你，快让我抽，我受不了啦！

李石洋又从皮包里取出一罐可口可乐，打开，说，我把锡纸放在火上烤的时候，你抓紧抽，抽完马上喝几口可乐！

车改革猛力吸了几口，又喝了几口可乐，闭上眼睛，身上的痛苦、难受，全部消失了，又一次充满生机，力气大得能把地举起来，把天拽下来。李石洋说，老同学，你想不想发大财，把银行的钱全弄到你家！他眼前立即出现几十个保安，抬着几十个大编织，里面装的全是百元大票，抬进自己家的屋门，所有的房间都堆着钱。李石洋又给他说，想女人不，想哪个女人？

随之说出几个电影明星的名字,她们都涌到他跟前,抢着脱衣服。她们像毛片里的女人一样,光着身子朝自己身上爬,在她们的挑逗下,自己坚挺起来,一下一下地在她们身体里面抽动……

耳畔传来李石洋的声音,受活不?他回答,受活死了,人家明星跟自家婆娘就是不一样,你看人家的身材多好,脸盘多漂亮,疯起来多骚,做起来多受活!真不知道咋着感谢你,让我享了这么大的福分,以后我天天请你吃羊肉泡馍!

车改革终于灵醒过来,体也轻了,神也清了,全身都舒服了,赶忙给电热壶里接了水,说,我给你泡茶!

李石洋问,刚才过瘾不?

车改革说,过瘾死了,跟真的一样!

李石洋说,就是真的也没那样过瘾,我没有害你吧?要不是我,你一辈子都甭想享受这么好的事情!以后你想了,就把酒精灯点着吸!

车改革问,一包白粉多少钱?

李石洋说,不贵,一百五十块,能吸两次,像你这种情况,一天两次就可以了。

车改革又在心里算账,一天一百五,十天一千五,一个月四千五,一年五万四,还没有花完存款的利息。

这天,车改革花了一千五百块钱,买了十小包白粉。

六、夜光笼罩的凤城三路

凤城三路是城北最繁华的街道,几乎全是歌舞厅、洗脚房、发廊、按摩店、饭馆。凤城三路周边的农村全拆迁了,家家都赔了四百多万。那些婆娘管不住的男人,揣上几张大票就朝凤城三路跑,把做那种事情叫打炮。到了华灯初亮时分，树影在电灯的光晕里摇曳，成群的小姐蝴蝶样从出租屋里飞出，徘徊在树影下，朝过往的男人抛媚眼。怀里揣钱的男人也出动了，仗着钱胆在花蝴蝶中间穿梭，不是嫌这个胖了，就是嫌那个瘦了，要不就是五官不端正了，脸盘不狐了，腰太粗了，尻子太小了，胸脯没鼓起来。他们的理由很充足，我掏钱到饭馆吃饭，人家还拿来菜谱让挑，我花了钱，为啥不挑个中意的？

车改革见了女人比见了老娘都亲。开发商没有给赔偿款的时候，他没钱朝凤城三路跑，就朝隔壁村子的寡妇家跑。他也不白跑，趁婆娘不注意偷麦子面苞谷糁，背上多半口袋资助人家过日子。老婆就闹，劝盗不劝娼，裤裆里的毛病属痼疾，根深蒂固，劝不过来，老婆就闹离婚，更没人干扰，想什么时候朝隔壁村子跑就什么时候跑。老婆离婚后搬到城里女儿家，他独自享受四百二十万的拆迁费。女儿孝顺，女婿有钱，就劝她妈，钱就让他一个人花吧，咱又不差钱，他也消费不完，到时候还是咱的。车改革拿到赔偿款的当天晚上，就跑到凤城三路，找城里的女人，一百块打一炮。以后，隔三岔五就朝凤城三路跑。

这天，他吃过晚饭，坐上公共汽车到了凤城三路，手插在裤兜从这头走到那头，从那头走到这头，欣赏树影下的倩影，好饭要慢慢吃，好事要慢慢磨。要是见面就上床，一二三就买单，那有啥意思，跟没结婚时用手撸有啥两样？他走到一个擦皮鞋的摊子跟前，擦皮鞋的女人三十来岁，穿得花枝招展，香气袭人，八丈远就能把人熏个跟头，他想起小时候听人讲的资产阶级香风毒雾。车文革借着路灯，看到她上衣里没戴奶罩，胸脯上的两大嘟噜比郎平扣的排球还大。她是小姐，用擦皮鞋做掩护，跟新中国成立前的国民党特务监视共产党一样。他在她对面的凳子上坐下，问，咋没见过你？

小姐答，我才来一个星期，你也不是天天来，咋能见到我？

车文革说，我也不敢天天来，岁数大了，要是天天来，迟早会死到你们的肚子上。

小姐问，你来这里，婆娘不管？

车文革说，咋不管，过去朝隔壁村子跑，跑一次闹一次。

小姐说，你偷着跑，她咋知道？

车文革说，咋能不知道，在一块过了一辈子，地是啥地，今年是啥雨水，啥时候上的肥，收成咋样，外人不清楚，人家还能不清楚？把公粮交给你们了，她收不到正经粮食，拿的全是残渣余孽，人家还能感觉不出来！就拿你来说，你男人几十天不给你交公粮，你能不怀疑他扎粮食让别人吃了？

小姐说，你就不要朝这地方来了，说到底过日子重要，这只是副业收入，不能为这事让日子过不下去。

车文革说，我这人啥都好，不喝酒不抽烟不打麻将不抽猴，就嗜好这一口，控制不住就想来。说完，又问，你原来在啥地方？

小姐说，我原来在咸阳。

车文革说，咋想起到俺这来啦？

小姐说，我在咸阳的时候，接待了一个经济学家。他说现代经济是信息经济，我问啥是信息经济，他说地球上发生的事就是信息，把知道的事变成钱，就是信息经济。我说天下的事多了，咋能把它们变成钱？他说这就需要我们经济学家，我们就是专门研究把事变成钱的学问。我觉得他说得有道理，做同样的事情，为啥有的人挣到钱了，有的人没挣到钱？俺有个姐妹，比我的岁数还大，长得比我差远了，我要一百她连八十都不敢张嘴，谁知人家认识了一个台湾老板，把她包养了，一个月三万，还不算买衣服买化妆品的钱，住在台湾老板的别墅里，冬夏都有空调，还不操心电费。那个老板在台湾有老婆，一年来不了几次大陆，你算算她陪人家一次挣多少钱？经济学家说，如果你知道这个台湾老板想在大陆包养二奶，提前下手，人家包养的就是你，这就是你的信息不畅通。

车文革说，经济学家说的对着哩，就拿俺寨子拆迁来说，只要户口在村里，再有一院庄子，都赔四百二十万。要是户口不在村里，补偿不到一百万。一百万跟四百二十万，差距多大。俺村有好几个人，刚把户口迁到城里了，人家就拆迁，少拿三百多万，你说亏不亏？他们要是早知道这个政策，打死都不会迁！

小姐说，那个经济学家说得头头是道，咋就没把自己的经济搞上去？咱不说他能不能包养明星，起码能到歌舞厅潇洒，找俺这些站马路牙子的农村妇女，啥档次？我把这话给他说了，他不但没生气，还赞同我的观点。说他当初上了组织的当，没有进行资源优化配置，要是进行了资源优化配置，现在不是大公司的策划部经理，也是哪家研究单位的研究员，手下的女秘书女职员，争着朝他怀里钻，他左搂一个右抱一个，大腿上还坐两个，赶都赶不跑。

车文革问，啥是资源，资源能有那么大的本事？

小姐说，我也不知道啥是资源，当时就问了人家啥是资源。人家问我是什么文凭，我说是高中毕业。人家说不是研究生就解释不清，只能给你打个比方。就拿咱俩来说，你的身体是你的资源，我的钱是我的资源，你的资源和我的资源进行了优化组合，就形成另一种反应，你得到了钱，我得到了享受，这就叫资源优化配置。那天，我本来要收他一百块钱，只收了他八十。他见我给他打了折，很受感动，临走的时候给我说，看在你给我打折的情分上，我告诉你一个重要信息，西安北郊凤城三路周围的农村全部拆迁了，开发商和政府要在那里投资两百多个亿，仅拆迁费都赔五十个亿，钱可以拉动消费。而且以后要盖楼，需要多少农民工，他们都没有带婆娘过来，市场需求大得很。你们这个行业要是占有百分之二的份额，就是一个亿。你有这么好的资源，应该朝最能发挥它能量的地方流动。

车文革听小姐说得云天雾地，新名词一嘟噜一嘟噜地朝出冒，心里就有了敬佩，觉得这个小姐肚子里有文化，在有文化的肚子上消费，绝对比在榆木疙瘩上摩擦强，说，我看你也成了经济学家，经济名词一串一串地朝出冒！

小姐说，狗屁经济学家，我来了一个多星期，才接了两个客，还是打了八折，不打折人家就不做，连房租都顾不住！

车文革朝四下瞅视，防备便衣出现，逮住了罚款五千，还要禁闭十五天。就朝小姐跟前伸长脑袋，像当年的地下工作者，用暗语交谈，我想在你这擦皮鞋。

小姐说，咱摆摊子就是为了给你们擦皮鞋。

车文革问，擦一次多少钱？

小姐说，咱的要价不高，薄利多销，一百！

车文革说，你还说要价不高，一百还不高？你们不摊成本，政府不征你们的税，街道不收你们的卫生费，纯收入！

小姐说，大哥看的只是表面现象，没有看到本质问题。谁说俺们不摊成本，这么个大活人，要吃要喝，住宿要房子，身上要洒香水，穿名牌，这不是成本是什么？

车文革又问，连鞋底都擦，多少钱？

小姐一听就知道他是老手，像座山雕跟杨子荣对黑话，答，一百五！

车文革又问，一直擦到天亮多少钱？

小姐说，三百元。

车文革说，我都这么大岁数了，就是一直擦到天亮，也是只能擦一次，不像年轻人，擦一次再擦一次，一夜擦无数次，咱擦完一次就睡觉，早上起来走人，不浪费你的精力！

小姐说，你没站在俺的角度考虑问题，你确实是一夜只擦一次，但你占着俺的摊子，俺就不能做旁的生意，就像你这阵坐在板凳上，旁人就坐不成。

车文革觉得人家说得有道理，小时候听寨里的老人经常教导晚辈，不抢叫花子的钱，不赖婊子的钱，自己咋能做不道德的事情？就说，一百就一百，我擦一次，先体验一下，好了下次连鞋底一块擦，是不定还让你擦到天亮。

这个小姐聪明,加上经济学家的点拨,这个有四百二十万的老农民就是优质资源,操作得当绝对是绩优股。就竭尽浑身解数,亲摸搂抱,反复打炮,腾云驾雾,花样玩尽,把车文革折腾得只有出气没有进气,受活得要眩晕过去,搂着小姐说,我把咱俩的口头协议改过来,我要你一直擦到天亮,我付给你擦到天亮的钱!

第二天早上,他还瘫在小姐的床上睡觉,小姐就把油条豆浆打回来了,伺候他洗过脸,像两口子样吃过早饭,搀着他的肩膀把他送出出租屋,还替他拦了辆出租车,给司机扔了二十块钱,又给他说,这是我的名片,你回去休息几天,再来的时候提前给我打个电话,我在家里等你!

车文革看名片,上边印着中国国际服务有限股份公司,姓名是美娇,下边是手机号码。美娇是假名,像作家的笔名,电话号码是真的,假的就揽不到生意。

五天后,他觉得体力恢复得差不多了,吃过早饭就给美娇打电话,他还没有说话,美娇就在那头说,车大哥,身子歇过来了?

他说,歇过来了,我想去看看你。

美娇说,晌午就在我这吃饭,我给你擀臊子面!

他说,我刚好路过菜市场,割上一吊子肉,再买几样菜。

车文革走进人家的出租屋,美娇接过猪肉蔬菜,车文革就急不可待地抱人家。美娇推了他一下,说,好馍不吃在篮篮放着哩,迟早都是你的,急啥?

车文革说,我这人就嗜好这一口,见了好女人就想干!

美娇说,俺见的男人多了,那些领导干部、专家教授,成天在台子上给人讲道德,上了俺的床跟畜牲差不了多少。千万不要相信哪个男人有道德,就是他们做的事情没被人抓住!

车文革觉得人家知道资源,还知道优化配置,就问,我老觉得你读过大学？

小姐说，都考上了，没上。

车文革说，大学难考的啥样，考上了咋不上？

小姐说，上大学要交学费、生活费，还要火车票，哪来的钱？

车文革不说话了，他知道南山那地方穷，也知道穷人的难处，停了好一会儿，说，今个我多给你一百块钱！

小姐看了他一眼，感激从心里涌出，差点从眼窝里溢出来，声音颤颤地说，大哥是好人，以后有空就过来，我不在乎你给多少钱，在乎你这个情义。有些男人觉得他掏了钱，就把俺当畜牲折腾，又是掐又是捏，嫌弃俺这个嫌弃俺那个……

车文革觉得身上的骚劲消退下去，取而代之的全是同情，说，你要是家里有钱上了大学，这阵说不定也是个经济学家，咋能做这事情，说不定还要找少爷给你推油。

小姐说，这都是命，俺那地方年年都有娃们考上大学，除了村长支书的娃们，差不多的人家都上不成。

车文革说，我就是学习不行，上到初中一年级就上不下去了，公式记不住，作文写不了，十天记不住一个英语单词。俺爸见我不是上学的材料，再读下去也是浪费粮食，就叫我回生产队，后来出去打工，挣的钱没给爹妈交多少，都用在这上头了。爹妈早早就把我分出去，政府给了一院庄子，没想到现在一拆迁，补偿了那么多钱，这也是命。

小姐跟他说话的工夫，把面和好了，肉切好了，菜洗好了，就把身子腾出来了，一边脱衣服一边给车文革说，趁这个工夫，你好好享受享受！

车文革那上边的力气还没有腾升起来，说，刚进门的时候，力气大得跟手扶拖拉机一样，突突地开过来，在你这犁一个时辰都不成问题。刚才听你一说，那股骚劲就消下去了。

美娇把他抱在怀里，颤着声音说，哥是善人，妹子这辈子能遇到哥这么好的男人，妹子也值了！美娇这一抱，一说，车文革身上又有了冲动，觉得这次的冲动和过去的冲动大不一样，过去的冲动是骚劲发泄，在小姐身上发泄出去，火气消了，人就舒服了。这次觉得是可怜，还有种亲亲的感觉，就把她搂在怀里，摸她，亲她，爱她……

吃过午饭，美娇给车文革说，再在床上睡一会儿，出了那么大的力气，把身子歇歇再回去！

车文革说，你还要做生意哩，你靠这个过日子养家，不能耽误了你的生意。

美娇偎在他怀里，说，哥咋能说这话，妹子的生意再重要，也没有哥的身体重要。硬把他拉到床边，把枕头放好，两个人都没脱衣服，搂在一块睡。

车文革临走的时候，拿出四百块钱。美娇接过钱，抽出一张，说，咱们说好的，过夜三百。白天一般没有生意，应该收你两百，最多收你三百。你来的时候还买了肉、菜，花的都是钱，谁的钱都不是天上掉下来的！

车文革说，我们这些拆迁户的钱，就是天上掉下来的。你说的过日子，咱跟谁过日子！

美娇惊诧，问，嫂子哩？

车文革说，离了！

美娇，哥这么好的男人，嫂子咋能离开你？

车文革说，我给你说过了，我这人啥都好，就是管不住裤裆里的家伙，隔不了几天就得出来折腾一次，不折腾就憋得难受！

美娇问，你有嫂子在家，都是女人，有啥不一样？

车文革，说起来也没啥不一样，都是一样的东西，就是心里的感觉不一样。总觉得和别的女人干，味道好，你没听那些当作家的男人讲，自己的文章好，人家的婆娘好，和人家的婆娘做跟自家的婆娘做，味道差远了。

美娇叹了口气，说，你们男人呀，怎么说你们！

车文革走后好长时间，美娇一直坐在床边，思谋事情，一直到天快黑了，才把中午擀好的面条煮了，把剩下的臊子浇到面条上头，吃了，洗澡、化妆、换衣服，拿起装有安全套的皮包，还有擦皮鞋的工具，朝凤城三路走去，边走边想，这个男人那么有钱，对自己那么上心，婆娘又离了，自己要是跟他成了两口子，他的钱就成了自己的钱，自己就不用干活，吃香的喝辣的，哪还用天天夜里擦皮鞋？自己和他过上两年，把孩子接到这里，用他的钱供孩子读大学。想到这里，就掏出手机，给车文革打电话，明天还到我这吃晌午饭，我给你搓麻食子！

车文革说，我这么大岁数的人了，哪招得住天天弄那事情？

美娇说，谁让你弄那事情了，叫你来吃饭。

车文革说，光吃饭？

美娇说，光吃饭。

车文革说，不收小费？

美娇说，我请你来的，咋能收你小费？

车文革收了线，心里琢磨，老人都说过，戏子无义，婊子无情，这个小姐咋对自己这么好，自己有啥让人家图的？想来想去，最后归结一点，自己有钱。狗日的，小鸡还想给老鸡踏蛋，你脑子的发动机每分钟才转三百圈，我脑子里的发动机每分钟都转到三千六百转，你还给我兜圈圈？话说过来，咱也不能白占人家的便宜，人家靠这个养家糊口，该给人家多少就给人家多少，多给一点也应该，就是要把自己的口袋捂紧，不能让自己的钱养人家的娃。他还是到美娇那里去了，去的时候还是割了八两肉，买上一斤菜，还是和人家一块吃晌午饭，吃过饭还是搂着人家一块午睡。他给钱的时候，美娇不要，他坚决给，说，亲兄弟还明算账哩，何况你还要养活一大家人哩！美娇实在推辞不过，接下。以后，车文革吃过早饭，都要到菜市场买肉买菜，和美娇一块吃了晌午饭，再搂着美娇睡了午觉，到了半后晌才摇摇晃晃朝家里走去。时间长了，他除了夜里在家里睡觉，白天都囚在美娇屋里，跟两口过日子没啥区别。美娇也把他看成自己的男人，尽心竭力伺候他。

冬天来了，大西北的冬天寒气入骨，出租屋里没装空调，像个冰窖，车文革和美娇钻进被窝，盖着被子都不暖和，就使劲地朝对方身子上贴，互相取暖。车文革说，咱要装个空调，冷得人受不了！

美娇说，房子是人家的，花那么多的钱买个空调，不在这住了，空调也不能搬走。

车文革说，咱买个电暖器，花不了几个钱。一个多小时后，他扛着一个电暖器回来了，把电源插上，房里有了热乎。

美娇感慨地说，还是要有钱呢，有了钱就能买电暖器，人就不受冷！

车文革说，你净说老实话，世上哪个人不为钱忙活，当官的贪钱，做生意的挣钱。要是不图挣钱，全世界的人都不想干活！

房子里烘热起来，他们就脱去棉衣，美娇的身材就显示出来，该凸的凸，该凹的凹，该鼓的鼓，该收的收，车文革看得眼馋，身上的骚劲又鼓动起来，给美娇说，我又想啦！

美娇说，我也想了。

车文革问，你们天天都做那事情，不厌倦？

美娇说，跟喜欢的男人做，越做越喜欢，跟不喜欢的男人做，越做越厌倦！你是我最喜欢的男人，跟你做是受活，天天做都不会厌倦！今天是我也想做，不收你钱。

车文革说，我必须给你钱，你靠这个过日子哩！

事毕，美娇偎在车文革的怀里，抚摸着他的胸脯，车文革在慵倦的舒服中，又享受着美娇的抚摸，受活得闭着眼睛，品尝男女勾兑后的享受。美娇觉得时机成熟了，该到出牌的时候了，问，哥喜欢妹子不？

车文革说，当然喜欢，不喜欢能天天朝你这跑？

美娇问，咱以后能不能天天这样？

车文革说，咋不能，这才花多大一点钱，连利息都花不完！

美娇说，我说的是名分，我们这算个啥，野鸳鸯都算不上。公安要是进来，一个是卖淫女，一个是嫖客男，罚款拘留丢人现眼！

车文革问，你想咋？

美娇说，我想当你的婆娘，伺候你一辈子！

车文革一惊，早就预料到的事情终于到来了，说，你有男人，有娃娃，咋能跟我过一家子？

美娇说，我跟那个男人离了，再给你生几个娃娃。

车文革说，我的娃娃都成家了，孙子都快出世了。再说，我都这么大岁数了，再生的娃娃也是老汉娃，骨髓不足，天生不成好材料！

美娇说，你岁数大了，我还年轻，种庄稼讲究好地亩，我这地亩多好，要水有水，要肥有肥，要山有山，要川有川，只要你把种子播进去，绝对长出好苗苗！

车文革说，妹子说的是大事情，我不能胡乱答应，答应了就要负责，负不起责就不能答应。妹子给我一点时间，我好好考虑考虑，再给兄弟姐妹商量一下，咋样？

美娇说，当然要考虑，这么大的事情咋能随便就答应，我候着哥的音信！

车文革离开出租屋的时候，小声嘟囔了一句，驴日的到底露出你的真面目了！

第二天，美娇打车文革的电话，关机，再打，再关机，隔了一天，又打，还是关机。连着打了半个月，都是关机，她长叹口气，自言自语说，不是自己的，再折腾也不是自己的！

二十天后的子夜，美娇从外边回来，打开电灯，看见地上扔着一沓子钱，封条都没撕开，整整一万元。她立即明白是谁从门缝塞进来的，把钱捧在怀里，心里一阵感动翻腾，说，好我的哥哥，是我太贪心了，我不该有那个打算。你就是不愿意，也不要离开妹子呀。妹子这辈子把你当亲哥哥看哩，你啥时候来，妹子啥时候给你擀臊子面，你迟早要，妹子迟早给你脱衣裳，不要哥哥一分钱！

车文革再没到她那的出租屋里了。

七、香烟缭绕的麻将屋里

褚时全没有亏待老丈人寨子的乡党，老寨子还没有拆除，新楼房就盖好了，三十层高，站在楼顶，伸手能撕下一片云彩。车社教把新房的钥匙一拿到手，第一件事情就是让儿子把麻将桌搬过去。他不爱抽猴，不爱旅游，不爱找小姐，不爱下馆子，不爱谝闲传，只爱打麻将。他买了机器麻将桌，把电钮一压，自动洗牌，没有声响，不像手搓麻将，哗哗啦啦响彻半个寨子。再把电钮一按，麻将就升出来，排列得整整齐齐，节省了洗牌、码牌的时间，还防止牌德不好的人偷牌。搬到新房的当天后晌，家里的很多东西还没有搬过来，他的麻将桌就开始工作了。婆娘姚玉婷推开门，问，咱家的席梦思都烂了，咋办？他正在揭牌，头都没抬地说，你看着办。

姚玉婷问，买床新的？

他看牌里有四条二条，揭上的刚好是三条，卡张，好牌，还是头都不抬地说，你说买就买！

姚玉婷不高兴了，嘟囔，一天就知道打牌，这个家就不是你的！

他懒得搭理她，顺手把不用的九万打出去，对门立即从锅里捞出九万，放在自己的牌旁，说，和！

车社教一边从抽屉里给人家取钱，一边对她说，去，去，烦人，不就是一床席梦思，你想买就买，不想买就不买，褥子铺到地上也能睡觉！

车社教轰走了婆娘，摁了开关，麻将又排列整齐地升起来，像四行训练有素的仪仗队，他一边揭牌一边说，人家给咱补偿了那么多钱，咱咋还打这么小的麻将，不过瘾！

对家的车三骡说，腰里揣着四百二十万，打五块十块的麻将，说出去都丢人！

上家的车四柱说，你们说打多大？

下家的车山树说，打十块二十，输赢也就在千把块钱。再说，谁也不会天天输，打牌二十年，各赢各的钱。

车二驴说，我身上带的钱不够，到楼下银行把钱取了，十分钟就回来。

车山树也说，我带的钱也不够，我也去取钱！

车社教说，咱们都去取钱，一次把钱取够，省得过几天再去取。

车二驴说，要取就取一万，不要那么小家子气！

十多分钟后，每个人怀里都揣着一万块钱回来了。码注增加了，打起来就吃力，上家打出一张牌，都要琢磨他为啥要打这张牌，他想和哪张牌？轮到自己打牌，就要思谋下家想吃哪张牌，不能喂他吃牌，盯上家看下家琢磨对家，打一圈比过去打十圈都累。又觉得比过去刺激多了，看着揭了一手臭牌，琢磨着咋着把牌打黄，不朝出掏钱。真没想到，抠一张是卡张子，上家放一张是边张子，两三圈下来，一手臭牌就捋成好牌，最后竟成了自抠牌。有时候把牌揭完，已经叫停，觉得咋着打咋着和，这牌不和婆娘都能变男人。谁知道上家打下来是废牌，自己揭上来还是废牌，和三六九饼，一次和三张牌，上家偏偏就打二四七饼，就差一个饼就是和不了牌。自己揭起的却是三六九条，就是不朝饼上靠。转了几圈，揭起一张东风，锅里都有了两张东风，咋打咋安全，谁也不会把仅有的一张东风配将。上家把这张东风一拿，朝自己的牌前一放，说，和，东风配将！这么好的牌没打成，还给人家放了炮，这就是打麻将的刺激，眼看能和的和不了，和不了的却和了。打了一晚上牌，输了一晚上，最后一圈连打几个杠上花，输的钱全都赢回来，还赚了几百块。

一个月后，他们又觉得打十块二十太小，不过瘾不刺激，要打五十一百。这么大的码注,要是手气不好,一晚上输一两万多绝对可能。朝麻将桌前坐的时候,怀里都要揣上两万多块。一两万块和四百二十万比起来,差距大得很哩!到了后半夜,精神疲惫了,体力消竭了,就抽烟解乏,四个人的嘴上都叼着香烟,四根香烟都冒着青烟,房子里就浓烟缭绕,像几十年前熏蚊子的艾草。突然,门被推开,进来的人就喊,不要打了,都站起来,手抱起后脑勺,蹲到墙根跟前!他们这才看清,进来的人是公安。

是夜,收缴赌资十多万元,抓获赌徒四人。第二天处理结果就出来,没收赌资,每人罚款五千,拘留十天。

十天以后,儿女开车接车社教,人刚走出拘留所,就对儿女说,快到银行给我取两万块钱,这十天没打麻将,把老子的肠子都憋断了!

八、小区广场上又支起了戏台

车互助和婆娘叶桑桑正在吃晌午饭,车解放敲门进来,叶桑桑赶忙问候车解放,大哥吃了没?车解放说吃了,车互助说,再吃一点?

车解放说,吃不下去了。看了他们的碗,面条里只放了几根青菜,就说,拆迁补偿了那么多钱,咋还吃得这么寒酸。

车互助说,这还寒酸,纯麦子面擀的面条,咱小时候过年都吃不上!

车解放说,咱都苦了一辈子,这阵有了钱,该享受就要享受。我跟桃花就想得开,一天一个鸡蛋绝对不能少!说完又问,房地产公司的人找你没?

车互助说找了。车解放又问,你有啥打算?车互助说,我刚还跟桑桑商量,吃过饭去找你拿个主意。我想把没住的那两套房子卖了,上午来了两个人,愿意出八千块一平方米,咱那两套房子都是一百平方米,能卖一百六十万,加上那四百二十万,一共五百八十万,全投给房地产公司。

车解放说,卖房子可要谨慎,老辈人都说了,卖房子卖地越卖日子越烂包。

车互助说，我跟桑桑把账都算了几十遍，咱一套房子出租一个月才挣八百块钱，一年才九千六。卖成八十万，投给褚时全，百分之十的利息，一年就是八万块，哪个多哪个少，谁都能算过来！

车解放说，我是让你谨慎，我担心褚时全万一赔了！

车互助说，这个我也考虑了，人家把咱这几十个村子的地都买了，盘子大了坐着就稳。这个项目赔了，那个项目赚了，平均下来能赚就行。

这些日子，曙光房地产公司的人天天都在小区里宣传，公司扩大项目需要资金，投资者年息百分之十，第一年先付利息。

三天后，车互助把两套房子都卖了。

入冬的一天早上，褚时全在小区广场搭了台子，台子下边摆着茶桌，每个茶桌都有一个茶道小姐，穿着旗袍，旗袍叉开得很高，露出白花花的大腿，上边冻满鸡皮疙瘩，吸引着男人的眼窝珠子。茶是好茶，品种齐全，正山小种、铁观音、龙井、大红袍、紫阳富硒茶，想喝什么茶道小姐泡什么。车家寨一百多户的当家人，都坐在茶桌旁，欣赏小姐的大腿，品尝茶的美味，等待着激动人心的时刻到来。

车家弟兄们围着一个茶桌，车解放端起茶盅，抿了一下茶就没了，说，褚全也真是的，拿这么小的茶盅让咱喝，糊弄人哩！

车文革说，哥，你这就土气了，人家有文化的人喝茶就讲究用小盅子，叫品。咱农村人喝茶用大碗，说难听点是饮驴！

车抗美问车文革，你还是老朝凤城三路跑？

车文革说，不朝凤城三路跑朝哪里跑，小姐到处都有，就是凤城三路离咱这最近，省车票钱。

车解放说，你也不能老朝凤城三路跑，都多大岁数了，还能再蹦跶几年，老了还得靠自家婆娘自家儿女！

车文革说，哥还是老观念，咱有钱就指望钱，老得蹦跶不动了，就住养老院，住到死钱都花不完。趁现在还能蹦跶，多蹦跶几下，到时候蹦跶不动了，后悔都来不及了。

　　车社教问，文革，你老朝凤城三路跑，就没被公安逮住过？百花村的拴牛，头一回就叫人家逮住了，罚了五千块钱，拘留了十五天。

　　车文革说，那是他没经验，咱是啥，咱是老油子了，公安连咱的屄毛都逮不住一根！

　　车社教问，弄那事还要有经验？

　　车文革说，还不是一般的经验，要掌握公安扫黄的规律。他们出动了，咱们不去了，他们不动了，咱们出动了，像打日本鬼子的游击队！

　　车社教问，你咋知道人家啥时候出动，啥时候不出动？

　　车文革说，这个很简单，你啥时候见小姐少了，就是他们要出动了。啥时候小姐跟往常一样多，就是他们不出动。

　　车社教问，人家出动就是为了逮小姐，小姐咋能知道？

　　车文革说，这个就不能说了，要是说了传出去，公安就说是造谣，关我的拘留。你要是想去，我带你去，绝对不会被公安逮住！

　　车社教说，我不敢去，要是被艾滋上了，这么多钱还没享受就呜呼了！过了一会儿，又说，褚时全对咱村真是没啥说，咱这一片拆迁了那么多村子，就给咱村的补偿款高，就是有些细节问题没处理好！

　　车文革就揶揄，社教哥，你还能讲出细节这个名词，细节是啥东西，黑的白的，粗的长的，方的圆的，你说说人家哪个细节没处理好？

　　车社教就反击车文革，你上到小学六年级就不上了，给你讲细节你也听不懂，就像数学博士给幼儿园的娃娃讲欧姆定律。

　　车解放就笑，说车社教，要是数学博士只会讲欧姆定律，我复习上一个月就能当数学博士了。说完，也问车社教，你说人家啥细节没处理好？

　　车社教说，你们看，桌子摆上了，茶摆上了，小姐招来了，就是麻将没拿来。要是把麻将也搬过来，喝着好茶，抽着高烟，打着麻将，神仙的日子也不过如此!

刘桃花就说他们，看看你们弟兄几个，有几个成材料的，老大成天囚在家里，怕跟人交往花钱。老二成天喝酒，喝出毛病就找医生，见穿白大褂的就给人家骚情。老三就知道节省，这么有钱了，一个月还吃不上一斤肉。老四就知道打麻将，打开麻将天塌下来都不管。老五有点力气就逛窑子，媳妇离婚还要找小姐!

车文革嘻嘻笑，说，这就是人生，百人百姓，用文化人的话说，这是社会的复杂性。

他们胡说乱谝的时候，褚时全走上台子，朝台子下边巡视了一遍，说，各位乡党，我的公司要扩大经营……

褚时全在上边讲，人们在下边商量，车解放问下边的弟兄，你们转账不转账?

车抗美说，我跟荷花早就商量好了，转，放着这么便宜的事情不做才是瓜（傻）子。

车互助接着说，我把房子都卖了，就图这么高的利息!

车社教说，我不转!

车文革说，我也不转!

车解放迷惑，问，这么好的事情，咋不转?

车社教说，我怕不保险!

车抗美说，人家是咱村的女婿，还能坑咱村的乡党!

车社教说，现在这社会，亲兄弟还反把哩，甭说女婿不女婿，人把钱看得比亲爹亲娘都亲，啥事做不出来!

三个月前，褚时全把秦晓明约到西安饭庄，喝得不多，吃得不多，褚时全把老板当到这个份上，秦晓明把官当到这个份上，当然不会缺酒少饭，吃喝只是由头，商量事情才是真实目的。褚时全给秦晓明说，公司缺少资金，很多项目无法运作，想高息揽资，把拆迁补偿费再吸收回来。

秦晓明说,这事违法,我不好公开支持。

褚时全说,我咋能让你公开支持,只要你不阻挡,或者你不真心阻挡,给上头做个样子就行!

褚时全大张旗鼓转账这天,秦晓明让手下人到现场挂了条横幅标语,上边写着,非法集资政府不买单。

车解放看着横幅,琢磨车文革的话,觉得也有道理,万一褚时全赔了,政府明确表态不管。又想,百分之十的利息,错过了这么好的机会,一辈子都会后悔。一会儿觉得车文革分析的有道理,一会儿觉得人家给的利息太诱人。像两个人打架,一会儿这个占了上风,一会儿那个占了上风,打斗到最后,车文革只有招架的功夫,没有进攻的力气。褚时全越战越勇,终于把车文革打得趴在地上,彻底失去进攻的力气。车解放对弟兄们说,你们都考虑好,转账不转账是你们自己的事情,谁也不好替谁拿主意,我转账去了!

车互助和叶桑桑也站起来,朝台子上走去。

车解放和刘桃花揣着存单,走上台子,立即有小姐搀住他们,接过他们手里的存单,帮他们办理转存手续。他们转存了四百二十万,人家当时就返还他们四十二万。车解放突然冒出一个念头,再把这些钱存进去,还能得四万多块钱的利息,用他们的钱赚他们的利息,多么能划来,就问,我这些钱还能不能再存?

小姐说,当然可以。于是,人家又给他开了一张四十二万人民币的收据,给他返还了四万两千块钱现金。车解放看着四万两千元现金,又问,这四万两千块钱还能存在?人家说,当然能存。于是,人家又给他填了一张四万两千块钱的收据,给他返还四千两百元的利息。他又把四千两百存给人家,人家又给他开了一张收据,返还给他四百二十元利息。于是,他的四千两百万换来了四张收据,还拿到四百二十元利息,觉得占了天大的便宜,喜眯眯地走下台子,在小姐的引导下,朝停在广场外边的轿车走去。

褚时全把西安饭庄包了,转过账的乡党立即用轿车送到那里,好酒好肉,海吃海喝，吃饱喝足了就打麻将，打饿了再吃再喝。

车社教、车文革找到银行行长，说，我们在你们银行存了那么多钱，你们也得给我们优惠？要是不优惠，我们就把钱转到别的银行。

行长问，你们要求什么优惠？

车社教说，我们要求定期十年！

行长说，时间越长我们越支持，这个不用研究，我就可以答复你们！

车文革说，我们要把十年的定期利息，划分到每个月，我们按月取！

他俩早就研究好了，四百二十万存上十年定期，利息是百分之五点多，一年是二十一万，平均一个月是一万七千五。车社教想，一个月一万七千五，打麻将绰绰有余，还不影响家里的生活质量。车文革也琢磨，一个月一万七千五，绝对够到凤城三路的费用，还能给美娇资助几个。

行长说，你们一旦每个月都取了利息，就不能转存，必须在我们银行存十年。

他俩就说，这个俺都懂，咱拿的是十年的定期利息，肯定要存够十年。俺农民没旁的本事，就是不赖账！

九、没有搭台子的小区广场

两年以后，还是黑雾汹涌的冬天，似乎比往年更厉害。车家寨小区的广场上，聚满了愤怒的人们，小区上空都弥荡着绝望和无奈。早过了房地产公司发利息的时间，还不见房地产公司露脸。早在一个月前，车家寨的乡党发现，褚时全老丈人一家不在小区住了，不知道搬到啥地方了。到了最近十天，有人传出，褚时全的公司破产了，褚时全揣着集资的几十个亿，跑路了。

车解放怎么都想不通，怎么弄成了这个样子，以后的日子咋过？自己省吃俭用，把钱全给了褚时全，结果全搭进去了。人家老四天天打麻将，老五隔几天就逛凤城三路，赌的赌了，嫖的嫖了，银行的存款一分都不少。越想越觉得这事情办得窝囊，越想越不想活，不想活了就想跳楼，跳楼的成本最低，又觉得不能白白跳楼，要用跳楼逼着有人替自己讨回这笔钱。于是，就出现了小说开头的一幕。

当时，车抗美正在喝酒，差不多都喝到量了，有人打电话说，你家老大要跳楼，快去劝劝！他心里一惊，酒醒了大半，嘟囔，跳啥楼哩，叫人连酒都喝不畅快！

当时，车社教正在打麻将，手机响铃，乡党给他说，你家老大爬到三十层的楼顶了，要跳楼？他这一把连着揭了两个暗杠，已经停牌，和三张，咋能舍得离开，就说，我太知道俺家老大了，你给他一千万让他去死，他都不会死，等我把这把牌打完，就去！

当时，有人给车文革打电话，他正在小姐的肚子运动，手机响铃，不接，还埋怨打电话的人，忙成这个样子哪有闲工夫接电话。他不接，手机响一阵又响一阵，他等运动结束了才接电话，听了一半就骂，驴日你先人，咋不早点说！人家说，你驴日的不接电话，我咋着给你说！他放下电话就穿衣服，开门就朝出跑，被小姐拉住，你还没给小费！他从钱包里掏出两百块钱，甩给小姐，说，不到半年工夫，就涨到两百块钱了。小姐嘟囔，现在啥不涨价，过去一斤猪肉不到十块钱，现在二十块钱还买不到纯瘦肉！小姐的嘟囔还没结束，他已经冲出房子。

公安把车解放刘桃花关了十几天放出来，他们再也不敢跳楼了。危险解除，实际问题并没有解决，集资款没有了，肚子还在，要吃要喝，房子还在，要交电费水费物业费，少交一样都不行，拿啥交！

车家寨还是把事情闹大了，闹得结果，已经当上区长的秦晓明、银行行长史商览被双规，还抓了几十个官人，都和褚时全有瓜葛。

原发于《时代文学》2018年第3期